U0484030

谎言之子

蔡骏 著

江苏凤凰文艺出版社

图书在版编目（CIP）数据

谎言之子 / 蔡骏著. —南京：江苏凤凰文艺出版社，2023.3（2024.10重印）
ISBN 978-7-5594-7553-4

Ⅰ.①谎… Ⅱ.①蔡… Ⅲ.①长篇小说-中国-当代 Ⅳ.①I247.5

中国国家版本馆CIP数据核字（2023）第020178号

谎言之子

蔡骏 著

出 版 人	张在健
策划编辑	孙　茜
责任编辑	沈　飞　李　黎
特约编辑	王　怡
责任印制	刘　巍
出版发行	江苏凤凰文艺出版社
	南京市中央路165号，邮编：210009
网　　址	http://www.jswenyi.com
印　　刷	苏州市越洋印刷有限公司
开　　本	787毫米×1092毫米　1/16
印　　张	19.25
字　　数	320千字
版　　次	2023年3月第1版
印　　次	2024年10月第4次印刷
书　　号	ISBN 978-7-5594-7553-4
定　　价	58.00元

江苏凤凰文艺版图书凡印刷、装订错误，可向出版社调换，联系电话 025-83280257

目录

第一章　　001
第二章　　029
　阳面　　031
　阴面　　056
第三章　　067
　阳面　　069
　阴面　　097
第四章　　107
　阳面　　109
　阴面　　126
第五章　　143
　阳面　　145
　阴面　　162
第六章　　173
　阳面　　175
　阴面　　193
第七章　　209
　阳面　　211
　阴面　　234
第八章　　253
　阳面　　255
　阴面　　278
最终章　　291

第一章

Chapter one

1

许大庆没能在镜子里寻到一根黑头发。

钥匙圈丁零当啷,黑色警服挂上衣架,仿佛挂上自己的遗体。房间弥漫隔夜酸菜泡面味道。电视机屏幕覆一层灰。落水管里雨水息列索落,老鼠一家门开奥运会。许大庆打开女儿房间,手伸进被窝试探温度,冰得像个废弃的鸟窠。地板上散落小姑娘内衣。许大庆一件件拾起来,笨拙地叠好塞回衣柜。

许大庆按下吊灯开关。出窍的魂灵闪烁两记,白光不疾不徐地溢出来。许大庆光脚爬上椅子,一根鲜红的尼龙绳挂上吊灯,像挂上屠宰场的铁钩,再打一只死结,像条冰冷的赤练蛇,倏尔纠缠男人头颈。

有人为了屁股底下的椅子下地狱,也有人踢翻脚下的椅子上天堂。

这时候,有个不速之客闯入房间,一脚踢翻了许大庆的椅子。他的双脚悬空,高空蹦极似的自由落体,却被一双手扼紧脖子。八十公斤的肉体挂在吊灯下,像一条树上的野狗。舌骨和颈椎折断之前,他徒劳地伸手触摸后腰。手枪并不存在。他已经七年没佩过枪了。

这是一场谋杀。但法律只看证据——是他自己挂上绳子,自己站上椅子,自己套上绞索,自己下了地狱。局长不会来出席他的追悼会。自杀的警察不配拥有一场风光的葬礼。

"许大庆,求求你别再玩小儿科的游戏了。"

女儿双手托住许大庆的大腿。踢翻椅子的人就是她。许大庆从绞索中挣脱出来，一口湿气吸入喉管，几乎咳出两片肺叶。

"你……你……差点送我上路。"

"地球人都晓得，你没胆量自杀。"女儿捏了鼻头说，"哎呀，你的脚太臭了。"

许大庆呛红了面孔回到地板上，尼龙绳死结解不开，干脆掏出打火机烧断了。

"你去啥地方了？"

"同学过生日，快给我转一千块钱。"女儿在读大学四年级，完美继承了许大庆的国字脸跟小眼睛，一丁点没遗传到她妈妈的容颜。

许大庆点上一支软壳中华说："你不缺零用钱。"

"你怎么不去死？"女儿关上卧室门，手劲大得像小行星撞击地球，门里响起她的嚎叫，"讲过多少遍了，不准碰我的东西。"

一房间烟灰散去，许大庆钻到卫生间，撒了一泡漫长的尿，心想吊死鬼小便失禁是难免的。许大庆揩面照镜子，眼角皱纹像被匕首雕刻过，隔了密密麻麻的胡须，头颈上有道毒蛇似的印子。

没吃一口夜饭，许大庆下了楼。黑色大众轿车浸泡在雨水里。许大庆的白头发滴了冷水，全身蒸腾热气上了车。手动挡，先点火，挂上一挡，抬起离合器，车头慢吞吞滚动。雨刮器惊恐地摇头说不。许大庆说，滚开。

看了手机上的跟踪软件，许大庆开过静安寺山门口。围栏里还在施工，雨夜排队的车流喷射尾气，南京西路好像冒烟的活火山群。许大庆到了上海宾馆门口，看到一台藏青色电动跑车。许大庆停在隔壁车位，车子先熄火，再点一支烟，面孔浸入黑暗，火星飘散如迷路的萤火虫。

晚上七点，酒店旋转门里走出一个男人，休闲西装下藏着职业拳击手的身坯，眉眼和鼻梁却像乔治·克鲁尼。男人身边跟了个小姑娘，大概十七八岁，拖了迪士尼旅行箱。男人打开藏青色电动跑车后备厢，帮忙放进小姑娘的箱子。小姑娘不声不响上了后座，男人侧身贴了许大庆的黑色大众，上了藏青色跑车驾驶座，眼乌珠一眨开出停车位。

许大庆眼角一瞥，轻轻按下点火开关，黑色大众的引擎盖升起一团热气，抬起刹车，打方向盘，隐秘地黏在电动跑车背后。许大庆跟上延安路高架，灯光亮得像一场流星雨，转眼被挡风玻璃雨刷清除。过了外环线，虹桥机场已经不远。就像苍蝇不错过任何一具新鲜尸体，许大庆从没让跟踪对象离开过视野，直到地面上戳了三幢火焰形状高楼。

南明路到了，许大庆看到草丛中躺着一个没有面孔的男人。

2

2005年，三幢火焰形状高楼尚是三个地基大坑。如果你从虹桥机场起降的飞机舷窗看下去，南明路从外环线延伸到青浦区的荒野，绵延不绝的建筑工地仿佛被切碎的人体器官。

清明节，早上七点，雨点急了赶去投胎，拨开墨绿色蒿草的废墟，你看到一张粉碎的面孔——鼻梁和颧骨凹陷入泥土，脑壳像金色的蛋饼，眼球已被饥肠辘辘的乌鸦们啄走。要不是上早班的建筑工人路过，他的内脏会被乌鸦吃个干净。

许大庆被刑警队的电话吵醒。他的头上不见一根白颜色，每日晨勃半个钟头，每月收到三张超速罚单。他在五分钟内刷牙齿揩面吃好早饭。妻子叫醒女儿起床要上幼儿园大班。许大庆没跟妻子讲上一句话，摸摸女儿的小辫子就出门了。

潮潮翻翻的车子出城扫墓。路边广告牌上的刘翔在跨栏。体育新闻播报一场NBA常规赛，姚明的火箭队输了。许大庆转了电台频率，新加坡歌手阿杜在唱《撕夜》。许大庆在车顶挂出警灯，踏了油门逼上去，放下车窗骂娘，一路超车到了南明路。

雨水冲刷出无数条淤泥的溪流，删除所有脚印。许大庆两只长脚踏进建筑工地，像觅食的火烈鸟踏入黑色泥沼。锋利的蒿草叶子等于锯齿，手背痒得像被文火炙烤。

废墟最深处躺着一具赤裸的尸体。脑壳和面孔都被砸烂，生殖器已经粉碎，如同经受过某种残忍的酷刑。死者头颈右边有个血洞，圆锥形创口，不是乌鸦造成的。右侧太阳穴上有个更深的洞眼,像第三只眼睛,凝视雨中盘旋的乌鸦们。死者左右手的十根手指都被剪断,暴露一截截雪白的指骨。

徒弟叶萧尚是青皮后生,穿了皱巴巴的警服,没困好的眼圈发黑,面孔上擦过一道道雨点,打开长柄伞撑在师父头顶。

"师父,凶手蛮狠的,剪掉手指的时候,被害人还活着吗?"

"如果你活着被人剪断手指,哪怕没力道反抗也会条件反射挣扎。"许大庆打了徒弟一记头挞,"哪能会剪得这样干净?"

十几个警察蹲在泥泞中搜索,并没寻着被害人的衣服和鞋袜,连一根断指头都没觅到。他们只找到一块钢筋水泥,浸透乌黑干涸的血迹,分量足够砸烂你的头盖骨。

这座城市每天有人生老病死,不是所有人都留下过姓名。每年都有几具无名死尸,多半是流浪汉,要么自然死亡,要么冻毙于寒潮,自寻短见,或者车祸,最后一种才是他杀。被害人的手掌上找不到一块茧子,身体柔软得像个姑娘,几乎没有陈旧性疤痕。

"你是一个知识分子。"许大庆对被害人残缺的耳朵说,"满满一脑袋知识被砸烂了,国家的损失很大啊。"

清明节的夜里,许大庆吃掉两包香烟,注视解剖台上的被害人。裸体死亡的无名男人,敞开五脏六腑,剥掉一层头皮,暴露被敲烂的脑组织,坦诚思想里的一切秘密。

天亮后,法医报告出来了。被害人在二十五岁到三十五岁之间,身高172公分,死亡时间在夜里十点到子夜零点之间。脑壳、面孔,还有生殖器被砸得稀烂,包括被剪掉的十根手指,全是在死后发生的。致命伤在右侧太阳穴,右侧头颈也被锐器刺入,但没触及颈动脉。凶器是某种非常薄的小刀,创口大约有一厘米。法医检查了被害人的肛门,排除了鸡奸的可能。死者皮肤表面没能采集到他人的指纹和毛发,只有一些特别的纤维,应该是某种坚硬的编织袋。

"南明路不是第一现场。被害人死于一支小刀,再被剥光衣裳清洗一遍,然后被装进编织袋抛尸。天亮前一场大雨,等于又给尸体洗了一把澡。"许大庆从嘴里拔出香烟,竖到解剖台上替代一炷香,"为了隐藏身份,凶手砸烂了死者面孔，剪断十根手指。"

"师父，上个月，南明路装了第一只监控探头。"叶萧帮师父抱了一只保温杯，"子夜12点20分，有一台金杯面包车经过南明路，看不清驾驶员，但是车牌号看清了。"

"有了监控这种新东西。"许大庆吃一口温吞水，"蛮多老东西可以等死了。"

当夜，月亮刚出来，许大庆在北新泾寻到了这台车——白颜色金杯，挂了沪B牌照，停在衰败的老房子门口。苏州河像一汤酱油擦肩而过。等待拆迁的几只工厂像老棺材。亮灯的只有几家洗脚店，女人内衣犹如旗帜飘扬。

房子大门敞开，许大庆看到一台电视机——屏幕上有个拎小提琴箱子的外国男人，旁边的小姑娘抱了绿色盆栽。电视机前头坐了个男人，头发染得金黄，捧了一听三得利啤酒。他是金杯的车主，人称"金毛"。

没等叶萧跟上来，许大庆单独冲进去，扭过金毛的手臂。电视机里的老外对小姑娘凶狠地说："Don't you ever do that again or I'll break your head。"

肚皮微微一凉，许大庆看到一把水果刀刺中肚皮。金毛是个左撇子。许大庆控制了他的右手，却被左手一刀刺中了。

"册那。"许大庆的牙齿缝里蹦出来一句。

金毛跳出房间后窗。许大庆没有拔出肚皮上的刀子，倒是拔出一支五四式手枪。许大庆拉开保险，对了月亮扣下扳机，子弹像一枚高升炮仗炸响。金毛并没停下来，反而爬上苏州河的护堤。许大庆放平枪口，瞄准金毛的大腿。

许大庆的右手在发抖。金毛的背影像跳孔雀舞的靶子。温热的鲜血在裤裆里滚动，许大庆打出第二枚子弹。

金毛的大腿完好无损，子弹射穿了他的后腰。金毛栽进了苏州河，像鱼饵消失在乌黑浓稠的水中。许大庆同时掼倒在地，面朝一轮惨淡的月光。

三日后，许大庆从医院醒来，肚皮缠了厚厚的纱布，手背上插了输液针管，喉咙仿佛撒哈拉沙漠。他的第一句话："金毛呢？"

死了。

金毛的尸体从苏州河捞上来，子弹打穿肾脏，死因却是溺水。专案组搜查了金毛的住处，发现50克海洛因，刚好在判死刑的门槛上。

"师父，你为什么不等我？"叶萧给师父倒一杯热水，"要是我们两个一道上，我就能控制牢他的手，你的肚皮也不会挨这一刀了。"

"我是怕你的肚皮上挨一刀。"许大庆捂了肚皮说，"金毛捅我这一刀，因为毒品，还是因为杀人？"

"死无对证。但在金毛的面包车里，提取到了编织袋成分，还有少量血迹，确定属于南明路的被害人。"

"贩毒，杀人，袭警……金毛还做了啥大事？"

"师父，海洛因来源还在查，金毛主要做拉皮条生意。"叶萧吞一口馋吐水，"金毛手上有几个小姑娘，身上藏了两台手机，一台自己常用，一台专门做拉皮条生意，客人打他的电话，他就开了金杯面包车送小姐上门。"

"拉皮条的手机寻到了吗？"

"苏州河里打捞三天，抽干一段河水，捞上来十几台手机，就是没寻到金毛的手机。"叶萧说，"我只查到金毛常用的电话号码，但是拉皮条的手机号，现在还没查出来。"

"被害人死于下半身。"许大庆闭上眼乌珠，想起野草下赤身裸体的无名男尸。

护士送来一包中药冲剂，叶萧帮师父冲好热水说："查清爽了，清明节前一夜，九点钟刚过，有四个男人来寻金毛打牌。但是金毛在看DVD，他从大自鸣钟市场淘来了吕克·贝松的全套电影。"

"吕克·贝松是啥人？"许大庆心想要不是片子里的老外讲了一句莫名其妙的英文，自己肚皮上也不会被捅一刀。

"法国大导演。"叶萧说，"金毛是他的影迷。四个客人在金毛家里斗地主。深夜十一点半，有个女人来寻过他，但是只听到声音，没人看到这女人长啥样子。金毛是皮条客，有女人来不稀奇。金毛出门一两分钟就回来了。凌晨一点，金毛上床困觉，四个客人继续打牌到天亮。"

"法医报告上的死亡时间——夜里十点到子夜零点之间。"许大庆吞下中药，吐了一半出来，"味道太苦了。"

"夜里九点直到天亮，金毛在家里没动过。上门来打牌的四个男人，都是金毛的中学同学，其中一个还是街道联防队员，所有口供都没出入。"叶萧说，"专案组开过会了，结论是金毛基本不具备作案时间。"

许大庆差点拔出输液针管："南明路监控拍到的金杯面包车，开车的人并不是金毛，这桩案子就复杂了。"

"师父，虹桥一带所有监控都查过了。案发当夜，只在三个地方拍到过这部面包车，除了12点20分在南明路，还有11点50分在仙霞路，12点50分在延安路高架，夜里分辨率太低，挡风玻璃反光，完全看不清司机。再等五年，每只路口都装上摄像头以后，案子就好破了。"

"难道人的眼乌珠，不如天上的眼乌珠？"

"师娘，你来啦。"叶萧回头看了病房门口。

许大庆的妻子不过三十岁出头，面色像打翻的牛奶，手上牵了七岁的女儿。

"我还没死，你失望了吧。"许大庆低头说，"求求你不要让女儿看到我这副样子。"

"师父，你是光荣负伤，又不是丢面孔的事体。"叶萧说。

"放你的狗屁。"许大庆捂住肚皮上的伤口，"面孔都落到苏州河里了。"

一个礼拜后，许大庆从医院回到公安局，腹部正中留下一道乌黑伤疤，仿佛娘胎里带出两个肚脐眼。专案组不分昼夜烧了香烟，许大庆常有困在火化炉里的错觉。金毛手里的小姐跟客人们，跟他的手机一道沉没在苏州河的淤泥里，哪怕一只泡泡都没泛起来。叶萧跑了虹桥一带所有酒店宾馆，调查案发当晚的住宿登记名单。四星级以上酒店有了监控，专案组一个个看过来，看得叶萧眼乌珠通红，每日像从追悼会上出来。但是蛮多小旅馆还没装过监控，前台也记不清人员进出。

六月一号，许大庆没能陪女儿过儿童节。他在公安局吃了一夜的香烟，早上接到一通电话，妻子向他提出离婚。

许大庆先把女儿接到丈母娘家里，再跟妻子在家里吃一顿饭。许大庆的妻子叫文雅，《摄影》杂志的编辑，年纪比许大庆小十二岁。文雅承认自己有了外遇对象。她将房子跟存款统统留给许大庆，但是必须带走女儿。许大庆问起那个男人的名字，文雅摇头不讲。

"我不会离婚的,我要寻到那个男人,亲手杀掉他。"

许大庆一粒饭没吃就回了公安局。他困在专案组的沙发上度过长夜,每天跟徒弟一道吃食堂,或者酸菜牛肉泡面。许大庆心想破了南明路无名男尸案,再回来跟妻子谈谈清爽。无论如何,许大庆不会离婚的,也不能让任何人晓得这桩事体。

热天来了,凶手仿佛也被热死。停尸房里的被害人,依然是冻得硬邦邦的无名男尸,无人知晓他的名字,职业,籍贯。公安局查了全城的失踪人口,没人符合这具尸体的特征,难免送入焚尸炉的命运。

专案组牌子撤销这日,许大庆从公安局出来,头发乱得像个鸟窠,络腮胡子兴旺,蛮像当时监牢里的萨达姆。许大庆去了丈母娘家里,接了女儿露露回家。牵了女儿的小手,许大庆爬上楼梯,钥匙钻入锁孔的刹那,好像有把小刀刺入鼻孔。

死亡现场的味道。许大庆的手掌紧紧捂了女儿的双眼。客厅吊灯底下,悬挂一条墨绿色长裙。乌黑长发从裙子领口流溢而下,密不透风地遮住妻子双眼。裙摆下露出两只惨白的脚,骨节与青筋暴突,趾甲发出珍珠蚌壳般的反光。绿色森林里的一具白骨。

3

妻子已经死去了十五年。辰光像个无情的婊子抛下许大庆,脖颈松弛得像褪毛的公鸡,擦着尼龙绳的血痕。南明路的三颗红灯变成绿灯,仿佛三条墨绿色长裙悬挂在雨夜。

一个礼拜前,许大庆窝在打拐办公室困午觉,突然接到《摄影》杂志的电话——编辑部搬迁新址,翻出一只纸板箱,竟是十五年前文雅的私人物品。许大庆闷声不响搬回来,箱子里装了各种照片、相框、底片,还有几百封读者来信。许大庆关在家里一通宵,一张张照片铺了台灯下看,好像猢狲捉老白虱,终归寻到一只信封,装了十几张照片,统统是妻子的照片,背景是桂林的山,漓江的水。许大庆的脑子还没生锈，记起2004年秋天，《摄影》杂志邀请十几个摄影家去桂林拍照片，文雅是工作人员，去了半个月才回来。

信封里最后一张照片，却是文雅跟一个男人的合影。

许大庆没见过这个男人。他的卖相可以打九分，鼻梁骨蛮高，眼乌珠放光，年纪跟文雅差不多。虽然没勾肩搭背，但是两个人凑得蛮近，只差几公分就要贴上。信封上的邮戳是2004年12月25日，收件人写了《摄影》杂志文雅亲启，寄信人是浦东陆家嘴的地址，名叫鲁亚军。

不管在阳间还是阴间，只要有了姓名，地址，还有照片，地球上就没许大庆寻不着的人。隔天，许大庆打听到了鲁亚军，此人四十五岁，名下有六家投资基金公司，住在浦东海边的别墅，开一台藏青色电动跑车——许大庆在这部车子底盘上装了跟踪器。

今日夜里，许大庆收到跟踪器信号。他从静安寺跟踪到了虹桥。没想着又到了南明路。藏青色电动跑车消失了。前方有一台红颜色MINI COUPE。再往前是横马路，左右两边不是宝马就是奥迪。背后的喇叭声像葬礼的炮仗声。

许大庆头一趟跟丢了车子。右手在排挡上发抖，重新起步上挡，油门与离合交替，发动机比他的右手抖得更凶。大众车穿过绿灯，时速加到六十公里。三幢火炬般的高楼，仿佛三个监控探头窥视许大庆。雨刷疯狂地亲吻挡风玻璃。一盏盏金色路灯像星辰坠落下来。正前方烧起两盏火红色的尾灯。

刹车。晚了。冲击波击穿了耳膜。安全气囊打开。脑袋像被一匹野马踢过。没想到会这样翘辫子，册那。

许大庆只昏迷了二十秒。他是被自己疼醒的。左腿已不属于自己。膝盖粉碎性骨折。车门打开了。有只手挤过他的胸口和肚皮，解开安全带。许大庆被拖到泥泞的柏油路上。他用两只手肘支撑身体爬行。雨点像行刑队的子弹打在后领子里。他看到一双女人的运动鞋，牛仔裤上是墨绿色外套。她的发梢像蒿草的尖刺摩擦他的脸颊。许大庆没能看清她的面孔。只看到她的一截雪白头颈。这个女人救了他的命。

许大庆回头看一眼，三车连环追尾纠缠成一团，像三头互相撕咬的野兽……前头是红色MINI COUPE，当中是许大庆的大众车，最后是藏青色电动跑车……许大庆竟然被自己跟踪的车子追尾了,他蛮想再寻一根上吊的尼龙绳。

电动跑车开始喷火燃烧了。鲁亚军被禁锢在安全气囊和驾驶座之间。后排的小姑娘拍了车窗叫救命。骨折的许大庆像摊在砧板上的肉无能为力。他看到刚才救过他的女人回来了。她从 MINI COUPE 里搬出一只灭火器,对准电动跑车喷射干粉。撞击让车窗绽开裂缝,女人双手抡起灭火器,连续砸了三下,玻璃像瀑布碎裂下来。她先拖出驾驶座里的鲁亚军,又拽出后排的小姑娘。三个人刚刚爬上绿化带,许大庆的耳膜嗡一记,电动跑车爆炸了。女人的右手被玻璃割得流血,双腿折叠弯曲,牛仔裤下露出光滑的脚踝。火光像个调皮小囡照亮她的面孔,嘴唇皮擦了黑色污迹,雨水顺了发丝潺潺而下。南明路的路牌下,她抬起两根手指,像一对锋利的剪刀,捻着鬓边头发,仿佛再用点力就能齐齐剪断。

有人举起手机贴近了她的脸。她伸出五根手指推开说:"滚。"

4

隔年春分,太阳直射地球赤道,白天夜里对半开。风水先生讲是黄道吉日。许大庆披一件旧西装,开了 1.4 升自动挡小车。医生讲他年纪大了,车祸对膝盖的伤害是不可逆的。还好右腿没问题,许大庆换了一台奇瑞瑞虎,自动挡只要踩油门刹车。经过迪士尼乐园,浦东的公路上风和日丽,许大庆忙着调电台,想要听听越剧。

前头穿出一部脚踏车。许大庆踏下刹车板,右脚又慢了半拍,车头撞上脚踏车后轮盘。骑车的小伙子摜倒在公路上。许大庆心急慌忙下来,小伙子自己爬起来,手脚还是活络的,灰色卫衣撕开一道口子。地上倒了一部限量款山地车,后轮胎钢圈弯了,钢丝断了好几根。

"山地车蛮贵的吧。"许大庆说,"私了吧,我赔你。"

"爷叔,为啥不让保险公司赔?"

小伙子讲一口上海话,露出两排雪白牙齿,声音清脆得像刚开瓶的雪碧,野风惬意地拂动面孔上的汗毛。

"半年前，我没刹好车闯了大祸，差点翘辫子，不想再被老兄弟们取笑了。"许大庆看了看反光镜，对了自己的白头发说，"面孔都不要了。"

去年秋天，南明路三车连环事故以后，许大庆躺在骨科医院，左腿打石膏，面孔缠了白纱布，像个古埃及木乃伊吊在病床上，蛮想寻根绳子上吊算了。往后几个月，许大庆不看电视，也不摸手机，双眼瞪了天花板上吊灯，好像妻子还裹了裙子晃荡。女儿住大学宿舍，难得回家一趟。许大庆倒计时退休的日子，天亮就在心里画一个大叉，如同刑场上的子弹，飕一下钻入脑壳。但自从用了注射死刑，子弹也派不上用场了。

"爷叔，不用赔了，方便带我一段路吗？"

小伙子扛起山地车，背了双肩包，蓝颜色牛仔裤，蹬了李宁运动鞋，细碎刘海扫了眉毛，眼乌珠像两枚玻璃围棋子，黑白清爽。

"不作兴的，一人做事一人当，必须要赔。"许大庆立在浦东远郊的公路上，田里开满桃花，春风吹得白头发缭乱。

"我们加个微信，下趟再讲吧，今朝还有事体，我要去海上花园。"

"巧的，我也去海上花园。"许大庆打开后备厢，藏了两坛子绍兴花雕酒，必须要放倒后排座位，脚踏车才放得落。

小伙子上了副驾驶座说："爷叔，我叫丁鼎，一言九鼎的鼎，大家都叫我丁丁。"

"你的爸爸妈妈是做啥的？"

"都是普通人，爸爸是中学校长，妈妈是中学老师。"

许大庆一脚油门下去说："瞎三话四，中学校长哪里是普通人？哪一家中学？"

丁丁报出一所高中名字。许大庆的舌根发冷说："上海排名前三的名校，老早我也想把我女儿送进去，可惜分数不够，只好进了普通高中。丁丁，我看你只有二十岁吧。"

"二十三岁，大学快要毕业了，我读历史系。"

"赞的，我最欢喜三国，水浒，西游，封神榜，不好意思，这几样都不是历史吧。"

丁丁绑好安全带，笑笑说："基本不好算。"

"文保支队的兄弟们讲过，我们公安局现场搜证破案，就像考古队员掘古墓，一步步都要拍照片，搞清爽被害人身份，生前情况，死亡时间，死亡原因，还有凶手是谁。"

"爷叔，你是警察？"丁丁的眼乌珠亮起来，"我猜你办过特别恐怖的大案。"

许大庆的面孔变成猪肝颜色，摒牢摇头说："小伙子，你想多了。我已经蛮多年数没摸过枪了。我是个老病鬼，标准的药罐头，每年住两趟医院，病假一请最起码半年，等于废人一个。老早轮换过蛮多部门，现在混到了打拐办，专门捉人贩子的，解救妇女儿童，也算是积阴德。"

"在我的小辰光，警察叔叔救过我。"

"啥情况？"许大庆瞄他一眼，"你是遭过抢劫，还是绑架？"

"都不是，不说了。"

"过两天，我就要退休。"许大庆笑眯眯说，"我在打拐办也是浑水摸鱼，滥竽充数，啥事体都做不来，每天上班一杯浓茶，一张《解放日报》，还有一包香烟，或者两包。呵呵，我这一辈子啊，比烧一根中华烟还要快，就等了进棺材。"

许大庆讲到此地，丁丁已闭上眼皮。车子里静默无声，好像时速七十公里的铁皮棺材。

傍晚六点，到了海上花园，此地紧贴东海，每幢房子都造得高大俗艳，罗马柱加上巴洛克式的屋顶，维纳斯和丘比特遍地走。许大庆的肚肠辗转，声音穿透肚皮，丁丁问他，饿了吧？

"实不相瞒，我是去吃生日宴的，就怕吃不饱，不如吃羊肉串，最好是红柳烤串，可惜不上台面。"许大庆打开后备厢，搬了山地车下来，"再会。"

"见到是缘分，见不到是清净，但我打赌，我们很快还能见面。"

太阳刚好落山。丁丁扛了山地车，脊背挺直，风吹衣袂，转眼不见踪影。许大庆心想，年轻就像每天被窝里的晨勃。

许大庆捧了两坛子绍兴花雕酒，穿过绿树葱茏的步道，寻着一幢海景别墅。门口开了暗红色的山茶花，进去是个郁郁葱葱的花园，栽了十几株白玉兰，靠墙一排蔷薇，草坪修剪得整齐，零星陈列几坨新鲜猫屎。花园里停了一台红颜色

MINI COUPE，还有一台刷了黑色亚光漆的幽灵电动敞篷轿车。

英国乡村风格大房子，总共三层楼，许大庆手搭凉篷往上看，感觉是别人家的五六层楼高。红颜色屋顶上立一只体型庞大的野猫，皮毛在夕阳下贴了金箔。野猫低头望了三楼——窗帘布的流苏之间，刚好泄露一张女人面孔，抬起两根手指头，捋了捋浓密头发。虽然旁边并没有汽车爆炸，但许大庆认出了救命恩人。

她叫冯菲。

5

这幢房子的上一位主人，据说在中国西部坐拥十二个煤矿，七个铜矿，三个金矿。如果杀人不犯法，想宰了他的人足以从外白渡桥排队到虹口公园。一位德国建筑师设计了别墅和花园，按照柏林地堡的标准消耗了五十吨钢筋混凝土，每层楼板的厚度几乎可以抵抗钻地炸弹。虽然刺杀房子主人的难度堪比刺杀希特勒，但在公安局经侦总队实施抓捕前一夜，此人已在地下室烧炭自杀。那一年叙利亚刚爆发内战，这幢房子上了司法拍卖。鲁亚军花了六百万人民币收入囊中，今天市场价涨到一个亿，叙利亚内战还没打完。

鲁亚军立在门廊下，几乎跟门框一样高，白西装挺刮，眼乌珠跟头发像刷了黑油漆。本城有半数女人幻想与他共赴巫山，剩下的连想一想都是奢侈品。门口的礼盒堆得像快递分拣中心。许大庆扔下两坛子绍兴花雕酒，挤在十几瓶波尔多红酒跟苏格兰威士忌当中，等于混入芭蕾舞女演员的举重运动员。

"鲁亚军，你不认得我，但我认得你。"许大庆摸了左腿膝盖，"半年前，我们差点一道下了阴间。"

"许大庆警官。"鲁亚军的声音像一杯黑咖啡，"如果没有那场车祸，我不可能认识冯菲，今天是她的生日派对，谢谢你能来参加。"

许大庆握住鲁亚军的右手，五根手指如同火钳，足够粉碎小核桃的力道。鲁亚军摒牢没响，但是面孔变了颜色，拼命要把手抽回来。

"年纪大了，控制不好力道。"许大庆终归松手，鲁亚军右手通红，留下五根清爽印子。

底楼有个大厅，宽敞得可以打高尔夫球，挑空是平常人家的两层，头顶悬了一盏水晶宫般的吊灯。英式吧台旁边，菲律宾乐队呜呜地吹奏《Yesterday》。许大庆听不懂歌词意思，也不晓得甲壳虫乐队，只觉着乐手们蛮卖力的，矮个头黑皮肤主唱几乎要把麦克风吞掉了。开了两个钟头的车，许大庆的喉咙好像烧火，端起一杯红酒囫囵吞枣闷掉。客厅里摆了自助餐，许大庆盛了两盆炒饭，两块羊排，三根鸡腿，勉强填饱肚皮。

客厅墙上挂了十几张相框，各色各样废墟，好像拆迁办工作成果展，拍摄角度刁钻，犹如人体解剖图，暴露房梁柱子，鸽子笼般的房间，仿佛人身上一只只坏掉的内脏。照片里有一片蒿草，盖了两只芭比娃娃，蕾丝花边裙子正在腐烂。许大庆从屁股兜里摸出两张纸头，揩揩眼角浑浊的液体。

"冯菲是有名的摄影师，她的每一张照片都很值钱。"一个年轻的声音刺入许大庆的耳朵，"叔叔，我们又见面了。"

许大庆转回头来，原来是骑山地车的小伙子，细碎刘海遮了眉眼。

"丁丁，你也是冯菲的客人？"

"我是鲁先生女儿的家教老师。"丁丁放低声音，"叔叔，我晓得你为什么来了。"

"因为我闯了车祸，差点把自己送进火葬场，冯菲救了我。"许大庆吞下一杯酒，"我欠她一条命。"

"这个故事可以拍成一部电影。"丁丁给许大庆倒满酒杯，"半年前，鲁先生的女儿从美国飞回来，在上海宾馆隔离十四天以后，鲁先生接女儿去虹桥机场，路过南明路，有辆黑色大众撞上了红色MINI COUPE，鲁先生的电动跑车撞上了黑色大众。"

"那就是我。"

"MINI COUPE里的冯菲救了你的命，她又从跑车里救了鲁先生和他女儿。两个月后，冯菲搬进了这幢房子。下个月过完复活节，鲁亚军和冯菲就要飞去海南岛办婚礼了。"

许大庆的左腿又痛了说："这样讲起来，我是他们两个的媒人。"

"你为什么来?"有个小姑娘走到许大庆面前说,"我记得你,你差点杀了我。"

小姑娘长得像迪士尼的艾莎公主,破洞牛仔裤露出大块白肉。半年前的车祸,她就在第三台车的后排。冯菲先是救了她的命,然后成了她的后妈。

许大庆放粗了喉咙:"小姑娘,是你爸爸追尾撞了我,虽然是我先撞到冯菲要负全责。"

"叔叔,不要生气。"丁丁拍了拍小姑娘说,"鲁小米是我的学生,鲁先生的千金。"

许大庆想起一只问题:"小姑娘,你几岁了?"

"十七。"

"2004年生的,你应该记不得那一年的事。"

"神经病。"鲁小米瞪了许大庆一眼,拖了丁丁上楼去了。

生日派对的客人不多。菲律宾乐队一首接了一首演奏。女人们踏了高跟鞋子,做过各色式样头发,举了酒杯耳鬓厮磨,仿佛埃塞俄比亚高原上互相捉跳蚤的狒狒,香水味道浓过停尸房里的福尔马林溶液。鲁亚军像一只随处开屏的雄孔雀。他被所有人围在中心,犹如精神病院医生给病人们发药。

许大庆闻不得香水味道,打了两只惊天动地的喷嚏,手机落到地板上。腰身比年轻辰光粗了两圈,许大庆弯下去不太灵光。有人帮他拾起这台手机。一只苍白的右手,骨节突出,手背上青筋暴突,好像钻了一条条青蛇。许大庆琢磨过上千个罪犯的手,这种手经常长在杀人犯身上——四十多岁的男人,头发白了一半,戴了眼镜,目光藏了背后。他把手机还到许大庆的手里。

"还好屏幕牢靠没碎。"许大庆说,"谢谢你。"

"我是冯菲的律师。"男人嘴里喷射红白混合的酒味,伸出青白两色的手,"我叫顾振华。"

"冯菲救过我的命。"许大庆过分用力地握手,他的右手潮湿而滚烫,对方的右手冰冷而干枯,"你必定是做大生意的律师。"

"不好意思,我在广州的律所工作,入行十多年,还是个无名之辈,住在城中村,每天靠外卖糊口,我的客户多半是打工仔,我也帮人起草合同,每次收费几百块，勉强填饱肚子。干我们这一行，哪怕头发花白，依然会被小法官呼来唤去。"

顾振华端了酒杯离开，背影像一只长途跋涉过后的骆驼，脚步乱得像跳探戈。许大庆从背后扶住他说："冯菲还没出来？"

"她来了。"

顾振华的眼乌珠暗淡下去。许大庆的眼乌珠像探照灯亮起来，好像还在南明路的雨夜，可惜没看到墨绿色外套。冯菲披了鲜红的晚礼服，一级级走下旋转楼梯，像一团血浆从台阶上流溢而下。她戴了一对珍珠耳环，赛过两只打火机照亮雪白脖颈。她的左手无名指套着婚戒，南非古老地层下掘出的一枚钻石，拷着鬓边乌黑的头发。鲁亚军放下红酒杯，所有人缝住嘴巴。客厅静得像上午十点的夜总会。

菲律宾乐队重新吹奏起来，歌手卡着嗓子唱："Yesterday, all my troubles seemed so far away, Now it looks as though they're here to stay, Oh, I believe in yesterday。"

6

夜里九点，酒席收摊。菲律宾乐队退场。丁丁和鲁小米不晓得去了啥地方。顾振华律师一个人立在窗边。许大庆眼乌珠定快快，几杯老酒噱上头，浪荡到小花园。两三枝春花郁郁寡欢地绽着。月光穿过篱笆墙上小门，海风里夹了梭子蟹腐烂气味。鲁亚军带了客人去海边放焰火，好像星星投入银河。许大庆攒头攒脑跟过去，踏过丝绸般柔软的草坪，迎面横亘一条石头铺成的海岸大堤。

翻过三米高的大堤，立在泥泞的滩涂上，海面像打翻的墨水瓶。焰火升起来了，几乎冲到月亮上。浦东机场的飞机也升起来。许大庆一时看得痴呆，左膝却像被电锯斩断，跪倒在黑色地狱之中。凶狠的浪头卷上来，许大庆被蒙头夯上一拳，顺便吃一口混合长江泥沙的海水。

许大庆重新爬上大堤，裤脚管全是海水，胃里荡漾半斤白酒，折断一根树枝，就像折断人的胫骨。他回头望见灯火通明的别墅，就像导航的灯塔。露台上立着一个穿鲜红晚礼服的女人，海风吹得黑发像鹌鹑的翅膀，月光坍塌到她身上，变成首饰盒里的红宝石。

海风孟浪地卷来。天上硝烟味道散尽。别墅像一杯隔夜的浓茶冷清下来。其他客人都带了司机，各自打道回府。许大庆不好酒后驾车，附近更没代驾可以叫，只好留下过夜。

丁丁靠在墙上说："叔叔，我的山地车被你撞坏了，晚上回不去了。别墅二楼有两间客房，我已经挑了一间，明天早上，我能跟你的车回市区吗？"

"好啊，如果我还醒得过来。"

许大庆刚要爬楼梯，顾振华律师却从旋转楼梯下来，面孔通红，脚下踉跄，眼看要醉了。丁丁拉了他说："顾律师，你这样是走不了的，附近没有酒店民宿，叫不到网约车，留下过一夜吧。"

"还剩一间客房。"许大庆从丁丁手里接过顾振华，好像接过一具行尸走肉，单手托了他的腋下说，"顾律师，凑合一起睡吧。"

顾振华的眼乌珠茫然一片，先看丁丁，再看许大庆，好像忘了自己名字。顾振华低头叹气说："也好，晚上有个伴，只要你不嫌弃。"

这辰光，冯菲裹着晚礼服下来，看到许大庆便说："你身上湿透了，必须洗澡。"

"不必了，车祸都杀不死我。"

"如果我不救你，你已经被烧死了。"冯菲说，"可你连一个道谢的电话都没打过。"

"算我欠你的。"

上了二楼，冯菲跟在许大庆旁边说："我听说，您在公安局打拐办公室工作。"

"打击贩卖妇女儿童犯罪，但我不出外勤，那都是小青年的生活，我只负责在办公室接电话，每天一坐就是八个钟头。这几年坐出了腰肌劳损，坐骨神经痛，还有慢性前列腺炎，看报纸看出一只白内障，吃浓茶吃出两颗肾结石，吃香烟吃出双肺支气管炎，真不是人过的日子。"许大庆手扶了墙壁，肺叶里发出水烧开的声音，"哎哟，没得命了，现在爬个楼梯都喘得要断气，等到下个月，办好退休手续，我就解脱了。"

"祝您身体健康。"

冯菲的微笑就像一只秋天的橘子。许大庆心想，你必须剥开金黄坚硬的橘皮，沾上满手的白丝，才能吃到甘甜多汁的橘肉，然后惹火上身。

许大庆看到二楼还是挂满了黑白照片，眯起眼乌珠说："我老婆是摄影杂志的编辑，老早房间里到处是照片跟胶卷。"

冯菲从小包里抽出一张邀请函，黑白两色信封上印了"念真摄影作品展"。

"念真？"许大庆慢悠悠读出来，"要配老花眼镜了，每个字都像绿头苍蝇在飞。"

"念真就是我。"冯菲说，"摄影圈没人知道冯菲，我的作品署名都叫念真。"

"你蛮会起名字的。警察破案子，寻真相，捉凶手，不就是念真嘛。"

"去年秋天，我在外滩十八号办了摄影展，今年去过北京和广州巡展，下个月搬回上海，就在世博艺术中心，邀请你和太太来看展，我想听听她的专业意见。"

许大庆把邀请函塞进裤子口袋说："那只能烧给我老婆了，她已经在阴间十六年。"

"抱歉。"冯菲打开客用卫生间，摆好男士洗发水跟沐浴露，淋浴花洒喷出热水。她从客房衣柜翻出干净的衣裳，包括内衣裤，全是最大号尺码，妥帖得像个女服务员。冯菲道一声晚安，退出卫生间，像一只猫的脚步，拖了长长的尾巴。

关上移门，许大庆拿自己剥得精光。白发覆盖老人斑，肚皮赘肉松弛，还有一道乌黑伤疤。他不怕感冒发寒热，但是现在进发热门诊要先做检测，独怕小护士拿一根棉签插进鼻孔再捣一捣。许大庆立在热水底下，浸入一口沸腾的大海，皮肤洗得通红，充满橘子皮般的褶皱，带着泥沙冲入下水道的漩涡。他不欢喜电吹风，大毛巾揩揩干，膝盖有伤，腰身臃肿，每趟穿衣裳都赛过上刑。许大庆撑了洗脸台喘气，揩去镜子上的水汽，目击浑浊的眼角。

7

许大庆从卫生间出来,头发冒了热气,刚好碰着鲁亚军,未免有点尴尬。鲁亚军换了一套衣裳,嘴巴像一只变质的酒桶:"许警官,能陪我再喝一杯吗?"

"你不陪未婚妻?"

"不急,夜还长着呢。"

"皇帝不急太监急。"许大庆说,"正好我也有事体寻你,就吃一杯吧。"

许大庆又爬上旋转楼梯,好像在碉堡里爬上爬落。三楼有道漫长的走廊,铺一层缅甸柚木地板,仿佛镜子能照出许大庆的白头发。鲁亚军推开左边一道房门,两个人进了书房。红木书架上竖了密密麻麻的书脊,蛮多翻出毛边,像一堵微缩的长城。

墙上挂一张肖像照片——有个老头穿了中山装,坐在农村茅草屋前,摊开一副中国象棋。金色夕阳涂了左半边面孔,右半边面孔全是暗的,整个人仿佛一劈为两。老头的门牙已经不见,面孔皱纹千沟万壑,放出黑色漩涡般的微笑。

"有人说冯菲的镜头可以拍到鬼魂,她的这幅作品叫《微笑》。"鲁亚军面对照片举杯,"我每晚坐在这里吃一杯,或者两杯,就会觉得老头在跟我说话。"

"我当了一辈子警察,等于捉了一辈子的鬼。"许大庆盯了照片里的棋局,"老头是个高手,三步内可以将死对方,关键要看过河卒的用法。"

"有意思,我从没注意过棋子。"

"因为你是棋手,我才是棋子。"

"什么棋?"鲁亚军咧开嘴唇,露出雪白锋利的犬齿,"斗兽棋吗?"

书桌上有一只方形酒瓶。鲁亚军端出两只玻璃杯,倒进琥珀色威士忌,大化板上反光,像两颗浮动的星星。

"吃过红酒,再吃白酒,你不怕醉?"

"苏格兰高地威士忌。"鲁亚军一口吞没,"这杯酒救了我的命。"

许大庆闻着焦香味道,混合麦芽,泥煤还有陈年橡木桶,端起来咪一口,喉结一上一下,两万里外的麦芽已在胃里发芽,像一剂让人流连忘返的毒药。许大庆开了窗门。月光像一面风骚的铜镜,照出窗外漫长的海岸大堤。海风秘密地撩乱他的白头发。

"虽然,我坐在打拐办公室等退休,但我做过二十年刑警,每到一个地方,就会检查有没有安全隐患。"许大庆说,"我没在你家看到监控。"

"监控防不了真正的贼。大门口原本有两个摄像头,但我命令小区物业全给拆了。这里经常办私人聚会,很多是你在新闻上看不到的面孔,没人想被监控拍下来。您知道世界上有几种贼吗?"

许大庆莫知莫觉说:"小偷扒手,入室盗窃,拦路抢劫,劫财劫色⋯⋯"

"都是不入流的小毛贼。"鲁亚军又给自己倒一杯酒,摊开手数着细细的掌纹,"真正的大贼,都像我一样双手干净,甚至从不犯罪。"

"谢谢你的真话。"

鲁亚军一口闷了酒,掏出牛角梳,对了窗玻璃篦头发说:"小时候,我想做个摄影家,背着照相机去南极偷拍企鹅的性生活,那时一听到数钞票的声音,我就浑身发疹子。现在我是一个他妈的投资人,掌管几十亿人民币。我见过有人昨天在巴菲特对面吃牛排,明天从台北101上跳下来粉碎成101块。每天有一打年轻人拿着漂亮的PPT来要投资,只要我抛出一个眼神,他们就会躺在办公桌上脱裤子撅起屁股,顺便叫个闪送拿来避孕套或润滑油。但他们大错特错了,等我穿着西服烧成骨灰躺进坟墓,我的名字会比我的钱凉得更快,还不如照片上的老头,至少每晚有人向他敬一杯苏格兰威士忌。"

"我宁愿敬一支中华烟。"

鲁亚军关上窗门说:"今天我的眼皮总是在跳,不是什么好兆头,你能闻到什么味道吧?"

"算上你跟冯菲,你的宝贝女儿,顾振华律师,丁丁这个小鬼,还有我,这幢房子里总共六个人,四男两女,如果我说有人会死,你相信吗?"

"人总是要死的。"

"二十年前,我用五四式手枪可以打死八百米外的麻雀。"许大庆揉揉眼乌珠,"现在老花眼了,要是给我一把手枪对准你的心脏,准星怕是会打偏到卵蛋。"

这辰光，屋顶上响起一阵惨叫，邪气悲伤，还有点淫荡，像把匕首戳进耳朵，再钻到心脏。许大庆的右手像摸了电门发抖，手指头一松，酒杯落到地板上粉碎。房间里洋溢了威士忌的焦香味道。

许大庆空捏了手心说："抱歉啊，我赔你一只杯子。"

"不怪你。"鲁亚军捂了耳朵说，"自从冯菲搬进这幢别墅，野猫就泛滥成灾了，经常闯进厨房来偷吃，像打家劫舍的强盗，害得我失眠，神经衰落。我从朋友手里弄来一点毒药，上个月毒死过几只猫。"

许大庆蹲下来收拾碎玻璃。手指上扎破两道血口子，揩了餐巾纸止血。许大庆吸了鼻头说："我亲手捉过的杀人犯，比你毒死的猫还多。每桩杀人案在出事前，都会散发一种味道，就像给你盖了个图章，告诉你死期将至。今夜在这幢房子里，我能闻到这种味道，你要相信老刑警的鼻头。"

许大庆刚注意到书架上竖了一排《摄影》杂志。心里像丢了一粒泡腾片。许大庆数出杂志的顺序，寻着2005年的几本。

"你也订阅过这份杂志？"鲁亚军摸着封面问。

"嗯，统统堆在我家床底下，就像给我垫棺材的砖头。"

许大庆翻开2005年第四期《摄影》杂志，最后一篇是人物专访《从华尔街到陆家嘴的摄魂术》，铜版纸四色印刷，开头彩色照片——背了照相机的男人，穿一身皮夹克，背景是一面落地玻璃，可以看到东方明珠跟金茂大厦，还有造到一半的环球金融中心。

"当时我只有三十多岁。"鲁亚军指了照片上的自己，"我从美国读书回来，订阅了《摄影》杂志，经常投稿送去照片，还参加过读者活动，可惜我没有做摄影家的天赋。当时杂志的编辑采访了我，地点就在陆家嘴的投资银行，也是我的办公室。"

文章标题下面有鲁亚军的名字，旁边是采访人的名字——文雅。

许大庆的手指头戳穿了铜版纸上的面孔。指纹慢慢变灰，好像一只橡皮擦，文雅的名字模糊起来，但是永远揩不掉了。妻子上吊自杀以后，许大庆翻过所有的《摄影》杂志。文雅负责人物专访，每一期采访一位摄影师，或者摄影爱好者。许大庆从没想过，这些人当中就有她的外遇对象。

鲁亚军把杂志放回到书架上说："老哥，你喝多了。"

"有点上头。"许大庆推开威士忌酒瓶说："劝你也不要喝了。"

"医生劝我戒酒，生怕我在酒里淹死。"鲁亚军对着窗户深呼吸，"要是有人劝你戒空气，你会停止呼吸吗？"

"你最好马上停止呼吸。"

"这个玩笑一点都不好笑。"

许大庆的手指头擦了擦书桌，没能抹出半点灰尘，但他摇头说："这个房子很龌龊。"

"从没有人敢这么说。"鲁亚军笑笑说，"警察先生，但您说出了真相，有时我坐在这里喝酒，看到窗玻璃上自己的影子都会感觉恶心。"

"还有更龌龊的——我向你打听一个人。"许大庆讲出妻子的名字，"文雅。"

"抱歉，我不认识。"鲁亚军凝视酒杯中的残渣。

许大庆拍了拍杂志的书脊说："刚才那篇文章，采访人叫文雅，她是《摄影》杂志的编辑，不记得吗？"

"时间过去太久，就算见过面也没印象了，抱歉。"

"再给你一次机会。"许大庆的声音像木匠的锯齿来回拉动在鲁亚军的耳朵上。

"你晓得的，吃过老酒以后，记性会变差。"鲁亚军说，"我可能跟她见过一次，或者两次。"

"2004年秋天，你去过桂林吧？"

"我想起来了，《摄影》杂志的活动，我背了三台单反照相机去桂林，拍了几百张照片，冲胶卷就花了几千块钱，好像是有个女编辑叫文雅。"

一个声音咬住许大庆的耳朵。右手就像安装在别人的胳膊上，许大庆摊开一双通关手，金色老茧像子弹打出的洞眼，掐住鲁亚军的脖子扔到墙上，活像扔出一摊刷墙的涂料。

"你跟文雅有什么关系？"

"没有关系。"鲁亚军从气管缝隙里挤出来，"你是什么人？"

"我是……"

许大庆的左手指头缓慢而残忍地用力，抬头看到墙上照片，中山装老头落下棋子，微笑的嘴角放平说："戆卵子，你想做啥？"

手指头一根根疲软下来，许大庆摊开这双手，捂住自己喉咙，蹲下来想要呕吐，却只呕出一堆腽腯的二氧化碳。

"虽然你欠我太多，但你不配死在我的手上。"许大庆拉开房门说，"因为我怕脏。"

鲁亚军抓住许大庆的右手说："老哥，我还有很多话要说，我怕我的头会爆炸。"

"对不起，我做不到，我感觉很恶心。"

许大庆甩开发抖的右手，像丢失了冰山的北极熊走出书房。苏格兰高地威士忌的酒瓶，风骚娘儿们似的立在书桌上。瓶子里的酒水所剩无几，顶多只能再倒一杯。许大庆走下旋转楼梯，膀胱胀得凶，先去撒一泡尿，马桶里仿佛荡漾着鲁亚军的面孔。

8

许大庆寻到二楼客房。顾振华律师立在窗口发呆。月光像手指缝里的蜡烛光，一丝丝泄漏到眼里。冷风带了雨点，囫囵吞枣地灌进来。许大庆给女儿打电话，照例还是没接。头痛得像被点上一颗炮仗，他决定到死都不吃洋酒了。

许大庆点上一支香烟说："顾律师，我们是半个同行。"

"您是做哪一行的？"

"公安局，打拐办公室。"

"抱歉，我主要打离婚官司，不太跟警察往来。"

顾振华关了窗门，熄了灯。许大庆掐灭吃到一半的香烟头。两个男人挤一张床，后背心越来越暖热。许大庆翻一个身问："顾律师，你睡觉打呼噜吧？"

"不知道，我向来一个人睡。"

"那你要受罪了。有人说我的黑夜像第二次世界大战。老早有同事跟我一道出差，挤了酒店标间里，差点半夜拿刀宰了我。如果你想这么做的话，请事先提醒我。"许大庆稍微有了一点精神，"你结过婚吗？"

"从没。"

"有女朋友吗？"

"没有。"

"你是同性恋？"

"不是。"

许大庆松一口气吐到黑漆漆的天花板上："不好意思，我想起三十年前奉命去人民公园男厕所打击流氓犯罪活动。"

"您不困吗？"顾振华背对着说，"我喝了太多的酒。"

"老实说，困极了。"许大庆又翻身回去，面孔贴了墙壁，"顾律师，再请教一个法律问题——如果打断别人的肋骨，到底是治安拘留，还是移交检察院起诉？"

"治安处罚法中殴打他人与故意伤害罪的区别，主要在于造成伤害的后果，轻伤以上就是故意伤害罪，打断肋骨是故意伤害罪了。你是老警察，没必要问我吧。"

"抱歉，年纪大了，脑子糊涂，你觉得会判几年？"

"那要看打人的动机，恶意就会重判，要是其他原因，比如受害者有过错在先，顶多三年吧。"顾振华说，"明天上午，我要飞回广州，律所主任在等我回去，晚安。"

"谢谢你，顾律师，你是我的恩人。"

许大庆心想三年还好，监狱局的干警都是老兄弟，进去不会被欺负。等到太太平平放出来，虽然丢了警察的退休金，但是饿不死。许大庆决定在明日一早，爬上三楼，一脚踢开卧室大门，他要把鲁亚军从温柔的被窝里拎起来，当了冯菲的面夯一顿，也许打断两颗门牙，加上几根肋膀骨，但不会把人打进太平间。许大庆终归放下一颗心，隔手发出巴巴罗萨行动般轰鸣的鼾声。海风从窗门缝隙钻进来，好像装满鲸鱼呼喊声的罐头。

许大庆觉着后背空了。顾振华下了床，穿鞋走出房间。呼噜声打得再响，许大庆也不会困死觉。子夜十二点，许大庆的鼾声时断时续，直到另一边床铺变凉。刚好过去一个钟头，顾振华静悄悄回来了，却像去过一趟非洲那样遥远。顾振华身上有海水的气味，仿佛几只海蟹攀上床铺，顶了许大庆的屁股和后背，渐渐滚烫潮湿起来。

许大庆困在噩梦里说，杀人犯，别跑。

9

噩梦只做了上半场，尚未摸到杀人犯的影子，魂灵头就被一声轰隆巨响拎出来了。

许大庆睁开眼乌珠，天花板像一口黑漆漆的大锅，暗戳戳地盛满滚烫的油水。耳朵里还是嗡嗡作响，好像被打进一根木桩子。顾振华跳起来推开窗玻璃，火葬场似的热风涌进客房。许大庆想起小辰光"文化大革命"，人人都讲要打核大战，苏修美帝的原子弹氢弹就要掼进来了，大概就是这幅末日光景。透过窗门望出去，夜空还是墨漆乌黑，月亮已逃之夭夭。别墅一百米外的石头大堤上，幽灵电动敞篷轿车正在火炬似的燃烧。烈焰卷着浓烟扶摇直上，几乎熏黑了半条银河。

谁在那辆车上？

凌晨三点——许大庆看一眼手机，只困了三个钟头。海堤上的轿车继续爆炸燃烧，仿佛上半夜的焰火还没放够。许大庆披上外套，踏上鞋子冲出去。顾振华紧跟在后头，爬下旋转楼梯，跌跌撞撞弹出别墅。

夜里飘了小雨。穿过绿树婆娑的小花园，钻出篱笆墙上的小门，许大庆脚下拌蒜掼倒，嘴巴啃了两口草皮。这一片泥土松软，原是长江口的滩涂，不然门牙都要磕掉。顾振华伸出一只青筋暴突的右手，抓住许大庆的腋下拖拽起来。

许大庆吐出破碎的嘴唇皮说："你是我碰到过手劲最大的律师。"

坚硬的石头大堤底下，幽灵还在燃烧。车头跟引擎盖已经消失，车厢扭曲得像一团天津麻花。谁都没办法靠近这台车，就像谁都不能活着走进地狱。

车里有一个人。

许大庆确定驾驶座上有个男人——严格来说是男人的尸体，正在被黑色的火舌一点点舔干净。没人能从这样猛烈的撞击和爆炸中存活下来，除非你是蝙蝠侠。

"虽然他的面孔烧成了灰。"许大庆的脸上被熏得全是眼泪水和鼻涕水，"但我已经猜到他是谁了。"

哭声。小姑娘的哭声，像一根锋利的琴弦，勒紧并且深入你的脖颈。许大庆捂住自己的咽喉回头。鲁小米像只小蛾子扑向燃烧的轿车。丁丁追上来抓住她的胳膊，像台风刮倒的小树齐齐折断。小姑娘倔头强脑，两个人在草地上翻滚好几圈。顾振华上来帮忙才按住了鲁小米。

"鲁先生的车。"丁丁爬起来喘气说，细碎刘海下的面孔涂满黑色污渍。

许大庆摸出手机，先打119火警，再打110报警。他没打120。死人没有抢救的必要。

最后一个是冯菲。她披了墨绿色外套，像一团茂盛的盆栽摔倒在草地上。她爬起来冲到燃烧的轿车前。这一趟，她不能把人从车上救出来了。冯菲抬起两根手指，撩起鬓边散乱的头发，刺得许大庆眼乌珠发痛。

火还在烧。敞篷轿车变成焚尸炉里的铁皮棺材。空气混合人体焦烂的气味。鲁小米跪倒在泥地里。顾振华扶了眼镜立起来，他和许大庆像两尊佛像相对而立。

许大庆的左膝好像重新粉碎了一遍："如果被烧死的是鲁亚军，我打赌这是一桩谋杀案，凶手就在我们之中。"

第二章

Chapter two

阳面

1

后半夜,海风吹得无法无天。春雨一直坠落。许大庆爬上石头大堤,揩去落到眼皮上的雨点,牵丝攀藤地收拢骨头,烟盒里抽出一支中华烟,打火机烧了长远才点上,好像点燃一具细长的尸体。恶狠狠嘬两口,烟雾像一团魂魄,袅袅卷上漆黑的夜空。

消防车像一头红毛怪兽扑过来,喷射水龙头跟泡沫,终归熄灭了火头。滚烫的敞篷轿车铁壳子里,消防员拖出一具烧焦的尸体,面孔不存在了。鲁小米看一眼就晕过去。冯菲匍在地上呕吐,万一认得出倒是奇怪了,除非她能看到鬼魂。

"就算这辆车是鲁亚军的,但不等于车上的人是鲁亚军,现在不能确定死者的身份。"顾振华律师回头看一眼别墅,"也许鲁亚军还在这栋房子里。"

鲁小米醒过来,揩揩眼泪水,别转屁股向别墅冲去。许大庆捉牢她的手臂膊说:"小姑娘,我们一道回去寻你爸爸。"

许大庆觉着自己是个狱卒,押解四个囚犯回到监狱。小花园里的灯亮起来。一只橘猫立在三楼屋顶,顾盼自雄。鲁小米打开客厅里所有的灯,照亮墙上十几张黑白照片,有了遗体告别大厅的腔势。两楼所有房间都看过了,并没鲁亚军的影子。许大庆看到一间没有窗门的视听室,有一面巨大的投影幕布,足够二十个人同时看电影,墙壁上嵌了环绕组合音响。冯菲说鲁亚军欢喜关在黑暗中听柴可夫斯基。许大庆觉着此地像个幽闭的盒子,不对,是一只巨大的捕鼠笼子。

爬上旋转楼梯,走到三楼的走廊,冯菲打开主卧室——几乎有一百个平方,装修跟家具腔调都像是从《简·爱》或者《呼啸山庄》里出来的。房间当中摆了一张欧洲仿古宫廷床，足够并排躺上三个火枪手，仿佛困过路易十六和断头皇后。许大庆掀翻一床天鹅绒被子，并未发现主人的踪影。许大庆抬头看到天花板上，镶嵌一面镜子，刚好跟大床相同尺寸——许大庆看到自己衰老的额头，仿佛躺在这张床上陷入长眠。衣帽间里吊了各种颜色衣裳裙子，像一具具鲜艳的女尸。落地窗正对大海。月亮重新出来了，照亮小树林跟海岸大堤，就差紫色的石楠荒原。幽灵轿车的残骸仍在冒烟，变成黑色的钢铁尸体。

"他不在。"冯菲仿佛在寻找一串丢失的项链，"我被爆炸声吵醒的时候，床上只有我一个人。"

"鲁亚军是几点钟睡觉的？"

"不知道。"冯菲用袖子管抹去脸上污迹，指甲缝里全是泥土，"我以为鲁亚军在书房喝威士忌，我从不打扰他。"

"我们去隔壁看看，但愿他醉倒在地板上打呼噜流口水。"

许大庆拧开书房的门。窗帘布紧紧拉了，吊灯散发白光，空气闷得像一口停灵七天的棺材。房间里有几千册图书，印着成千上万的名字，但没有一个活人。书桌上的酒瓶彻底空了，不剩一滴威士忌，另有一只空的玻璃杯。

许大庆攥紧了手指头，没有触摸任何东西，看一眼墙上的相框——蓝色中山装的农村老头，夕阳斜射到脸上，分裂成两张面孔，一个在阳间，一个在阴间。许大庆对照片眨眨眼乌珠，中山装老头也对他眨眨眼乌珠，眼角溢出浑浊的流质。

顾振华也挤在书房门口，定快快看了墙上相框。许大庆的肩胛撞他一下说："顾律师，你认得照片里的人啊？"

"从没见过。"顾振华掸去身上灰烬。

"要不是爆炸声吵醒了我们，我保证今晚可以梦到他。"许大庆关上书房的门，还寻来一卷胶带封住门缝，"任何人不许进这间房。"

书房对面还有一个大房间。除掉一台冰柜，摆满各种摄影器材，坛坛罐罐，绳子上吊了蛮多黑白照片。许大庆想起妻子活着的辰光，家里也有蛮多这种东西，后来统统被他一把火烧了。

"这是我的工作室。"冯菲的气息攀到许大庆的后脖颈,"冲洗照片的暗房。"

"别墅里到处是你的摄影作品,但我没看到你自己的照片。"许大庆打了只冷噤回头,盯了冯菲的眼乌珠,"好像生怕自己的魂灵头被照相机收走了。"

"我的镜头不是为我自己准备的,我也从不让别的摄影师拍我。"

"虽然我不懂女人,但我女儿也欢喜拿手机给自己拍照,还要啥的修图,美颜……等于猪八戒照镜子。"许大庆有点头皮发麻,"不谈了,频道关掉。"

这辰光,冯菲的面色变得煞白,坐下来捂住左半边头,有点恶心的感觉。

"你怀孕了?"许大庆摇头说,"抱歉。"

"没有,偏头痛,老毛病了。"

冯菲寻出两粒药丸,倒了杯温水吞下去。

"这毛病我也有。"许大庆说,"你这种药灵光吧?"

"鲁亚军托人从日本带来的,我可以帮你代购。"

"这就算了吧,太贵了,我只买得起能进医保的药,比方伤筋膏。"

许大庆捂了膝盖走下旋转楼梯。客厅沉默得像一座华丽的坟场。冯菲,鲁小米,丁丁,顾振华,四个人坐在四个角落,彼此并不讲话。鲁小米的啜泣声响起来,赛过小囡叮叮咚咚的撒尿声。

"鲁亚军不在这栋房子里。"许大庆又点一支香烟,好像饿了三天的狼。

"但也不一定烧死在车里,他有可能半夜离开了别墅。"顾振华的头发又白了一层,仿佛过早封冻的雪山。

"顾律师,我说我是警察,你害怕吗?"

"我没有犯过罪,为什么怕警察?"

"有道理,我们还睡了同一张床,但你在半夜十二点出去过,去了哪里?"

顾振华的双眼像一对铜门环:"我去了底楼客厅,生日会留下的垃圾堆积如山,我帮着冯菲一起收拾干净。"

"是的,顾律师帮了我很多忙。"冯菲立起来说,"打扫垃圾的事情,鲁亚军一概不管,我们忙到凌晨一点就上楼了。"

"最后一次看到鲁亚军是什么时候?"许大庆手里的烟灰坠落在地板上了。

"大概十点钟,昨晚我们忙得像打仗。"冯菲说,"许警官,你在审问我们吗?"

"不用急,会有人审问你们的。"许大庆走到丁丁面前说,"小鬼,抬起头看我。"

"叔叔,你好。"丁丁抬起滚烫的眼皮,双眼织满血丝,像在新生联谊会上自我介绍,"我叫丁鼎,一言九鼎的鼎,别人都叫我丁丁,二十三岁,双鱼座,O型血。"

"凌晨三点以前,你在哪里?"

"二楼的客房,你和顾律师的隔壁。"

"房间里只有你一个人?"

"你觉得我跟谁在一起?"丁丁捋了捋眉毛上的刘海,"我早就睡着了,听到爆炸声就冲出来了。"

许大庆抬头看了天花板问:"你们知道这栋楼里藏着毒药吗?"

"这不是秘密。"冯菲说,"每个人都知道鲁亚军毒死过野猫。"

"毒药藏在哪里?"

"这个问题只能去问鲁亚军了。"

许大庆给鲁小米披上一条毛毯,拍拍她的后背说:"小姑娘还好吗?"

鲁小米像只小猫爬起来,嘴唇皮咬出黑色的血:"我爸爸不会死的,他会回来的。"

"这是什么门?"许大庆看到底楼角落里有一扇小门。

"地下室,平时锁着的,钥匙在那个柜子里。"鲁小米指了指说,"我爸爸不会在里面的。"

许大庆从玄关旁边的柜子里找到钥匙。打开地下室,像盗墓贼打开墓道口,许大庆轻手轻脚下去,摸着电灯开关,嗞啦嗞啦响起来,照亮四面墙壁上的相框。

许大庆心里有一只打桩机,每看到一张照片就深入一层地下。许大庆以为都是冯菲的作品,但是多看两眼,却发觉跟楼上的照片不太一样。冯菲拍的多是废墟,工地,拆迁,蒿草,黑黢黢的农民工,流水线上的女工。但地下室的照片多是自然风光,不是黄山迎客松,就是大漠孤烟直。虽然,冯菲的摄影作品尚在人间,却比眼门前这些照片残酷得多。还有一排照片里都是猫。同一只黄颜色的橘猫,看得出都是在这幢房子附近拍的,还有一个小姑娘抱了猫的照片,应该就是鲁小米了。

地下室里最后一幅相框——许大庆看到一张女人的自拍照,全身隐在阴影中,唯独露出面孔,一只捏了相机的右手,白得刺痛眼乌珠。某种角度来看,她有一点像冯菲。许大庆点上一支烟,脚底下一滑,像头大象掼倒在地板上。

许大庆捂了掼痛的屁股问:"照片上是啥人?"

"我妈妈,地下室的照片都是她的摄影作品。"鲁小米的双眼好像涨潮的海水。

"也是摄影师?"

"不算,我妈妈只是摄影爱好者。"

许大庆莫知莫觉爬起来,看了照片里的女人问:"她现在哪里?"

"阴间,已经去了六年。"

"能告诉我死因吗?"

"车祸。"鲁小米说,"从悬崖掉下来,烧死了。"

"你们家五行属火,对不起。"

这辰光,头顶响起一阵湿漉漉的脚步声,大门口有人进来,带来一阵阴森森的风。

"册那,你爸爸真的回来了?"许大庆爬出地下室,右手摸了摸裤腰带,老早藏了手枪的位置,仿佛抬手就能击穿对方的眉心。

立在玄关的男人跟鲁亚军差不多身高,但是后生了蛮多岁数,浓眉毛往上挑,披一件灰颜色风衣,黑皮鞋沾了几滴泥水,手上提了两杯奶茶。

"师父,我来了。"许大庆的徒弟叶萧扫一眼客厅问,"这四个都是嫌疑人?"

"徒弟,我等煞你了。"

"凌晨三点,我接到师父的电话就爬起来,半夜从市区过来,挂上警灯,飙到150公里。"叶萧的眼乌珠熬得彤彤红,看一眼手机,"刚好四点钟,师父,我给你带了一杯奶茶,草莓车厘子乌龙味道,昨夜在静安寺买的,冰箱里藏了几个钟头。"

"难为你了。"许大庆右手抖抖豁豁,只吸一口便吐出来,"爹啦娘啦,啥怪味道。"

"师父,你把奶茶吐到我身上了。"叶萧愁眉苦脸,抽了餐巾纸揩揩身上风衣,推开客厅的落地窗,望了被消防队灯光照亮的海岸大堤,啧啧叹气,"幽灵纯电动敞篷轿车,标准版定价 30 万美元,可惜了。"

"烧成灰的被害人身价比这辆车贵一百倍。"许大庆说,"刑警队的兄弟都到了吗?"

"三部警车停在门口了。"

"现在就送四个嫌疑人去公安局,采集指纹跟血样。"

顾振华立起来说:"许警官,我们不是嫌疑人,而是证人,不应被强制采集血样。"

"顾律师,等到法医报告出来,就晓得被害人是不是鲁亚军,到底有没有谋杀案了。"许大庆的眼乌珠看穿两层楼板,瞥见书房墙上的老头微笑,"果然,今晚要死人。"

2

24 个钟头后,法医报告出来了。许大庆眼球充血,仿佛刚做好分尸勾当。叶萧拿来一把扫帚,扫掉地板上的烟灰。许大庆识相地掐灭烟头问:"我打呼噜声音响吗?"

"不要讲公安局了,公安部都能听到。"

"我的喉咙又没藏了原子弹。"

师徒俩坐在白板墙前,一人吃一只蛋饼。南明路无名男尸案以后,许大庆再没办过杀人案。领导只派他去查强奸妇女、偷鸡摸狗、入室盗窃的案子。后来许大庆被调出刑警队,先去农村派出所,再调扫黄办,又去人口办,还做过两年工会干部,最后落到打拐办接电话。徒弟叶萧亲手逮过的杀人犯,已经超过许大庆刑警生涯的两倍。

"第一桩事体最重要，DNA结果来了，死者就是车主鲁亚军。"叶萧摊开法医报告说，"血液里的酒精含量严重超标，已经到了醉酒驾驶的程度。"

"这不稀奇，鲁亚军是个标准的酒鬼。"

"虽然尸体烧成焦炭，全身多处骨折，脑袋只剩下一小半，但是法医解剖了内脏，胃里残留有致命剂量的马钱子碱——马钱子植物里提取出来的，也是一种杀虫剂原料。"

"马钱子碱……"许大庆放下蛋饼，"廿年前头，我办过一桩案子，被害人是个农村妇女，家里有鲜花大棚，突然暴毙身亡，尸体胸口向上拱起，背部腾空，头部和双脚还贴在床上，就像一座石拱桥。经过法医解剖，发现死者胃里有马钱子碱，我们再查鲜花大棚里的杀虫剂，结果发现马钱子碱，凶手就是被害人的老公，发觉老婆在外头有了男人，提取了杀虫剂，拌到老婆吃的汤里，后来判了无期徒刑。"

"师父，刑警队搜查了鲁亚军的别墅，在三楼书房发现了马钱子碱毒药。"

许大庆开始回忆书房里的每个角落问："藏在啥地方？"

"书架上有一整排杂志，有个黑颜色小罐头，藏在杂志的背后。"叶萧咬一口蛋饼说，"罐头里残留高度提纯的马钱子碱100毫克。毒药来源是鲁亚军的大学同学，现在是一家园艺公司老板。过年前，鲁亚军讲要对付一窝野猫，问他要了一小罐马钱子碱。"

"案子就要破了。"许大庆胃里绞痛起来，"鲁亚军死于中毒，凶手把尸体送上车，伪装成车祸死亡，这是一桩谋杀案。"

"师父，先不要急。"叶萧打开法医报告，指了指自己的头颈，"虽然胃里和血液残留有马钱子碱，鲁亚军的死因却不是中毒，也不是被烧死的，而是机械性窒息。"

"交通事故中常见的死亡原因。"许大庆三两口吃掉蛋饼说，"为啥会有毒药？"

"三楼书房的玻璃杯里，检出了马钱子碱，还有鲁亚军的唾液，杯子表面采集到他的指纹。"叶萧给师父泡了一杯新茶，"但是酒瓶内的酒水空了，没有检测出毒药成分。"

许大庆吃一口滚烫的茶，摆开玻璃杯说："毒药下在酒杯里？"

"师父，威士忌酒瓶上有三个人的指纹，至少十枚指纹属于鲁亚军，还有四枚冯菲的指纹，但她经常出入书房，接触酒瓶也正常，最后两枚指纹，比对了剩下三个嫌疑人——鲁小米，顾振华，还有丁丁，结果都不符合。"叶萧看了许大庆手指上淡淡的伤口，"最后，我们比对了你的指纹。"

许大庆的血管里还有点威士忌，摇摇头说："想起来了，我推开过这只酒瓶子。"

"师父，你是一个老刑警，不会在案发现场乱摸东西。鲁亚军死亡前几个钟头，你和他一道喝过酒，对不对？"

"徒弟，你就当给我做笔录好了。夜里11点钟，我从二楼卫生间汰浴出来，正好碰着鲁亚军，他拉我到三楼书房，吃了两杯威士忌，最多半个钟头，他的老酒吃多了，无轨电车瞎开，我还不当心打碎一只杯子。"

"书房地板上有几粒玻璃碴，垃圾桶有打碎的玻璃杯，沾了少量血迹。"叶萧说，"师父，碎玻璃上有你的指纹，如果有人把毒药悄悄下在酒杯里，这么凶手就是你了。"

许大庆闷了半天说："对不起，徒弟，我已经老糊涂了，酒量也是一塌糊涂，只吃了几杯洋酒，脑子就断片了。"

"老实讲，有点晚了。"叶萧观察许大庆的眼乌珠，好像厨师观察等待屠宰的老母鸡，"但是蛮多人作证，鲁亚军的习惯是威士忌倒进玻璃杯，从不加冰，一口闷掉。"

"凶手没机会在杯子里下毒。"许大庆说，"除非是他自己。"

"鲁亚军为啥在冯菲的生日夜自杀？还有一个月，他就要做新郎官了，马钱子碱是他自己弄来的，这种毒药会让人体神经信号失控，抽搐痉挛，非但死得异常痛苦，尸体还会变成一座石拱桥，鲁亚军是个要面子的人，如果真想自杀，完全可以寻到最好的安乐死方式，在欲死欲仙中上天堂。"

许大庆坐倒在沙发里说："要是这样死法，请给师父也安排一下，你就是个好徒弟。"

"师父，你还没资格安乐死呢。"叶萧说，"你跟鲁亚军一起喝酒的时候，他有中毒迹象吗？"

"他有点醉了，但不至于中毒，投毒时间在11点30分以后，直到凌晨两三点，车祸发生以前。"

叶萧在白板上画出时间线说："只要列出这段辰光内，别墅里所有人的活动情况，就有机会推出凶手——如果有凶手的话。"

"子夜十二点，顾振华从我的房间出去，他讲在小花园跟冯菲聊天，如果这是谎言，他就有时间进入书房投毒，但他是第一趟到此地，怎么晓得毒药罐头的位置？"许大庆摇头说，"如果在空酒杯里下毒，鲁亚军倒酒时为啥没发觉？"

"师父，你觉着鲁亚军有自杀倾向吗？"

"虽然我老眼昏花，经常看不清人的眼乌珠，但看得到人的魂灵头。鲁亚军不会自杀，哪怕是吃安眠药。"许大庆敞开窗门透气说，"杀人犯就在四个人当中——冯菲，顾振华，鲁小米，还有丁丁。"

"第五个人，就是师父你自己。"

"徒弟，要是师父杀了人，绝对不要放我一条生路，师父变成鬼也不会怨你的。"

叶萧搛不牢笑说："师父，你的杀人动机呢？"

"去年秋天，鲁亚军开车撞了我的屁股，差点送我翘辫子，我要报复杀人。"

"那你是怎么发现毒药罐头的呢？"

"对啊，我又不是透视眼。"许大庆觉着自己的眼神极不自然，表情僵硬，演戏水平等于流量明星。

"师父……"叶萧的声音放低下来，"你需要回避，不好再参与这桩案子了。"

"因为我也是嫌疑人？"许大庆点上一支中华烟，头顶的白发仿佛一只老绵羊。

叶萧看了整面白板说："马钱子碱中毒到死亡是有过程的，到底多久要看服下的剂量。假设鲁亚军一门心思寻死，吃下毒酒以后，开上自己的车，时间还是足够的，笔直冲向海岸大堤，等于火星撞地球，一秒直下地狱，机械性窒息死后才烧成焦炭，刚好省了火葬场费用。"

"鲁亚军是有多恨自己？"许大庆说，"不过机械性窒息总比活活烧死好。"

"还有一种可能是自动驾驶——凶手把鲁亚军的尸体放在车上，然后操纵这台车撞上了大堤。但我查了这台车的数据，当时完全处于手动驾驶状态，最后十秒钟油门踩到底，没有任何远程操控的可能。师父，对不起，没有你想要的谋杀案。"

"徒弟，你也是长本事了。杀人不容易，杀死自己更不容易。老早我办过一桩案子，有个女人先吃老鼠药，然后割腕，最后从十八楼跳下来——当时也有疑问是不是他杀，最后结论就是自杀。"

"第一种是生怕死不掉，换一种煞根的手段；第二种是生怕死得太惨，换一种温柔的方式。"叶萧搬来一台空气净化器，"师父，你现在就是慢性自杀，医生讲过吧，少吃两根香烟。"

"没事体，我有高血压，糖尿病，痔疮，还有前列腺炎，左膝功能障碍，能活到退休就当赚着外快。"许大庆吐出一口烟，"徒弟，四个嫌疑人进来要 24 个钟头了吧？"

"如果没有更多的证据，天亮就会放了。"

"我敢打赌，冯菲一宿都没困觉。"

"赌啥？"

"一杯咖啡。"

3

许大庆赌输了。

顾振华，鲁小米，丁丁都是一宿没困，唯独冯菲在留置室困着了。早上六点，她问女警借了塑料梳子，安安静静篦头发。叶萧点了两杯咖啡，一杯给师父，一杯给冯菲。许大庆买单。吃好这杯咖啡，冯菲就自由了。

许大庆立了公安局门口吃香烟。看到冯菲头一个出来，许大庆掐灭香烟说："要我送你回去吧？"

"不必了，我可以坐地铁。"冯菲戴上口罩跟墨镜，勉强挡了黑眼圈，如果披上一条黑头巾，就是未亡人了，"从我认识鲁亚军的第一天起，我就知道他的思维异于常人，就连自杀也要选择这种方式。"

"我不相信这是自杀。"

"一切以警方的调查为准吧。"

"嗯，你也知道我不能负责这桩案子——如果是谋杀案，我也是嫌疑人之一。"

冯菲转回头说："如果是谋杀案，绝对不可能是你。"

"你现在回海边的别墅吗？"

"不，既然我的未婚夫已经在天上了，那我也没有资格再住那栋房子。我在临港新城有一套自己的房子，以后你要去那里找我了。"

"你是个预言家。"许大庆的嗓子好像烧红的炭火，"我会来找你的，再见。"

冯菲去了马路对面的地铁站，许大庆别转头不看她的墨绿色外套。刚好鲁小米从公安局出来了。小姑娘刚死了爹，两只脚发飘，来一阵风就能吹到天上去。门口停了一台奔驰 S400 轿车，有个中年男人接走了鲁小米。前天的生日派对上，许大庆见过这个人——鲁亚军的哥哥，名叫鲁冠军，政法大学的刑法学教授，法律界名气蛮响的。前几年，叶萧考出刑法学的硕士学位，鲁冠军是他的论文导师。

一分钟后，顾振华也出来了。他的白头发更多了，走到隔壁的沙县小吃，点了一碗小馄饨。许大庆坐到顾振华对面说："男男女女搞七捻三，人就等于疯子，不是杀了人，就是被人杀了，我经手过的案例太多了。"

"我同意您的说法。"顾振华一调羹吃了三个小馄饨，"我打过很多离婚官司，虽然没到杀人那一步，但我的客户们未必没有过杀人的心。"

"顾律师，听说你在日本留学过八年？"

"虚度光阴，只是学会了日语，偶尔做一些翻译。这几年，我用业余时间翻译森村诚一的推理小说，出版以后送您一本。"顾振华从馄饨碗里抬起头说，"还要聊小说吗？"

"不谈了，我上趟读小说还是手抄本《一只绣花鞋》。"许大庆说，"我徒弟问过你——你跟冯菲是怎么认得的？"

"五年前，我去武汉办案，客户介绍我认识了冯菲。当时她在武汉接商业摄影的单子，需要律师帮她看合同。虽然在不同的城市，但我们通过邮箱交流。去年，冯菲开了个人摄影展，市场价翻了几十倍，鲁亚军给她请了有名的大律师，自然轮不到我这个三流律师了。"

许大庆看了汤碗里的小馄饨说："要是没有鲁亚军，恐怕不会有这个摄影展，但要是没有我，冯菲也不会有鲁亚军。"

"冯菲跟我说过一样的话，有时候，人的命运是被你瞬间的动作改变的。"

"嗯，我的左腿改变了鲁亚军和冯菲的命运。"许大庆说，"希望你这几天留在上海，如果你回广州去，就说明你是凶手。"

"许警官，你还把我当作犯罪嫌疑人？我答应你，暂时留在上海，直到调查结果出来。"顾振华吃光了小馄饨，牲口似的低头吃汤，快得像温酒斩华雄。

走出沙县小吃，许大庆看到丁丁出了公安局。这小子的爸爸妈妈昨日就带律师过来，问儿子是刑事传唤，还是行政拘留，或者协助调查。公安局答复是涉嫌刑事案件，需要留置盘查，劝说老夫妻回去。天还没亮，他们又来了。丁丁爸爸是重点中学校长，托了学生家长关系，以为可以捞人出来，结果等到现在。

丁丁老娘看到儿子，马上递过一杯奶茶，眼泪水嗒嗒滴，问他，在里头吃苦了吧？困得好吗？饿肚皮吧？她又掀起丁丁衣裳，检查儿子身上有没有暗伤，是不是被刑讯逼供。

许大庆叼一根香烟说："快回去吧，不晓得的人还以为在提篮桥关了十年。"

"我儿子要是有啥事体，必要剥掉你这身警服。"这位老娘中气十足，好像在讲台上训斥学生。

"再过几日，我就真的脱掉这身警服，你可以去离退休人员办公室投诉我。"

丁校长的驾驶员开来奥迪 A6 轿车。丁丁坐上后排，嘴巴里吸了奶茶。丁校长关照驾驶员快点开走。清晨的小野风吹过来，许大庆的烟头燃烧得像一根炸药的引线。

4

幽灵电动敞篷轿车老早被拖走了，但它的幽灵依旧挺在破碎的大堤上。许大庆看到东海大桥的影子，几只小岛在波涛中出没。集装箱货轮绕过好望角而来，仿佛漂浮的乐高宫殿。许大庆如临深渊地爬下去堤坝，密集恐惧症的藤壶，如同刚被牙医拔出的牙齿，暴露牙神经的恶形恶状。

许大庆被海风撩乱了白头发，吹黑一个色号，像只基因变异的白头翁，立在火葬场般的车祸废墟上。附近草地烧焦了一大片，活像诺曼底登陆第二天。车辙镶嵌在泥泞中，仿佛两道笔直的流星尾迹。许大庆跳下大堤，沿着轮胎印子往前走，肚皮里吸一口气，心里默数步数，好像踏错一步就引爆地雷。这条路全是松软的草地，树林外就是小区围墙，虽然装了好几只监控，但是探头一律朝外，拍不到围墙内的情况。

刚好走了两百米，许大庆的裤脚管上全是泥水，轮胎印子到此为止了。幽灵从此起步，碾过湿漉漉的草地，笔直加速奔向大海，撞上石头大堤的瞬间，时速已将近八十公里。假如真是自杀，鲁亚军堪称一条汉子，值得往地上洒两杯黄酒。

许大庆掉头往回走一百米，脚馒头已经痛得吃不消，刚好到了鲁家别墅的大门口。此地在小区最深处，也是最大一幢房子，坐西朝东，面朝大海——按照风水先生的讲法，蛮适合造一座奢华的阴宅，庇佑子子孙孙兴旺发达。太阳露出头来，花园里姹紫嫣红一片。鲁小米裹了粉红色毛绒睡衣，台子上放了两杯咖啡。

"大叔，你又来找我干吗？"鲁小米说，"请叶萧警官来审问我吧，他披着风衣的模样有点帅。"

许大庆摸了胸口喘气，坐下来说："此地不是审讯室，也没有摄像头对了你。"

"你在怀疑我杀了我爸爸？"

"当晚在别墅里的任何人都有嫌疑，包括我。"

鲁小米滑开手机说:"我有不在犯罪现场的证据。"

屏幕上是个直播页面,灯光有点昏暗,镜头对准小姑娘的房间,一张迪士尼公主床,家具都是意大利进口的,窗台上摆了爱马仕跟古驰,困在床上的就是鲁小米,穿了奶牛睡衣,盖一条薄被头。

"这是啥?"

"我是B站的UP主。"

"讲慢一点,啥的逼?啥的猪?"

鲁小米翻翻白眼说:"就是哔哩哔哩,我在B站上有两万个粉丝,基本上都是死宅男。我发的都是动漫配音、个人旅行视频,衣服和包包,每个周末直播一次睡觉,这是粉丝福利。"

"直播困觉?"许大庆拍台子说,"小姑娘,你还是未成年人,你不怕我让治安总队来扫黄?"

"神经病,我是穿着衣服直播的,不露点的好吧,露沟都没有。"鲁小米往下拉了拉衣裳领头,"晚上十点,我上床睡觉了,同时开直播,直到凌晨三点,我被爆炸声惊醒,全程没有下过床。最高在线三千人,至少有五百个人从头到尾看完了,你不晓得现在的人有多无聊。"

"夜里十一点,我跟你爸爸一道吃过老酒,如果你在十点以前下毒,那么现在我也是个枉死鬼了。"许大庆压住自己喉咙,"所以,小姑娘你的杀人嫌疑基本排除了。"

"嗯,你现在看的是直播回放。"鲁小米收起手机,"叶萧警官已经取证了。"

许大庆看了海面上的云彩,几只未成年海鸥潦草地练习飞行。许大庆吞下一口咖啡说:"讲讲冯菲吧,就从南明路的车祸讲起,如果这是你爸爸第一次认识冯菲的。"

"七个月前,我在洛杉矶读高中,美国总统还是特朗普,我有一半的同学支持他留在白宫,还有一半祈祷他全家下地狱,但他们都不爱戴口罩,我有六个同学感染了,我的老师死在ICU里,爸爸花了十万块,帮我买到回国机票。到了上海浦东机场,我被送进隔离酒店。过了十四天,爸爸开车送我去虹桥机场,经过南明路,撞上了你。"

"是我没踩住刹车。"

"你引发了更大的事故,我爸爸是个投资人,世上没有他看走眼的男人,也没有他追不到的女人,这方面鲁亚军就是冠军。藏青色电动跑车被撞得报废了,我爸爸又买了一台幽灵电动敞篷轿车,你说他是有多爱电动车啊。原本要送给冯菲,但她拒绝了,她只开自己的红色 MINI COUPE。"

"三车连环事故里唯一幸存下来的一台车。"

鲁小米变得神秘兮兮说:"你有没有看过《死神来了》?"

"没有,但我是死神的好朋友。"

"南明路的车祸遇上冯菲,爸爸侥幸被她救了一条命,这是死神寄存下来的一条命。半年以后,死神还要以同样的方式拿走他的命,甚至死得更痛苦。"

"他的胃里还有马钱子碱。"许大庆的膝盖骨又痛起来,"半年前冯菲也救了我的命,照你这么讲法,我这条命也是被死神寄存的,讲不定啥辰光就翘辫子,最好不要被烧死吧。"

"车祸两个月后,冯菲搬进了我家。"鲁小米回头看一眼别墅,"我家原本有两个保姆,冯菲不喜欢人多,我爸爸把保姆赶走了,这幢一千平方的大房子,只剩下我们三个人。"

"你怎么看冯菲?"

"她的眼里有毒药,哪怕你动一动手指头,她就知道你想要什么。"鲁小米眉眼低垂说,"她从来不用香水,她身上有一种人本身的气味。"

许大庆闻闻自己衣领说:"人本身是啥气味?"

"你身上全是香烟味道,闻不出来的。"

"讲一讲丁丁吧。"

"我刚从美国回来,中文写得像阿拉伯文,我爸爸要找一个中文家教老师。冯菲面试了丁丁老师,她提了个问题——老师和学生的年龄太接近不好,丁丁回答母亲和女儿的年纪太接近也不太好,冯菲并没有生气,她让丁丁用钢笔默写一首唐诗。"

鲁小米在台子上摊开信纸,提起一支钢笔,墨水像一滴滴朝露,纸上开出一片黑白颜色的花园,开头两句是:"相见时难别亦难,东风无力百花残。"

"你写得蛮灵的。"许大庆啧啧说,"比我女儿好太多了。"

"丁丁老师写得比我好一万倍,冯菲看到他默写的这首诗,就同意他做我的家教老师。"鲁小米放下笔,"丁丁老师的每堂课都会讲一本书,第一本书《罪与罚》,我看不懂,俄罗斯人名字太难记;第二本书《基督山伯爵》,开头几十页很好看,后面我就睡着了;第三本书阿加莎·克里斯蒂的《阳光下的罪恶》,我问为啥要我读这本书?丁丁老师说这栋房子里就有很多。"

"他的观察很准确。"许大庆眯起眼乌珠说,"多到铺天盖地。"

"丁丁老师还安排我写作文,不准用电脑,必须白纸黑字,开始我只能写八十个字,硬憋一整天,勉强写到两百字,三百字,丁丁老师说重要的不是字数,而是你听到每个句子要有回声。"

"回声是什么东西?"

鲁小米立起来,凑到许大庆耳朵背后,吹了气说:"就是这个东西。"

温热的微风笼罩耳朵,沿了头颈汗毛倾泻而下,鸡皮疙瘩似的回声。许大庆捂了耳朵说:"不要靠近我。"

"丁丁老师还教了我一个成语'李代桃僵',这天我在书桌上抄写字帖,冯菲给我端一碗汤过来,看到整张纸全是'李代桃僵',冯菲手里的汤碗掉在地上敲碎了。"

"这个成语啥意思?"

"丁丁老师还没教我。"

小姑娘的面孔被太阳涂成金黄色,每根汗毛闪闪发光。许大庆不好意思看她,只好抬头看天,一只橘猫,一只黑猫,犹如古时候屋顶上的神兽。

"小米,这就是你爸爸想要毒死的猫吧?"

几片乌云被海风呜呜吹来,就差晴空万里,电闪雷鸣。鲁小米的咖啡杯打翻,浸湿台子上的钢笔书法。李商隐的《无题》有了咖啡味道,还有一点糖,加上一点奶。

"警察爷爷,你觉得我爸爸是死于自杀还是谋杀?"

"我还没做外公呢,不好乱叫的。"许大庆面孔板下来,"我们到现在还没找到他的自杀理由。"

"很多人觉得像我爸爸这样的人，住着价值一个亿的房子，开着幽灵轿车，掌管几十亿的风险投资基金，必定是棋盘上的棋手。"鲁小米用手指蘸了咖啡在桌上画棋盘格，"其实，真正的棋手不可能被你知道，你们亲眼见到的只能是棋子。"

"小姑娘，你只有十七岁，这些话是谁教你的？"

鲁小米生怕被屋顶的野猫偷听了去，压低声音说："我伯父，政法大学鲁冠军教授。他说在围棋盘上，有时放弃一枚棋子，就能让其余的棋子安全，棋手就能赢——我爸爸不是棋手，但他是一枚最优秀的棋子，会选择用最优秀的方式来解决麻烦。"

"先吃含有马钱子碱的威士忌，抢在毒发身亡之前，开着自己的车撞死自己？"

"这不重要。"鲁小米说，"这幢房子的上一个主人，也是在地下室烧炭自杀的。"

"我早就看出来了，这里有很多龌龊的东西。"许大庆立起来说，"最后一个问题，你跟丁丁之间？"

"我没跟他上过床，他的胆子没你想的那么大，真可惜，我好想跟他打一炮。"鲁小米笑笑说，"不好意思，我天生就懂这些道理。请不要当我是小女孩，我也早就不是处女了。"

5

好像耳朵被蜜蜂蜇了一口，海沙迷了许大庆的眼乌珠，屋顶上的野猫不知何时消失了。许大庆转身就要跑路，花园里多了一个男人。

此人穿一套蓝白格子西装，留了两撇浓黑的小胡子，好像从福尔摩斯电影里出来，华生医生的腔调，捧了一大束白颜色百合花，眼角一道疤痕，肉还没彻底长好，不超过两个月，并且缝了七针——许大庆有一双急诊科医生的眼睛。

"吴医生。"鲁小米立起来说，"你不是去北京了吗？"

"小米,我飞回上海来吊唁你爸爸,从前受了鲁先生不少照顾。"此人的声音倒是好听,有点电台午夜节目主持人的味道。

许大庆在旁边说:"鲁小米,请帮我介绍一下客人。"

"吴医生,可能是中国最贵的心理医生。我妈妈刚死那一年,我每天做噩梦,得了厌食症,整夜失眠,人瘦得像一根高尔夫球杆,吴医生上门来治好了我的毛病。"鲁小米走到别墅门口,"吴医生,要进去坐坐吗?"

"谢谢你,不必了。"吴医生放落手里的百合花,"你知道我是下了多大决心才来这里的吗?一个多月前,我为了治疗冯菲的噩梦来到这里,这幢房子从此成了我的噩梦。"

"啥情况?"许大庆亮出了警官证,"讲讲看。"

"警察同志啊。"吴医生笑笑说,"没啥好讲的,只是一次心理治疗事故。"

"听起来好像差点要死人的事故。你要是现在不讲,晚点可以去公安局讲清爽,我亲手给你泡茶。"

"这就没必要了。"吴医生的眼乌珠沉下来,变成两杯冷却的咖啡,"六年前,我治好了小米的心病,鲁先生经常找我帮忙。每隔两年,他会遵照医嘱戒酒,每次不超过48小时就失败了。其实,人们对于酒精或者性爱的依赖大多是心理上的,鲁先生请我帮忙戒除酒瘾,我让他成功远离了威士忌三个月。可惜啊,他去欧洲出差以后,失去了我的心理辅导,很快醉倒在俄罗斯美人和伏特加酒瓶里。"

"鲁亚军是个无可救药的酒鬼,谁能让他戒酒三个月,谁就是神医。"

"感谢您的恭维。"吴医生说,"今年春节以后,鲁先生邀请我来给冯菲做心理治疗,因为冯菲每晚都做噩梦,鲁先生非常痛苦。冯菲拒绝了三次,过好元宵节,她终于同意了。那天我来到这幢房子,只有冯菲一个人。"

鲁小米插嘴说:"我爸爸带我去迪士尼乐园了,冯菲不希望心理治疗时有别人在场。"

"可以理解,很多病人都有这样的要求,因为涉及个人隐私,甚至不堪的回忆。"吴医生深吸一口气说,"这天到了别墅,冯菲选了二楼的视听室,那个看电影的房间,我也觉得很适合做心理治疗。我让冯菲讲述噩梦。她连续说了七个,都让我感到震惊。但我发觉这些噩梦里有的是虚构的。"

"虚构的噩梦?"

许大庆注意到一个细节——吴医生从头到尾没正眼看过这幢房子,他一直面朝了小花园,好像这幢房子是一口棺材,看一眼就要被勾走魂灵头。

"我可以判断梦境的真伪。冯菲想要掩盖真正的噩梦,因为藏着深不可测的秘密。"吴医生说,"最后的催眠治疗,我用了视听室的投影幕布,环绕立体声音响,放了电影《驱魔人》的音乐,埃尼欧·莫里科内的作品,可以驱逐出藏在冯菲身体里的心魔。"

鲁小米冷笑说:"吴医生,你的确把魔鬼放出来了。"

"那个魔鬼很凶狠,冯菲睁开眼睛,抬起拳头打中我的太阳穴。"吴医生捂住自己的脸说,"她把我掀翻到地板上,骑在我的脖子上进行殴打,我的眉骨被她打开了,我流了很多血,我以为会被她打死,这时有个人进来救了我。"

"鲁亚军回来了?"

"是个年轻人。"吴医生佝偻着身体说,"我趴在地上逃出视听室,我去了医院急诊科,脸上缝了七针,肿得像绿巨人浩克。"

"丁丁老师救了吴医生。"鲁小米说,"那天我约他来家里上课,丁丁提前一个小时到了。"

吴医生的眼神冷下来说:"我在医院给鲁亚军打电话,我说遭到了冯菲的暴力殴打。但鲁亚军说有人可以证明,我对冯菲实施性侵,幸好她拼命反抗没让我得逞。"

"丁丁给冯菲做了证明?"

"那个年轻人说他目睹我压在冯菲身上。"吴医生摇头说,"这是千古奇冤,我就算被力比多控制大脑,昏了头对漂亮的女病人下手,也绝对不会选择鲁亚军的女人。"

"力比……"

"力比多,就是性力,弗洛伊德的理论,性欲不仅影响了人的性行为,也决定了每个人的一生。"

鲁小米插了一嘴:"那东西就是我的玩具。"

"人不能活在裤腰带下面。"许大庆说,"吴医生,如果你没说谎,那么就是冯菲说谎，丁丁给她做了伪证，你报警了吗？"

"如果我报警，冯菲也会报警，你说警察会相信谁？"

"首先相信有目击证人的一方，其次相信被欺负的女人。"许大庆说，"我猜你没少跟女病人上床吧。"

"所以，我不敢报警，现场没有监控录像可以证明，我只能硬生生吞下去了。"吴医生的面孔变灰了，"出事后，我把心理诊所搬去北京，提高了收费标准，这是一个高危行业。春分过后的凌晨，鲁先生出事的时候，我做了一个噩梦，梦见这幢房子，梦见冯菲的眼睛。"

许大庆闭上眼睛说："好看的女人自然会到男人的梦里。"

"不对，我从冯菲的眼睛里发现了一种恐惧。"吴医生眼角的伤疤迸裂出一条蜈蚣，"随时会失去一切的恐惧。"

6

海边出来三个钟头，一场梦都没做好，许大庆已坐在上海到苏州的高铁上。苏州园区站下来就是金鸡湖，隔了大片水面，看到一幢顶天立地的大厦，好像一个男人，可惜只有下半身，已被包公的狗头铡拦腰斩断。

夜里九点，许大庆寻着一家沿街的小酒馆，多是夜游神买醉。像个离家出走的老头子，许大庆孤零零坐了角落，点一瓶啤酒，便问老板在吗，服务生努努嘴说，台上唱歌的就是。

扎了小辫子的男人，抱一只吉他唱："你问我要去向何方，我指着大海的方向，你带我走进你的花房，我无法逃脱花的迷香，我不知不觉忘记了噢方向……"

许大庆吃一杯酒，便给女儿打电话，露露总算接听了，她讲在大学宿舍复习功课。许大庆晓得女儿在吹牛皮，背景音里有人唱歌，邪气难听，恐怕也跟了狐朋狗友在外浪荡。

老板唱好歌，收起吉他，就下来敬酒。小姑娘都欢喜他，勾肩搭背，宾主尽欢。老板转了一圈,来到许大庆面前说:"这位大叔,一个人喝酒啊?"

"两个人。"

"等人啊,我先喝一杯。"老板扬起头颈,一杯啤酒入肚。

"我等你。"

"这是搭讪美少女的话术,我们认识吗?"

"不认识,但你认识冯菲吗?"

老板的面孔上出了一点油。他先看许大庆,再看小酒馆里客人,门口马路上都看过了。老板又拎一瓶啤酒,坐到许大庆对面说:"大叔,我叫小马,你也认识冯菲?"

"我是冯菲的朋友。她快要结婚了,但是前几日,结婚对象死了。"

"你在跟我开玩笑。"小马皱起眉头笑笑,"你是做哪一行的?"

"职业杀手。"

小马跷起二郎腿说:"有人说我也像个杀手,专门杀女人的。"

"我不杀女人。"许大庆说,"我杀过三个男人,头一个是1988年,有人拿刀砍我,逼得我用五四式手枪打爆了他的头;第二个是1994年,有人用自制土枪杀了三个人,我追了他三条街,最后一枪打穿他的后心;第三个是2005年,我被人刺破了肚子,他逃到苏州河边,我开枪打爆他的腰子,他掉到水里死了。"

"大叔,你真会编故事。"

"第一次杀人以后,我有两个月没睡着过觉,每次摸到枪,手都会发抖,就像现在。"许大庆掏出一张警官证。

小马要了两杯金酒加青柠汁说:"这个酒叫螺丝起子,很适合你这种警察。"

"我想吃老虎钳扳手。"

"冯菲的未婚夫是怎么死的?"

"我以为你知道。"

"你在怀疑我?"小马抿一口酒说,"我有十几年没见过她了。"

有个姑娘从背后勾住小马,他推开姑娘说,滚。

"我听冯菲说过一样的话。"螺丝起子一入口,许大庆的头便晕了。

"2004年,我在成都上大学,组了一支乐队,大学生音乐节上,我甩着长头发,穿一件海魂衫,唱了一首《蓝莲花》。那天有个女生一直跟着我。我请她喝了两杯啤酒。她叫冯菲,跟我是一个学校的。冯菲不算很漂亮,也不喜欢说话,身边没多少朋友,很容易在人群里被淹没,就像融化在金酒里的青柠汁。但我喜欢她身上的气味。"

许大庆用力吸了吸鼻头问:"什么气味?"

"深山里的气味。"小马喝干了杯中酒,"冯菲带我回过一次老家,在一条很深的峡谷里,山顶终年积雪,冯菲是村子里唯一的大学生,家里只有一个老奶奶。2008年,那里是汶川的震中区。"

"冯菲喜欢拍照片吗?"

"她有一台Canon数码单反相机。当时还蛮贵的,她用攒了三年寒暑假打工的钱买的。但她的拍照水平并不怎么样。"

"今非昔比。"许大庆终归觅着一个成语。

"2007年,我们大学毕业,冯菲放弃了留在成都的机会,我们一起去了上海。我们坐了三天三夜的绿皮火车。我背着一把吉他,她抱着一台照相机。那年夏天,我们住在五角场的邯郸路,最便宜的集体旅社,许多人挤在一个房间。最惨的时候,我抱着吉他在静安公园门口唱歌,地上放一只帽子收零钱填饱肚子。我觉得上海不欢迎我,我和冯菲去了温州,她找了外贸公司的工作,我只能去玩具工厂上班,我吃不了苦,只干了两个礼拜,一分钱工资没拿就跑了。"

"你很擅长逃跑。"

"总结得对。我在温州的酒吧驻唱,冯菲每天下班来听我唱歌,后半夜一起回到出租屋,那是我最开心的两个月。"

"只有两个月?"

"冯菲怀孕了。"小马说,"但我逃跑了,我觉得我搞不定,不是搞不定冯菲,是搞不定自己,我不配做爸爸,我买了一张去北京的火车票,换掉手机号码,再没见过她。"

许大庆扇出一记耳光。背景音乐很响,没人注意到小马面孔上有了五道手印子。

"如果我是冯菲的爸爸,我会宰了你。"

小马给许大庆斟满酒杯说:"我飘来荡去很多年,在丽江和阳朔开过酒吧,换过的女朋友比我唱过的歌还多,现在还是单身,更没有孩子。我也想过一件事,冯菲肚子里的孩子,到底有没有出生呢?你有冯菲现在的照片吗?"

许大庆滑开手机屏幕——南明路三车连环追尾事故,有人抓拍视频,一台车正在燃烧,冯菲靠在 MINI COUPE 的轮胎上,火光照亮面孔,抬起两根手指头,捋着鬓边乌发。

小马的眉毛扭得像孙悟空的金箍,手指戳了屏幕说:"这个女人不是冯菲。"

"你讲啥?"

许大庆又把视频按了定格放大说:"你再用火柴棒撑起眼皮,瞪大了眼乌珠仔细看看。"

"我肯定,她不是冯菲,虽然隔了十几年,但我不会忘记冯菲长什么样,这个女人比冯菲漂亮。"

许大庆把手机摊在桌上,灌了自己一杯啤酒说:"你刚才讲的冯菲,跟我心里想的冯菲,不是同一个人?"

"至少不是同一张脸。"

"你听听看,这个资料对不对?"许大庆翻了翻工作笔记,报出冯菲的身份证号,出生地址,大学的专业和班级。

"对,你说的这个人就是冯菲,但不是视频上的女人。"

"不对,你已经老酒吃醉了,头脑不清爽,记忆错乱,明日早上,等酒醒了,再看看这个视频,不会有错的。"

"我没醉,一个月前,有个男人来到这里,问过跟你相同的问题,他也给我看了这段视频,当时我一滴酒都没喝——这个人不是冯菲。"

许大庆反倒觉得自己喝醉了,一杯矿泉水灌下喉咙,胃里跟膀胱胀得要爆炸。许大庆上了趟厕所,牛撒尿一样漫长。许大庆摸了肚皮回来,穿过酒酣的姑娘们,手机里翻出鲁亚军的照片,放在小马面前问:"来找你的是不是这个人?"

小马看好照片,还是摇头说:"不是他,我见到的那个人是小眼睛,圆脸,相貌很平常,大概三十岁。"

"这个人说过打听冯菲的原因吗？"

"他给我留了一张名片。"小马跌跌撞撞走到吧台背后，从抽屉里翻出来。

许大庆长远没看过名片了，只看到一盏黑夜里的探照灯，背面印了几个字——探照灯调查公司，调查员，方铜。

小酒馆的背景音乐调成伍佰的《挪威的森林》。许大庆彻底醉了，困倒在长条椅上，鼻头里全是香水味道，像一场庄严的追悼会。

等到天亮醒转，许大庆从长条椅上爬起来，皮包压了头颈下，手机跟警官证都没落掉，还好没在皮带上配一把五四式手枪。

小马送来两杯热茶，许大庆还不死心，点开南明路车祸的视频说："你再看看，她会不会做过整容？现在的小姑娘啊，每隔几年面孔就不一样，逼得我们公安局的人脸识别不停地升级。"

"骨相和皮相都不错，这张脸没有整过容，我有百分之九十的把握。"

"你又不是医生。"

"但我做过歌手，开过酒吧，我还开过艺人经纪公司，我见过的漂亮姑娘比你见过的尸体还多，我的女朋友们有三分之一是整容到亲爹亲娘都认不出的，还有三分之一微调过五官，动过眼角，垫过鼻子，最后三分之一原装纯天然，这个女人没有整容痕迹，但做过医美，最起码打过针的。"

许大庆没了志气，声音放低下来："小马，谢谢你，现在的冯菲是假的，真正的冯菲在啥地方？"

"我担心，她还活着吗？"小马的面色黑了下去。

离开金鸡湖，许大庆直奔苏州城里。到了沧浪亭，门前一池碧波，许大庆吹了温良小风，捂了左腿坐在垂柳下。1996 年，许大庆三十五岁，当时妻子还是女朋友，比他小了整整一轮，头一趟出门旅游，先到浙江的西泠镇，再坐长途汽车到苏州。两个人在沧浪亭附近住了小旅馆，文雅头颈上挂着照相机，拍了蛮多风景照片。许大庆不欢喜拍照片，不让文雅拍自己。文雅便坐在沧浪亭的柳树下，关照许大庆帮忙拍一张照片。许大庆调了光圈焦距半天，取景框里的文雅好像浑身涂满蜂蜜。许大庆放下照相机，轻轻在她的嘴唇皮上啜了一记。文雅拉了许大庆回到小旅馆，关紧房门，一件件脱了衣裳，露出两只小巧的乳房。许大庆记得这一夜连做了四五趟，床上蚊帐扯出两只大洞。许大庆却想不起跟文雅牵手的感觉，究竟像一只惊慌的鹌鹑，还是一条砧板上的河鲫鱼？

沧浪亭的太阳落下去。许大庆凝视自己的白头发倒影，忽然看到冯菲抬起两根手指捋头发，又推开抓拍她的手机。丢一颗小石头到碧绿的水池里，冯菲的倒影连同许大庆的白头发，统统剪成碎片，余下一圈圈金色涟漪，绞索似的展开又收紧。

许大庆从水中掬起一片幻影说，如果你不是冯菲，你是谁？

阴面

1

我叫穆雪。

第一次拍照片，我已经十二岁了。我骑在爸爸脖子上，越过几百个黑色或白色的头顶，看到一簇金黄色的卷发。那个德国女人强壮得像棵大树，彤彤红的面孔，丑陋的大鼻子，两只碧绿色眼珠子，胳膊长满汗毛和斑点，胸口挂一台照相机，像抱着小猴子喂奶的猕猴。

盘古开天地以来，穆家村头一回来了外国人。德国女摄影师举起漆黑的镜头，有人喊一声，日本鬼子来了。几百号人一哄而散，以为大屠杀近在眼前。自从一支国民党部队败退到穆家村，便有了这个传说。五十年过去，人们尚未见过一个活的日本鬼子。

我爸爸当过兵，知道照相机既不会打烂人的脑袋，也不会带走人的魂魄。我骑在爸爸肩膀上，用力挤压嘴角，又不想笑得太丑。照相机咔嚓一声。

德国女人问我叫什么，我从翻译手里抢过圆珠笔，在小纸条上写了两个字——穆雪。

翻译是个女大学生，像个布玩偶："你的名字很好听，字也漂亮。"

我的名字是村里的民办教师从唐诗里找出来的。多年以后，当我躺在墓穴里，想起"穆雪"等于"墓穴"，起名字的人真是太不负责任了。

德国女摄影师的名字叫EVA，写成中文就是爱娃。她去过世界上许多地方，地球仪随便一转就能到达似的，都是我闻所未闻的地名，我想我一辈子去不了。

穆家村四面是锯齿一样的山峰，山坡上开满血红色的野杜鹃，中间有个巨大的矿坑。小溪从山顶挂下来，二十八道转弯才到县城。从这里到达中国的海岸线，需要在长江轮船上漂泊十五个昼夜。

天黑以后，爱娃的镜头将月亮抓进了黑盒子。我看着相机的小方框，月亮从小碟子变成金色脸盆。爱娃说月球上的环形山是几亿年前的陨石撞出来的，穆家村的矿坑也是陨石坑，矿工们挖的都是亿万年前流星上的物质。我爸爸是个矿工，我哥哥刚满十七岁也在挖矿。原来爸爸和哥哥每天都在挖星星啊，我想。

爱娃坐下唱了一首外国歌。蓝眼睛在黑夜里像狼的目光。我听不懂她唱了什么，但我看到星星们都坠落下去。肉眼看到的月亮，像妈妈从油锅煎出的荷包蛋。白色祥云在荷包蛋上咬一小口，空气里飘满菜籽油的香味。我的舌头尖滋生口水，顺便滋生出一首歌——

月亮在白莲花般的云朵里穿行
晚风吹来一阵阵快乐的歌声
我们坐在高高的谷堆旁边
听妈妈讲那过去的事情

两个月后，穆家村有史以来收到第一封海外来信。信封上的邮票印着某个将军头像。收信人是穆雪的汉语拼音。拆开信封像拆开自己的双眼，我摸出一张照片——骑在爸爸的脖子上的微笑。居然不是黑白照片，而是彩色的，简直比真实的穆家村更鲜艳。爱娃总是在拍世界各地的矿山，她去了太平洋对岸的秘鲁。这封信是从安第斯山上的银矿小镇寄出的。

这天落了大暴雨，爸爸和哥哥摸摸我的脑袋下了矿坑。哥哥关照我把信封藏好，听说外国邮票挺值钱的。傍晚，山洪像腹泻滚滚而下。我以为男人们会回家吃晚饭，却看到矿坑被土黄色的山洪填满。石头房子漏了雨。妈妈拿出铁锅和瓷碗接水，掩盖眼泪吧嗒吧嗒的声音。房子是我爷爷的爷爷盖的，那时他们留着长辫子，有时像条粗壮的蛇盘踞在脑袋上。有一夜大雨冲垮了石头房子，压死了爷爷的爷爷。从此每当下雨的夜里，祖先们的鬼魂会从石头缝里流出来。

夜里，爸爸和哥哥的鬼魂也来了，他们用残缺的手指触摸我的额头，胸口，还有肚子。鬼魂的黑血一滴滴渗进我的肚脐眼。肚子开始疼。疼到几乎抽筋。我点起一支蜡烛，看到尿尿的地方流出许多血。我以为自己要死了。妈妈打了我一记耳光，脱掉我的裤子，撕了草纸垫在屁股下面。妈妈用草席蒙着我说，要是你不来这个脏东西，你爸爸和哥哥就不会死了。

这个脏东西终于来到了我身上。

妈妈，你说反了啊，是我爸爸和哥哥死了，才把这个脏东西带给我的。听说每个女人都会带着这种脏东西，从现在开始直到变老。我预感脏东西不止会从身体下面流出来，还会从两只瞳孔里，嘴唇和舌头上流淌不息，直到你自己变成鬼魂。

矿坑下挖出三十多个男人。爸爸和哥哥没有一张完整的脸，分不清谁是谁了。我和妈妈在山上埋了两具破碎的尸体，也许是别人的爸爸和哥哥。

两条男人的命换来四千块抚恤金，这笔钱足够送我去县城读书了。女生宿舍在学校顶楼，可以看到城外的峡谷，每年有大半时间云雾缭绕，难得看到一回太阳，我们把内衣晒上窗台，好像一群小白鸽。我第一次收到小纸条，有个男生抄了一句李白的"朝如青丝暮成雪"。我才明白"穆雪"是从"暮成雪"里来的，听着不吉利，我再也不理那个男生了。

我报名了摄影兴趣小组，要求是自带一台照相机。我转身去了隔壁的英语兴趣小组，至少我买得起十块钱的英汉字典。有了复读机和听力磁带，我每天五点起床，练一个小时听力，再背一个小时单词。英语老师送我一本原版英语小说《根》。我读懂了开头——有个叫昆塔的非洲少年，他被奴隶贩子抓上帆船横渡大西洋，他的子孙在美国一代代活下去的故事。

2

1996年，我考上了县城的高中。我是穆家村的第一个高中生。妈妈并不高兴。她总是惦念另外两个人，眺望两座坟头上的青草。她在想坟里的人到底是谁？她的男人和儿子会不会还活在世上？妈妈逢人就说，为啥是儿子没了，女儿还在，要是反一反就好了。我并没有太伤心。因为我也是这么想的。

八月的最后一场暴雨。我睡在石头房子里，风夹着雨点穿过门缝，竹床咿咿呀呀摇着。语文课本上"君问归期未有期，巴山夜雨涨秋池"，大概就是穆家村的今夜。漫山遍野的雨点声像鬼魂们的哭声。有个鬼钻到我的床上，一只手蒙住我的嘴，一只手剥下我的裤子。老人们说鬼魂都是凉的，我却摸到一条香肠似的滚烫东西。他的气味像腐烂三天的牲口。我认得这个口腔溃疡的气味。他是穆家村的书记。他上过全村所有寡妇的床，包括我妈妈。

我伸手挡住他的"香肠"说："你上错床了。"

"小雪，我没有上错床，等你去了县城的高中，你的第一次会被一个小畜生拿走，不如交给我。"

我敞开喉咙大喊。建造这座石头房子的祖先的鬼魂都被叫醒了。我怀疑睡在隔壁的妈妈是不是死了？我从床底下抽出一把柴刀。从前跟哥哥上山砍柴，我能用这把刀砍断男人脖子粗的小树。我也能用这把刀砍断男人的脖子。

柴刀砍中一个柔软的东西。滚烫的血喷溅到我的脸上。我扔下刀，提起裤子，拉下电灯绳子。灯泡像个鬼魂闪烁着亮了。一个男人倒在地上，光着下半身，像过年前被屠宰的黑山羊。

妈妈总是迟到。她从隔壁出来。屋顶上雷鸣般的雨声吞没她的尖叫。妈妈摸了摸我的脸。所有的血都是男人的。妈妈的嘴里长出一只手，凶猛地推到我的额头上："走啊，永远不要回来。"妈妈翻出一块手帕，藏着十几张钞票，都是十元人民币，塞到我的书包里，再给我一把破烂的雨伞。

石头房子的窄门敞开，背后是冰冷大雨的世界。爸爸和哥哥的鬼魂从石头缝里钻出来，一个贴我的左耳，一个贴着我的右耳说："小雪，走啊，永远不要回来。"

我捂住两只耳朵，祖先们的鬼魂也从地底下爬出来，抓着我的脚底板说："小雪，走啊，永远不要回来。"

我被鬼魂们推出石头房子。雨点像针头刺在脸上，我害怕自己掉进黑魆魆的矿坑。坟地亮起两道白光，像滚滚的山洪铺满我的脚下。我才相信埋在两座坟里

-059-

的就是爸爸和哥哥。两道光像卡车的大光灯，照亮雨中的盘山路。雨伞并不管用，但我不能让书包被打湿，这里装着对我很重要的东西。我走了一整夜，两道光也照了一整夜。沾上男人的血，我甚至不觉得冷，两条腿有说不清的力道，好像走完这段路，就能走进高考的考场。

<h1 style="text-align:center">3</h1>

从穆家村到西冷镇，我走了整整三十天。

第一天，从县城到重庆的大卡车上，我躲在几十个鸡笼子后面，差点被鸡屎和鸡毛呛死。走下漫长的台阶，我遇见一条泥黄色的浩大江流，水面上缀着妖怪巨眼般的漩涡。看不清烟雾缭绕的对岸，缓慢漂浮的轮船像楼房靠上码头，吐出数不清的男人和女人，如同丰腴的孕妇一胎产出几百个娃娃。我在朝天门码头买了一张船票，几乎耗尽妈妈给我的钱。

我在浑浊的长江上漂泊了十五天。江渝轮像一把锋利的刀子劈开毛竹，劈开许多城市的名字。我路过地球上正在建造的最大高坝，即将淹没美丽的山谷和无数村庄。抵达终点站时，我没能看到想象中的大海，只有烟囱喷射黑色牡丹，船坞里有军舰和集装箱货轮。江水环绕的半岛上有座通天塔，串联三个硕大球体。我背着书包走下十六铺码头。

剩下十四天，我在上海流浪。这里是爸爸妈妈和哥哥一辈子不曾到达过的地方。无数人像夏天的雨点降落下来，我像一摊小小的水洼，被雨点打碎又缝合，再被调皮的孩子一脚踢飞粉碎。我从外滩走到南京路，每个商店都有气味，有的能吃进肚子，有的可以抹在脸上，有的穿在身上，或者戴上手腕——这种东西最贵，隔着玻璃橱窗，我数了很多遍小数点。我见到一个络腮胡子的外国人。我想跟他说英语，但他掩住鼻子敞开两条长腿走了。我的衣服全是破洞，散发船舱的气味，但他的香水味道也很恶心。我的旅馆是苏州河的桥洞。最饿的时候，我走进四川路上的华联超市，抓起一只鸡腿就吃。收银员阿姨抓住了我，却又送我一瓶矿泉水，火腿肠和茶叶蛋。我问她为什么对我好，阿姨说她也有个女儿，刚刚上了高中。我问我能不能留下来打工，阿姨在纺织厂上班，去年下岗，打破头才找到这个工作。我鞠了个躬，低头跑到旧货商店，卖掉书包里的复读机、英语磁带还有英汉字典，只剩下初中毕业证书。有了十块钱，我就到火车站买了一张最慢的车票。

最后一天，我坐了两个钟头的火车到了嘉兴。毛毛姐是在火车站广场看到我的。到处是背着扁担，提着编织袋的农民工，穿着化纤材料的灰色西装，散发大蒜或泡菜味道。我的耳朵里盘旋南腔北调，像过年时盛大的社戏。毛毛姐坐在金光电子厂的招工棚子里，几百个小姑娘排队等待三十个招工名额，像一群饥饿的母鸡等待饲料。后来我问过毛毛姐，为啥能从插蜡烛般排队的人群里注意到我？毛毛姐说，因为你抬起两根手指捋头发的样子蛮好看的。

第一次听说西冷镇——又是西，又是冷，像个穷乡僻壤的名字。毛毛姐带我坐上大巴。我没见过那么大的平原，仿佛有用不完的平地，初秋的太阳像个火球一格格坠落。毛毛姐说，秦桧杀岳飞那一年就有了西冷镇。水上有七座石拱桥。河水几乎是酱油颜色，漂浮树叶和垃圾。全镇人住在古运河两边，有四条铺着青石板的老街。站在街心只能看到黑色屋檐，密密麻麻的架空电线，家家户户晒的床单、内衣还有小孩尿布。傍晚，许多人家同时做着咸菜烧肉。我的鼻子至今还记得这种味道。

台商独资金光电子厂在古运河边，黑色的厂房酷似一口巨大棺材。毛毛姐是本地人，负责厂里招工，讲一口很烂的普通话，优点是嗓门特别洪亮，每次跟人吵架，声音能顺着古运河的水波流淌到下一个古镇。毛毛姐把我带到厂房顶层的女工宿舍。每间房有四张高低床。我终于有了自己的床，爬到上铺就像爬上穆家村的山顶。但我没能看到清澈的星空，只有漆黑的天花板上的蜘蛛网。我知道自己永远离开了穆家村，只需要杀一个人就能实现，代价是不能再读书，还可能被警察捉到，后脑勺吃一颗子弹。

金光电子厂生产BP机。黑色的塑料小盒子，本地人叫"拷机"，大概从英文Call来的。流水线上的姑娘都穿一样的衣服，帽子锁住头发，变得面目模糊。厂房里的粉尘很大，经常让人嗓子发痒，有的人生了肺病就被解雇了。毛毛姐偶尔会来发口罩，这种工业口罩的味道很重，戴一天就报废了，面孔还会发红疹子。

我的工作是安装一个小方块——黑底上印着 TOSHIBA。这东西叫芯片，据说是 BP 机的心脏。我在流水线上站了几天，像个外科医生练出手势，轻轻松松给 BP 机做心脏移植手术，用无数个死人器官拼出一个活人。

厂里几乎全是小姑娘。男人多是中国台湾来的干部，他们每天坐班车来，吃饭躲在办公室，很少跟女工们说话。只有质检查到问题，他们才会把女工们大骂一顿。办公室里只有一个男生不是台湾人。

他叫顾振华。

4

顾振华是个大学生，身上没几斤肉，戴圆框眼镜，头发中分，像香港电影里的人物。他在杭州一所高校读书，明年就要毕业，老师推荐他来金光厂实习做厂长的秘书。顾振华总是跟女工们一起吃午饭，乌泱泱的姑娘们围着他，听他讲大学里的事情。顾振华在申请去日本留学，他喜欢用手指头蘸了水，在食堂台子上写一连串日本字，新宿、涩谷、秋叶原……但我很少跟顾振华讲话，每次看到都会绕着走。我觉得他的面孔模糊不清，每次变幻不同的样子。

西冷镇一日冷过一日。到了年底，算上加班费，每月我能领到一千块工资。我在西冷镇上的书店买了复读机，英语听力磁带，还有英汉字典。运河上有座乾隆年间的石拱桥。我坐在桥上目睹树叶片片坠落到水面，打着漩涡依次沉没。我被风吹得像一蓬黑色丝绸，抬起两根手指捋头发，却看到运河边小茶馆的窗户，顾振华举着一台照相机，乌黑的镜头如同眼珠子盯着我。

"你站在桥上看风景，看风景的人在楼上看你。"顾振华跑到桥上说，"对不起，如果你不喜欢，我可以把胶卷交给你。"

"你有病啊，胶卷很贵的。"

"等到照片冲洗出来，我会送给你的。"

"不要了，送给你吧。"我看一眼古桥下自己的影子，"我问你，刚才那两句话，是谁说过的？"

"我自己啊,看到桥上的你,我就想到了这两句。"

"这两句真好,你身上有纸和笔吗?我要记下来。"

"随便瞎说的,不用记了。"

顾振华把照相机放到我手里。这是他爸爸送他的生日礼物,上海制造的海鸥DF-1单反相机。他让我在照相机里看世界,虽是一样风景,却跟用肉眼所见不同,好像人的第三只眼睛,可以看清所有光影,甚至风的形状,运河水面下的溺死鬼。

我把照相机对准顾振华的脸,咔嚓按下快门。这是我第一次拍照片。但我心疼浪费了一张胶卷。顾振华笑笑说:"我觉得你有做摄影师的天赋。"

"那是在做梦。"

"你是不是还想考大学?"顾振华看到了我买的复读机和听力磁带。

"没有啊,我只想每晚躺在床上听一听。"

"如果你需要,我可以把我的英文课本送给你。"

这天很冷,西冷镇的居民躲在家里,家家户户紧闭门窗。我从顾振华的眼镜片里看到自己的脸,西北风吹得皱了。他的嘴唇一点点靠近我。我想要推开他,又怕两个人一起掉进运河。我坐在桥栏杆上无处可逃,只好闭上眼睛。

顾振华拿走了我的初吻。

几天后,顾振华又拿走了我的第一次。那天是圣诞节,十块钱一晚的小旅馆,被香烟熏黑的天花板上,牵丝攀藤地晕染出人体形状,好像什么东西在显灵。不到三十秒就结束了,除了疼痛,我什么都没得到。但我知道自己失去了什么。

顾振华睡得很熟,下面萎缩成一只毛毛虫,好像吃着桑叶的春蚕,吐丝作茧,很快会变成蛾子。

我想起四个月前,为了保护自己的第一次,亲手杀了一个男人。那个人说得没错,你的第一次会交给一个小混蛋。

耶稣啊,我真是蠢透了。我把自己拼命保护过的东西轻易奉献给了别人。

顾振华醒了,点上一支香烟,从背后抱紧我,触摸两粒小小的乳头说:"别害怕,小雪,我会永远陪着你。"

我浅浅地笑了。他在骗人。

5

　　1997年到了。人人都说香港，可是谁都没去过，除了厂里的台湾人必须转道香港才能回家。气温降到零下，顾振华离开了西冷镇。金光厂的女工都回去过年了。毛毛姐问我怎么不回家，我说，家里人都死了。

　　除夕夜，毛毛姐带我去她家吃年夜饭。毛毛姐住在西冷镇的一幢古宅里，前后三进院子，后院挨着运河，祖上风光时有二十几口人。后来，毛毛姐的爷爷被枪毙了，全家人流散去了各地，只剩下毛毛姐留在西冷镇。等到毛毛姐拿回这幢宅子，已经破落得像个义庄，夜里还会闹鬼。毛毛姐老早离婚了，男人赌钱躲债去了海南。毛毛姐有个儿子叫小毛，已经五岁了。这小孩总是坐在我的大腿上，管我叫小雪姐姐。毛毛姐烧了一台子菜，做了蛋卷和八宝饭。我帮忙下厨做了两样家乡菜。可惜毛毛姐吃不惯辣。客堂间的彩电在放春节联欢晚会。我陪着毛毛姐和小毛守岁到子夜。运河上升起金色的焰火，好像不是地球上的风景。每个人都相信明天会更好。一分钟后，我把年夜饭统统呕吐到了运河里，原本在胃里的红烧河鲫鱼在幽暗的水下复活，我好像看到一颗温柔的螺蛳。

　　正月十五，毛毛姐陪我去了西冷镇人民医院。医生告诉我我怀孕了。

　　毛毛姐吐出一口浓痰说："哪个王八蛋？我去阉了他。"

　　我们去了一趟杭州。冬天的公路两边枯黄萧索，偶尔看到裹着棉大衣的老农踽踽独行。毛毛姐问我找到顾振华怎么说，我的脑子一片空白。我说我从没喜欢过这个男人。除了有几秒钟在西冷镇的桥上看风景。

　　大巴颠了两个钟头，终归到了杭州。我们没去西湖，直接去了顾振华的大学。

　　第一次见识到大学的模样，我像只刚会下蛋的小母鸡，伸头张望教学楼，图书馆还有女生宿舍，仿佛过两年就能来这里读书似的。毛毛姐找到顾振华的老师，才知道在春节前，顾振华已经飞去日本读书了，什么时候回来？也许一年，也许不回来。白头发老师用眼神剥掉了我的衣裳。

毛毛姐带我去了西湖。冬天没啥游人，水面竖了一根根残荷。孤山静得像一座大坟头，背后的宝塔又像一尊墓碑。经过西泠印社，只比西泠镇多一点水。两个人走上断桥，水面升腾一层热气。毛毛姐讲起白素贞，许仙还有法海，天上便落了雪。我出一根手指，接住雪籽，慢慢融化成冰水，渗进指纹当中。

回到西泠镇，毛毛姐送我去了人民医院。手术室有点脏，天花板是黑色的，石灰粉刷的墙壁布满霉点，远看像个孕妇剪影。木头地板裂缝很宽，能听到老鼠的奔跑声。我抬起两条腿，架上两个木托子，觉得非常羞耻。医生是个中年男人，他说来做这种手术的小姑娘很多。他拿出一支针管，保证手术不会疼。

地板裂缝里飘出两个鬼魂——爸爸和哥哥穿着矿工衣服，黑着面孔，围绕在手术台两边。我以为他们会留在穆家村，却来到两千公里外的西泠镇。我才明白只要自己在哪里，祖先的鬼魂就在哪里。爸爸和哥哥伸出干枯的手指，触摸我的肚子，贴着我的左右耳朵说，逃出去，逃出去。

声音不但从鬼魂的嘴里传来，也来自我的肚子深处。小胚胎浸泡在黑暗的羊水里，贴着子宫壁说，逃出去，逃出去……好像穆家村每年春节的社戏，不是演给活人看的，而是演给天上和地下的鬼神。

我从手术台上滚下来，提起裤子冲出去。毛毛姐说，手术那么快，疼不疼？但她马上就明白了，小雪，你没做手术？医生追出来说，医药费不退的。我说，不要了。

第三章

Chapter THREE

阳面

1

延安路高架转进西藏南路，过了中华路，便是老城厢。车子停在文庙隔壁。此地有几幢老房子，下半年都要拆迁了。许大庆踏了楼板，脚底下声音像瞎子阿炳拉二胡，上了三层阁楼。门口挂一块铁牌子，探照灯调查公司。

灰尘像子弹打过来，许大庆戴了口罩敲门。有个男人开门，穿了白衬衫，头发茂盛，胡子刮得还算清爽，鼻梁有点攻击性，卖相不算难看，声音沙哑说："您好，我是雷雨，探照灯调查公司为您服务。"

许大庆并不自报家门，直接擦了对方肩胛进去。房间里有两张人造革沙发，一只玻璃茶几，一只双门电冰箱，书架上堆了几百本书，油墨味道蛮重。房间有个木头窗台，采光不足，下半天暗戳戳，但能看到文庙大成殿的屋顶。

"方铜在哪里？"许大庆确定这个房间藏不落第二个人。

"他不在。"雷雨坐在窗台上，下面停一辆别克商务车，跳下去可能不会骨折，"如果需要调查老婆出轨，或者儿媳妇劈腿，我可以为您服务。"

"伙计，要是早二十年，你的鼻梁已经被打断了。"许大庆拍拍雷雨的面孔，重新关好窗门，"我打了方铜名片上的电话，关机，你能找到他吗？"

"不好意思，我找了方铜48小时，如果你不介意，我想打个电话报失踪案。"

雷雨跳下窗台，身体依然侧对客人，双脚斜向保持二十公分。他是一个狠角色——许大庆警告自己的拳头，就算年轻三十岁，也未必能在一分钟内打断对方的肋骨。

"我问你，一个月前，方铜是不是去过一趟苏州？"

"对不起，干我们这一行的，必须保守用户的秘密。"

"还有秘密吗？"

许大庆摘了口罩，叠叠好塞进口袋，顺手掏出警官证，另一只手抓牢雷雨的肩胛。许大庆紧盯着雷雨的两只手——他不会再让人抽出刀子来戳进自己的肚皮。

雷雨笑笑说："秘密到处都是，我很荣幸配合警察同志办案。"

许大庆坐上沙发，左腿搁上玻璃茶几说："对不起，老伤了。"

"我有一半的朋友是警察，剩下一半是无耻混蛋。"雷雨挪开一只捕鼠夹，坐在许大庆对面，"一个月前，有个客户来找我，他叫鲁亚军，对了，他就坐在你现在坐的沙发上。"

许大庆摸摸屁股底下，仿佛燃烧的幽灵轿车。

雷雨讲下去："五年前，我帮鲁亚军讨回过一笔债务，多少金额就不说了，请相信我的手段完全合法，债务人非但毫发无伤，至今还对我感恩戴德。我问鲁亚军遇到什么麻烦，他说自己要结婚了。我懂了，鲁亚军要我调查他的未婚妻，那个女人叫冯菲。"

"婚前背景调查？"

"没多少人经得起这样的调查，袍子越华丽，跳蚤越多，很多桩姻缘被我们拆散了，要么弄成冤家对头，甚至把新娘子送进监狱。"雷雨的手指关节敲了玻璃台板，"有人觉得这种调查丧尽天良，但我们帮很多家庭杜绝后患，免得一两年后鸡飞狗跳，甚至闹出杀妻案，杀夫案……如果这桩婚姻还有了小孩，那才是真的残忍。"

"这么讲，你们还排除了许多危害社会安全的地雷，功劳比我们警察还要大。"

"可惜我们收费很贵，不能普度众生。鲁亚军来找我的当天，我接了一桩更大的单子，连夜要飞去乌鲁木齐。方铜接手了鲁亚军的单子。论到婚姻调查，他比我在行。"雷雨拿起一沓方铜的名片，"我到了新疆以后，方铜跟我通过一次电话，他说他在苏州，查到了冯菲从前的男朋友——你猜结果是什么？"

"冯菲不是冯菲。"

"那个女人借用了冯菲的身份，年龄，籍贯，学历……可能都是假的。但我不干涉方铜的工作，每个调查员有自己的特殊渠道，我不能破坏规矩。"雷雨拉开办公桌抽屉，翻出一堆快递单子，"3月20日早上，方铜发出一个同城快递，当天中午闪送到海上花园，鲁亚军本人签收了快递——我想那就是调查报告。"

"这天是冯菲的三十六岁生日，但肯定不是我见到的这个女人的生日。"许大庆说，"这一夜，鲁亚军死了。"

雷雨看一眼天花板上的蜘蛛网说："他怎么没在下地狱的时候通知我？"

"你怎么知道他会下地狱？"

"有句话说了两千年，这种人上天堂比骆驼穿针眼还难。"雷雨低声问，"谋杀吗？"

"看起来像自杀，但我觉得是谋杀。"

"安眠药？绳索？还是坠楼？"

"马钱子碱，然后是机械性窒息，最后是火葬，在他自己的车里。"许大庆抽出一支中华烟，按下打火机烧起来，"我想知道方铜最后出现在哪里。"

"前天早上，我从乌鲁木齐飞回来，方铜消失了。我看了这间屋子里的监控，三天前的傍晚，方铜最后一次出现在这里。"

雷雨从口袋里掏出一支哮喘喷雾剂，拔出盖子，喷嘴塞进嘴巴，一点点按下去。许大庆识相地在茶几上掐灭香烟头，剩下半截香烟，放回盒头里慢慢吃。

"方铜发给鲁亚军的调查报告是在这里打印的吗？"许大庆指了指房间里的打印机。

"对，但他只用笔记本电脑，为了保密，我们从不用云端上传文件。方铜的笔记本电脑和他一起消失了。"雷雨打开电冰箱问，"吃冰激凌吗？"

"可以吃一支。"许大庆有七年没吃过冰激凌了。

"香草味还是抹茶味？"

"随便。"

雷雨舔着香草味冰激凌说："收到冯菲的婚前调查报告当晚，鲁亚军非正常死亡，可能自杀，也可能谋杀，整整一个礼拜后，制作这份报告的调查员方铜失踪了，这天是鲁亚军的头七。"

"背后的故事可能比你的整个书架还要复杂。"

"警官先生，我还能帮你什么忙？"

"不必，我不欢喜啰唆的人。"许大庆扫去台板上的烟灰，吃一口抹茶味冰激凌，"可惜，没人能证明那份调查报告的存在——要么在车祸中烧成灰了，要么被凶手烧成灰了。"

"但愿调查员方铜还没有被烧成灰。"雷雨极其诚恳地祈祷，更像是在哀悼。

2

眼乌珠开始模糊，右脚不停点了刹车，生怕陷到淤泥里头。人一辈子走过的路，大多是这样光景的羊肠小道，并不会越走越宽，就像烂泥地里的车轮印子，走到轮盘走不动为止。许大庆看到了大海。灰颜色的海，连了阴惨惨的天空，混合长江口泥沙，从青藏高原拖泥带水几万里，风风光光到了终点站。

石头大堤上停了一部银灰色比亚迪轿车，挂了新能源绿牌，全身溅满泥水尘土。

叶萧披了灰颜色风衣下车说："师父，三天前的夜里，方铜离开探照灯调查公司，开了私家车，到了浦东的海边，进入监控盲区消失了。"

方铜的车子寻到了。许大庆拿了抹布，蘸了雨水，揩了揩玻璃，勉强看到车厢，好像一只古墓，就是墓主人不见了。手指关节敲了后备厢，好像叩击死者的头颅骨。许大庆贴上耳朵，回音像细细的红绳套上头颈，嵌入喉咙和气管，一格格把你绞死。隔了一层薄皮棺材，许大庆看到背脊弯曲的男人，双手双脚并拢，蜷缩成胎儿姿势，慢慢腐烂分解，尸液如同黑色潮水。

叶萧带来了工具。师徒俩一道撬开比亚迪的后备厢。许大庆卸下口罩说："册那。"

后备厢是空的。雨水夹了潮水打上面孔。许大庆抽出一支中华，打火机烧了长远才点上。烟雾像人的魂魄，袅袅卷上云端。

叶萧给师父打出一把长柄伞说:"师父,方铜失踪当天早上,接到的最后一通电话,来电人是个90岁的老太太,半年前就死了。"

"打电话的人就是凶手,他把方铜约到海边,挑了监控盲区,动手杀人。"

"师父,现在只好确定失踪。"叶萧说,"除非能寻到尸体。"

"鲁亚军和方铜死于同一个凶手。"许大庆推开徒弟的伞,"方铜查出了冯菲的真实身份,这份调查报告也成了鲁亚军的死刑判决书。方铜失踪当夜,冯菲在啥地方?"

"鲁亚军的别墅。"叶萧眯起双眼看灰蒙蒙的海岸线,"冯菲这段辰光住在临港新城。但是三天前,刚好是鲁亚军的头七。"

"老法里讲的回魂夜,人死后七天回到家里,必要烧锡箔冥币,再烧点生前常用物什去阴间。"许大庆拍拍车子后备厢,"那台幽灵在头一天已经烧给主人了。"

"头七这天,冯菲回了别墅,顾振华跟丁丁也去了,加上鲁小米——四个嫌疑人都回到了案发现场。"

"回魂夜倒是闹忙的。"

"烧焦的鲁亚军还困在冰柜里,办不了追悼会,这趟头七代替了葬礼。亲眷们统统来了,海堤上又烧一遍。"叶萧说,"头七的夜里,冯菲,鲁小米,顾振华,还有丁丁,四个嫌疑人留在别墅,还好三楼书房贴了公安局的封条。"

"如果凶手在四个人当中,胆子比我的胃还要大。如果凶手不止一个人,还可以开会串供。"许大庆用脚底板碾灭了香烟头,"此地距离鲁亚军的别墅多远?"

"七公里。"叶萧看一眼地图软件,"专案组分头询问过每一个人了,这四个人睡在不同的房间里。"

"有监控可以证明吗?"

"没有。"叶萧说,"师父,我不应该跟你讲这样多的,你不能再查鲁亚军的案子。"

"我查的是方铜失踪案,调查员也是高危职业,讲不定还有别的冤家对头。"

"师父,不要寻借口了。"叶萧在海堤上走几步,"我们会在附近搜索方铜的踪迹,就算掘地三尺也要寻到他。"

"你还要盯牢冯菲。明明有一张漂亮面孔,却从不抛头露面,不拍自己照片,对外只用艺名,原因只有一个——她不敢让别人看到自己的脸。"

"今日早上,师父你从苏州打我电话,我马上寻到了冯菲。她承认大学辰光跟小马谈过恋爱,毕业后去温州,打掉肚皮里的小囡。她讲小马等于骗子,要是相信这个男人的话,等于相信美国总统的就职演说。我寻到了冯菲在大学时期的照片,她讲女大十八变,当年还是小姑娘,如今过去十几年,容貌变化太正常了。"

"她还有亲眷吗?只要查一查DNA就清爽了。"

"冯菲的老家在汶川地震的中心区,没有留下一个亲人,她在地震中受过严重的脑震荡,记忆出了问题,就算现在小马走到面前,她也未必认得出。"叶萧说,"除非你能证明她是另一个人。"

"徒弟,你相信这个女人讲的话吗?"

"她不但是个谜,还是个黑洞。师父,你在南明路靠近她,就给你带来车祸,现在她又把鲁亚军送去了地狱。"

"也许是我带给她车祸呢?"许大庆看了自己的通关掌纹,"当我去找鲁亚军,他就下了地狱。我也是一个黑洞。"

叶萧跟师父并肩而立,望了夜幕笼罩的海平线说:"我表弟讲过一句话——真相屈指可数。"

3

清明节,许大庆叫女儿回来给她妈妈上坟。女儿死活不回来,跟了同学出去旅游。许大庆索性不出门了,自家阳台上烧几刀锡箔,熏得眼泪水鼻涕水一把,浑身沾满灰烬,好像从烧焦的敞篷轿车里爬出来。许大庆脱了脏衣裳塞进洗衣机,想起屁股后面的口袋,抢救出一张皱巴巴的信封,塞了"念真摄影作品展"的邀请函。

到了世博艺术中心,摄影展开在二楼。去年秋天在外滩十八号,一月份去了北京国贸中心，二月份又去广州。北上广巡回展览一圈，现在回到上海。

清明小长假，看展打卡的小姑娘不少。门口有张蛮大的海报，小册子里有摄影家的介绍，简单到令人发指——

"念真，念兹在兹，去伪存真，生于深山，浪迹天涯，不求声闻四海，唯愿葬于星空。"

人人以为摄影家念真有一把络腮胡子，要么半秃了顶。啥人想得着，她是能生在男人春梦中的女人。

摄影这门生活，哪怕妻子活着时家里有好几部相机，许大庆也是一窍不通，但他认出了冯菲拍的照片——各个城市的拆迁工地，三峡水库淹没的城镇，废弃的厂房，流水线上装配手机的女工，戴了头盔墨擦乌黑的矿工，高楼脚手架上的农民工，按摩房门口年老色衰的妓女。许大庆心想老早参加扫黄行动，应该背一台照相机，当时拍下来的照片，摆到今朝卖出去，保准发大财了。

展厅像七绕八弯的迷宫，许大庆走得膝盖刺痛，寻一排长凳子坐定。对面挂了几张照片，不再是戳眼睛的废墟风景，也不是阴沟风尘里的男女，突然变成江南古镇——酱油色的小河浜，有了包浆的石拱桥，白颜色墙壁，黑颜色屋顶，石头门当之间的木头窄门。最后一张照片在河浜边上，大片墨绿色楼房，像连绵不绝的堡垒。

许大庆揉揉眼乌珠，确定没走错展厅，这也是"念真"的作品，仿佛办大殓的灵车里混进一台披红挂彩的婚车。许大庆慢悠悠爬起来，盯牢眼门前几张照片，有一点点眼熟，实在想不起来。

出了念真摄影作品展，许大庆的眼乌珠里晃荡三种颜色，从卢浦大桥过了黄浦江。许大庆去一趟街道办，排队打好第一针新冠疫苗，比蚊子叮一口感觉还轻，观察半个钟头，没任何反应才回家。

家里暗得像原始人的洞穴。许大庆往腿上抹了中草药捣成的药膏，按下电视机遥控器，积满灰尘的屏幕亮了。许大庆合上眼皮，听了三十分钟晚间新闻——印度的火葬场短期内应接不暇，日本决定向太平洋排放福岛核电站废水，俄罗斯准备对乌克兰大打出手。

铃声响起来。许大庆昏叨叨接了手机："徒弟，鲁亚军的案子破了吧？"

"师父，你要失望了，案子没任何进展，到底自杀还是谋杀，尚无定论。"

"我的徒弟是个饭桶。"许大庆说，"失踪的调查员方铜寻到了吧？"

"生死不明，我们打捞了附近海域，长江口水流情况复杂，蛮难讲的。"

"戆棺材，打电话寻我做啥？"

叶萧并不动气，声音稳稳地出来："师父，今年是你的本命年，你去静安寺烧过香了吧？"

"我有三十年没进过庙了。"

"师父，你的案子可以重启了。"

"啥案子？十六年前……"许大庆的椅子倒了，掼得四脚朝天。他关掉电视机，抓起车钥匙出门，头顶吊灯随风摇曳。

顶了一层牛毛细雨，许大庆冲到刑警队，左膝疼得凶，药膏并没屁用，明日要去退钞票了。许大庆捏了叶萧的衣裳领头说："再等一个礼拜，我就要办理退休手续，你要是骗我，今日就剥了你的皮。"

"师父，你先放开我。"

许大庆松开手，拍拍叶萧胸口，再帮徒弟泡一杯绿茶。

叶萧跟师父保持距离说："2005年清明节，南明路建筑工地发现的无名男尸，至今还不晓得真实身份，更不要讲凶手是啥人了。"

"被害人的面孔跟脑壳被敲烂了，下身卵蛋也被敲烂，致命伤是一支小刀刺入太阳穴，在我脑子里生根了十六年，老年痴呆也忘不记。"

"尽管案子没破，但是被害人的DNA早就输入公安局数据库，通过Y-STR家系排查，就有可能寻到人。"叶萧说，"师父，每个人都有23对染色体，常染色体22对，性染色体1对，女人性染色体是XX，男人性染色体是XY，只有男人有Y染色体，你的儿子，你的孙子，都有你的Y染色体。"

"照你这样讲，我只有一个女儿，我的Y染色体是断子绝孙了。"

"Y染色体可以往下传几十代，你的兄弟，堂兄弟也一样，表兄弟就不对了。我们用Y染色体寻家族，用常染色体DNA寻人。甘肃白银案晓得吧，隔了二十多年，数据库查到被刑事拘留的人的DNA-Y样本，高度符合白银案样本，属于同一个家族，公安局再筛查家族所有男人，最后寻到一个远房侄子，常染色体也符合凶手DNA，这么案子就破了。"

"要是凶手一家门都是正经人，太太平平，奉公守法呢？"

"哪怕出了五服，Y染色体也是一样的，你可能都不认得有个远房堂侄子，莫名其妙进了派出所。不管行政拘留还是刑事案件，统统要采集指纹跟血样。"

许大庆点一支烟说："我们要查的不是凶手，而是无名男尸的DNA，你告诉我，数据库里寻到了哪个人？"

叶萧走到白板前头，记号笔写上两个字：丁鼎。

香烟灰一截截断落下来，火星飘到许大庆的胸口绽开，衣裳滋滋冒烟烧出一只洞眼。许大庆脱了警服，手指头敲敲白板说："丁丁这只小鬼？"

"嗯，鲁亚军案子的家教老师。数据库自动筛查发现丁丁的DNA-Y样本，跟南明路无名男尸完全符合，我们又做了亲子鉴定，被害人就是丁丁在生物学上的爸爸。"

"丁丁的爸爸不是丁校长吗？"

"丁世杰，做了二十年中学校长。如果丁丁的亲爹在十六年前就死了，丁丁就不可能是丁世杰的亲儿子。"叶萧说，"我已经采集过丁校长的口腔拭子，明日就有结果。"

"徒弟，今日是啥日子？"

"不是清明节吗？"

"2005年，清明节的早上，我们在南明路的建筑工地，寻着那具被敲烂了面孔的无名男尸。"许大庆敲开窗门，吹了温良的小风，"整整十六年，总算把他等来了。"

4

当日夜里，许大庆到了丁校长的楼下。

此地在老静安，八层楼的小高层，老早教育局分配的房子，丁家占了顶楼一整层，还有一只大露台，开了姹紫嫣红一片。

等到凌晨两点,许大庆饿得像动物园笼子里的狼。天台上多了一个人影。许大庆生怕丁校长跳楼自杀,人影却向楼下挥手,亮起灯光,照出一张面孔,分明是二十岁的小伙子。

许大庆收到一条微信,丁丁发来语音:许警官,夜里冷,上来坐坐。许大庆回一条语音,我在执行任务,你们三楼有个嫌疑犯,我不好开小差的,半夜三更,你还不困?丁丁回音,困不着,看星星。许大庆说,星星有啥好看,年轻人不要熬夜。丁丁说,现在看到的星星,很多是几亿年前死亡的恒星,它们的光走了几亿年才到地球。许大庆笑笑说,这样讲起来,看星星等于看谋杀现场。

天台上,丁丁的人影消失。许大庆仰头九十度,颈椎骨几乎折断,只看到模糊一团的星空。二十分钟后,有个骑手踏了电动车,停到许大庆面前说:"是你点的外卖吗?"

"你搞错了,我没叫过外卖。"

骑手提起外卖袋子,念出收货人名字:"丁丁的朋友老许,就是你吧?"

许大庆再看天台,黑漆漆一团。许大庆打开外卖袋子,五根红柳羊肉烤串,分量十足。许大庆掏出钱包说:"多少钞票,我给你。"

"老大爷,你没点过外卖啊,有人付过钱了。"

"谁是老大爷?"

骑手跨上电动车,扬长而去,腔调邪气潇洒,好似黑夜剪径的强盗。

许大庆发一条语音给丁丁,小赤佬,啥人让你给我点外卖的?八楼的窗门亮了,丁丁回了语音,趁热吃啊,可别放凉了。许大庆只回一个字,呸。许大庆也不客气,一口咬下红柳烤串,温热的油脂在舌尖流淌。五根烤串入了胃囊,许大庆抹清爽嘴唇,点一支烟,继续望了八楼窗户,不知何时又暗下来,仿佛一只黑洞。

待到天亮,丁校长提了公文包下楼,一部奥迪来接他上班。许大庆双眼通红坐了驾驶座,车门外堆了十几根烟头,犹如香火旺盛的古刹。

许大庆不声不响跟到中学校门口。整条马路堵塞,许大庆进退不得,脚下刹车板一松,差点撞到丁校长的车子屁股。许大庆接到一个电话,徒弟叶萧说:"师父,亲子鉴定结果出来了,丁校长跟丁丁果然不是生物学上的父子关系。"

学堂门口挤满了人。爸爸妈妈来送儿子女儿读书，白头发的爷爷奶奶外公外婆也有不少。丁校长下了奥迪车，中学生们纷纷鞠躬，家长们让开一条路。许大庆堵了整条马路，交警拍打车门骂人，让他快点开走。

许大庆放下车窗狮子吼："滚。"

学生家长们转回头来。交警一面孔无辜，没想着碰到这种不要命的老卵。丁校长抱了公文包，皱皱眉头说："神经病。"

交警拖了许大庆下车。他只好亮出警官证，老老实实开走。许大庆拨通叶萧的电话说："徒弟啊，丁丁的亲爹到底是啥人？恐怕丁校长不晓得，丁丁自己也不晓得，只有丁校长的老婆才晓得。"

"师父，我也想到了，丁校长被老婆戴了绿帽子，他是帮隔壁老王养大了儿子，这个隔壁老王死在十六年前。"

"我们帮这家人再做一趟免费的亲子鉴定。"许大庆说，"丁校长应该送我一面锦旗。"

5

许大庆拿着DNA报告——丁丁的老娘章文红，她跟丁丁也不是生物学上的母子关系。

"爹不是亲爹，娘也不是亲娘，丁丁是石头缝里蹦出来的孙悟空吗？"

"师父，我怀疑丁丁是领养来的小囡，但我查了户籍档案，并没任何记录。"叶萧说，"1998年，章文红在第一妇婴保健院生了丁丁，还是剖宫产，出院两天就报了户口，起名丁鼎。"

"这一年，我老婆也在第 妇婴保健院剖宫产养了我女儿，难道是医院抱错了小囡？太妖了吧。"

"师父，你想多了，男宝宝跟女宝宝不会调错的，但是跟别的男小囡调错，倒是有可能。"叶萧说，"我刚去过第一妇婴保健院。"

"徒弟啊，你辛苦了，一代总比一代有本事。"

"从前我破了多少大案子，师父你也没这样拍过我的马屁。"叶萧说，"当年抱过丁丁的护士，前两年出车祸死了。"

"我们只好把丁丁的老爹老娘，不对，是后爹后娘，请到公安局来吧。"

傍晚，丁校长夫妻俩到了刑警队。叶萧泡了两杯茶叶，两杯咖啡，客客气气，犹如接待中央巡视组。丁世杰坐了沙发上，好像还在校长办公室，跷起二郎腿说："我们到底犯了哪一条罪？"

许大庆难得笑眯眯说："丁校长，章老师，我们是同一代人，到了退休的年纪，应该是一个频道上的。"

"我已经申请延迟退休，还要在教育战线上发挥余热，春蚕到死丝方尽。"

"佩服，今日这桩事体，我是来帮你们的，千万要有思想准备，也要相信科学。"

"我们这把年纪的人，从粉碎'四人帮'到小平南方谈话，啥风浪没见过？请讲吧。"

叶萧拿出两份亲子鉴定报告说："你们有心脏病、高血压吗？"

章文红怒说："又触霉头。"

"我带了药。"丁世杰拿出一包速效救心丸说。

五分钟后，丁世杰看好报告，面色黑得像波斯湾石油。叶萧送上一杯温水，帮他吃下救心丸。章文红只扫一眼，便从沙发上倒下来。叶萧问她要去医院吧，章文红转头抱了丁世杰，老夫妻一道哭出声音来。

丁校长夫妇的眼泪水鼻涕水流了一公升，茶几上堆满餐巾纸，好像开追悼会。叶萧轻轻问一声："两位要去公安局食堂吃一点吧？"

"你觉得我吃得下吗？"丁世杰揩一把面孔，嘴唇皮发抖，"如果丁丁不是我的亲生儿子，只有一种可能性，十六年前，回到我家里的小囡是个盗版货。"

章文红一拳头打了老头身上说："不可能，哪能不是丁丁，我不会看错的。"

"十六年前？"许大庆好像摸到了一根绳子。

"要从十九年前讲起。"丁世杰说，"2002年，丁丁只有四岁，我带他去西郊公园看狮子老虎，高温三十七度，热得七荤八素，我买了两根雪糕，转身儿子就没了，我到公园管理处广播寻人，再打110，我问好不好封锁动物园，警察没这权力,还要请示领导,夜里来了更多警察,还是没寻着丁丁。"

"我跟老丁是同年,结婚十年没怀孕,三十七岁才生了丁丁,高龄产妇,剖宫产,要了大半条命,这个儿子实在是宝贝,健健康康,没生过大毛病,居然落掉了。"章文红揩了眼泪水说,"丁丁身上有两个记号,一是大腿上有块伤疤,两岁被开水烫伤的;二是左脚腕上的金铃铛,只有两克重,穿在红绳子上,丁丁的外婆送的,保佑长命百岁。"

"我拜托公安局领导要寻回丁丁,又托了宣传部关系,重金在电视台跟报纸登了寻人启事。我还印了一万张小广告,悬赏二十万,征集线索。堂堂的中学校长,为了贴小广告跟城管斗智斗勇,人到了这一步,已经没尊严了。"

"小广告有啥用场?我的电话都被打爆了,基本都是骗子,我是日日哭,夜夜哭,大半年不能上台教书。"章文红说,"这年冬至,我在家里上吊自杀,幸亏发现及时被救下来。"

"每当抓到人贩子,我就去寻儿子,这样跑遍了全中国。"丁世杰说,"某某地方发现小囡尸体,无法分辨身份,也要通知我去看一眼,我又暗暗祈祷马克思,不要让我看到丁丁。当时我心想,大概是寻不回来了。"

章文红咽下一口馋吐水说:"这是你,我是一秒钟都没放弃过。"

"2005年,也是七月份,丁丁失踪三年,我接到公安局电话——儿子可能寻到了。"丁世杰眼睛里开出两朵花,"我们连夜赶到浙江跟福建交界的火车站,警察同志讲在一个礼拜前,有个七八岁的男小囡,面黄肌瘦,浑身是伤,冲到派出所来求救,名叫丁丁,家在上海,爸爸妈妈都是老师,公安部有走失儿童信息联网,马上就通知了我们。"

"丁丁换了新衣裳,面孔跟头发都弄清爽了,看到我们一进房间,便扑上来叫爸爸妈妈。"章文红捏了餐巾纸说,"我先是抱了小囡哭,再仔仔细细看他面孔。"

许大庆问:"小囡走失了三年,从四岁到七岁,你确认就是丁丁?"

"接到公安局电话开始,我就认定丁丁回来了。"丁世杰说,"面孔是大差不差,剥掉小囡的裤子,看到大腿上的烫伤疤痕,脚踝上金铃铛还在,这记是千真万确没错了。我再问他这几年在啥地方,丁丁只晓得到了小山村,给人家做儿子，还好没被虐待过，他一心一意要回到爸爸妈妈身边，寻了机会逃出来。"

"小囡的声音有变化吧？"

"变成一口南方普通话，但这太正常了。我们当天就办好手续，带了小囡回上海。"

叶萧摒不牢问："丁校长，章老师，你们没怀疑过这个丁丁是冒牌货？"

"绝不怀疑。"章文红说，"我带丁丁去验了血型，结果是O型血，我跟老丁都是O型血，这记是吃了定心丸。"

"血型只能否定亲子关系，并不能肯定关系。"叶萧说，"2005年开始，DNA亲子鉴定技术向全社会开放，你们要是早点注意，也不至于被骗了十六年。"

"世上啥地方有后悔药可吃？"章文红唉声叹气，"丁丁不记得其他亲眷了，但看到人还是有反应的，我是一个个教他重新认起来。丁丁会写蛮多字，还会算术，大概在山里读过书，老师们都讲这小囡聪明，凡事一学就会，学堂里也守规矩，没过两年就当了大队长，考上重点中学，现在要大学毕业，你讲他是个冒牌货，不是我们的亲儿子，你叫我哪能相信啊。"

"人总是相信自己愿意相信的事。"

丁世杰抓牢许大庆的老手说："许警官，我叫你一声阿哥，丁丁如果不是丁丁，那么我们的丁丁在哪里？"

"丁校长，你叫我老许好了，这桩事关系重大，你千万不好直接问丁丁，必须装作没事体发生。"

"你觉得我们会欺负他？"章文红说，"爸爸妈妈宝贝了他这样多年，就算是个杀人犯，我也舍不得动他一根手指头。"

丁世杰拉了老婆说："你是溺爱，不要讲了。"

老夫妻都没声音了，只剩下揩眼泪水的动静。许大庆撑了台子立起来说："两位，今日你们是寻对人了，我是公安局打拐办公室的老许，我来帮你们寻到真正的儿子。"

6

丁丁的床铺收作得清爽，连一根头发丝都寻不着。床铺边的书架上堆满了书，一半是历史书，还有俄罗斯文学，王尔德，茨威格，加缪，尼采，许大庆一个都不认得。宿舍里有个小伙子低了头打王者荣耀说："丁丁出去打篮球了。"

大学体育馆门口，许大庆听到打雷般的篮球拍地声，刀子般的鞋底摩擦声。他还以为有一场比赛，女啦啦队员踢了大腿发花痴。没想着，球场里只有丁丁一个人，穿了篮球背心，露出白花花的肩胛，运动短裤下头，暴露一片淡淡的疤痕。丁丁蹬了乔丹鞋，运球到三分线外。篮球在体育馆上空旋转飞过，稳稳砸中篮筐，落下来砸到球场中线，再弹起来，刚好落到许大庆头上。

许大庆顿时眼冒金星，脚下拌蒜。丁丁拉紧他的手臂膊，两个人并排掼倒在地。老年人骨质疏松，丁丁摸了许大庆的骨头，除掉左边膝盖老伤，好像没啥问题。

丁丁揩揩头上汗滴说："叔叔，你也来打篮球？"

"我上一趟打篮球，还是四十年前，福建一座海防小岛的兵营里，对面就是金门。"

"没关系，准备好衣裳鞋子跟装备，我带你重新打起来。"

"打篮球还是打架？"

"你想打什么，我就陪你打什么。"丁丁走到场边，吃一大口运动饮料，篮球压了屁股底下说，"前几天，公安局采集了我爸爸妈妈的口腔拭子，今天你又来找我，出了什么事？"

许大庆拿出一张打拐办的名片说："你晓得，我在公安局打拐办公室工作，专门打击贩卖妇女儿童犯罪，帮助人家寻到丢失的小囡。"

"叔叔，如果我没记错，您说您在办公室每天浑水摸鱼，就等了退休。"

"这也没错，虽然我是一个废人，但是最近接了一桩新案子——帮助丁世杰校长夫妇，寻到他们走失的儿子丁丁。"

丁丁立起来拍了拍篮球说:"祝贺您,叔叔,您要寻找的对象,现在就站在您的面前。"

"不对,你不是丁丁。"

"那么。"丁丁露出雪白的牙齿,"请问我是谁?"

"你自己看。"许大庆拿出两张DNA报告。

丁丁看好报告,呼出一口气说:"我不是爸爸妈妈亲生的孩子?"

"十六年前的夏天,浙江跟福建交界的火车站派出所,你还记得吗?"

"我被人贩子拐卖,好不容易逃出来,走了三天三夜,到了派出所,寻到警察叔叔说,我叫丁丁,今年七岁,家在上海,爸爸妈妈都是老师。"

许大庆点头说:"记性蛮好,你被拐卖到了啥地方?"

"一个小山村,具体啥名字,啥方位,我都不记得了。"

"还记得人贩子吗?"

"不记得。"

"在啥地方被拐走的?"

"西郊公园,四岁。"

许大庆瞪了眼乌珠说:"这是你回到上海以后,新的爸爸妈妈告诉你的。"

"新的爸爸妈妈?我没旧的爸爸妈妈。"

"七岁以前还有记忆吗?"

"记不清了。"

"人人都夸你聪明,记性好,欢喜读书,不会记不得。"

丁丁摇头说:"但我经常做噩梦,半夜里哭醒,爸爸妈妈带我看过医生,诊断结果是我小时候受过强烈刺激,记忆落光了。"

"你从七岁开始,就是一个骗子。"

"就算亲子鉴定结果是真的,就算我不是爸爸妈妈的亲生儿子,你也不能证明我不是四岁被拐卖的丁丁。"

许大庆闷掉了。丁丁的逻辑无懈可击。假如在婴儿时期被人调包,那么四岁被拐卖的丁丁,早已不是丁世杰和章文红的亲儿子,三年后失而复得的丁丁更不是。

"你的大腿上的疤痕。"许大庆的眼乌珠好像一把刻刀,"哪来的?"

"在我很小的时候烫伤的。"

"不对,在你七岁那年,你自己故意烫伤的,存心多等一段辰光,疤痕愈合长好一点,你才去了派出所。"许大庆说,"还有脚腕上的金铃铛,才能让丁校长夫妇相信你就是丁丁。"

"你有证据吗?"

丁丁抱了篮球往外走。许大庆抓牢他的头颈,踉跄推到篮球架上说:"你的亲爹是谁?"

这小囡的面孔要被挤扁了,嘴巴变形吐出几个字:"公安局数据库里,是不是查到了跟我一样的Y染色体,那个人是某一桩凶杀案的嫌疑犯?"

"你哪能晓得?"

许大庆松开手。篮球架的铁框粗糙,丁丁的嘴唇跟脸颊都被擦破,鲜血溢出白嫩皮肤。丁丁抹掉血迹说:"甘肃白银连环杀人案,南京医科大学奸杀案,不都是用到这个技术破案了吗?"

许大庆的膝盖痛得吃不消,一屁股坐了地板上。

丁丁也坐下来说:"你们把我当作嫌疑人,采集了血样和指纹,隔了两个礼拜,你们又采集我爸爸妈妈的DNA信息,我就想,会不会我爸爸从前杀过人?杀了女老师还是女学生?但他没有被抓,我想会不会是我的叔叔伯伯当中有杀人犯,整个家族的男性都有相同的Y染色体。叔叔,看了DNA报告,我就晓得了,我的亲生父亲另有其人,他是个杀人犯,可惜我不晓得他是谁。"

许大庆想,你这个小囡讲反了,你的亲爹不是杀人犯,而是被害人,面孔敲得稀烂的无名男尸,老早烧成灰了。但只要寻到丁丁生父的真实身份,基本上也能寻到杀人犯了。许大庆揉了丁丁的面孔说:"对不起,我把你打伤了,你可以报警抓我。"

"你去罚个篮,要是投进了,我就饶了你。"

"这有啥难?"许大庆接过篮球,地板上拍了两下,觉得迈克尔·乔丹附体,摇摇摆摆走上罚球线,左手扶球,右手持球,瞄准头顶的篮筐。

右手又抖了。这段日子经常莫名其妙手抖,虚弱得像一团棉花。篮球飞出去一米便落了地。篮筐像一根上吊钩子悬在头顶。

许大庆定快快看了自己右手。篮球还在地板上弹跳,声音像一颗颗子弹打出来。丁丁抱起篮球说:"叔叔,你应该去医院检查下帕金森氏症。"

许大庆把右手背到屁股后面说:"你讲啥?"

"帕金森,你懂的。"

"瞎讲了,这是拳王穆罕默德·阿里生过的毛病,哪能轮得到我许大庆?"

丁丁披上运动服,走出体育馆,看到天快黑了说:"你饿了吧?我带你吃大学食堂。"

"等一等,我们先去医务室。"

到了医务室,许大庆拿了棉签,蘸了药水,涂了丁丁面孔上,再上两张创可贴。许大庆说:"要是你爸爸妈妈问起来,你怎样讲?"

"打篮球自己撞伤的啊。"

丁丁带路去食堂。许大庆端了托盘,排队打了两份蛋炒饭。许大庆再吃两只咸蛋,一盒酸奶,两片西瓜,吃得肚皮弹进弹出,皮带松开两只洞眼,活像一句古老的成语。许大庆摸了肚皮说:"大学生的伙食比我们公安局要好。"

"可惜没有红柳烤串。"

许大庆抽出香烟说:"那天半夜,谢谢你帮我叫的外卖,我欠你的。"

丁丁指指墙上的禁烟标志。许大庆放下香烟,吸了鼻头说:"就让尼古丁弄死我好了。"

"叔叔,您是代表打拐办来找我的,还是代表刑警队?"

"我做过二十年刑警,三年前才去了打拐办,接接电话,写写材料,只等了退休养老。"许大庆说,"我上一趟办杀人案,已经是十六年前了。"

"十六年后,你来到鲁亚军的别墅里,刚好碰着了一桩蹊跷的案子,就像退役十六年的迈克尔·乔丹,刚好碰到有人在篮球场上向他挑战。"

"我问你,鲁亚军头七这天,你又回到别墅了吧?"

"嗯,鲁先生于我有恩,我必须给他烧点纸钱锡箔,否则就是我没良心。"

"啥恩情?"

丁丁归还了托盘回来说:"考进大学第一天起,我就开始筹备创业,一边做家教老师，一边认得了这个圈子许多人。"

"你爸爸是重点中学的校长，蛮多领导的公子千金都在他手里读书，他可以帮你大忙。"

"错了，我爸爸反对我创业，他希望我也从中学老师做起，最后当上重点高中校长，但我不想重复爸爸走过的路，我自己做了教案，组建创业团队，准备了五十万启动资金，这几年做家教赚的零花钱。但我至少需要五百万。"

"听起来像打家劫舍的歪门邪道。"

"叔叔，您有一双锐利的眼睛。"丁丁说，"今年春节，他约我在书房里长谈了一夜。"

"我猜你们喝了两杯威士忌，面对墙上照片里的中山装老头。"许大庆心想，也许你还看到了藏在书架里的毒药罐头。

"我喝可乐，鲁亚军喝威士忌，我们做了三年财务预测，他说这是近年最好的天使轮项目，世上最好的生意是赚别人不得不花的钱，我们这一代孩子从娘胎里就进入角斗士学校，你要么杀死狮子老虎和大象，要么被其他角斗士杀死，没有别的出路，除非成为斯巴达克斯。"

"我只欢喜斯巴达克斯。"许大庆想起一部老电影，"别的听不懂。"

"每个家长都听得懂，你不懂是因为你不关心你的孩子，对不起，叔叔。"

许大庆光火说："不要再提我。"

"好吧。鲁亚军决定向我投资一千万现金，获得20%股权，估值五千万。"

"拿人民币当揩屁股纸？"许大庆在心里数有几个零。

"鲁亚军赌这一千万在几年后多出一个零甚至两个零。"丁丁搓搓手掌心，"甚至把你未来三代人的骨头渣都吞下去。"

"我操你妈。"

丁丁的嘴角上扬说："叔叔，我妈妈是个退休中学教师，你见到她就会打消这种冲动。"

"我收回刚才的话。你是全世界最希望鲁亚军活着的那个人。"

"当我看着鲁亚军烧成一堆焦炭，眼看要到手的天使投资像天使的羽毛飞走了，我简直五雷轰顶，我比死了亲爹的鲁小米更伤心。如果鲁亚军死于谋杀，我是最恨凶手的人，如果鲁亚军死于自杀，那他一定是最恨我的人，死到临头还捉弄我。"

"小鬼，你怎么证明这些话都是真的？"

丁丁露出微笑说："叶萧警官查过鲁亚军的通信记录。"

"你觉得鲁亚军会自杀吗？"

"叔叔，你下过斗兽棋吗？"

许大庆手指头在桌上点了点说："大象吃狮子，狮子吃老虎，老虎吃豹子，豹子吃狼，狼吃狗，狗吃猫，猫吃老鼠，但是老鼠吃大象，我没记错吧？"

"你觉着鲁亚军是斗兽棋里的哪一颗棋子？"

"酒鬼做不了狮子，大象更不要想了，我觉着是老虎，对的，就是老虎。"

"不对，他只是一条狼。"

"上面还有豹子、老虎、狮子、大象……"许大庆觉着自己全身毛茸茸起来，"鲁亚军要是一条狼，这么我就是一条狗？"

"您是猫啊。"

"对啊，警察就是捉老鼠的猫？"许大庆看到几个小姑娘的托盘里放了红烧带鱼，好像食堂里每个人都变成猫跟老鼠，偶尔夹了几条狗，"丁丁，你是啥？"

"叔叔，我曾经是下水道里的老鼠，现在是一只猫，也许以后变成狼，甚至老虎和狮子。"

"狼会自杀吗？"

"飞鸟尽良弓藏，狡兔死走狗烹。"丁丁看了大学食堂的顶灯，"范蠡从越王勾践身边逃走，写了一封信给大夫文种，越王勾践怀疑文种有了二心，送他一把剑，文种便自杀了。"

"嗯，你是学历史的。"

"历史是一面镜子，每个人都能照到自己。除了摄影，鲁亚军也喜欢历史。鲁亚军拉着我在二楼视听室陪他一起看《天国王朝》，这是他看的第五遍，他跟我聊过兔死狗烹——到了关键时刻，他会做出选择。"

许大庆看了自己手背上几根粗毛说："狼也会变成狗，他开车把自己撞死烧死，等于走狗烹。"

丁丁立起来说，"叔叔，今天跟你聊天很开心，我要去图书馆了。"

"刚刚讲到二楼的视听室，两个月前发生过一桩事，你没忘记吧？"

"心理医生欺负冯菲的事？"丁丁拧了眉毛，"当时就应该报警的，现在他又说谎了？至少鲁先生相信我。"

"他未必相信。"许大庆想起这桩事体发生没多久，鲁亚军就去寻了探照灯调查公司，"最后一个问题——李代桃僵是什么意思？"

"字面意思。"

许大庆好像看了一只白兔子，毛茸茸地日长夜大，就要变成兔子精。

出了食堂，许大庆方才点上一支香烟。右手抖得凶狠，换了左手按打火机。许大庆坐上小破车，已经捏不住方向盘。要是这样开车子，半道上就会像鲁亚军被烧成焦炭。

许大庆下了车，捏住抖豁的右手，钻进最近的地铁，辗转去了医院。

7

排队叫号两个钟头，医生只看十分钟，便确诊了帕金森病前兆。

许大庆在起病高峰年龄，病根可能是外伤，也可能是过度劳累，情绪低落。许大庆觉着这三种病根，统统在自己身上。半年前的追尾车祸，为啥刹车没踩牢？恐怕也跟这个毛病有关系。甚至十六年前打死金毛的那一枪——要是手没抖，一枪打中金毛的大腿而不是肾脏，案子大概已经破了。

医生说现在还属于早期症状，将来除掉手抖，还会动作迟钝，眨眼频率降低，自主神经障碍，甚至精神障碍。

许大庆问："三个月内，毛病会严重吧？"

"吃药控制的话，应该没这么快。"

三个月，足够了，许大庆想。

许大庆出了医院，叶萧等在门口问："师父，到底啥毛病？"

"你盼了我查出癌症来给我送终啊？"

"我盼你万寿无疆。"叶萧拉开车门,"师父,有桩事体要告诉你,顾振华失踪了。"

"啥辰光?"许大庆右手肘子搁了车顶。

"昨日夜里。顾振华在上海有一套公寓房,老早买下来了,空关过十几年,我一直派人在盯梢,除掉鲁亚军头七这天去过一趟别墅,顾振华几乎没出过门。"叶萧上了驾驶座,"师父,对不起,我让他溜了,现在查不到机票跟火车票记录,手机信号也没了。"

"我在担心顾振华是不是还活着,"许大庆上了车,拍一记右车窗,"徒弟,你讲顾振华会不会在冯菲那边?"

"冯菲一个人住在临港新城,我已经盯了一个月,鲁亚军头七以后,她没跟顾振华或丁丁有过联系。"

"如果顾振华还在人间,最大的可能,他已经逃回广州了。"许大庆绑上安全带,"带我回局里,十六年前的南明路无名男尸案,上个月的鲁亚军案,统统归我管了。"

叶萧抬起刹车说:"师父,来不及了,你到明天就退休了。"

到了公安局,许大庆闯进局长办公室。黑颜色办公桌上,插了国旗跟党旗。局长穿了制服,肩章上一枚银色橄榄枝,两枚银色四角星花,威风凛凛的腔调:"老许,进来要敲门,你是老师傅了,规矩不懂吗?"

"卵毛规矩。"许大庆一屁股坐上局长台子,"三十年前,虹镇老街有人卖白粉,你还是刚进局里的警校生,自说自话冲下去捉人,没想着藏了七八个男人,一刀子捅了你的胸口,我跟在你的屁股后面,一个人一支枪冲过去,打了七发子弹,背上你送去第二人民医院,当日血库告急,我跟你都是AB型血,我从自己血管里抽了四百毫升给你。"

"毒贩一个都没逃掉,判了四个死刑,三个死缓。"局长声音放低下来,"我这条命是你的。"

"前几年我在食堂跟人打架,有人讲要剥掉我这层皮,还有人讲要发配我去做交巡警,是你写了条子,调我去打拐办公室接电话,混了三年太平日子。"

"我是生怕你再出去闯祸。"

局长亲手泡一杯明前龙井端过来。许大庆吹了茶水热气，右手端了茶杯也不抖，水面静如浑浊的镜子。

"我申请延迟退休。"

"为啥？你也是一身伤病，回到家里颐养天年，抱外孙不好吗？"

"我没这福气，女儿还没大学毕业。"

"我晓得，你是为了十六年前的案子，现在有了新线索，可以悬案重启了。"

许大庆大口啜饮龙井说："2005年的南明路无名男尸案，现在的鲁亚军死亡案，唯一的交集，就是冒牌货丁丁，只要寻着这个小鬼的真实身份，搞清他的亲生父母情况，就能捉到十六年前的真凶。"

"不止你一个人，蛮多老同志都有没破的积案，人家该退休也退休了，不是讲案子积压久了就不破了，接力棒要交给叶萧这样的中坚力量，一棒一棒传下去，直到所有悬案一个不留统统告破。"

许大庆上前一步，左膝像被电锯撕开来，哐当一声，单膝跪到地板上。

"老许啊，你这是做啥？"

局长急了伸手来拉，许大庆气沉丹田，好像江南厂的万吨水压机，跪了地上不起来。

"我许大庆求你，批准我延迟退休三个月，保证凶手归案。"许大庆抓紧局长的手腕，送出一只熊抱，亲了亲他的面孔，好像勃列日涅夫与昂纳克。

局长推开许大庆，湿纸巾揩面孔，戴上口罩说："这时节，当心点好吧，老许，我只给你三个月，期限到了，案子没破，那你老老实实退休，案子转给年轻人负责。"

"如果案子没破，三个月后，你来参加我的追悼会。"

8

五一国际劳动节头一天，网上飞机票老早卖光了。许大庆拖了徒弟上路，排队堵车到虹桥机场。跑了十几家航空公司柜台，刚好空出两只座位，但是红眼航班。

叶萧抱怨全价票不大好报销,许大庆打开皮夹子,抽出厚厚一沓现金说:"师父买单。"

月明星稀,乌鹊南飞,叶萧从空姐手里拿过一杯咖啡。许大庆看了窗玻璃里映出自己的白头发,心脏吃不消:"徒弟,我办好延迟退休手续了,从打拐办借调回刑警队。十六年前的案子归我管,一个月前的案子归你管。这趟去广州,必定要捉到顾振华。"

许大庆的眼皮子松下来,三万英尺上打起 B-52 轰炸机般的呼噜声。

飞机降落广州白云机场,已经凌晨两点。叶萧下来说:"地铁跟大巴都停了,半夜的专车也不太好报销。"

"师父买单。"

叶萧只好在手机下单。专车穿过广州的黑夜,到了黄花岗七十二烈士墓园门口。司机看到这两个男人,后半夜拖了行李箱到此地,要么是盗墓贼,要么是精神病人。

酒店是许大庆预订的,就在烈士墓园贴隔壁。二十年前,许大庆来广州办案,在此住过一个礼拜。刚进房间,叶萧就听到师父惊天动地的呼噜声。叶萧打开笔记本电脑,黎明前才和衣倒在床上困去。

太阳晒到窗台上,叶萧被师父拖起来,闭了眼乌珠说:"饶了我吧,再让我做一做梦。"

"年轻人不要困懒觉,跟我去公园走走。"

"师父啊,隔壁不是公园,是墓地。"

进了七十二烈士墓园,太阳高悬,空气清爽,鸟鸣声等于做了头皮按摩。叶萧在青松翠柏当中深呼吸,献了两束菊花,困意顿消。

出了墓园,叶萧拖了师父去吃早茶。但是劳动节人山人海,这一吃就到了中晌。许大庆吃得不耐烦了,翻了毛腔说:"收摊了好吧,正事还没做,吃个屁。"

下半天,师徒俩冲到荔湾的上下九步行街。闹市深处的老楼顶上,藏了一家律师事务所。沙发上有两个破洞,天花板有老鼠跑来跑去,墙角下摆了毒鼠强。律所主任是个过早衰老的广州本地人,短袖衬衫,脚踩拖鞋,一杯黑咖啡,坐在电脑前玩扫雷小游戏。

"我姓麦，可以叫我麦律师。"麦律师接过许大庆递来的香烟，塑料打火机点上烟，又拆一包万宝路，包装上写了繁体字"吸烟导致阳痿"，多数是香港机场买的，"顾振华没有回来过，你们不要浪费时间了。"

许大庆打开手机，放了南明路连环车祸的视频问："你见过这个女人吗？"

"没见过，"麦律师叼了香烟，盯了电脑屏幕点鼠标，"什么人？"

"一个女摄影师，身份证上的名字叫冯菲。"叶萧说，"顾振华做过冯菲的法律顾问。"

"我不知道这件事，顾振华也从不接私活。"

"顾振华去武汉出差过吗？"

"没有，我们的客户都在广州，如果出差也很少离开广东省。"麦律师吃一口黑咖啡，"顾振华是我们所最好的律师。2010年，他在广州通过了司法资格考试，后来到了我们所。他主要打离婚、遗产还有劳动纠纷官司，他从不接刑事案件，除非是法律援助。"

"我抓过好多嫌疑人都用了法律援助。"叶萧说，"有一桩杀人案，被告人是聋哑人，也是可怜人，法律援助中心来了一个免费的律师，辩护词只有一页纸，竟然是手写的，律师年纪大了，还在法庭上打瞌睡，需要法官提醒，最后判了个死缓，虽然是我亲手抓的凶手，但我宁愿自掏腰包给他请一个收费的律师。"

"需要法律援助的当事人，大多是没有子女的老人，没有爹娘的孤儿，无家可归的乞丐、聋人、盲人、瘸子、精神病人，律师要消耗大量精力，等于自己垫钱办案。故意杀人罪的法律援助，顾振华接过一次，被告人是个中年妇女，老家在云南的山沟里，她在广州的商场做保洁，女儿被补课老师猥亵了，好像是手指头插进去，被告人带女儿去报案半路上，小姑娘跳了珠江，打捞上来人已经没了，只有十三岁。"

许大庆一声不响，打开窗门透气，只听到上下九步行街的喧闹声，好像无数打桩机在头顶敲下来。

"女保洁员提起一把刀，冲到补习班上刺死了老师，披着血衣去自首。被告人的老公早几年病死，农村亲戚没人帮她，顾振华做了法律援助，调查走访了当时补习班上所有学生，当然没有一个家长配合的，谁敢帮助杀人犯？而且是在孩子们面前杀老师，家长们还要联合请律师打民事官司索赔，说是给孩子造成严重心理影响。但是被告人太穷，没有执行能力就算了。顾振华不厌其烦地上门找人，好几次挨过家长的拳头，终于说服了一个女生的妈妈。那个女生是被告人女儿最好的朋友，原来她也被补习班老师用手指头侵犯过。"

"如果第一个小姑娘早点讲出来，第二个小姑娘就不会出事，那个畜生也不用被捅死了。"许大庆说，"还不如阉了干净。"

"顾振华带着新证据上了法庭，公安局重新启动调查，根据过去十几年来的补习班名单一个个找过来，最后确定了五名受害者，当时最小的只有十一岁，最大的十四岁，不单是猥亵，还有真正的强奸，有的女孩长大结婚生了小孩，才敢出来承认这件事。"

"也许不止这五个。"

"被害人的妻子本来不愿签谅解书，她不相信平常斯斯文文的老公是个猥亵幼女的死变态，顾振华一遍遍去找被害人的妻子，终于让她相信了这桩事，宣判前签下刑事谅解书，等于一张救命纸，法官判定被告人获刑十年，我能想到的最轻量刑了。那是七年前的案子，她在监狱里得到减刑，上个礼拜放出来。这个女人出狱第一天找到这里，想给顾振华律师磕个头，我说顾律师在上海惹了一点小麻烦，暂时回不了广州。"

师徒俩相互看一眼，许大庆问："你知道他的小麻烦是什么？"

"三月中旬吧，顾振华请假去了一趟上海。隔了一个礼拜，顾振华打来电话，说他意外卷入一桩案子，大概率是自杀，但公安局怀疑有谋杀的可能，他既是目击证人，又是嫌疑人，暂时不能离开上海，我们律所又小又破，本来就没多少业务，我劝他配合警方调查。"

"顾振华有女朋友吗？"

"从来没有。"麦律师重新玩起扫雷游戏，"也不是没有女人喜欢他，打离婚官司的女客户，就有过非常中意顾振华的，天天往这里跑，给他送礼物，给我送香烟，但是顾振华统统拒绝了。我问他是不是喜欢男人，但他说有过喜欢的女人。"

许大庆又想起一桩事体："对了，我听讲顾振华在翻译日本推理小说。"

"我帮他找了国内的出版社，只要他用业余时间，不影响律师业务就好，你看这些都是顾振华的书。"麦律师从办公室里翻出蛮多日本原版小说，不是松本清张，就是森村诚一，"顾振华在日本留学八年，日语水平相当高，他帮我打过一个跨国官司，翻译了几百页的资料，节省了好几万的办案经费。"

"顾振华喜欢拍照片吗？"

"呵呵，他这样的穷律师买不起单反相机。"

叶萧搭腔说："师父，今年春节以后，念真摄影作品展来广州巡展过一个月。"

麦律师喝干了咖啡杯说："对的，顾振华爱看电影，他还喜欢看各种展览，什么艺术展，画展，还有摄影展，从来都是孤零零一个人去的。"

离开律师事务所，步行街上潮潮翻翻的人头。许大庆走在骑楼下，挤进挤出，讨价还价，买了好几样小玩具，准备带给女儿。叶萧两手空空说："师父，你女儿不会欢喜的。"

已经天黑，叶萧拖了师父去天河城。两个人吃了三十只烤乳鸽，好像马上能长出翅膀。许大庆抬头看到亮晶晶的"小蛮腰"，好像凭空吊了一只腰子。

师徒俩乘地铁过珠江，到了广州塔，乘电梯到450米高的摩天轮，排队坐上观光球舱。许大庆看一眼便头晕了："徒弟，我们能下去吧？"

"师父，上来就下不去了，必须在天上转一圈，二十分钟就好。"

摩天轮转起来，许大庆看了天上风景说："徒弟，你觉着顾振华是凶手吧？"

"看起来像好人甚至圣人的家伙，更有可能是凶手，因为你不晓得他亲手宰掉的那个人，是不是十恶不赦的混蛋。"

"徒弟终归要超过师父的。"许大庆摸了叶萧的面孔。

这辰光，叶萧收到微信，打开手机说："师父，你要寻的古镇有眉目了。"

"快讲。"许大庆在摩天轮球舱里立起来，"冯菲的摄影展里有几张古镇的照片，腔调跟她的其他照片完全不一样。"

"电脑对比了照片里的建筑物，锁定了浙江省西冷镇。"

"西冷镇……"许大庆搔搔白头发，"怪不得眼熟，1996年秋天，我带了露露的妈妈出去旅游，头一站就是西冷镇，到上海一百多公里。"

"师父，我查过顾振华跟冯菲的手机跟微信记录，他们根本没有添加过微信好友。"

"顾振华做过冯菲的律师也是一个谎言，他是在广州看了念真摄影作品展，才去上海寻到了冯菲。"许大庆翻开手机看照片，"我的脑子坏掉了，前两天我问女儿，五一长假去啥地方，她讲跟同学一道去西冷镇。"

许大庆拨出一个电话，女儿手机响了半天，没接。

"师父，我现在买飞机票。"叶萧说，"明早去西冷镇。"

阴面

1

1997年，西泠镇的春天，我的肚皮还没显出来。毛毛姐安排我住了宿舍下铺。每天半夜，我会听到身体里两个心跳声。不是小螺蛳，而是一条小鱼儿，或者一朵神秘的莲花，藏在水底龌龊的淤泥里。他（她）不是聋子，也不是瞎子，他（她）能通过我的眼睛、耳朵、鼻子和手指头，看到、听到、闻到和触摸到金光电子厂的流水线。

流水线常有电路故障，就需要电工出马。金光厂的电工蛮年轻的，面孔上有痘疤，黑发兴旺，身材瘦瘦高高，仿佛一棵干枯的树。每次不消半个钟头，他就能修好所有电路，苍白的手背上全是青筋，像个妙手回春的医生。

这个电工也叫顾振华。大学生顾振华飞去日本的第二天，电工顾振华来到了金光厂。据我所知，西泠镇上还有三个顾振华，这是个泯然众人的名字。

工厂最闲的也是电工。女工们在流水线上干活，电工就坐在角落里看书。我偷看到了封面《霍乱时期的爱情》，这是我从没听说过的书。每天清早，我就看到他在楼下跑步，穿一身蓝白条运动裤，头顶蒸腾热气。有时他抬头往上看女工宿舍的窗户。明知道他看不见我，但我会躲到窗帘背后，仿佛他有一双透视眼，隔那么远都能看穿我的肚子。

电工顾振华约我去西泠镇电影院。但我讨厌顾振华的名字，我没答应，也没拒绝。我想了整整一晚上，就算跟他去看电影，也不会少掉一块肉。对啊，我的肚子里还多了一块肉。带着上一个顾振华的孩子，去陪下一个顾振华看电影，好像有点报复的味道。

我一个人走到西泠镇。夕阳追着屁股晒过来，路上开满金色的油菜花。运河里有春天的腐烂味道。电影院海报全是油彩手绘，好多年没换过，最新一张是《古今大战秦俑情》，张艺谋和巩俐抱在一起。电工顾振华等了整个下午。他穿着工作服，头发梳得整齐。我穿一件墨绿色外套，过年花了一百块买的，这是我最贵的衣裳。

傍晚六点有一场《霸王别姬》。顾振华掏出两个包子。我不饿，但我不想让肚子里的小孩挨饿。我们一人吃一个包子。西泠镇电影院是解放前的天主教堂，头上有尖尖的屋顶，墙上涂满奇怪的壁画，都是妇女抱着刚出生的小婴儿，背后的光环黯淡剥落。灯光熄灭，好似回到穆家村的矿洞。一线亮光穿过头顶，扫出影影绰绰灰尘。我才发现只有自己和顾振华两个活人。

电影长得像人的一辈子。我以为顾振华会偷摸我的手。但他全神贯注盯着银幕，双手攥在胸口，呼吸声随着音乐起伏。等到劫后余生，老霸王与老虞姬重逢，他竟然哭出了声。银幕反光照亮他的泪水和鼻涕。我找出两张手纸塞在他手里说："你真不像电工。"

"我就是电工啊，难道我还是大学生？"

我的喉咙塞住了。戏演完了。虞姬死了。西泠镇的夜深了。电工顾振华陪我走过老街，运河上的老桥漆黑一团。路过那家小旅馆，我的第一次丢失在了这里。我以为电工顾振华会带我进去，但他去了西泠镇唯一的夜排档。

顾振华点了炒螺蛳，臭豆腐，锅贴，还有两听可口可乐。我一口气吃光锅贴。西泠镇上空升起金色的月亮，可惜看不到环形山脉。

"你知道吗？月球上的环形山是几亿年前的陨石撞击出来的。"

"crater。"顾振华眯起双眼盯着月亮，"伽利略取的名字。"

"英文里有这个单词吗？"

"希腊文，意思是盘子。"

我放下筷子说："你是不是念过高中？"

"嗯，后来我去广东打工，学会了电工跟机修工的手艺。"

"去年我也考上了高中，但是家里人都死了，我只能出来打工。"我的言语也稠起来。

"你应该回家读书。"

我不响了。顾振华追着说:"我觉得你是个有故事的人。"

"但你不敢听我的故事。"

"你也不敢听我的故事。"

我吮出一粒螺蛳肉,心想你也杀过人?我说:"我的肚子里已经有个小孩了。"

"毛毛姐告诉我了。"顾振华说,"毛毛姐问我为什么喜欢你,因为我喜欢穆雪这个名字。"

"听起来很像'墓穴'。"

"不,因为你是小雪。"

"这个理由很勉强。"我摇头说,"你知道吗?我最讨厌顾振华这个名字。"

"我知道。"

"你知道我肚子里的小孩是谁的吗?"

"我知道,他也叫顾振华。"

"很好,我们不要再相处了。"

电工顾振华的手像电烙铁抓住我说:"我不在乎。"

春夜的风,越来越温良了。顾振华送我回了宿舍,唯一的接触只是牵手。

香港回归这日,台湾老板给全厂放了假。我和顾振华到了毛毛姐家里看电视转播。子夜零点,南边的小岛大雨滂沱,穿裙子的苏格兰兵上台,戴安娜的老公面孔僵硬。西冷镇明月高悬,焰火冲天。电工顾振华牵着我走到运河边。黑魆魆的回廊下,他头一趟亲了我的嘴唇。他把手放到我的肚皮上。胎儿识相地动了两下。

九月的秋老虎,金光厂闷热得吓人,我的肚子顶在流水线上,好像小孩也在帮忙干活。顾振华装了一台电风扇,就在我头顶上吹,但是基本没用。我的羊水破了。我疼得蹲在地上。毛毛姐把我扛到外面。电工顾振华蹬上三轮车拉我去医院。我的双手抱紧顾振华的腰,耳朵贴了他的背脊骨,好像已经打上麻醉针。

到了西冷镇人民医院,原本要给我打胎的医生负责接生。医生说我年纪太小，骨盆没发育好，顺产要多吃一点苦头。毛毛姐塞给医生一只红包。痛苦持续了七个钟头。我觉着自己生不出，眼看要死在产床上，或者胎死腹中，孩子突然出来了。婴儿的哭声就像穆家村的暴雨声。

看到小男孩的鸡鸡，我觉得很走运。至少这孩子不用为了保护自己的第一次而杀人。

电工顾振华已经为孩子想好了名字——顾念真。

工厂宿舍不能坐月子。有人忌讳生孩子是血光之灾。毛毛姐无所谓，反正她家是空空荡荡的老宅子，收拾出二楼的房间，就让我和顾振华带着孩子搬进来。

雕花木头的窗户和房梁经常闹鬼，但我身上藏着爸爸与哥哥的鬼魂，我还怕他个鬼？顾振华不想白住毛毛姐的房子。毛毛姐就收每个月180块，讨个口彩罢了。

坐完月子，我去金光厂上班。等到念真一百天。毛毛姐烧了一台子菜，还有两瓶黄酒。夜里喂好奶，孩子躺在电工顾振华亲手做的木头婴儿床上。念真在娘胎里便认准了这个男人是爸爸，看到他就嘻嘻笑。我把自己变成运河里的一条鱼，光溜溜滑到顾振华身上。黄酒在血管里发酵燃烧。我像一团火烧着他的嘴唇和胸口，让他坚硬地进入我的体内。

2

千禧年，过完二十岁生日，我给妈妈写了一封信，贴上邮票寄去穆家村。我到了法定结婚年龄，必须要有户口簿。但我怕警察会突然出现抓我，因为我是潜逃四年的杀人犯。西冷镇派出所有个秃头警察，每天路过老宅笑眯眯打招呼。半个月后，我等到了邮局送来的户口簿。我猜啊，妈妈可能把那个男人扔进废弃的矿洞，化成地下白骨，谁都不晓得他在哪里，甚至不存在杀人案了。我想过一个问题，该不该回家读高中？也许还有机会参加高考，但我已经是顾念真的妈妈。我永远回不去了。

电工顾振华和我抱着三岁的念真，挤了三天四夜的硬卧火车，又坐两个小时中巴，渡过一条布满竹筏的河流，穿过数不清的大山，终归到了顾振华的老家。那里阴云缭绕，不见天日，人们说话的腔调也像穆家村，同样疯狂地嗜好辣子。

顾振华的妈妈早就死了。老爹还在乡下种地，以为念真就是亲孙子，取出五百块，裹在红包里塞给小孩。老爹杀了家里唯一的猪，在村口办了十几桌酒席。村民们一整年难得吃到大鱼大肉。傩戏班子来唱戏，戴着面目狰狞的鬼面具，演的是《宝莲灯》跟《目连救母》。

我穿不起婚纱，只有一身薄薄的新娘礼服。新郎官吃了好多劣质白酒，已经醉倒在桌上。我才发现自己的酒量深不见底，就像这里的地下暗河。我代表新郎喝倒了许多人，只有一个人没倒下，他是顾振华的高中同桌，嘴上有兔唇缝合的伤疤，大家叫他兔哥。

第二天，我和顾振华在民政局领了结婚证。我们抱着儿子去镇上的派出所，加上出生医学证明，终于给顾念真报上了户口。

兔哥在县城请我们吃了酸菜鱼火锅。我想去顾振华的高中看看，就在县城外的乌江边。校门口有两棵大香樟树，仿佛两张大伞能让全校人避雨，鸟粪像轰炸机投弹不断坠落头顶。兔哥说顾振华读书很好，别人逃课出去玩耍，他就在学校自习背单词。顾振华想要做个法官，可惜没能考上大学。班主任很为顾振华惋惜，他上个月生癌症死了。顾振华打断兔哥的回忆，要赶中巴车回去了。

回到西冷镇，念真一日日长大。我怕这孩子会越长越像他的亲爹。但我走了狗屎运，大学生顾振华的基因有点弱，念真的眼睛鼻子越发像妈妈了。按照毛毛姐的讲法，儿子像娘，金子搭墙，这小囡会有大出息。我的基因就像一块橡皮擦，一点点抹掉大学生顾振华的痕迹。我甚至觉得这孩子的某个侧面有点像电工顾振华。

我想给电工顾振华也生一个孩子。对我来说是第二胎，对他来说却是头一个。顾振华暂时不想生孩子。这两年计划生育管得严，念真占了名额，二胎如果报户口，必须缴一大笔罚款。顾振华又说我年纪太小，十七岁就生了念真，差点死在产床上，最好等念真读上小学，再考虑生二胎。只要不加夜班，我们一晚上能连做两三次。木头床架子跟地板摇摇欲坠，楼下客堂间落下一地灰尘。避孕套经常不够用，我就请毛毛姐帮忙从计划生育办公室免费领回来好几箱，足够让整个西冷镇断子绝孙的那种规模。

隔年，秋老虎来吃人的一日，毛毛姐的客堂间里开了电视，本来是斯皮尔伯格的《拯救大兵瑞恩》，突然变成国际新闻，两架大飞机撞进纽约世贸中心双子塔。四岁的念真被吓得哭了。顾振华说这是拍电影，并不是真事。念真问还能再拍一次吗？顾振华说为了拍这部电影，几千个叔叔阿姨死在了大楼里。从此以后，念真相信电影是世上最残酷的艺术，导演和编剧等于刽子手和屠夫，电影院幕布背后就是太平间与焚尸炉。

3

三年后的春天，金光电子厂也变成了焚尸炉。

大火是莫名其妙烧起来的。我在流水线上夜班。BP机早就停产了，现在造的是日本牌子的手机。工厂窗户都被铁条封死，宿舍里的姑娘们还在熟睡，穿着胸罩短裤逃出来，眼屎没擦干净就被熏晕过去。我用水浸湿了口罩勉强抵挡浓烟。一群女工逃上天台，头发都烧焦了。月亮变成血红色。有人开始往楼下跳，像一粒灰尘落入火海，尚未落地就已熔化。

金光厂烧得金光灿灿时，电工顾振华像一颗星星落在了楼顶。他是踩着长梯子爬上来的。顾振华笑着对我露出牙齿。我抓紧他的手说，你也要活下来。我顺着梯子回到地面上，看着天台上的女工一个一个被救下来。我担心顾振华会变成火海里的一堆焦炭，他已经变成一团火球下来了。我用力抱紧这个男人，想把自己嵌入他的骨头里。我伸出舌头舔着顾振华皲裂的嘴唇，期望用口水救活他。顾振华也伸出舌头跟我纠缠，如同天上纠缠的无数条火舌。

这一夜，西冷镇电影院的哥特式尖顶和运河边的五百扇窗玻璃交相辉映，仿佛大年初五迎财神。毛毛姐牵着七岁的念真找过来。乡下孩子从不曾见过这奇景。念真灿烂地笑起来，擦去顾振华脸上烟灰说："爸爸，你们也在拍电影吗？"

顾振华沙哑着嗓子说："念真，电影好看吗？"

念真眼眶里却涌出大团泪水。我抬起两根手指捋着烧焦的头发。西冷镇的夜空飘荡人肉的气味，连续三天才渐渐消逝。

起火的夜里，厂长尚浸泡在上海的夜总会里，第二天赶回西冷镇就被抓进了公安局。调查结果是有个女工在厕所抽烟，点着了纸板箱跟泡沫塑料。最后公布的死亡数字是二十八个，统统是女孩子。家属们从安徽或江西的农村赶来，看到烧成焦炭的尸体，又送进火葬场烧了第二遍。有的老人跪在厂门口三天三夜，讨回几万块赔偿金，捧着骨灰回老家，准备给小儿子讨媳妇。很多活下来的女工要做植皮手术。有个毁容的跳进古运河，只剩下七窍的面孔在水面漂浮，如同一副鬼面具，冷笑着穿过几百年前石拱桥下的阴影。

我真是太走运了，仅仅是大腿轻度烧伤，加上烧掉一截头发。金光厂停工三个月。我们没有领到一分钱工资。顾振华拉上我一道考出了驾照，他想转行开面包车运货养家。

热天飞快地过去，刘翔在雅典奥运会上跑出男子110米跨栏金牌，金光电子厂以火箭般的速度重新开工了。厂房在原址上重建，外墙刷上墨绿色，仿佛向天空生长的巨木丛林，听说还要再造两幢更大的楼。台湾老板派来了新厂长，只招二十岁以下小姑娘。我已经二十四岁，有个七岁的儿子。有人说我掌纹里的汗水变了质，不适合触摸金贵的手机芯片。毛毛姐帮我讨来两千块遣散费。她问我想不想去隔壁的冰箱厂，我说，我要去上海。

小梅从上海回来了。

我们从前是流水线上的搭档。小梅是江西人，家里有四个兄弟，她只读到小学三年级，就被妈妈赶回家里养猪。小梅十八岁结婚，老公在深圳的工地上开塔吊。女儿只有三岁，小梅就来西冷镇打工了。我发觉小梅不识字。这在农村并不稀奇。但她如果搞错了零部件就要倒霉了。每天下夜班，我躲在厕所教她识字。发霉的墙上写满粉笔字，天明前就擦掉。脚下流淌的粪便熏得人头晕眼花，小梅最先学会的就是"苍蝇"。有一夜，毛毛姐来上厕所抓住了我们。小梅在墙上写了一句话——毛毛姐，我保证不会看错流水线上的字。毛毛姐饶了小梅。这秘密只能我们三个人晓得，如果让台湾干部发现，毛毛姐的饭碗也会砸掉。学了三个月，小梅就会看报纸了，还学会了四则运算。她有一个聪明的脑袋。两年前，小梅在流水线上断了一根小拇指，我从地上捡起半截手指，背起小梅冲到医院。西冷镇的医生不会接手指头。等我们到了嘉兴的医院，半截小拇指已经发黑了。小梅拿到两千块伤残赔偿，然后去了上海打工。有人说她笑起来像张柏芝，她在柜台上卖了一年化妆品，给女儿交了五万块借读费，女儿就在上海的小学读书了。

念真也要上小学了。但他不能像小毛那样去公立小学。顾振华给念真在西冷镇民工子弟小学报了名。一百多个孩子，只有四个老师，两个语文，两个数学，其中一个是校长，英语课是没有的。我们隔壁住着一个教语文的，原本在云南的深山里做代课老师，她老公在西冷镇的服装厂做保安，你必须连蒙带猜才能听懂她的普通话。

农历七月十五，毛毛姐烧了蛮多菜，送到祖坟上烧纸。小毛和念真回到家，两个小孩的衣服都破了。小毛脸上拖着鼻涕水，像个小姑娘哭唧唧。念真的鼻孔插着纸团，衣领沾满鲜血梅花，但他没流一滴眼泪，双眼平静得像只羊羔。小毛说西冷镇的男孩们欺负了念真，小毛去帮忙吃了亏。顾振华提一只铁扳手，挨家挨户找到男孩们的家长，逼着他们向念真道歉，并且写下保证书。

夜里，我烧了几锅热水，倒进木头脚盆给念真洗澡。氤氲蒸腾的热气里，我才发现念真身上有好多乌青块，有些淡得快要褪掉了。念真不是头一回被人欺负。我抱着儿子大哭一场。我问他，要不要留在西冷镇？念真摇摇头，指着客堂间的墙壁说，妈妈，我想去那里。我抬起两根手指捋头发，看到墙上一幅挂历——上海的东方明珠和金茂大厦。这时候，我收到小梅发来的短信：小雪，我帮你在上海找到了工作。

4

热天的最后一夜，我爬到顾振华身上。我们都像被大火烧出一个洞眼。顾振华埋在汗水的海洋里问："你能不走吗？"

两天前，金光厂的新任厂长来找顾振华，因为他在火灾里救了十二条人命，等于给厂里挽回了几十万的赔偿金，厂里请他回去做干部，工资涨到两千块。

"顾振华，我发誓。"我咬着他的乳头说，"最多半年，等我赚到钱，我就接念真去上海读书，你也跟我们一起去，你不能一辈子留在西冷镇，烂在这幢闹鬼的老房子里。"

电风扇疯狂地摇头。毛毛姐祖先们的鬼魂骑在房梁上偷窥。顾振华的汗水顺着野草般的汗毛滴落，浸泡木头地板。我又给顾振华戴上一只避孕套。我在他的胸口咬出一个鲜血淋漓的伤疤。高潮降临之时，我忍不住喊出来。

天亮了，念真问我发生了什么？我说："爸爸妈妈在拍电影。"

念真第一天上小学。我做了两个荷包蛋，一碗白粥加上火腿肠。念真穿上新衣服，背上奥特曼书包，我和顾振华一路送他到民工子弟学校门口。

念真转回头说："妈妈，你是不是要离开西冷镇？你会不要我吗？"

"不会。"我把儿子抱在胸口。

念真伸出小拇指说："妈妈，我等你回来接我去上海。"

我跟儿子拉了钩，这孩子滑出我的手心进了学校，像一条小鱼游进西冷镇的古运河。

顾振华把我送到嘉兴火车站。到了车厢座位上，我才发现包里装满了食物，顾振华在火车站商场买的。隔着车窗玻璃，他还像一根路灯立在站台上。我咬一口山东苹果挥挥手。火车向着上海慢慢而去。顾振华向着西冷镇慢慢后退。他的黑头发消失在铁轨两旁怒放的夹竹桃花中。

路上两个小时，我的嘴巴一分钟都没歇过。我吃了平常三天的份量，从嘉兴粽子到切片面包再到康师傅方便面，终于吃光了顾振华给我买的东西。全车厢人都以为我遭到过严重的虐待。当我连续打饱嗝想呕吐时，列车广播上海就要到了。我趴在车窗后，仿佛看到穆家村的群山，森林变成钢铁和玻璃，如同无数颗反光的黑曜石。

新客站南广场上，我的背包空空，肠胃却异常沉重。小梅穿着粉红色裙子，蹬着高跟鞋，挎着不知什么牌子的包包等我。小梅捏着鼻子说："小雪，你身上臭死了，全是西冷镇的味道，我带你去买衣服，把头发洗干净，变成上海的味道。"

小梅拖着我进了商场，旧衣服被塞进了厕所。我刚要翻钱包，小梅在服务台刷了信用卡。我问多少钱，小梅说："银行替你买单了，下个月发工资再还钱。"

小梅带我去美发店，小妹给我洗头。吹干后照镜子，我摇头说："这不是我。"

"不对，西冷镇的那个是盗版，镜子里的你才是正版。"

坐一号线到人民广场，再转二号线到静安寺。我头一回在地下坐火车，好像坐在电子厂的流水线上，拥挤的人头像一个个手机零部件。我们在迷宫般的地下转圈，我以为要回到地面，却闯入一个琳琅满目的水晶宫。

刚开业的久光百货，我的鼻子嗅到无数种味道，像顾振华连续三次以后的疲弱器官。我不敢看这里的女人们，仿佛看一眼就要变成石头，无论是贴在灯箱片上的明星，还是站在柜台内外的活人。小梅在久光百货一楼专柜卖化妆品。总部在巴黎的法国大牌，戴安娜王妃和麦当娜都是她们家顾客。我通过了柜台经理的面试，我的形象得到八分，皮肤得到九分，明天就来上岗培训。

夜里八点，我走出久光百货的大门。上海的天空迟迟暗不下来。我的鞋底尚且沾着西冷镇的泥土，踩上铺着金砖的南京西路，每一步都像踩在穆家村的矿坑上。走到隔壁静安寺的山门前，我看到左右两边各八个大字——

庄严国土，利乐有情；诸恶莫作，众善奉行。

第四章

Chapter Four

阳面

1

红眼航班没买到，叶萧只买到早上头一班，经济舱最后一排。许大庆好像还在广州塔上，膝盖顶了前头座位，一路冤枉鬼叫。舷窗下的风光，已从五岭逶迤腾细浪，变幻为春风又绿江南岸。

师徒俩降落在上海虹桥机场。叶萧从车库开出停了两天的车子。高速公路上人山人海，到处是上海、杭州、苏州牌照的私家车。师徒俩轮流捏了方向盘，踏了刹车油门的右腿几乎断了。路过嘉兴休息区，许大庆前列腺不灵光，又要去撒尿。叶萧陪了师父上厕所，出来买了几只五芳斋的粽子。

下半天，西冷镇到了。老早风景统统寻不着。现在进去要买门票，排队已是神龙见首不见尾。叶萧买了两支冰激凌。西冷镇派出所不在景区内。许大庆跟叶萧叼了冰激凌，走了一公里才寻着派出所。值班的多是年轻人，唯独有个老头子，头上是不毛之地，绰号老灯泡。许大庆发出两支中华烟。老灯泡端出两杯碧螺春，听讲是一桩杀人案，眼乌珠跟头顶一道发光。

老灯泡开上一辆警车，带了许大庆跟叶萧绕了古镇半圈。运河边立了三幢巨大的厂房——1995年，台湾老板投资造的，本地人都叫金光厂，刚开始造BP机，后来做手机代工，最多有三千工人。2017年，老板嫌弃此地工资越来越高，索性工厂关门，统统搬去越南。二十年前，西冷镇最风光了，开了几十家工厂，台资、港资，还有日资，这几年工厂关的关，搬的搬，剩下来不多了。现在厂区变成网红直播基地，几个小姑娘唱歌跳舞扭屁股。

许大庆从手机里翻出摄影展上照片，便有眼门前的风景，几幢墨绿色厂房，就是此地没错了。老灯泡戴上老花眼镜，低头看手机相册，指了一张老宅门的照片说："这不是小毛家里吗？"

不必买门票，老灯泡走乡下小道，穿过夹弄进了古镇。各种人的气味混了奶茶跟油炸臭豆腐味道，许大庆跟叶萧的鼻头七荤八素。小巷也是七绕八弯，直到两只石头门当之间，老灯泡推开木头窄门。

原来是个民宿。小天井里养了花花草草，四水归堂，屋檐挑出来，一枪头阴凉下来，许大庆不免打只寒噤。老灯泡用本地话吼一嗓子："小毛。"

木楼梯脚步声蛮响的。下来个穿椰子鞋的年轻男人，不超过三十岁，便是民宿的老板。

"小毛是本地人，他妈妈毛毛姐，是我的老朋友，也是麻将搭子。1995 年，金光电子厂开始招工，毛毛姐就在厂里分管人事。"老灯泡也不客气，自己到前台泡了茶叶，"这趟劳动节生意不错啊。"

小毛眉开眼笑说："半个月前就订满了。"

"毛毛姐在哪里？"许大庆问。

"三年前，我妈妈生癌走了，我才把这爿祖传的老宅改成民宿。"小毛放下手机说。

许大庆心想老灯泡是个老江湖，带我来寻个死人做啥？许大庆亮了警官证，打开手机，播放南明路连环追尾事故视频——"冯菲"坐了 MINI COUPE 轮胎前头，撩起两根手指头捋头发，打翻屏幕说，滚。

"一个半月前，有个男人也来给我看过这段视频。"小毛说，"他留下一张名片，但我隔天就丢进垃圾桶了，名片上是啥调查公司。"

"探照灯调查公司，方铜。"许大庆脑子里飞过蛮多破碎的弹片，马上翻出方铜的照片，"是不是这个人？"

"对，就是他。"

许大庆手心里出了一层薄汗。调查员方铜的肚皮里有点货色，自己上穷碧落下黄泉才寻到西冷镇，方铜抢先一个半月就来过了。

"你认得视频里的女人？"

"小雪姐姐。"老宅天井幽暗下来，小毛抬头说，"落雪的雪。"

叶萧盯了小毛的眼乌珠问："你确定？"

"嗯，每趟小雪姐姐从金光厂加班回来，坐在天井里休息，就会抬起两根手指捋头发，一色式样腔调。"

"她是金光电子厂的女工？"

"哎呀，我这只黄鱼脑子也有印象了，她就住在毛毛家的楼上。"老灯泡说，"凡是正常的男人，都不会忘记漂亮的面孔。"

叶萧总结一句："现在的女摄影师冯菲，就是十几年前西冷镇金光电子厂的女工小雪。"

"小雪姐姐搬到我家二楼，好像是香港回归这年，我只有五岁。"小毛指了指头顶，楼上一扇木头雕花窗门，"小雪姐姐不是一个人搬进来的，还有她的老公跟小囡。"

"你讲啥？"许大庆像在笼子里来回走，"1997年，小雪就有了老公，还有小囡？这个视频是去年秋天拍的，她只有三十几岁，1997年，她连中学还没读了吧。"

"不相信就算了，小雪姐姐的老公叫顾振华。"

"顾振华？"许大庆好像被人一拳头闷中心口。

"小雪姐姐和顾振华犯了什么大事？"小毛说，"我是单亲家庭，小辰光跟我最亲的人，除了妈妈，就是小雪姐姐一家门。顾振华是金光厂的电工，他就像个魔术师，我家的电视机、电冰箱、电风扇、洗衣机，还有我的玩具要是坏了，统统能在他手里修好。顾振华脾气好，哪怕被人欺负也不发火，西冷镇的小人都欢喜跟他一道玩耍。"

叶萧翻出顾振华在广州做律师的照片问："就是这个人吧？"

小毛看了几张照片说："这个人穿西装打领带，顾振华只穿工作服，腔调完全不一样，但是仔细看面孔跟五官，好像是同一个人。"

从广州飞到西冷镇，就像春天剥笋壳，这一剥就剥到了笋的芯子。

"还是不对。"许大庆捏了手机的右手发抖，像只衰老的狮子摇头，"1997年到2005年，顾振华不是在日本留学吗？他又在西冷镇做了电工？"

"我也记得这个人。"老灯泡开腔了,"中国足球队踢进世界杯这年,主教练米卢蒂诺维奇,客场打阿联酋,我在所里值夜班,但是电视机坏了,毛毛姐介绍一个电工过来修好了,他就是顾振华。"

"中国队一比零赢了,进球的是祁宏,这是一场关键比赛。"许大庆的脑子越来越糊涂,二十年前的比赛倒记得煞煞清。

"2001年秋天,中国队打进2002年日韩世界杯。"叶萧说,"你们讲的电工顾振华,日本留学八年的顾振华律师,只是两个同名同姓的人,这个名字太普通了,我也碰到过好几个顾振华。"

"但是,你给我看的照片上的男人。"小毛说,"就是我小辰光每天见到的顾振华。"

许大庆抓牢小毛的领头问:"你没瞎讲吧?"

"瞎讲有啥讲的?我还记得顾振华有一双电工的手,青筋就像一条条青蛇,手劲大得吓煞人,他要是参加掰手腕比赛,没人拿得到金牌。"

"这只手倒是如假包换属于顾振华律师。"叶萧再问一句,"顾振华跟小雪的儿子叫啥名字?"

"念真。"

叶萧翻出一张便笺纸,递上圆珠笔。小毛写上两个汉字——念真。

"摄影师念真。"一道太阳光穿透天井坠下来,许大庆的右手抖豁捏了便笺纸,再看古宅屋檐上的四方天空,像一幅黑白照片,"终归寻到这只名字了,我还以为是盗版冯菲的真名,原来是她儿子的名字啊。"

"必定是顾振华起的名字。"叶萧数了太阳阴影里的瓦楞说,"小毛,你还记得吧,小雪的全名叫啥?"

"穆雪。"

"墓穴?"

小毛摇头,又提起圆珠笔,在"念真"上头写了两个字:穆雪。

叶萧用标准的普通话念出这个名字。许大庆松开便笺纸说:"小毛,1997年,顾振华和穆雪在西泠镇生了一个儿子,名叫念真,对不对?"

"都讲儿子像娘,念真就是小雪姐姐的翻版,眉毛、眼睛,活脱似像。"小毛叹气说,"我妈妈临死前回光返照,她最惦记小雪姐姐。我妈妈跟我讲,念真出生后,小雪姐姐不方便在宿舍坐月子,只好搬到我家楼上的空房间,小雪姐姐只休息一个月,又去厂里上班,小囡就背了自己身上,既能在流水线上干活,也能停下来喂奶。"

许大庆摸了摸心口,讲不出话了。

"派出所里还有老早外来人口的登记吗?"叶萧问了老灯泡一句。

"你想多了,当时招工不正规,办过社保的没几个人,老多人都没登记过暂住证,流动人口管理起来蛮难的,不像现在电脑打开,身份证扫一扫,一秒钟搞定。"老灯泡叼起一根香烟,翻翻民宿的登记簿,"人这样物什,像运河里的水,今日流到此地,明日流到太湖,后日流到上海黄浦江,再往后流到东海。"

"嗯,今日是水,明日变成咖啡,后日变成可口可乐。"许大庆跟了一句。

"我又想起来一桩事。"老灯泡拍了光头说,"2004年,金光电子厂烧过一把大火,电工顾振华从火场里救了十几个女工的命,镇长还给他发过一张奖状。"

小毛接口了:"火灾以后,没过几个月,小雪姐姐去了上海。"

"小雪在上海做啥工作?"

"不晓得,但她每趟回来都会带礼物,现在家里还有一台小霸王学习机是她送的。"小毛咳嗽两记说,"顾振华,还有念真,他们父子留在西冷镇。我在镇上的公立小学读六年级,隔壁有一家民工子弟小学,念真在里面读小学一年级,他会写很多字,背得出蛮多唐诗,还会四则运算,我妈都说念真会比我有出息得多。到了春节,小雪姐姐回到我们家里过年,她讲要带念真去上海读书,已经寻到了小学。这是我最后一趟看到她。"

"2005年?"叶萧算出了年份。

"到了春天开学,念真还在西冷镇,他想去上海看妈妈,顾振华就带念真去了。没过多少天,顾振华也去了上海,从此再没回来过。"

2005年的春天。许大庆低头默念,嘴唇皮发紫,古宅青石地板上仿佛长出野草。

老灯泡插嘴说:"西冷镇,一夜之间消失的外来人口,实在稀松平常,没人会想到报警。"

香烟像火箭一样燃烧，几乎烧着过滤嘴，许大庆望了二楼窗户问："既然他们在你家租房子住，留下过啥东西吧?"

"跟我来。"小毛带人转到第二进院子。楼梯下有个储藏室。

小毛拖出一只大编织袋，蒙了厚厚灰尘。小毛捂牢鼻子说："顾振华和念真消失以后，我妈妈一直保留他们住过的房间，三年前我妈妈去世，我重新装修房间开了民宿，顾振华一家留下的物品，统统收进了这个编织袋。"

许大庆小心解开袋口，一阵腐烂味道扑上鼻孔，好像古老的藏尸袋。叶萧给师父戴上一张口罩。编织袋里摸出小学语文教科书，封面上写"西泠镇民工子弟小学，小一班，顾念真"。不像七岁小囡的笔迹，看起来相当工整。

许大庆戴上老花眼镜，翻开课本，汉语拼音旁边写了蛮多字，铅笔涂抹的花花草草，毛毛虫，小鸟，太阳，还有一只小星球。课本下头有一本《安徒生童话》，一本《格林童话》，翻开有暗淡的图画。

"这是念真爱看的书。"小毛说。

编织袋好像百宝箱，每次伸进去都有宝贝出来。许大庆摸出蛮多衣裳，有男人外套，也有女人裙子，小囡的童装，还有好几双鞋子，散发恶臭的皮革味道。仿佛一家三口的灵魂都被收在袋子里，一旦敞开就烟消云散。

"师父，我发觉一个蛮有趣的现象。"叶萧说。

"有屁快放。"

叶萧掏出几只手提袋说："你看啊，至少有五只上海久光百货的手提袋。"

"我也有印象。"小毛说，"小雪姐姐每趟从上海回到西泠镇，提了大包小包，都是这种袋子。"

叶萧又寻着几个纸盒头，同一个法国化妆品牌子，拆开放到鼻头前闻了闻，又吹一口气，好像注入还阳的灵魂说："2004年到2005年，穆雪在久光百货一楼专柜卖化妆品。"

许大庆闭上眼乌珠，现在眼门前统统是灰尘，就连徒弟的面目都模糊了。

"小毛，你刚刚讲顾念真是啥辰光出生的?"

"1997年，香港回归以后。"小毛也被灰尘呛得咳嗽两记。

"这么就是1997年下半年。"许大庆回头问徒弟，"丁丁的出生年月呢?"

叶萧翻了翻手机说："1998年3月，丁丁只比顾念真小半岁。"

"如果现在的冯菲就是穆雪，那么现在的丁丁，会不会就是顾念真？"许大庆的眼乌珠蓦然放光。

"师父，盗版丁丁的亲生父亲，就是十六年前南明路的无名男尸，顾念真的父亲顾振华还活着，丁丁不可能是顾念真。"

"我也头晕了。"许大庆回头问小毛，"一个月前头，调查员方铜来寻你，给你看了穆雪的车祸视频，你也拿刚才这点事体都告诉了他？"

"不好意思，那个人给我微信转账了两千块，我统统告诉了他——车祸视频里的女人叫穆雪，她有个老公叫顾振华，还有个儿子叫顾念真。"

"原来只要两千块，就可以出卖一个人的过去。"许大庆眼乌珠阴鸷起来，"刚才我们谈话，你要收费多少啊？"

"我……还以为小雪姐姐和顾振华永远不会再回来了。"

"也许，顾振华现在回到了西泠镇。"许大庆说，"现在的顾振华律师，就是西泠镇的电工顾振华，我怀疑此人伪造了履历，并没在日本留学八年。十六年后，顾振华的妻子穆雪变成冯菲，因为南明路三车连环事故，冯菲认得了鲁亚军准备结婚。鲁亚军秘密雇用了调查员做婚前背景调查，发现冯菲是个冒牌货，又一路寻到西泠镇，从小毛嘴巴里打听到顾振华还有顾念真——穆雪用儿子的名字给摄影作品署名。"

"师父，这份调查报告送到鲁亚军手里当天，恰好是冯菲的三十六岁生日——实际上穆雪几乎肯定超过四十岁了，因为她在二十四年前就当了妈妈。"

"冯菲的生日会上来了两个不速之客，一个是我，一个是顾振华，他伪装成冯菲的律师。"许大庆用发抖的右手摸了徒弟的肩胛，"后半夜，鲁亚军先吃马钱子碱毒药，然后死在自己的车里。七日后，调查员方铜也消失了——现在顾振华又失踪了，凶手是谁？"

2

"2004年金光厂的一把大火以来，西泠镇从没像今夜这样亮过。"

看了一派太平盛世风光,老灯泡叼一根香烟说。灯火照亮一颗颗黑色人头,紫色云层像一件件姑娘内衣摘下来。星星还是不大看到,金黄月亮倒是滴溜滚圆。

今日一路堵车开过来,叶萧没精神开夜车回上海,决定留宿一夜。五一长假,房间统统客满,还好小毛的民宿有客人爽约,楼上空出一间客房,只有一张床。许大庆说:"没关系,我欢喜跟徒弟挤了一张床上。"

叶萧心里叫苦,又要听师父打呼噜,等于熬夜上班,干脆出去劈情操。民宿客房在二楼,窗门是老木头,其他擦刮拉新。卫生间装了日本全自动马桶,喷了许大庆一屁股水,手忙脚乱才揩清爽。孤零零困了床上挺尸,许大庆脑子里跳出三个名字:穆雪、顾振华、顾念真……

困不着。许大庆到天井乘风凉。民宿乌漆墨黑,遗世独立,有了前朝腔调。院门咿呀一声推开,进来两个影子。前头有个小姑娘,打开电灯,白光刺到她的面孔上,也刺进许大庆的眼乌珠。

许大庆敞开喉咙叫:"露露。"

女儿瞥见老爹,鼻头孔里出气说:"你怎么在这里?"

"我是来办案的。"许大庆捏碎口袋里的软壳中华。

跟了许露露一道进来的小伙子,别转屁股要走。许大庆认出这张面孔,冲上去抓牢他说:"丁丁,你不要跑。"

丁丁回过头,细碎刘海下的双眼温柔地说:"叔叔,我们真有缘分。"

许大庆看了丁丁,再看女儿露露,面孔涨得通红,好像吃了三斤老酒,一把捏牢丁丁的喉咙口说:"不准靠近我女儿。"

许大庆用了左手,劲道吓煞人,丁丁嘴唇皮开始发紫。女儿抓了老爹的衣裳领头说:"许大庆,你不要发疯,不然我要报警了。"

"我就是警察,你去寻派出所的老灯泡。"

小毛穿了短裤跑出来,掰开许大庆的手臂膊说:"不要吵啦。"

许大庆终归松手。女儿打了老爹胸口两拳说:"丁丁不是我的男朋友,上个礼拜,大学生联谊会认得的。"

"露露,你自己撒泡尿照照镜子,要面孔没面孔,要身材没身材,读书功课一塌糊涂，还有我这个穷爹，哪一个小伙子会要你？这个小畜生是存心冲了我来的。"

这几句炸开东海龙王的水晶宫，女儿的眼泪水像坏掉的自来水龙头。

小毛摇头说："许警官，话不能瞎讲的，我们民宿不是乱搞男女关系的地方，你女儿是跟女同学一道住了底楼标间，这个小伙子单独住了二楼。"

许露露立到老爹眼门前说："许大庆，我已经告诉丁丁，我妈妈是上吊自杀的。"

许大庆抬手送出一记耳光。还好帕金森发作，右手没了力道，仅仅手指头撩到女儿下巴。许露露捂了面孔回房间去了。

许大庆也不追，转头问丁丁："有空单独聊一聊吧。"

丁丁说："可以到我的房间。"

小毛提醒一句："不准在我的地盘打人。"

"放心，我身上没带枪，打不死人。"许大庆看看丁丁，再看小毛问，"你们两个认得吗？"

小毛觉着莫名其妙，再看丁丁，实在想不起来了。

许大庆上了二楼。丁丁的客房就在隔壁，收作得清清爽爽。床头柜摆一本翻烂了的《小王子》。行李只有双肩包，还有笔记本电脑。许大庆仔细看了床单，检查卫生间，并没发现一根长头发，也没小姑娘的痕迹跟味道，稍微放了一点心。

隔了雕花窗门往下看，许大庆窥见幽深的天井。据说顾振华、穆雪还有顾念真，就在这个房间里住过八年。

"你是谁？"许大庆像凝视两口水井凝视丁丁的眼乌珠。

"我叫丁鼎，如果我不是我爸爸妈妈的亲生儿子，我也不晓得我的亲生父母是谁。"

"我问你一个名字——顾念真。"

丁丁的瞳孔骤然收缩，嘴角扬起来问："谁？"

"十六年前，有个叫顾念真的小囡，他跟爸爸妈妈一道住在这个房间里。"

"对不起，没有听说过，我也是第一次到西泠镇。"丁丁说，"如果问我七岁以前的事，实在记不得了。"

"你还记得一个叫穆雪的女人吧？"

丁丁的背脊骨挺得笔直，声音从丹田里溢出来："我不记得这个人。"

雕花窗门外吹来凉风，许大庆问："既然从没来过西泠镇，也不认得顾念真，不记得穆雪，你做啥要订这个房间？"

"网上评价说这个房间最安静。"

许大庆冷笑说："你又做啥盯上露露？你在威胁办案的刑警。"

"你想多了，露露告诉我，在她出生以前，爸爸妈妈头一趟出门旅游，就是西泠镇，她蛮想看看这地方到底啥样子，是你女儿邀请我五月一号过来的。"

"原来这小姑娘还在想她妈妈，做啥清明节不去上坟。"许大庆的舌头尖像一只打火机，点了心里的锡箔。

"叔叔，露露还跟我讲过一句，我怕讲出来你会生气。"

"小鬼，你要是不讲出来，我马上掐死你。"

"露露讲，她想晓得西泠镇到底有啥宝贝，竟然让妈妈同意嫁给你这种男人。"丁丁闷声说，"对不起。"

许大庆的面色像一只乌贼鱼："明日我带女儿回上海，你跟我们一道走。"

丁丁还没回答，许大庆关了门，回到隔壁房间。许大庆的耳朵贴了墙壁，只听到敲键盘的声音，好像落雨天的破烂房子，屋檐底下盆盆罐罐接水。

凌晨三点，叶萧回来了。许大庆说："你不是一夜都不回来吗？"

叶萧黑了眼圈说："师父，陪了隔壁的小姑娘吃了两杯酒而已，你以为我是花花公子？"

许大庆的手指头竖了嘴唇上，发出气声说："嘘，不要让隔壁听到。"

"谁在隔壁？"

许大庆摊开徒弟手心，画出两个最简单的汉字。

"丁丁？"叶萧的声音压到地板下去了，"难道顾振华和丁丁都回西泠镇了？"

房间鸦雀无声，只有隔墙飘来密密麻麻的键盘声，竟比许大庆的鼾声更加让人难眠。

键盘声落下去，像后半夜的潮汐，隐隐约约飘来唱歌声。许大庆听到一只细细的嗓子，吊起一颗心，放到云上晃来晃去。

许大庆推开窗，看到一轮圆圆的月亮。隔壁窗也是敞开，丁丁探出头来，双臂舒展一个懒腰，正好看到许大庆。

丁丁隔空说："许警官，还不睡啊。"

"好像有人唱歌。"

"好听吗？"丁丁的微笑像屋檐下的铃铛声。

"还想听。"

丁丁向月亮深吸一口气，好像宇宙吸入黑洞，再把时空压缩折叠吐出来——

"月亮在白莲花般的云朵里穿行，晚风吹来一阵阵快乐的歌声。我们坐在高高的谷堆旁边，听妈妈讲那过去的事情……"

3

西泠镇还没困醒。浆白色天光穿过雕花木窗。叶萧不堪忍受师父的呼噜声，吊了一口仙气，宁愿风露立中宵。

早上八点，许大庆捉了女儿露露，叶萧捉了隔壁的丁丁退房。小毛收下房卡说："昨日夜里，我是翻箱倒柜，寻到我妈妈留下来的相册，看到这张照片。"

小毛摊开手掌心，照片里有两个男小囡，立在古宅门口。左边的十二三岁，就是小毛无疑了；右边这个顶多八岁，体形单薄瘦弱，好似快要败落的叶子，面孔白净，手提一盏纸扎的兔子灯，神情却不像个小囡。

"他就是顾念真？"

"我看到兔子灯就想起来了。"小毛说，"没记错的话，就是2005年的元宵节，小雪姐姐去了上海，念真还讲他蛮想念妈妈的。"

许大庆的眼皮跳了两记，别转头说："我不敢看这个小囡的眼睛，好像看到南明路的车祸现场，冯菲抬起两根手指捋头发的感觉。"

"虽然念真只有八岁，但我觉着他的眼神背后是个大人。"小毛说，"不像我，到现在还像个小囡，大概我是生在这栋房子，注定要死在这栋房子的缘故。"

"这幢老宅是你小毛的家,你生出来就是此地的主人。"许大庆说,"顾念真就算生在西泠镇,还在这幢房子长大,终归是个外来户,总有一天要飞走的。"

"小辰光,我是一点点都没觉着我跟念真有啥区别,我是拿顾振华跟小雪姐姐当作一家人。"小毛低头说,"等到他们一夜之间消失,我才明白啤酒跟可乐不是同一种饮料,我们也不是同一种人,念真大概很小就懂了这些道理。"

许大庆望了古老的屋檐说:"他晓得自己只是一个过客。"

"念真必须为明天而担忧。"小毛说,"现在回想起来,念真对所有人都有戒备心。"

"师父。"叶萧跳起来手指头摸到房梁说,"我是在新疆长大的知青子女,十几岁离开父母,回到上海的亲眷家里,寄人篱下,生人勿近,脾气也有点古怪,不欢喜跟人讲话,我特别想念爸爸妈妈,甚至计划偷偷扒火车回新疆,时间久了就跟爸爸妈妈生疏,不再相信他们的每一句话。"

"你这小鬼也长大了。"许大庆摸摸徒弟的头,望到屋顶上停了一只喜鹊,"就像这只鸟,翅膀硬了,就会飞到世界的另一头。"

女儿露露也凑过来,看了小毛的照片说:"老板啊,你小时候长这样,现在是长残了,哇,旁边的小男孩蛮好看的,有点像丁丁。"

丁丁刚好背了双肩包出门。许大庆收下旧照片说:"小毛,谢谢你。"

"许警官,早上我又想起一桩事。"

"悄咪咪讲。"许大庆拿小毛拖到角落里。

小毛指了古宅大门说:"十六年前,我最后一趟看到顾振华的夜里,我跟我妈妈还在天井里包锡箔纸,他就立在这个门口,坐上一部摩托车走了,从此这一家门就消失了。"

"顾振华骑摩托车?"

"不是,老街上有个开摩托车的司机,平常拉客做生意,顾振华搭了摩托车去上海,第二天是清明节,我妈妈带我去上坟,所以记得蛮清爽。"

"清明节的前一夜?"许大庆跟叶萧对视一眼,"这个摩托车司机还在吧?"

"我叫他大龙叔叔,老早改行开饭店了,我带你们去。"

许大庆关照丁丁跟女儿在原地不要走。丁丁无动于衷,坐在台阶上看手机。

小毛带路穿过西泠镇。老街上有蛮多游客出动了。三个人走到运河边，看到一家小饭店。有个五十几岁的男人，坐在台子上吃豆腐酱，架了手机看打鬼子的电视剧。

许大庆看一眼屏幕说："你也欢喜李云龙啊。"

"这部剧看了十几年，坐下来吃碗豆浆吧。"

小毛坐下说："大龙叔叔，这位是上海来的警察，想打听老早住在我们家的顾振华。"

大龙叔叔拍台子说："电工顾振华啊，他有消息了吧？当年我老娘住医院，他借给我两千块帮了大忙，我一直想还他钞票呢。"

"大龙叔叔，2005年，清明节前一夜，我看到你骑摩托车带顾振华去上海。"

"蛮多年数过去了，但我还有印象，我去虹桥机场接我女儿，顾振华搭我的摩托车一道走，等我开到上海，已经是半夜了。"

许大庆也不客气，坐下吃了豆浆问："还记得送顾振华到啥地方？"

"当时我经常骑摩托车跑上海，大约摸记得是虹桥镇，一幢六七层楼的房子，好像蛮荒僻的地方。"大龙叔叔想了想，"送好顾振华，我去了最近的加油站，再去虹桥机场，我的记性不错吧？"

"比我好多了。"许大庆得寸进尺地问，"还记得具体几点钟吗？"

大龙叔叔笑笑说："你还记得十几年前的具体几点钟吧？"

"记不得，除非这天死了人。"许大庆又问，"你晓得上海的南明路吧？"

"不晓得。"大龙叔叔点开手机，继续看李云龙的意大利炮。

许大庆回到老宅，丁丁跟女儿还在原地。许大庆跟小毛道别。四个人戴好口罩，挤出西泠镇景区，寻到停车场上车。

叶萧一宿没困，不好疲劳驾驶。许大庆的手抖，开车有点危险。丁丁说："我带了驾照，我来开吧。"

许大庆跟丁丁调换了座位，女儿跟叶萧在后排一道困着了。离开西泠镇前，许大庆把顾振华的资料发给了老灯泡，关照派出所留心这个人，只要一露头，即刻捉拿归案。

一百公里的高速公路，丁丁开得蛮稳。许大庆屏住不困着，头靠了窗玻璃，凝视丁丁的侧面，有这样几秒钟，看得让人心惊肉跳。

丁丁平视挡风玻璃说："许警官，你看啥？"

许大庆好像看到十六年前，清明节的前一夜，月黑风高，顾振华戴了头盔，骑在大龙叔叔的摩托车后座，好像一道闪电飞往上海的郊外。

午后才到上海。丁丁开到许大庆楼下，自己再叫专车回去。许大庆关照他不要乱跑。丁丁说："我晓得，我现在是杀人嫌疑犯，我不会离开上海的，你们要是找到了证据，欢迎随时来逮捕我。"

许大庆捏捏拳头，不响。丁丁又对露露说："你爸爸不准我再见你，怎么办？"

露露大笑说："当他放屁，我们学校见。"

许大庆对女儿白白眼乌珠。丁丁背了双肩包，太阳晒在茂盛乌黑的头发上。许大庆的心里好像打翻一瓶牛奶。

女儿回到家里，照例关在房间。许大庆叼一支香烟，翻出所有抽屉，看到二十年前的交通卡，电影票，各种证件，工作笔记，最后是落了漆色的 BP 机。打开后盖，并没电池，只有一层油腻的陈年老垢，古董包浆的味道。就算有电，也收不到信号，除非碰着鬼。许大庆拿 BP 机别上皮带，好像别上一把微型手枪。许大庆闭了眼乌珠，看到十七岁的穆雪，背上襁褓里有个小毛头，弯腰立了流水线上，装配一只只 BP 机。香港回归这年，公安局给每个刑警发了 BP 机，随时召唤来办案。别在许大庆皮带上的这台 BP 机，可能就是从金光电子厂出来的，又在这只抽屉里长眠了二十年。

4

天已擦黑，南京西路的街灯统统亮了，好像水晶宫搬到地上。久光百货隔壁有一根石柱子，顶上雄踞四面镀金狮子，瞪了八只眼乌珠，背后是金灿灿的静安寺，金刚宝座塔吊了头顶，彻夜威风凛凛放光。许大庆坐在副驾驶座，读出静安寺山门左右八个大字，心里打一只嗝愣。

叶萧捏了方向盘，望了久光百货说："顾振华跟穆雪留下来的编织袋里，除了久光百货的手提袋，还有一种化妆品牌子盒头，我通过这家牌子的总代理查到了，2004年9月开始，直到2005年2月，穆雪在久光百货一楼化妆品专柜上班。"

"我们猜对了。"

红灯变成绿灯，许大庆收起车窗。从西冷镇回来只眯了几个钟头，又被徒弟叫出来，人有点神志无智了。

"当年的柜台经理，十年前移民美国，去年热天在纽约染上新冠死了。再也寻不着第二个记得穆雪的人了。"叶萧开上延安路高架说，"穆雪离开久光百货的原因，我已经查到了——穆雪在银行的黑名单上。2005年，她的信用卡透支好几万没还，同时涉嫌非法套取现金，分散在好几家银行，每一家涉案金额都不大，最后变成坏账。人会不知不觉成了信用卡的奴隶。"

"还好我只用现钞。"许大庆好像刚死里逃生。

"穆雪一生一世都不能用信用卡了，也不好贷款买房，后半辈子废了。"叶萧望了晚高峰的刹车灯，焰火似的此起彼伏，"除非变成另一个人。"

"就像现在的冯菲，没任何违法犯罪记录，个人信用记录良好，清清白白的身份。"

"2005年2月份，到清明节前一夜，就是4月4日——穆雪发生了啥情况？"

过了中环线，师徒俩开到吴中路。沿街闪了广告牌，高尔夫练习场跟五星级酒店，日本料理跟韩国烧烤的门面。此地到南明路大概十公里。

叶萧路过一个加油站说："师父，十六年前，案发当夜，大龙叔叔开了摩托车送好顾振华，然后来到此地加油。"

汽油味道顺了春风扑进来。许大庆问："徒弟，你是哪能查出来的？"

"2005年，虹桥地区的加油站，总共只有三家，一家靠近市区，附近蛮闹猛的，一家紧贴虹桥机场，最后一家就在此地，当时周围荒凉，只有一幢刚造好的公寓楼，完全符合大龙叔叔的回忆。"

叶萧从加油站往前开五六百米，便看到两幢高楼当中，夹了一幢七层高的公寓楼，外墙贴了亮晶晶的马赛克瓷砖。

"师父，2005年，这是加油站方圆一公里内，唯一可以住人的房子。"

许大庆望了屋顶说："徒弟，你的本事是大了，你还能查到哪个房间？"

"我查了房地产局还有物业公司的资料，这幢楼是2004年造好交房的，业主大多是炒房客，2005年4月，整栋楼只有三户入住，一户是顶楼的老夫妻，三年前老头子过世了，老太太在养老院；第二户是五楼的一家五口，七年前移民去了澳洲；最后一户就在三楼。"

此刻，三楼窗帘布里灯光蛮亮的。许大庆点一支香烟说："看来这一家有故事了。"

"我联系上了最早的房东，他买时房价只要每平方八千块，每个楼层都买了一套。"

许大庆喷一口烟说："比老鼠窟还要多。"

"房东常年定居香港，办好房产证就回去了，通过中介挂牌出租七套房子。"叶萧说，"2005年春天，终归租出三楼的房子，但是房东从没见过租客，名字也记不得，只晓得是个年轻姑娘，住了一个半月，突然搬走了。"

"具体辰光还记得吧？"

"房东记不清了，只记得第二年才有新的租客进来。"

"徒弟，我们去三楼看一眼。"

师徒俩爬上楼梯，到了302房门前，叶萧说："就是这个单元，已经转手过三趟了。"

许大庆敲开房门，亮出警官证。有对小夫妻住在此地，老公是河北人，老婆是湖南人，还有个小女孩。五年前买的房子，当时房价四百万，首付了40%买的。

房子是一室一厅，六十个平方。最简单的装修，墙皮有些剥落，三夹板受潮翻起来。地板缝隙是蟑螂乐园，厨房里摆了几瓶杀虫剂。

许大庆拍了拍墙壁问："这房子装修多少年了？"

女主人开窗说："五年前，我们刚买下来就装修了，有问题吗？"

许大庆本来想问叶萧，这里会不会是第一杀人现场，如果真是凶宅，必要押了杀人犯来现场指认。但是十六年，一轮又一轮住户，像一茬又一茬青草，要在此寻到当年的杀人痕迹，等于大海捞针。

　　沙发上有个六七岁的小姑娘，茶几上摊开一本图画书，手上捏了一支美工刀在削铅笔，倾斜的刀刃大约一厘米宽。许大庆从小姑娘手里拿走美工刀，交到女主人手里说："这种危险东西不要给小囡。"

　　回到黑漆漆的楼道，叶萧说："师父，你的脾气变小了。"

　　"人老了，又被发配到打拐办接了三年电话，脾气也像一只漏气的轮胎，一点点干瘪了。"许大庆背靠潮湿的墙壁说，"看到小姑娘的图画书跟美工刀了吧？"

　　"十六年前的杀人凶器，是一厘米左右宽的薄刃小刀，师父，难道是小朋友用来削铅笔的美工刀？2005年春天，八岁的顾念真到上海寻妈妈，住进这间房子。隔了几日，清明节前一夜，顾振华搭了摩托车到此地，等到天亮，南明路多了一具无名男尸。"

　　"昨夜在西冷镇，丁丁手上有本翻出毛边的图画书。"

阴面

1

2005年的第一夜。两岸的灯火都亮了，像一万只孔明灯升起来。东方明珠和金茂大厦，仿佛两根巨大的阳具，我想起了电工顾振华。船舷下黑魆魆的波浪弥漫腐烂味道。北风如密集的匕首投掷到脸上。驼绒大衣被吹得像刚被屠宰的骆驼，眼泪一滴滴沁出来。

"小雪，你有心事？"

兰姐端来两个方形玻璃杯，荡漾琥珀色液体，浸泡一颗水晶般的冰球。

我第一次喝威士忌加冰，起先舌头尖有点酸，然后是家乡的辛辣，仿佛木炭烤出麦子，又在胃里造起一座冰山。

四个月前，我从西冷镇到了上海。久光百货一楼专柜的落地镜，我看到一头挑染的栗色长发，脸上抹着自家牌子彩妆，细细描过的眉毛，嘴唇上一层荧光。粉色小裙子是专柜工作服，也是我穿过最漂亮的衣服。高跟鞋只有三厘米，我却像在马戏团走钢丝，稍微走错一步，就要从舞台上跌落阴沟。

专柜上那瓶全线最贵的晚霜，好像八月十五的月亮，也像农村祭祖的祖宗牌位，享受猪头羊头的贡品和子孙们的磕头跪拜。据说涂抹这瓶晚霜，你能对抗地心引力。这需要某种信念感，因为最能受到晚霜滋润的是你的枕头超过你的脸蛋。你必须相信这个神话，才能抓住顾客的灵魂——美人迟暮不可怕，可怕的是身边没有对抗岁月的武器。我能用鼻子分辨每一种气味，用背单词的方法把每一种产品刻录在脑子里。我学会先用卸妆水再用洗面奶、柔肤水、精华液、乳液，最后是面霜……每一步像在流水线上装配手机，如果颠倒顺序，质检干部就会骂你一顿，扣发半个月工资。

我的双眼进化为显微镜，透视每个顾客的真实年龄，小姑娘、小媳妇、雍容的贵妇，直至半老徐娘。我看到的不是一个个女人，而是一张张标着不同年龄、肤质的脸面，匹配到保湿、控油、防晒、抗衰、淡斑这些功效。我修炼出了一种超能力，透过女人的面孔，看穿她们的钱包厚度，或是滋养她的男人的钱包厚度。有时碰到外国客人，我便用英文打招呼。但他们多是吝啬鬼，想要掏空他们的口袋可难了。偶尔也会遇到麻烦，买单的男人肆无忌惮地盯着我看。

专柜经理说过，女人的脸像一棵树，擦护肤品等于修剪树叶子，去美容院等于灌溉浇水，让树根牢牢抓住泥土，不然刮一场台风就要掀翻。我在万航渡路找了一家美容院。包房是幽暗的，墙角点着印度香薰，仿佛有个印度人吹着笛子，引出一条蜿蜒的蛇，变成细腻的手指缠绕头颈，好像宫女在伺候慈禧太后。

"小姑娘，你好啊。"隔壁床上的客人涂满黑色的海藻泥，仿佛按在淤泥里溺死的女尸。

我以为自己流了口水，擦着脸说："你好。"

"以前没见过你。"

"我叫小雪，刚来上海工作。"我说出专柜的化妆品牌子，"我的办公室在恒隆广场。"

"原来是中国总代理的公司啊。"客人洗去脸上海藻泥，露出一张水光脸，可惜头颈纹路出卖了她的真实年龄，乳房也下垂了，"你可以叫我兰姐。"

美容院老板娘过来结账，又问要不要办年卡，充值五千块，每趟能打对折。我看一眼隔壁。兰姐闭着眼说，不要看我啊，小雪，你自己决定。我笑着摸出了信用卡。

每个周末，我都在同一个包房遇见兰姐。我送给她一款我们牌子的身体护理品，我用六折的员工价买的。兰姐请我去吃日料。她点了三文鱼刺身，鲷鱼寿司，味噌汤，还有日本清酒。我先不动筷子，观察兰姐的动作，再把芥末挤到酱油里。筷子夹起一块鲜艳的生鱼，红白相间的条纹在半空发抖。我蘸的芥末有点多，呛得流出眼泪鼻涕，仿佛抱着自己的舌头大哭一场。

兰姐抿一杯清酒说:"小雪,我的英文名字叫Melanie。"

"我叫EVA。"我在心里说,亲爱的爱娃,我想成为你。另一个声音在心里说,你真是痴心妄想。

"名字蛮好听的。"

兰姐接了一通电话,细细尖尖的小女孩声音,开口就叫妈妈。

挂了电话,兰姐点上一支女士烟说:"我有个小学五年级的女儿,现在静安区的公立小学读书,她爸爸是教育局的领导,但我们没有结婚。"

我又吞下一片刺身。泪水在眼角迸裂。每隔两个礼拜,我就回一趟西冷镇。每次念真都会缠着问我——什么时候一起去上海?我答应念真,很快就找到学校了。但这件事并不容易。我也托过小梅帮忙。我问过好多家小学,都说用完了借读名额。

"兰姐,你可能不相信,我有个儿子。"

"我们在美容院并排躺下,看到你的肚子还有屁股的形状,我想你应该生过孩子。"

"兰姐,我儿子过年就八岁了,现在外地读一年级。"仿佛有条三文鱼在我的胃里复活,游荡到北大西洋的冷水里,"我想让儿子来上海读书。"

元旦,夜里八点,我从十六铺码头上船。十六岁那年,我在这里下船到了上海。兰姐认得浦江游览的老总,可以拿到打对折的船票。轮船呜呜地离开码头。外滩的灯火让我想起金光厂的一把大火。所有风景像保险推销员冲向我的眼睛。甲板上有个菲律宾乐队演奏甲壳虫乐队的《Yesterday》。一个皮肤黝黑的男人抱着吉他,接近零度的寒风中,冻得每根头发高高竖起。他有一支沙哑的嗓子,接连唱了好几首甲壳虫乐队。我猜他在回忆遥远的群岛故乡,湿热,破碎,夜空中飘满火山灰的阴霾。

东方明珠的灯火尚未暗淡,甲板上的人们冻得受不了,纷纷躲进温暖的船舱。兰姐举着浸泡冰球的威士忌,挽着一个秃脑门的老头聊天。

"小雪啊,我帮你介绍一个朋友。"兰姐吞下一口威士忌,靠在老头的肩上说,"唐校长,静安区排名前三的公立小学的校长。"

黄浦江上的船舱里,我倒了半杯威士忌,耳朵边响起冰球跟玻璃碰撞的声音，好像杯中盛着一颗硕大的眼球，可以看到我和念真的一生。

"借读费八万块，你儿子就可以在上海的小学读书。"兰姐的笑靥令人迷醉，"必须在过年前交钱，否则赶不及下半学期了，小雪。"

但我没有告诉兰姐——我的七张信用卡总共欠了两万块。

冬天像墙上的石灰粉一层层剥落下来，缠住脖子的红线一天天收紧。我住在曹杨新村的出租屋，房东涨价到了一千五，必须一次性付半年，如果嫌贵还有人排队。我的基本工资两千块，只要卖得动化妆品，一个月提成还有五六千，勉强只能还信用卡。小梅教我多办几家卡，拆东墙补西墙，仿佛每次刷掉的不是人民币，而是嘴角的一道道细纹。小梅介绍给我一家商户，专门做信用卡套现的生意——但不能让银行发现，否则可能坐牢。

我清空了自己的衣橱，统统送去二手商店，就像亲手送出自己的小孩。二手商店的老板说："小姑娘，二手的名牌就像二手的女人一样贬值。"二手的女人未必会贬值，但我卖掉的二手货，只换回来两千块。天寒地冻，我的手心捏出一层薄汗，打了一通电话给兰姐。

寒假前最后一天，兰姐约我到了长寿路。一幢灰扑扑的商务楼里，挂了小额贷款公司的门牌。进门有一尊财神爷，两个男人在打魔兽争霸。

"小雪啊，你不要担心，这是正规的贷款公司，帮个人跟小企业调头寸。你想借多少钱？"兰姐坐上皮沙发，双腿叠加，点上一支烟，眼神像个年老色衰的婊子。

"十万。"

我在心中计算出自己的价格。

2

除夕夜，我背着久光百货的手提袋回到西冷镇。我送给顾振华一台诺基亚手机，给儿子带了正版的变形金刚，送给毛毛姐一瓶迪奥香水，送给小毛一台小霸王学习机。念真会写很多字了。顾振华每晚给他读唐诗，讲三国演义，不然这孩子睡不着。

我向念真保证,过完年就能去上海读书了。我没有告诉顾振华,我付了八万块的借读费,还借了十万块贷款。顾念真才是我这辈子最大的讨债鬼。

在毛毛姐家吃好年夜饭,我带念真和小毛去运河边放焰火。空气里的硫黄味让我心神不宁。念真的眼睛被熏得潮湿,一粒雪籽飘到眉毛上。

后半夜,电工顾振华在床上抱紧我。我咬着他的耳朵说:"顾振华,跟我去上海吧,你年轻力壮,还有电工手艺,不愁找不到饭碗。"

顾振华不回答。我们连续做了三趟。最后一趟,我摘掉避孕套,舌头舔着他的胸口说:"我想给你生一个小孩,他要在上海出生,在上海长大。"

顾振华却重新戴好避孕套插进来。六十分钟后,避孕套里灌满太平洋般的精液。枕头渐渐冰凉下来,我打开后窗把顾振华的孩子们倾倒进了古运河。

正月初五,顾振华和念真把我送到长途汽车站。我远远看着儿子,金光电子厂的外墙,静静流淌一千年的运河,好像凝固的黑白照片,都在飞雪中消失殆尽。

元宵节,我听到有人在叫我的名字:"小雪。"

兰姐提着我送她的 GUCCI 包走到柜台前。她的目光像把小刀刮下我脸上的化妆品。我看到自己的专柜制服,胸口工牌上的名字。这里是久光百货一楼的化妆品专柜,不是恒隆广场的写字楼。我像春天的垂杨柳卑微地低头,眼泪变成柳丝跌坠到专柜的玻璃台上。

隔天,贷款公司两个男人堵在专柜前,嗓门像小喇叭放出龌龊话。借条上写了年息30%,每月连本带利还一万出头。我问能不能晚几天还钱,他们说我伪造了身份信息,怕我赖账突然消失。保安来了也没用,这是民间借贷纠纷,警察看到借款协议也不会管了。

这天专柜没做成一笔生意,隔壁几家牌子也门可罗雀。我跑去信用卡套现的商户,看到门口贴着公安局的封条。我再去一趟超市,发现每一张信用卡都刷不出了。我接到专柜经理的电话,原来我上了银行的黑名单,她关照我不要再来上班,别的专柜也不会雇我的。我捂着心口坐在马路边,抬起两根手指捋着打结的头发,无论如何都捋不清楚了。

后半夜，我躲到小梅家里。她住在虹口区海伦路的一套公寓房。小梅的女儿睡熟以后，我和小梅挤在大床上说："小梅，你老公什么时候来上海？他还在深圳开塔吊吗？"

"去年春天，塔吊突然断了，我老公从三百米高处掉下来，身体碎成几百块，最后装了一麻袋送去火葬场。"小梅笑笑说，"没有老公挺好的，你记得经常来找我买化妆品的客人吗？"

"那个胖子？"我捂住嘴巴问。

"嗯，他大我二十五岁，老婆和女儿都在台湾，每个礼拜我陪他睡一次，或者两次。每次我还不出信用卡，就问他借钱。我女儿的借读费，也是问他借的。只要我继续陪他睡觉，就不用还这些钱。"

小梅拉开窗帘布，抬起少了半截的小拇指，好像在月光下又长了出来。

"一个人，如果要得到某一样东西，就必须交出另一样东西。"

天还没亮，我悄悄离开了小梅。我怕高利贷找到这里。我不想给小梅和她女儿添麻烦。

我躲到了火车站附近的小旅馆。每晚八十块，只有一扇天窗，可以看到恒丰路斜拉桥。墙壁和地板都已发霉，隔一层薄薄的墙板，听到一对男女发出牲口般的声音。这里常有暗娼出没，张开双腿等待客人们进入，换来堪堪果腹的一两百块钱。我缩在肮脏的床单上，背靠不断撞击的墙板。我想大不了再回到苏州河的桥洞下，但那时没有念真，也没有电工顾振华。我甚至不能去死。

贷款公司的电话又来了。我不接。电话连续来了三遍。我对手机吼起来："你要逼死我吗？"

一个男人说："我有个办法可以帮你。"

3

此地是北新泾。老房子窗门敞开，野风带了熏人气味溜进来。隔一条黑颜色的苏州河，对岸的棚户区仿佛刚从淤泥里挖出来。城市的藏污纳垢处一字排开。

电视上放着吕克·贝松的《圣女贞德》——白马上的姑娘，头顶金色短发，全身刺猬般的甲胄，手握长条形战旗。一支箭穿破浓云和雨点，越过丛林般的长矛刺入心脏。

贷款公司的人没有出现。有个染着金头发的男人，帮我拉开一罐三得利啤酒。

"你就是金毛？"我就算老鼠药也得喝下去，"怎么帮我还债？"

金毛点上一支万宝路，看人的目光像在菜市场挑菜："你蛮漂亮的。"

我拉开第二罐啤酒说："谢谢，如果你能让我回到久光百货。"

"你愿意下海吗？"

"什么是下海？"

"就是卖。"

"卖什么？"

金毛吐出一口烟，盯着我的胸脯说："卖肉。"

不是牛肉，也不是羊肉，而是自己的肉。按照化妆品柜台的话术，女人过了二十五岁会慢慢衰老，细胞加速死亡，色素像阴雨天的水塘一滴滴堆积，变成一池死水，只有依靠化学品、药物、针剂才能勉强保存青春的幻影。现在我的肉尚且新鲜，柔韧，入口即化，堪比顶级食材。

"如果我不卖呢？"

金毛弹了弹烟灰说："你叫穆雪，你的老公叫顾振华，你的儿子叫顾念真，他们都在西泠镇，开车过去两个钟头，会有人找你老公要钱，或者等在你儿子放学路上。"

我的喉咙在发抖，舌头像子弹一样说："你要是敢这么做，我就杀了你。"

"杀吧。"金毛从裤腿里抽出一把刀，哐当扔在桌子上。

我想起砍在村支书脖子上的柴刀，我的手变成融化的冰激凌，低头喏喏说："我卖。"

"卖什么？"

"卖肉，卖自己的肉，只要能帮我还债，只要你们不去找我的老公和孩子。"

我举起三得利啤酒，不是举手投降，而是准备上战场打仗。我把自己当作圣女贞德，也许能用宝剑杀出一条血路来。

"好，我帮你找客人。"金毛说，"每接一笔生意分你一半，你最低拿到三百块，上不封顶，每天接三次客人，扣掉来大姨妈的几天，半年内你能还清所有的债。"

我像拉掉手榴弹保险一样提起小包说："今晚开始吧，去哪里卖？"

金毛开一辆白色的金杯面包车。我在车上重新化妆，免得被客人退货。金毛叼了香烟说："像你这样漂亮的，眼睛瞎了才会退货。"

到了虹桥宾馆，坐上电梯，金毛塞给我一个避孕套说："第一次下海，很多人会害怕，我在大堂等你，如果客人乱来，你打我电话，我帮你宰了他。"

客人是个秃头男人，塌鼻梁，挂两个蛤蟆似的眼袋。金毛收了八百块，就把我留在房间里。客人捏了捏我的胸脯。我一件件脱下衣服，像剥掉一层层皮。我以为自己像一条蛇，每次蜕皮都会长出新皮来，我却见到了自己的裸体。客人的衣服脱得飞快，露出肥肉堆积的身躯，好像海绵宝宝。我打开热水，调好水温，先把客人推进去。我拿着花洒帮他清洗身体，打上沐浴露，特别清洗下面……

客人不耐烦地把我扔上床。他的舌头在乳头上旋转，像婴儿吮吸乳汁。他把头埋在我的双腿之间，电工顾振华也用过这种姿势，每次都能让我达到高潮。我的喉咙发出低沉的吼叫，扇出一巴掌打在客人后背上。

"婊子。"客人抬头说。

你妈才是婊子，你全家都是婊子。但他并没有说错。我找出避孕套，撕开给客人戴上。他的长度只有顾振华的一半，看起来有点恶心。它像一只蛭子插进去，却让我那么疼。顾振华从没让我感到过疼痛。

一分钟后，客人结束了。他躺在床上喘息，像一场谋杀案的受害者，行将腐烂的肉。我去卫生间洗澡，花洒开到最大，蹲下撒了一泡尿。我冲洗了十几分钟，可惜永远洗不干净。某种脏东西刻进了DNA。

客人披上浴袍说："你怎么了？"

"这是我第一次出来卖。"

"真的？"客人往我的包里塞了两百块钱，"第一次，给你的小费。"

"明码标价，不收小费。"我把钱还给客人，一件件穿回衣服，扬着头走出客房。

到了大堂，金毛抽出三百块塞给我说："扬子江万丽还有一单生意，要做吗？"

"做啊，天亮还早着呢。"我坐上金毛的面包车，前往马路对面的酒店。

这一夜，我连续走了三家酒店。真刀真枪的时间，加起来只有五分钟。我赚了一千块钱，如果愿意收小费的话，也许能赚更多。地摊上的黄色小说把这叫作应召女郎。金毛管这个叫下海，下的既是上海的海，也是一锅姑娘们的人肉煮成的海。

4

虹桥一带有好几万日本人，韩国人，中国台湾和香港来的也不少，附近很多四五星级酒店，应召女郎的生意兴旺。我搬到了虹桥镇，周围是拆迁后的废墟，好像遍布暗礁的海域，而我住在一座孤岛上——七层高的居民楼，大部分是毛坯房。一室一厅的简装修，月租金1200块。

又是一个春夜，金毛送我去了虹桥迎宾馆。客人也是一个金毛，却是天生黄头发，蓝眼睛，身高一米九的德国人，胸膛宽得像柏林墙。金毛晓得我会英语，特别安排我接这单生意。

我以为每个德国人都像女摄影师爱娃那样。我想错了。德国人脱光衣服，掐住我的脖子，拎小鸡似的甩上床。我掏出一只避孕套。他说不想戴套，扔出一百美元。我用英语说，我不想怀孕，不想染上毛病。德国人又扔出一百美元。我不做了，我想逃出房间，脖子被毛茸茸的胳膊勾倒在地毯上。德国人打了我两个耳光，掰开我的大腿插进去。顾振华算是出类拔萃的，这个德国人却比顾振华又粗壮一圈。

痛。

撕裂成两半的痛。我无法呼吸了。灵魂和鲜血同时从下面流出来。顶灯忽明忽暗。天花板里飘出两个黑漆漆的鬼魂。爸爸和哥哥趴在德国男人的后背上，他们是来接我回家的吗？但我永远不想回到穆家村。

我拼命地敲打床头柜，刚好台灯掉到地板上。我抓住台灯抡圆了，砸到德国人的头上。声音清脆得好像打破了灵魂。德国人翻出白眼，直挺挺倒下来，四肢抽搐颤抖，插在我身体里的器官变软，像条黄鳝滑出来。我的大腿上漫过一片热流。

德国男人小便失禁了。在他死之前，差点要把我压死。我像只小蚂蚁从摔倒的大象底下脱身。我跪在地上喘气，全身布满了脏东西，阴道一滴滴流血。现在连大哭一场的时间都是奢侈品，如果一个德国人死在虹桥迎宾馆，全上海的警察都会出动。宾馆前台的服务员看到了我和金毛，电梯里有摄像头。我没有逃跑的可能。虽然这个人该死，但他不能死在今晚。

我用拳头敲打德国人的心脏，模仿医生的动作按压胸腔，也许会压断肋骨。我捏住他的鼻子，嘴对嘴吹气。他的口腔里有啤酒和香肠混合的臭味。我快要恶心呕吐时，德国人咳嗽起来，双眼惊愕地看着我，犹如被俘的德军士兵哀求不要宰了他。

"I will never kill you. Because you don't deserve it."

我爆出一句中国口音的英语。德国男人蜷缩在床边抱着脑袋，眼眶和下半身同时滴着水。我躲进卫生间，用光两瓶沐浴露和洗发水，蹲下来对准阴道冲洗。精子没有射进来，但不能排除怀孕的可能。如果有艾滋病，我就完蛋了。我用电吹风烘干头发，穿好衣服出来，德国人还躺在地毯上。我拿走床头柜上的两百美元，但不能让金毛看到，只能藏进胸罩。

金毛在送我回家的路上问："出了啥事？"

"没事，碰到一个变态。"

"我问的是他有事吗？"

我擦了擦嘴角说："还活着。"

金毛靠近我的耳朵说："今天晚上，我想陪你睡觉。"

我只说一个字，滚。

下了面包车，我还在流血，双腿无法并拢。我像一条被主人毒打过的狗爬上楼梯。幽暗的楼道灯亮着，一个单薄孱弱的鬼魂等在门口，双目和睫毛保持湿润。

"妈妈,你去哪里了?"小小的声音靠在我的肚皮上说话。

魂灵都被吓飞了。我的念真竟然来了。我紧紧抱住儿子,却不敢亲吻他的脸,生怕我的嘴唇残留德国男人的臭味。

"打不通你的电话,我们等了你一整夜。"我听到一个男人的声音。

电工顾振华站在楼道里,面孔像一团模糊的电路板,他脱下自己的厚外套罩在我身上。

自从做了应召女郎,我就不敢回西冷镇了,生怕老公发现蛛丝马迹——客人掐出的伤痕,下身散发的气味,不能描述这种腔调,但我知道确实存在,哪怕你只卖过那么一次,就像文身永远洗不掉了。我在电话里告诉顾振华,我还在专柜卖化妆品,换了一家商场,收入高多了。我也没有说谎,只不过卖的是自己。

我掏出钥匙开门说:"你怎么知道这个地址?"

"你寄到西冷镇的快递上有这个地址。"顾振华摸着念真的头发挤进我的房间。

"哦,你应该提前告诉我。"

我太蠢了。我给念真寄快递却留下了地址。顾振华为什么不提前告诉我?因为他怀疑我了。这个电工的心思却比女人还细,隔着一百多公里,他的鼻子也能闻到我的变化。

我的房间没有任何男人的痕迹。念真困极了。我让儿子睡在席梦思上。台灯照亮念真脸上的绒毛,金黄色的反光。最好这小囡的梦境也是金色的。

回到客厅,顾振华从背后抱住我说:"对不起,念真一门心思想去上海找妈妈,民工子弟小学的功课对他来说太简单,他已经会做两年级的考卷,每天都问什么时候能去上海读书。你答应过这孩子的。"

怎么回答都是错的,我只能缝住自己的嘴唇。顾振华的嘴唇凶猛起来,胡茬刺入脸颊,双手解开纽扣,他已经忍耐了一个半月。

"我来大姨妈了。"我推开他的双手和嘴唇。

我冲进卫生间撒尿,假装换卫生巾。我锁住了移门,毛巾蘸了热水擦身。我不想让顾振华闻到我身上的味道——或者他已经闻出来了?

我从卫生间出来，顾振华躺在沙发上，不知从哪里翻出毛毯盖着。顾振华面对天花板说："小雪，今晚你陪念真睡觉吧，这孩子盼了好久。"

我又回去洗手，用掉半瓶洗手液，再擦半支护手霜。我的十根手指就像刚从娘胎里出来。我跪在沙发前，解开顾振华的裤子拉链，他在我的手掌心里变得滚烫而坚硬，又恢复为柔软而黏稠。

5

"妈妈，你身上有一股味道。"念真闻到了我身体里的鲜血。

"这是妈妈的味道。"天已经亮了，我在卧室的床上抱着念真，"我去给你爸爸做早饭。"

顾振华消失了。沙发尚未完全变凉，残留两根乌黑的头发。茶几留下一张小纸条。顾振华要赶早班火车回西冷镇。金光厂接了一大笔手机订单，销往欧洲和中东，流水线24小时运转。厂长给顾振华加了薪水，让他三班倒保障电路，他没时间照料念真。这孩子暂时留在妈妈身边，等忙完这几天，顾振华就来接念真回西冷镇。

我去医院开了药，无非又是甲硝唑之类。我在家里休息两日，带儿子去了人民广场。我买了好几件童装，又去福州路的上海书城。念真挑了一本插图版《小王子》。从南京路走到外滩，夜里大雾，隔着一条黄浦江，东方明珠和金茂大厦像在万里之外，外滩的灯光从外白渡桥烧到十六铺。念真的小脸被春风吹得通红，趴在栏杆上看得痴了。我接到了金毛的电话。

我先把念真送回去。金毛的面包车把我送到一幢高层公寓。客人最多三十岁，戴眼镜，留着蛮长的头发，看腔调像日本人。但他说中国话，只有一点口音。他的身体白净，几乎没有肌肉，捏上去像一团棉花糖，再用点力就能粉碎了。

我的手指先于眼睛认出了他，接着是鼻子和耳朵。卫生间花洒喷出热水，他的面孔像一张曝光不足的黑白照片。我希望自己变成五百度的近视眼。他问我身上的伤怎么来的？我说在健身房练女子防身术受伤的。他让我做什么，我都照办了。我的嘴唇吮吸着，同时盯着他的脸。

"你在看什么？"

我说："你还记得我吗？"

"小姐，我在日本留学八年，最近刚回国。"

他不想把时间浪费在聊天上。他撕开避孕套戴上，草草进入我的身体。我没有任何感觉。柜子上有一副相框，三个人的合影。我好像去过那个地方，但还没等我想起来那是哪里，他已经结束了。

他喘息着平躺下来，像战场上的死尸。他点上一支日本七星烟，还问我要抽烟吗。

"我不抽烟，顾振华。"

香烟从他的嘴里掉下来，烟头烧了床单一个洞，他捂住自己的脸说："你认得我？"

"我是穆雪。"

"不记得了。"

"记得西冷镇吗？"

他跳起来说："你是金光电子厂的小雪？"

要不要给他发一封感谢信？他还想要抱我。我躲开了。交易已经结束，他不再有触摸我的权利。除非再付一笔钱，我们管这个叫加钟。

"你怎么做这个了？"

"顾振华，如果没有遇到你，我想我不会做这一行。"

"对不起，我去了日本以后，老师跟我通过电话，他说有个小姑娘从西冷镇过来找我，肚子里有了我的孩子。"

"孩子早就不存在了，你知道我不可能生下来的。"

我用毛巾捂住自己胸口，他拽住我的手腕说："小雪，能留下你的电话吗？"

"不，永远不要再见。"

我甩开他的手。我钻进卫生间，花洒放出热水。我蹲下撒了泡尿。我在氤氲的水汽里哭泣。我想把自己也变成一团雾，或者浑浊的脏水，消逝在旋转的下水道。当我从卫生间出来。大学生顾振华等在门口。他急着进去洗澡，好像跟我做爱以后，身上也沾了脏东西。

我从地上一件件捡起自己的衣服穿回去，就像被剥皮的狗重新将皮一层层缝回去。床边散落男人的衣服。裤子口袋里滑出一张身份证，我注意到大学生顾振华的出生日期，1975年6月6日——这也是电工顾振华的生日，而且是同一年。

同年，同月，同日生。

身份证上的居住地址，也在贵州省，竟然跟电工顾振华的身份证是同一个地址。

同一个县，同一个镇，同一个村，甚至同一个居民小组。我还背得出我老公的身份证号码。我发现两个顾振华的身份证号码完全相同，就像两张拷贝出来的身份证——除了不同的照片。

我抬起头看到柜子上的小相框：一对中年夫妇和一个少年的合影——他是大学生顾振华，正在隔壁洗澡的那个人。照片的背景是个学校大门，还有两棵参天的大香樟树。

记忆像一块黑曜石打着了火星。我真的去过照片里的地方——五年前，电工顾振华带我回老家结婚，我们一起去过他的高中，就在县城的乌江边上，大香樟树像两把大伞盖，至今还长在我的脑子里。

我思考了一分钟。我把身份证塞回顾振华的裤子口袋。但我把柜子上的小相框藏进自己的手提包。卫生间继续响着淋浴声，仿佛穆家村夏天的瓢泼大雨。我悄悄逃出这个房间，声音轻得像水滴洒落。我并不想跟他道别。

我拼命按着电梯。楼层指示灯一层层往上跳。我生怕他会冲出来。我一冲进电梯就蹲下呕吐。我从没这样对一个人感到恶心，甚至超过了虹桥迎宾馆的变态德国佬。

上了面包车，金毛问我："哭了？"

我打开车窗，让风吹干眼泪说："被蚊子叮了一口。"

"现在有蚊子吗？"金毛冷笑说，"我见过几万个嫖客，这个人让我感到不舒服。"

"金毛哥，如果他再打你电话要我服务，你就说我不做这一行了，别让我再见到他。"

6

  清明前一天，眼皮总在跳，好像落了一团火星。我给念真做完早饭，骑上自行车出门了。附近有点荒凉，我骑了很远的路，寻到一家夫妻老婆店，买了几刀锡箔冥钞，天地银行发行的几百亿美元。我想在明天烧给爸爸和哥哥，听说阴间也有通货膨胀。

  经过加油站，我又去了文印店。我拿出昨晚那幅小相框，拆出里面的照片，请人扫描到电脑里。我用文印店的电脑登录 QQ。照片传给电工顾振华，我发了短信提醒他收邮件。金光电子厂提拔顾振华做了干部，他可以用办公室的电脑。

  电工顾振华的 QQ 头像亮起来："我不认识照片上的人。"

  我的手指尖敲击键盘："你认识那两棵大香樟树和后面的学校大门吗？"

  "嗯，我的高中。"

  "照片中间那个高中生，他现在也叫顾振华，他的身份证号码，出生年月，居住地址跟你完全相同。"我的手指头和脚趾头同时在发抖，"只有一种可能。"

  "你又遇到了那个人？不要管他！不要管他！"隔着电脑屏幕和网线，我能感到电工顾振华疯狂喷出的口水。

  "顾振华，八年前，你来到西冷镇，来到金光电子厂，也是因为那个人，对不对？"

  "这件事与你无关。"

  "放屁，这件事与顾念真有关。"

  电脑那一头安静了很久，仿佛中了病毒，定格在对话框上，直到变成屏幕保护图案。

  我留下一堆沾着眼泪的纸巾走出文印店。我在上海的春风里骑着自行车。法国梧桐的飞絮像子弹射向我的双眼。我从虹桥骑到徐家汇，又从淮海路骑到静安寺。顾振华连续打来十几通电话。我没有接。他发来好几条短信。但我不回答。

  晌午的太阳下，我像个游魂坐在自行车座上，望着静安寺山门两边的"庄严国土，利乐有情；诸恶莫作，众善奉行。"

我想起念真要饿了。我回家给儿子做吃的。下身还是痛，有时会流血，只好吃点消炎药。我不想接金毛的电话，生怕再出去卖的话，就要死在别人床上。

夜里十点，我催着儿子上床睡觉，不要再看《小王子》。念真说，妈妈，外面有敲门声。这小孩的耳朵真灵。

我隔着门说："请问是哪位？"

没有人回答。门外像太平间一样寂静。我转开门把手，露出一道窄门。我看到了顾振华的脸。不是西冷镇的电工，而是日本回来的顾振华，裹着一件灰色西装，打着红色领带。来不及关门了。他的右手抵住门框，左手推开房门。

顾念真放下《小王子》和彩色铅笔说："你好，叔叔。"

他闯入我的房间说："你好，你叫什么名字？"

"顾念真。"

我将念真挡在身后说："不要跟我儿子说话。"

"你儿子，他也是我的儿子。"

我牵着儿子的手出了门。二楼有间毛坯房，平时大门敞开，电灯还能用。我告诉儿子，我跟叔叔说几句话。念真抱一本《小王子》坐在窗台上。我给他留了一瓶可口可乐。

回到楼上房间，我看到顾振华脱了西装，在摆弄念真的彩色铅笔。我从他手里夺过铅笔说："我儿子的东西，你不要碰。"

"你骗了我。"

"我没骗你，你儿子从没出生过。"

"念真很像我小时候。"

"他一点都不像你，人们都说这孩子像我。"

顾振华贴着我的脸说："小雪，你没发现吗，他的鼻子最像我了。"

"你去西冷镇打听过了吗？"

"今天，我给金光电子厂的老厂长打了电话，他说1997年秋天，你生了个男孩——我算了算日子，他是我的儿子。"

"你知道我多恨你？"我的声音放软下来，"但我不能杀了我儿子的亲生父亲。"

"对不起，小雪，我在日本八年，每天打三份工，居酒屋里端盘子，情人旅馆上夜班，还要去殡仪馆搬运尸体，连续吃过两个月方便面，在我完成学业以前，我没有能力回来做念真的爸爸。"

我甩开他的胳膊说，滚。

顾振华抽出一支日本七星牌香烟，点上打火机说："小雪，我听说你欠了很多债。"

"这你也知道了？"我的胸口好像吐出一块鱼骨头，顺便也吐出一块脊椎骨。

"小雪，你是一个骄傲的人，不然的话，你不会走到这一步。"

"女人出卖肉体，总好过男人出卖灵魂。还有更难听的，我不说了。"我问他，"你是怎么找到这里的？"

"昨晚，你去洗澡的时候，我偷偷翻了你的手机，你给别人的短信里有这个地址。"

"你果然是个小偷。"

"彼此彼此，小雪，我们两个人挺像的，等到我去洗澡，你偷走了柜子上的小相框。"顾振华皱起眉头，"我很好奇，你为什么这么做？"

我从抽屉里取出小相框说："我有偷窃癖，这个答案满意吗？"

"小雪，你变了。"顾振华拿起他的相框，"这是我和爸爸妈妈的合影，可惜他们都不在这个世界了。"

"你走吧。"

顾振华走到门口说："我忘了我的烟。"

他回到床头柜旁，没有拿起七星烟盒，而是凶狠地按住我的胸口，压倒在席梦思床上。

天花板离我远了半米。下身又流血了，好像生吞一只小刺猬。我打了他一记耳光。他却像在享受某种服务。他用膝盖压住我的肚子。他脱下一团袜子塞进我的嘴里。我不能发出一点声音，胃里的晚餐几乎呕出来。他解开红色领带，像一条鲜红的毒蛇，在床头栏杆捆住我的双手。

第五章

Chapter Five

阳面

1

1995年春天，上海连续有七辆出租车被抢劫，司机三死四伤。到了热天，温州也有三起类似案件，敲定是同一个团伙作案。许大庆别了五四式手枪去温州，住在五马街的招待所。彼时的温州看上去破破烂烂，温州人的腰包却鼓鼓囊囊。许大庆每夜被拉去吃夜宵大排档，要么夜总会，一夜下来好几瓶黑方，讲起来是走私货，其实是假酒。每天凌晨，许大庆下楼吃一支烟，楼上桑拿会所姑娘们露了大腿下班，一鼻头香粉气。许大庆在温州住了三个礼拜，终归在港口追捕到两个嫌疑犯，一个跳下瓯江被捞上来，另一个冲上远洋货轮。许大庆爬上搭积木似的集装箱，等于十几层高楼，举起手枪觑定，子弹从船头飞到船尾，钻进嫌疑犯大腿，还没做手术取子弹，已经承认抢劫十几部出租车，身背八条人命。

八个被害人当中，有个上海出租车司机，身后留下一个女儿，大学刚毕业，进了《摄影》杂志做编辑，名字叫文雅。许大庆陪她在法庭上旁听，亲眼看了法官下达死刑判决，两个罪犯被押赴刑场枪决。文雅穿了墨绿色外套，当场昏厥过去，许大庆抱她就像抱一片沉睡的森林，送去医院吊盐水，前后照顾两个礼拜，终归牵上了姑娘的手。两年后，文雅成了许大庆的妻子。隔年，女儿露露出世了。

眼皮一眨，文雅已经死了十六年。

叶萧负责开车。先走G60高速，从萧山过钱塘江，再走S26高速，经过诸暨、横店，一路翻山越岭，顺了楠溪江下去，便到了温州。车子绕城而过，先渡瓯江，再过飞云江，直到浙江省最南边一个县城。

师徒俩直奔当地公安局，档案室里调出一份报案材料。时间是2005年4月6日，报案人是穆雪，失踪儿童叫顾念真，不到八周岁，走失时身上有一本《小王子》。

许大庆头一趟看到穆雪的签名，在这张纸上困了十六年，笔迹有点凌乱，仿佛一堆雪地上的脚印。昨日，叶萧登进全国公安数据库，输入穆雪的名字，意外发现了这份报案记录。

"2005年，清明节，南明路建筑工地上出了无名男尸。"许大庆看到报案表格的日期，"第二天，穆雪在浙江省最南部的公安局报案儿子失踪了。"

"这年夏天，浙江跟福建交界的火车站派出所，丁校长夫妇寻到了失踪三年的儿子，距离这座县城大约五十公里，但不属于同一个市。"

"如果这只是巧合，我可以吃掉被害人的尸体。"

"师父，表格上有报案人的电话号码。"叶萧指了表格最下面，136开头的手机号，"我们中了一张彩票。"

档案袋最底下有一张彩色照片。年轻的妈妈跟七八岁的男小囡合影，背景是个江南古镇，运河两岸老房子肃杀萧瑟。男小囡立在古桥上，身体单薄，眼珠乌黑，裹了冬天的小棉袄，脸蛋被风吹得红扑扑。旁边的女人还蛮年轻，左手搭在儿子肩上，右手抬起两根手指，捋着鬓边的碎头发。

"冯菲……"许大庆学了抬起两根手指头的腔调，"她是穆雪，同样的捋头发腔调。"

"这个男小囡是顾念真。"

"穆雪到公安局报案儿子失踪，必定要提供念真的照片。"

"你站在桥上看风景，看风景的人在楼上看你。"叶萧文绉绉说，"老早有个诗人叫卞之琳，蛮像这张照片的腔调。"

"前几天在西泠镇，看到过这座桥吧？"

"看到过，但是桥上挤满了人，风景统统变了。"

许大庆打开工作笔记，夹了西泠镇的小毛提供的照片，2005年元宵节，手提兔子灯的顾念真。

叶萧又翻出一张照片，丁校长夫妇提供的——2005年热天，浙江省一家火车站派出所，丁丁刚刚寻回来时的照片。

现在加上穆雪报案时提交的顾念真照片，许大庆看到三个小囡的面孔，仿佛眼门前有了重影，最后叠成一张面孔。

"同一个男小囡，瘦小的身体，特别是两只眼乌珠，好像藏了一个小大人。"许大庆盯了照片，"丁丁成为丁丁以前的照片。"

叶萧又细看一遍报案表格，报案人暂住地址在县城一家小旅馆。许大庆就要出发，叶萧劝师父不要心急，十六年过去了，先问清爽小旅馆还在不在，多数已经沧海桑田了。

2

小旅馆果然消失了。十年前原址造了五星级酒店。但是小旅馆的老板娘还在，刚接到电话，她就主动来了。这位老板娘真的是老板的娘，儿子做了蛮大生意，每年出口额五千万美金，东南亚开了三家工厂。但是没人看得出她是大老板的娘，还是乘了公交车过来的。

到了刑警队办公室，她是熟门熟路坐下说："千万不要叫我老板娘，我做过小学老师，请叫我孟老师。我先讲一桩事，两个月前，有人为了小雪来寻过我。"

"什么人？"许大庆已经猜到了。

"有个男人，三十来岁，样貌蛮普通的，送了两盒泰国燕窝。"孟老师说，"他讲他是小雪的好朋友，我问小雪现在啥情况，他讲小雪快要结婚了，拜托他来给我送礼物。"

"是他吧？"叶萧从手机里翻出调查员方铜的照片。

孟老师换上一副老花眼镜说："没错，就是这张面孔，嘴巴蛮甜的，一直叫我姐姐，刚开始我也是统统倒出来了。但他一直问我关于小雪的细节，有点套话的腔调，我突然想起小雪要结婚了，会不会是隐瞒了自己的情况，男方起了疑心，就请人来刺探小雪的秘密？我们本地老板娶儿媳妇，或者招上门女婿，也会派人调查对方底细，经常闹出大事来。我就问他要小雪现在的手机号码，他也没留给我，这么我就存心藏起来不讲了。"

"反侦查意识嗲的。"叶萧拿出2005年的报案表格说，"孟老师，你还记得吧？"

"2005年4月6日，我陪着小雪到公安局，她填这张表格的时候，我就坐在旁边。"孟老师一对水泡眼有点潮湿，"十六年前的清明节，整天都在落雨，我坐在旅馆前台，看电视机里的《大长今》，有个年轻姑娘牵了个男孩进来，对面就是长途汽车站，她的气色不好，眼睛东张西望，填写住宿登记的手是发抖的。她说身份证丢了，我看出她在说谎，但我不想戳穿，就多收了她二十块钱。"

孟老师再看报案资料里的念真照片说："这个小孩的印象更深，我只见过他这一面，前后不超过几分钟，却像在脑子里敲了一个钢印，现在都没办法揩掉。"

"因为孩子的眼神有点早熟？"

"我当过二十年小学老师，带过几百个小学生。早熟的小孩我见得多了，比如单亲家庭，比如留守儿童，或者受过虐待。"孟老师的双眼越发浑浊，好像一团淤泥里的水草，"小雪在办理住宿手续，小孩坐在小凳子上看一本图画书，后来我才知道是《小王子》。这个小孩的目光是空洞的，脑子里全是心事，假装看书给自己壮胆，像一只随时会被野猫抓住的老鼠。我从没见过这样的孩子。"

许大庆想到十六年前，妻子文雅上吊自杀以后，只有七岁的女儿露露，也有这样一个阶段，几个月后就缓过来了，只是一直拿爸爸当作仇家。

孟老师继续说："小雪办好入住手续，拖了小孩上楼梯，看起来都很正常，但我发觉小孩回头向外看了两眼。"

"外面有什么？"

"清明节的黑夜，还在落雨，邪气阴冷，有人在屋檐下烧纸钱，雨中烟雾腾腾的感觉，念真好像很向往那种感觉。"孟老师闭上眼睛，"不敢再想了，十六年过去，我经常在噩梦里看到他的眼神。"

许大庆点上一支香烟说："像我这样的老头子没有多少明天，小孩还有数不清的明天，但是念真觉着自己没有明天。"

"对不起，我是年纪大了，胡说八道了。"孟老师说，"那天半夜，公安局就来敲门了。"

"扫黄?"

"瞎讲了,我的旅馆里都是正经人,刚好这几天,公安局清查外来人口,要是没身份证就送去收容站。有个警察是我的侄子,大家都叫他小孟,当时二十五岁,真是一表人才。"

"你侄子事先没通风报信?"

"小孟是个一本正经的警察,这种事是做不出来的。小雪还是讲身份证落掉了,只好被送上警车。小雪让儿子留在房间等妈妈回来。凌晨五点,小雪回来了。原本公安局要关她到天亮,但她跪下来求小孟帮忙,不能让小孩一个人留在旅馆,她背出了自己的身份证号码,小孟核实过没问题就送她回来了。"

"运道好,没被关进收容遣送站。"

"我陪小雪回了客房,却发现小孩不见了。床头柜有张小纸条,彩色铅笔写了一行字——妈妈,我去找小王子的星球,再见。"孟老师说,"这张纸条一直记在我的脑子里,八岁小孩的字迹工整,没一个错别字,我带过的小学生里很少有人写到这个水平。我让小雪检查有没有东西丢了,她说少了五百块,所有硬币都没了,《小王子》也不见了。我和小雪冲出去找人,天还没亮,打出手电筒,好像数不清的雨点变成小男孩的影子。我们差点掉到河里淹死。很多年后,县城还有人还记得清明节的梦里听到一个女人的哭喊声。"

许大庆手上烟灰纷纷凋落:"孟老师,今日夜里,我也要做这个噩梦了。"

"等到天亮,我把小雪背回旅馆,喂她一口热姜汤,再陪她去公安局。我侄子小孟接了报案。小雪填了表格,交出念真的照片,还缺家长电话号码,如果寻到走失儿童,公安局会打电话通知的。小雪却讲自己没有手机。这就尴尬了,当时工地上的民工都用了手机。小孟从抽屉里翻出一台旧手机,有张136的手机卡,老早欠费了。小孟当场充了五十块话费,填上这个手机号码,他讲旧手机扔掉太可惜了,不如就送给小雪吧。"

孟老师讲得口干舌燥,叶萧泡了一杯绿茶说:"小孟当时还没女朋友吧?"

"脑子转得蛮快的。"孟老师吸了一口茶,嘴唇皮沾了茶叶,"这年春天,县城里每个角落都寻过了,小孟召集了上百人,顺了县城的小河搜索,直到下游的水库，小雪跪下来祈祷他们一无所获。她的祈祷奏效了，勉强算是一个好消息。"

"念真是不是碰到了人贩子？"许大庆拍台子说，"我就在打拐办工作，对付人贩子，枪毙也太便宜了，最好是恢复杀千刀，我可以申请做刽子手。"

叶萧咳嗽两声说："师父，你还没这个资格，不好抢了法警的饭碗。"

"小孟也想到过，但是当时打拐蛮难的。"孟老师说，"小雪印了两千张寻人启事，贴遍全城大街小巷。她在旅馆住了两个月，我没收她一分钱。她每天出去找儿子，范围从县城扩大到农村，但她的口袋慢慢瘪了，每天只吃两包方便面。她问我能不能在旅馆打一份工，我只有一个农村来的清洁工，小雪上岗，人家就要下岗，我问她会什么，她说会在电子厂装配手机，会卖化妆品，还会英语。小雪的本领蛮多的，但在我们县城派不到用场。"

"穆雪在这里多久？"

"过了梅雨天，我发觉小雪在呕吐，我这个旅馆老板娘蛮能发现客人的秘密，小雪来到此地两个月，还没用过卫生巾，我送她到县城的医院检查，果然怀孕了。小雪去了温州，要把肚子里的小孩生下来。她在温州寻到了工作，温州的医院也比县城好。"孟老师说，"到了秋天，小雪在温州出了车祸。"

"啥？"许大庆的庞大身躯陷落在沙发里，像羊水包裹的胎儿。

"我去温州看过小雪，她躺在病床上，没有骨折，也没破相，就是落掉了小囡，当时怀孕五个月，她坐公交车去医院产检，有辆集装箱卡车撞上公交车。"孟老师吃了第二杯茶，"小雪说，念真就是她这辈子唯一的孩子了。小雪付不出医药费，她也没保险，但是交警认定大卡车全责，司机从东莞出发，集装箱里全是电子产品，刚好刮台风，耽误了行程，为了赶上交货的日子，连续开车24个钟头，最后一公里猝死。小雪没有索赔，还好美容院老板娘帮她付了医药费。"

"美容院？"

"小雪在温州找了美容院的工作，她在上海卖过化妆品，懂得美容和化妆的窍槛，跟她打交道的女人要么有钱，要么假装有钱，小雪可以让她们心甘情愿地掏空腰包。车祸流产以后，小雪又回美容院上班了，她还请我去做脸。她的手艺不错，做得蛮舒服的。"

"还记得那家美容院的地址吗？"

"只记得在温州大南门附近。"孟老师说,"隔年春节,小雪包了一台车,翻山越岭去福建,连续跑了许多村庄,见到八九岁的男孩,就上去仔细看看,还要打听念真下落。结果小雪被当作人贩子扭送到派出所,关了一夜,直到小孟接她出来回温州。小孟心里一直愧疚,要不是清明节的夜里,他冲到旅馆里查身份证,小雪被带去公安局,念真这小孩也不会走失了。半路上小雪要求停车,靠在小孟肩膀上哭了蛮长辰光。后来小孟告诉我,当时他很想亲一亲小雪,但是心里发慌,到底没越过雷池一步。"

许大庆跟叶萧相互看一眼,但是都不响。

"2007年,小孟结婚了,媳妇是县城医院的助产士。这年清明,小孟听说二十公里外的山村里,有一个外来的流浪儿。小孟上山找到那孩子,可惜不是念真。小孩已经十二岁,老家在几千里外的甘肃。小孟护送孩子下山,半道出了车祸,警车掉进山溪。"孟老师落了两滴眼泪水,"男孩游泳逃生了,小孟却淹死了。半个月后,小孟的女儿出世。我是小孟的嬢嬢,前前后后操办丧事,公安局局长致了悼词。小雪也参加过追悼会,但她再没回过县城,我也不跟她联系了,总觉着这个女人身上沾了某种龌龊东西,任何人碰上都会倒霉。"

"但她救过我的命。"

许大庆的香烟烧着过滤嘴了。烟头一明一暗,短短的一生过去了。

"又想起来了。"孟老师永远不会得阿尔茨海默病了,"大概十年前,忘记是2010年还是2011年,当时小旅馆还没拆掉,有个律师从广州过来,专门向我打听小雪的情况。"

"顾振华——是不是这个名字?"

孟老师摇头说:"他没留下名字,但我当时讲得蛮详细的,看得出他是非常牵挂小雪。当他听到念真失踪的消息,眼乌珠蛮潮湿的,后来声音都哑了。"

"此人是穆雪的原配丈夫。"

"这样啊,两位公安同志,我等了十六年,小孟的女儿都十四岁了,你们找到念真了吗?"孟老师呼吸急促起来,"我是兴冲冲赶到公安局,就想等到这个答案,可以到侄子坟头上告诉他了。"

"不但我们寻到了念真。"许大庆看一眼窗外的白云,"念真也寻到了妈妈。"

3

师徒俩从县城开车到温州。刑警队的老罗请许大庆吃饭。二十六年前,许大庆跟老罗一道破了连环抢劫出租车杀人案。许大庆想吃黄酒,台面上只有伏特加。许大庆发誓不再碰洋酒了。叶萧代替师父吃了两杯伏特加。老罗在酒席上打了保票,可以寻到穆雪跟冯菲的消息。许大庆不好驳了老兄弟面子,只好打自己耳光,硬了头皮吃下两杯,脑子已经变成浆糊。

凌晨三点,叶萧背了师父回到酒店,好像背了一座喜马拉雅山,衣裳上全是呕吐物。

许大庆的头颈沾了枕头说:"《小王子》是哪能一本书?"

"讲了一个法国飞行员迫降到撒哈拉沙漠,碰到一个外星小王子的故事。"叶萧也困在标间床上,看了天花板上的灯说,"只剩下一颗星球,一个人,一朵花,四十四次日出与日落。"

"这倒蛮好,最好只有一朵花,只有一个人……"

等到许大庆醒转,脑子里发了八级地震,浑身每根骨头都被拆散成废墟。一房间酸臭味道,熏得自己捏起鼻头。太阳已经晒了屁股。

叶萧端了中饭回来。许大庆狼吞虎咽吃光,刷牙齿揩面说:"徒弟,你再看看十六年前,穆雪给儿子报失踪案的表格里的手机号码。"

"老早不用了吧。"

"打过才晓得。"许大庆的酒醒了,"现在用你的手机打电话过去。"

叶萧按了手机免提,拨通对方电话。铃声响了蛮久。许大庆困到床上,眼乌珠瞪了天花板,等了阿拉丁的神灯点亮。

"喂,请问是哪位?"

手机免提响起冯菲的声音。叶萧不说话。许大庆捂紧自己嘴巴,生怕发出一点点动静。

冯菲在电话另一头问:"公安局吗?你们找到念真了?找到了吗?"

许大庆几乎看到她抬起两根手指捋头发的画面。许大庆也伸出两根手指，戳到叶萧的手机屏幕上，残忍地挂断通话。

帕金森让许大庆暂时丧失了讲话能力。一分钟后，叶萧的手机响起来。冯菲打回来了。

"接不接？"

许大庆狠狠心说："不接。"

叶萧按掉电话。师徒俩又等了十分钟，四只眼乌珠盯了一只手机屏，终究没能再等来电话铃声。

"师父，为了这通电话，穆雪已经等了十六年。"

"我也等了十六年。"许大庆盘腿坐在床上，"这通电话证明一点，现在的冯菲就是当年的穆雪。"

"师父，你在床上困熟的辰光，老罗打来过电话。"

许大庆捂了自己的胃说："这个老东西，不等我醒过来，讲吧。"

"温州大南门附近的美容院，老罗查过了，2008年以前开过的几家，要么房子都拆掉了，要么老早改换门庭，问到了几个老板娘，有一个移民法国，还有一个移民意大利，剩下来的都不记得穆雪。"

"线索又断了？"

"2005年秋天的车祸，当时死了七个，伤了十二个，名单里就有穆雪。老罗还查到了她在温州的就医记录，每个月都会到大南门一家医院妇产科，怀疑是车祸流产的后遗症，最后一趟是2008年5月11日。"

"大南门的医院？"许大庆点上一支香烟，"穆雪上班的美容院也在附近吧。"

"我已经问过小马了，当初他跟冯菲一道在温州也住了大南门附近。"

"冯菲怀孕了，小马这畜生临阵脱逃了。"许大庆的拳头敲敲墙壁，"我想要晓得，冯菲有没有生下这个小囡？"

"老罗查过了。"叶萧翻了手机说，"2008年1月，冯菲在温州做了人工流产手术，就在穆雪每个月去配药的医院。"

许大庆慢慢坐到床上，好像被床垫吸收到了地下："她们都丢了自己的小囡。"

"师父，冯菲跟穆雪的第一次相遇，多数就在这家医院的妇产科。"

- 153 -

"这年中国出了蛮多大事体，春节闹了雪灾，八月北京奥运会。"

"2008年5月12日，"叶萧说，"冯菲跟穆雪在温州认得五个月后，冯菲回到老家碰着大地震——四川省汶川县双蝶村，冯菲是唯一的幸存者。"

"从这日起，穆雪变成了冯菲。"

许大庆手上烟灰断落下来，床单上烧了一个洞眼，好像黑色的骷髅眼窝。

叶萧抢过烟头冲进马桶说："师父，关照过你多少趟了，不要在房间里吃香烟，我们要赔偿给酒店了。"

"我来赔就是了。"

叶萧也困到床上说："师父，今日还有一桩好消息，一桩坏消息，你要先听哪一桩？"

"年纪大了，就欢喜听好消息。"

"盗版冯菲跟盗版丁丁的DNA样本，亲子鉴定结果是生物学上的母子关系。"

许大庆打了自己一拳头说："今日好像是啥节日？"

"母亲节。"

"你讲丁丁会给冯菲打电话吗？"许大庆说，"这个小囡比起他的亲娘来，也是一块滚刀肉，我们存心拿他放到外头，就看能不能钓到盗版冯菲。"

"他们至今没有联系。"

"但她一直在等儿子回来，再讲坏消息吧。"

"顾振华跟盗版丁丁的亲子鉴定结果，并不是生物学上的父子关系，十六年前南明路的无名男尸，就是盗版丁丁的亲生父亲。"

"让我脑子搞搞清爽——如果现在的丁丁就是穆雪的儿子顾念真，那么顾念真就不是顾振华的亲生儿子？"

许大庆拿了记号笔在落地镜上写了几个名字——穆雪、顾振华、顾念真还有丁丁，这张人物关系图不像蜘蛛网，倒像弯弯绕绕的迷宫，要么是断头路，要么是兜圈子，唯一的出口还藏在云里雾里。

"这桩案子里，还有一个男人。"许大庆在镜子上写了一个大写的"X"。

"这个X，就是2005年清明节发现的无名男尸，他是顾念真的亲生父亲。"

"顾振华跟穆雪是结发夫妻，1997年生了儿子顾念真，现在穆雪变成冯菲，顾念真变成丁丁，顾振华还是顾振华，但在广州做了律师。"叶萧说，"他们都调了一个人生，都是鸠占鹊巢。"

"蛮狠的。"许大庆说，"一个半月前，变成律师的顾振华，假冒冯菲的穆雪，假冒丁丁的顾念真，这一家三口重新相聚，却是在盗版冯菲的生日会上。"

"2008年以后，穆雪的人生一片空白，但也没登记过失踪人口。过去大部分中国人的档案，都有这样的空白，并不等于一张白纸，撕掉雪白的墙纸跟石灰，你会看到爬满裂缝的墙面。"叶萧说，"师父，要是寻到穆雪的直系亲属，就可以跟现在的冯菲做亲子鉴定。"

"穆雪的老家在啥地方？"

"四川省，穆家村，穆雪生于1980年5月，这个月要过四十一岁生日，她是金牛座。"叶萧的脑子里装了一只电脑硬盘，"顾振华生于1975年6月，老家在贵州省龙海镇。顾念真生于1997年9月30日，出生地是西冷镇人民医院。"

许大庆的喉咙粗起来："徒弟，帮我订一张飞机票，我从温州直飞成都，去穆家村。"

"师父，那么我呢？"叶萧看了落地镜上的人物关系图。

"你回上海，给我盯牢穆雪，还有顾念真，不好再消失了。"

4

隔日，许大庆从飞机舷窗见到翠绿的成都平原。天上碰着气流，胃里七荤八素，撑开呕吐袋喷过两趟。秀色可餐的空姐送来飞机餐，他是一口都没吃下去。到了成都落地，空姐问他要去医院吧，许大庆吃两片帕金森的药，自己背包下了飞机。

穆家村在三百公里外，许大庆在成都住一夜，寻了文殊院隔壁，三百块一夜标间。年纪大了，一吃辣就拉肚子，火锅不敢碰了，许大庆吃一碗牛肉面，便在成都的夜色里游荡。

寻到一家小酒馆，许大庆点了啤酒，刚吃两口，便在台子上打呼噜。许大庆醒转来揩揩口水，有个小姑娘坐在对面，衣裳用料也是节俭，深V字领露出半个胸口。

小姑娘笑得像一杯鸡尾酒说："整个小酒馆都在听你打呼噜，老板让我把你推醒了。"

"谢谢啊，不然被人宰了都不晓得。"

"你打呼噜的样子很可爱。"

许大庆吃光了酒说："从没人这样讲过我。"

"大叔，我猜你退休了，过完五一长假才来成都。"

许大庆想想也没错，要是局长没批准他延期退休，现在就困了家里等死。

"我们换个地方吧。"小姑娘挽了许大庆的手。酒保送上账单，总共三百块。许大庆硬了头皮，皮夹子里摘出三张钞票，拍了台子上就走。

出了小酒馆，成都夜风微凉，夜猫子刚出洞。许大庆胃里都是酒精，白天乘飞机呕吐过，已在烂醉如泥的边缘。小姑娘软得像块海绵，轻轻一挤便是满手的水。许大庆的耳朵根子发红，心跳快得像年轻时部队的发报机，只要对岸的金门岛打一发炮弹，马上就能传到北京。进了酒店房间，小姑娘帮许大庆解开衬衫纽子。

小姑娘对他耳朵吹气说："大叔，快餐一千五，包夜三千。"

许大庆翻身去摸皮包，钞票没摸出来，倒是摸出一张警官证。小姑娘起来拉好衣裳，镜子前揩揩口红，拎了小包就走。许大庆躺平在床上，呼噜声像凌晨一点的夜店。

天亮了。脑子像被斧头一劈两，衬衫领头有香水味道。许大庆抽了自己一耳光，警官证，皮夹子，手机都没落掉。许大庆换了长袖T恤，来不及吃早饭，退房奔到成都东站。

上了绿皮火车，对面的农村妇女带了两个小囡，都还没到读书年龄，一路上不是吃火腿肠，就是开两包辣条，泡了酸辣方便面，许大庆几趟想开窗门呕吐。

晌午下了火车，县城公安局派人来接。许大庆只要一台吉普车，再配个辅警开车。盘山路像法医解剖台上的大肠，头顶是墨绿色森林，好像进了淋浴间，一歇歇面孔湿透。

路上颠了好几个钟头，方到一个村子。群山环绕的谷底有个矿坑，十年前强制关掉了。许大庆捂牢受伤的左膝，爬到矿坑边缘往下看，仿佛侦破一桩盗墓案，被盗的墓主人就是地球。

穆家村，全村人一半姓穆，传说是穆桂英后代。许大庆心想，穆桂英明明嫁给杨宗保生了杨文广，她的后代都姓杨嘛。穆家村的支部书记是个小姑娘，刚毕业的大学生，打开笔记本电脑，拉出全村人的数据。户籍人口一千多，大半在城里打工，多数在成都跟重庆，最远在深圳。留下来不到两百人，全是老弱病残，留守儿童倒有几十个。

村支书没听说过穆雪，但是电脑里有登记，户口还在穆家村，生于1980年5月。穆雪的父亲穆东宝，死于1992年。穆雪有一个哥哥，名叫穆山，生于1975年，也是死于1992年。穆雪的爸爸跟哥哥是同一天死亡的。

穆雪的母亲还活着，她叫刘丽珠，七十岁了，刚做过白内障手术。刘丽珠住在穆家村小学背后，一间新盖的砖瓦房。旁边是石头堆起来的老房子，摇摇欲坠像考古遗址，现在是羊圈，两只黑山羊当了客人的面交配。小姑娘村支书红了面孔说，刘丽珠原本住在石头房子，三年前村里扶贫给孤寡老人盖了新房子。

许大庆见到一个衰败的老太太，赛过风干的羊排，面孔上皱纹纵横交错，白头发快要落光，稀稀拉拉在头顶挽个发髻，插上一根银簪子，倒有古人遗风。许大庆没在她身上看到一点点穆雪的影子。

刘丽珠听不懂普通话。辅警来采集口腔拭子，总共六根棉签，许大庆收进信封里装好。这是确定穆雪身份的决定性证据。

听到穆雪的名字，刘丽珠定怏怏蛮多辰光，开过白内障的双眼，平静得像一锅隔夜的汤。许大庆心想奈么死哉，这个老太太跟穆雪毫无关系。

村支书连问三遍，刘丽珠慢慢有了反应，像文火煮的生牛肉，开始皮肉分离，眼乌珠越来越亮，如鹅卵石浸没水里。刘丽珠张开落光牙齿的嘴巴，声音沙哑像烧红的砂岩，终归讲出一句完整的话。许大庆一个字都听不懂。

支部书记帮忙翻译——四十年前的春天，山上开满野杜鹃，刘丽珠挺了肚皮在山上砍柴，突然下身流血，一个女娃娃出世了。她就是穆雪。

这年穆家村开了矿，雷管炸出个石头天坑。原本家里几亩薄地，统统上了天。穆雪爸爸做了矿工。刚开始每个月二十块，后来两百块，足够养活一家四口，还能供两个娃娃读书。穆雪的哥哥读到初中毕业，也跟爸爸做了矿工。

穆雪十二岁，山里落了大雨，不承想山洪暴发，埋葬了矿坑下的爸爸和哥哥。两条男人的命换来四千块抚恤金，穆雪就去县城读书了。后来，穆雪考上了县城的高中。老师们都说这个女娃娃会是穆家村第一个大学生。但她永远离开了穆家村，这年十六岁。

这日起，刘丽珠坐在村口等女儿回来，等了足足四年，黑发熬到了白头，就像穆雪的名字，方才等到邮递员送来一封信。

许大庆看到刘丽珠的眼睛潮湿起来，滚出极度黏稠的液体，颜色是乌漆墨黑。她的后背佝偻，好像多走几步就要消失，从房间里捧出一块叠得整整齐齐的毛巾，摊开一张牛皮纸信封。

信封正面写了穆家村的地址，右下角寄信地址是空的。邮票上盖了西冷镇的邮戳，时间是2000年5月9日。信封敞开一道口子，像人身上划开一道伤口。许大庆伸进两只手指头，摩擦着抽出信纸，摊开来念出几句话——

妈妈：

　　我是小雪。我快要结婚了，你的女婿叫顾振华，你有了一个外孙，他叫顾念真，已经三岁了。请把户口簿邮寄到浙江省西冷镇金光电子厂，收信人穆雪。领好结婚证后，我会把户口簿寄还给你。同时汇款来两千元，请你收下。我不会再回到穆家村了。

　　再见，妈妈。

穆雪

2000年5月8日

信纸上的字迹清晰，一笔一画，言简意赅，有老早发电报味道，不像是母女通信，倒像是公安局开具的行政处罚通知书。许大庆的手指尖触到墨迹，擦出一层淡淡的灰色。

当辰光，邮递员还带来一张汇款单，金额两千块，也是浙江省西冷镇来的。刘丽珠请邮递员帮忙读一遍，听好大哭一场，就去邮政所提了两千块，户口簿寄到西冷镇。一个月后，户口簿从贵州寄回来，穆雪的一页已被撕掉。刘丽珠晓得这辈子再也碰不到女儿了。

许大庆盯了老太婆的眼睛说："穆雪恨你。"

刘丽珠捂了面孔坐下来，终归讲出秘密。穆雪的爸爸跟哥哥死后几年物价涨得凶，四千块抚恤金不值钱了。穆家村有一群寡妇，日日夜夜打麻将。刘丽珠今日输五块，明日输十块，竟然败光了抚恤金，只好依靠村支书接济。村支书老早看中了穆雪，多少次馋得流口水，只想吃一口新鲜的嫩菜叶，开价两千块，足够三年高中的学费。刘丽珠不同意。村支书把价格开到四千块，相当于穆雪爸爸跟哥哥两条人命。落雨的夜里，村支书爬到穆雪的床上，刘丽珠装聋作哑，就当没听到女儿求救，直至一把柴刀斩下去。村支书的头颈上全是血。穆雪也吓呆了，觉得自己杀了人。刘丽珠塞给女儿一百块钞票，关照她走得越远越好。没想着，村支书的头颈比乌龟壳还硬，只差一厘米就要砍断颈动脉，自己回到家里上了金创药，敷了半个月草药，只留一道蚯蚓般的伤疤。他甚至都没报警，怎么跟警察讲呢？只好白白吃了这一刀。刘丽珠也想通知女儿回来读书，却不晓得去哪里寻人。1996年，穆家村只有一部电话，就在村支书家里。平常村里人只有写信一条路。四年后，刘丽珠才等到穆雪从西冷镇寄来的信。

讲到此地，刘丽珠蜷缩在墙角落里，好像一只结网的蜘蛛。许大庆掏出手机，拍下二十年前穆雪的笔迹。两只山羊交配好了，一道去山上吃草。许大庆吃一口香烟。西北风卷来，云朵终归散开，太阳出来一道缝。几条狗朝天乱叫。

5

许大庆看一眼手机屏幕，2021年5月12日。

隧道邪气漫长，好像能从都江堰穿过川藏线直通拉萨。车窗外乌漆墨黑，窗玻璃像面镜子，照出茂密的白头发，面孔上的皱纹，两腮一根根针刺般的胡须，他才想起这趟出差忘了带剃须刀。大巴冲出隧道刹那，好像数不清的子弹打进瞳孔。

许大庆投宿在汶川县的小旅馆。窗门下便是浊水奔流的岷江，水流声像重金属摇滚音乐会。县城房子都蛮新的，好像旅游景点，看不到地震痕迹。据说废墟还是有的，但是立在平地上看不到。有的人永远留在自己家里，有的人却走出了几千几万里路。

山谷升起月亮。许大庆给女儿打电话，但是关机。敞开窗门，清风徐来，头顶白发仿佛一场雪崩。许大庆点了一支中华烟，蓝色烟雾袅袅升腾，一团妖娆魂魄飘向宇宙。房间里有一只蛾子，灰扑扑地围绕灯光翩跹。她终于长出翅膀，可以飞到月亮下了。

手机不合时宜地响了。徒弟叶萧从两千公里外打来电话："师父，你在啥地方？我刚回上海就发现一个不是巧合的巧合，但我又寻不到你，急死人了。"

"你慢慢讲。"许大庆看一眼窗外，"我在汶川，今日等于上坟。"

"查到了两个顾振华的情况，结果精彩了——西泠镇金光电子厂的电工顾振华，留学日本八年回来的律师顾振华，两个人是同年同月同日生，生在贵州省同一个县，读了同一所高中，同一年高考，身份证号码一模一样。"

许大庆看看山谷上的月亮，好像变成两只月亮，一只金黄，一只血红。

"电工顾振华出身农村，家里蛮穷的，高考志愿填了杭州一所高校，可惜高考落榜，只好出去打工谋生。"叶萧说，"另一个顾振华呢，简历也是一样的，但是高分考上杭州这所高校。我寻到了他在日本留学的照片，绝对不是现在的顾振华律师，更不可能是双胞胎兄弟。"

"册那。"许大庆猜到了答案,"你不要讲了,给我买一张飞机票,我明早就去贵州,去两个顾振华的老家,不搞清爽我就要埋在此地。"

"师父,你已经连续出差十几天,保重身体,定时吃药,不要去买茅台。"

"你哪能像女人一样啰唆?你给我盯牢穆雪跟念真,顾振华交给我了。"

挂了电话,许大庆觉着透不过气,好像有一双手掐了头颈,慢慢滑到地板上。房子开始摇晃,土崩瓦解,星星月亮抖落下来,像一场倾盆大雨,密密麻麻封锁你的面孔,渗透进你的鼻头孔。无法呼吸。活埋。

真正的冯菲已在地下埋了十三年。

阴面

1

地球是个奇怪的东西，用十几万年光阴生养几十亿人类，又在瞬间毁灭一部分。如果你打个喷嚏，会发出暴烈的声音，鼻涕飞溅到别人脸上。如果地下断层打个喷嚏，山脉会崩塌成无数石头，江河会截断成三峡大坝，大地被撕裂为小孩的玩具，每栋房子变成破碎砖瓦，每根骨头和血肉变成粉末，我们会变成鬼魂。

最后一个告别的鬼魂，她的心脏被一根锋利的钢筋穿透，后背却长出雪白的翅膀。她微笑着对我说："小雪，很高兴认识你，请你代替我活在世界上。"

五个月前，温州大南门的医院。我坐在妇产科的长椅上。天很冷了。我的肚子很痛，像被揉碎的报纸。我想起十二岁时的穆家村，第一次流血的雨夜。短暂的皮肉生涯，台风天的车祸和流产，在我的子宫埋下病根。每个月来大姨妈的日子，我都会来这家医院开药。

长椅另一头坐着个女孩，大概二十多岁，腮边挂着眼泪，捂着肚子动弹不得。这种景象在妇产科并不罕见。

"你还好吗？"我问她。

女孩的回答比蚊子更轻："刚做完手术，孩子已经拿掉了。"

"听口音，你是四川人？"我用餐巾纸擦去她的眼泪，"我也是，我帮你去排队取药吧。"

排了半个钟头的队才拿到药回来，我问护士要了纸杯，倒了温水，给她喂了两片药。我捏着她的手掌心，冰凉腻滑，柔若无骨，好像藏了一条白素贞。

"谢谢你,我叫冯菲。"她靠在墙上说。

冯菲邀请我去她家做客。大南门的旧公寓,六层楼上的出租屋,一室一厅,空荡阴森。冯菲在成都上过大学,毕业就跟男朋友来了温州。她发现自己怀孕了,男朋友从此消失。冯菲想要清空这段记忆,顺便清空自己的房间,最后清空自己的子宫。

我留下一张美容院的名片。我的头衔是美容顾问,邀请冯菲有空来做脸。冯菲没有来美容院,却邀请我搬到她家一起住,否则她无法独自度过长夜。我不想占人便宜,我们各自分摊一半房租。

这年冬天,我并不关心陈冠希的笔记本电脑,只关心每晚七点的新闻联播——半个中国变成西伯利亚,雪灾截断了铁路线。温州落了几十年没见过的大雪。冯菲没法回家过年,我们一起留在了温州。

等到天气转暖,桃花谢了,我和冯菲去了洞头岛。我第一次看到大海。从前在上海以为能看到海,谁知只能看到黄浦江。我在温州住了三年,大海近在咫尺,却从没去看过一眼。冯菲有一台佳能数码单反相机——这是她的宝贝,在成都上大学打工攒钱买的。大沙岙的海滩上,冯菲想给我拍照片。但我挡住她的镜头。我说我不喜欢别人拍我的脸。但我很想看照相机里的世界。冯菲教会我使用单反相机。听起来不难,但每个人都会在画纸上涂抹,不等于每个人都会变成毕加索。当我的双手端着这台外壳漆黑的照相机,双眼紧贴取景框看到海上落日,我想起穆家村的月亮,德国女摄影师EVA的长镜头。

洞头岛上过了一夜,我们在一张大床上抵足而眠。冯菲抱住我说:"今年春节,因为雪灾我没有回家,明天早上,我要坐火车回老家了。"

"你的老家在哪里?"

"很远很远的深山里,一个叫汶川的地方。"冯菲说,"家里只有一个奶奶,其他人都死了。回家路上坐火车就要三天三夜,到了成都再转一大的长途大巴。我会在老家住半个月,再坐三天三夜的火车回来。"

"我连奶奶也没有。"我已经忘了我妈妈的面孔。

"小雪,你老家叫什么?"

"穆家村。"我闭上眼睛,"永远不会回去了。"

冯菲翻身在我耳边说:"我老家叫双蝶村。"

"双蝶村?这名字真好听啊。"

"听我奶奶说啊,双蝶村原本只是雪山脚下很小的坝子,每年春天山坡上都会开满野杜鹃,总有两只蝴蝶飞来飞去,一只黑蝶,一只白蝶,翅膀都漂亮极了,远看好像两片美人的面孔,只要春天就会出来,到了秋天再消失。"

"蝴蝶成精了啊。"

我闭上眼睛,看到自己两只乳房上各自停着一只黑蝴蝶,一只白蝴蝶,蝴蝶翅膀留下无数的晶莹粉末。

"三百年前有一场大地震,整个村子被埋在废墟里,全村人几乎死绝了,唯一的幸存者是个小姑娘,她从乱石堆里看到白蝶的尸体,但是黑蝶还在飞,小姑娘跟着黑蝶走啊走,爬上悬崖边的山洞,这里藏着许多老祖先留下的壁画,岩石上涂着白色的颜料,矿石捣碎了调成的。小姑娘举起火把,看到黑蝶一头撞上了壁画。"

"这是殉情吗?"

"小姑娘惊讶地发现,壁画里多了一只漂亮的蝴蝶,浸泡在白色颜料里,紧接着整个山洞发光,壁画里飞出一只白蝶。"

"黑蝶在壁画里染成了白蝶?"

"对啊,这只看上去是白蝶的黑蝶,继续在山谷里飞了很多年,后来整片山谷的蝴蝶都是它的后代。目睹了黑蝶变成白蝶的小姑娘呢,就是我的老祖先,也是她把这个村子起名为双蝶村。"

我重新抱住冯菲说:"谢谢你告诉我这个故事。"

"小雪,那你现在最想念的人是谁啊?"

"念真。"

"他是你男朋友?"

"念真是我儿子,但他丢了,我留在温州的唯一原因就是要找到他。"

我在温州去过无数次江心屿,烧香祈求菩萨保佑找到念真。这孩子在我心里一天天长大——他读到了小学四年级,个头长高十几公分。学校开始教英语了。他学会了一元一次方程,正在读郑渊洁或者杨红樱。

冯菲的热气吹到我的耳朵上说:"小雪,你说人为什么要生孩子?"

大海的潮汐声灌满耳朵,好像有个漩涡在身体里起伏。我从没想过这个问题。

"因为每个人都想成为另一个人。"冯菲自己回答,"生孩子就是让另一个人代替自己永远活下去。但我杀死了自己的孩子。医生说,我可能不能再生育了。但我并不觉得后悔。我也不在乎有没有后代。你知道,每个人只有一次活着的机会。"

"嗯,我妈妈最好不要把我生下来,这样她大概会过得更好一些。"

"如果有灵魂,我希望死后留在最好的朋友身上。"冯菲的胳膊支撑起上半身,亲吻我的额头,"当我做完人流手术,身上藏着一瓶安眠药,决定晚上就吞下去,但我在医院遇见了你。死亡太容易了,活着才是最难的,这道理就像做数学题,谁都不能保证拿一百分,但你如果有机会及格的话,干吗要交白卷呢?谢谢你,小雪。"

第二天,我送冯菲到温州火车站。我问她带上照相机了吗,冯菲说老家的风景都记在脑子里,单反相机太沉就不带了。汽笛在耳边鸣响,绿皮火车在铁轨上启动,渐渐远离中国潮湿的海岸线,向我们出生的遥远盆地而去。

十天后,我梦见了冯菲。

噩梦的最后,狗鼻子嗅着我的脸。我以为是地狱的守门犬。鼻孔开始复活。氧气像太平洋的暖流,夹带死亡的味道灌入肺叶。天空飘满鬼魂与人类的呼喊。一只粗糙的手握住我的胳膊。另一只滚烫的手托住我的后背,从难产而死的母体内拽出一个鲜血淋漓的胎儿。

我醒来时脸上全是泪水。我敞开喉咙猛烈地呼吸着,仿佛下一秒就会憋死。我冲到镜子前打开灯。我以为会看到冯菲的脸。我很失望。镜子里依然是穆雪的脸。

天亮后,我看到了电视新闻——地震的中心在汶川县。

我打了冯菲的手机,但不在服务区。我收到冯菲的最近一条短信,是在昨天——她说自己在老家汶川县双蝶村,她在跟奶奶一起吃早饭。我从抽屉里找到了冯菲的身份证复印件,大学本科毕业证书,还有她的单反数码相机。我看到冯菲自己填的个人简历，还有她死去的爸爸妈妈的名字。整整一天，虽然电视台滚动播放地震新闻，但没有任何人提到过双蝶村。我从冰箱里取出冰球，放在玻璃杯里，再倒一罐可口可乐。我躺在冯菲的床上，冰冷的泡沫在我的舌头上跳舞，枕头和床单残留冯菲的气味。我背上一个双肩包，带上冯菲的单反相机。我冲到火车站买了一张温州去成都的火车票。我在候车厅里等到深夜，终于坐上回家的列车。

2

山坡上开满火红的野杜鹃。杂乱的森林铺到山谷底部。我抬起两根手指，捋一捋鬓边的头发，风景熟悉得有些刺眼。道路破碎得无法行车了，一支工兵部队正在紧急修复。山上接连掠过几架直升机，桨叶轰鸣着掀起飓风，几乎扯着我的头发飞上天。

我沿着岷江徒步了一天一夜，双肩包里装满水和干粮。这些天还有余震，常有石头从天而降。我亲眼看到有辆救援的卡车被砸成废铁，人们疯狂地叫喊着抢救司机。

地震后第五天，我找到了双蝶村。冯菲的故乡已经消失。崩塌的巨石如同洪流埋葬所有房子，现在看到的不过是一片考古遗址，美索不达米亚或者庞贝。我的脚底下飘荡尸体腐烂的臭味。这里是他们的家，所以注定无处可去。而我，只是一个异乡的陌生人。我甚至不配死在这里。

我从双肩包里掏出冯菲的Canon数码单反相机。取景器里的落日像个温和的火球，沉没在黑色群山之巅。手指一点点调整焦距，我看到一枝孤独的花。深入瓦砾堆的根须，正在吸取死者的营养。花苞上停着一只白色蝴蝶。我疯狂地按下快门，用镜头捕捉这只蝴蝶——翅膀上有黑线勾出的图案，有鼻子，有眼睛，还有波浪的头发，真像个素净的美人。这是双蝶村存在过的最后证据。

山谷的平地上，政府造起临时房，安置几千个流离失所的受灾群众。我到处打听冯菲的下落，双蝶村还有没有幸存者？听说武警挖掘了六天六夜，数百人的村子无人生还，搜救犬和生命探测仪全部尽力了。

第七天，中国人的"头七"，鬼魂们回家的日子。破碎的山谷上空飘满青烟。我故意把自己装扮得脏兮兮的，混在受灾群众的队伍里。我的一口四川话使人无可挑剔。

派出所在登记幸存者。我拿了一张登记表，填了冯菲的姓名和地址。我准确地报出冯菲的父母和奶奶的名字。我说地震降临前十分钟，我去了河滩边拍照片。我被地下的巨响掀翻到水里，几乎被山上的乱石砸死，眼睁睁看着家乡变成坟墓。地震毁灭了一切风景，我丢失了方向感。救援队赶到前，我在深山里迷路，抱着照相机游荡了七天。我吃着森林里的蘑菇果腹，快要饿死的时候回到人间。我是双蝶村唯一的幸存者。我的身份证和户口簿都在废墟之下，我只有身份证复印件——黑白复印的照片根本看不清面孔。

派出所给我重新拍了一张证件照，几天后我就拿到了第二代身份证——姓名：冯菲，性别：女，民族：汉，出生：1985年1月4日，住址在四川省汶川县双蝶村。

我偷偷烧了穆雪的身份证。我得到了一本全新的户口簿。我成了自己的户主。派出所开了证明，我可以去银行提取冯菲的存款。但我撕掉了这张纸。我甚至没有领取政府发放的受灾补助金。冯菲已经把自己的人生，还有最心爱的照相机送给了我。除此以外，我不能再索取更多了。

3

北京奥运会开幕前，我从汶川到了成都。我暂住在武侯祠对面。我买了一台国产牌子手机，附赠一张手机卡成了我的新号码。我又买一台诺基亚手机，塞进旧的手机卡，保持24小时开机——三年前警察小孟送给我的手机卡，也是我找到念真的唯一钥匙。

成都不是我的久留之地。冯菲在这里读过大学，不能让她的同学们看到我。我买了一张火车票，坐了三小时火车，到达二十多年前路过的重庆。

我在嘉陵江边租了一间房。我没去美容院上班，也不卖化妆品，我开了一家照相店。冯菲留给我的数码单反相机，成了我活下去的武器。活着就是一场战争，要么你死，要么我死，要么一起死，无人生还。不是我选择了这台相机，而是这台相机选择了我。

照相店开在家乐福超市底楼的小摊位。刚开始生意不太好，没人相信女人能拍好照片。我自学了图像处理软件，如何在照片中制造幻觉，让人觉得自己比较好看。渐渐有人来找我拍照，为了办理各种稀奇古怪的证件。要是没有这些证件，他们既不能合法地在城市居住，也不能合法地工作，甚至不能合法地生老病死。我的顾客们操着西南三省各地的口音，贫穷的味道从头发里弥漫出来。这味道太熟悉了。

许多重庆人的准考证、毕业证、工作证、结婚证、离婚证、退休证，甚至墓碑上的遗像都有了我的作品。当你坐在镜头前，挤出虚伪的笑容，或者像石头一般僵硬，我都能发现你的某些秘密。你并不是因为自己才成为你，而是无数张证件加在一起，你才成为现在的你。你只需要添加和更换证件，就能轻易改变命运。当你丢失了所有证件，很可能你什么都不是了。你甚至无法证明自己是个人类。

许多男顾客问我要过手机号或微信号。如果能带来更多生意，我会把号码留给他。他们也会约我吃火锅，看电影，出去旅游。但我一律拒绝了。我不是看不起他们。老实说，好男人并非珍稀动物。但我没有资格再谈一场恋爱。因为念真在我心里继续长大。我依然在等待公安局的电话。可那台24小时待命的诺基亚，永远只能等来骚扰电话。

我在重庆市图书馆办了一张借阅卡，每个礼拜六进去坐半天，借一本摄影书或者杂志，下个礼拜六归还，每年看至少五十本书——可是这样的书太少了，不到两年就全部看完了。我学会了上国外的摄影网站，下载我喜欢的照片，存下了好几个硬盘。我用了EVA这个名字，我的英文水平还凑合，我有了许多素未谋面的朋友——他们在亚马逊雨林拍摄原始部落，在柬埔寨的服装工厂里拍八岁的童工，在非洲拍摄十二岁扛着AK47的童军，在孟加拉国的贫民窟跟拍十三岁的雏妓。我在网上问过很多人，听说过德国女摄影师EVA吗？可惜无人知晓。

那几年，重庆变成一大块带刺的魔方，每天向天空转动一两格。我常常背着照相机，路过拆迁的废墟，残破的房梁和瓦砾。我必须在几天甚至几分钟内抓住这些画面，不然隔天就会深入地底，要么往云层上拔起，变成无数魔方中的一个小方块。这座城市到处是腿。妖娆的左腿，忧伤的右腿，丰腴的大腿，瘦弱的小腿，被风湿折磨过的膝盖，磨出老茧的脚底板，散发恶臭的脚指头缝，无数双腿悬挂在你的头顶仿佛集体自杀。女人的细长腿像栖在水稻田的白鹭。男人们的粗腿附近总有一根竹棒子，两头挑着沉重的东西，像一支古罗马军团，蹲在地上抽烟，喝酒，打牌，或者发呆节省体力。重庆的台阶上最常见到这一双双汗津津的毛腿，甚至多于姑娘们曼妙的细腿。我每次举起照相机都能看到他们。全中国人千里迢迢来到这座城市，用苹果手机抓拍轻轨穿过高楼的瞬间，却没人发现这些卑微的灵魂——还有南来北往的流浪汉，环卫工人，火锅店小妹，发廊里年老色衰的阿姨，拉着二胡乞讨的瞎子……

照相店每周休息一天，我会背上摄影包，跑到丰都拍奈何桥和黑白无常，在大足拍观音菩萨和释迦牟尼，去合川拍钓鱼城下战死的鬼魂。我更喜欢沿着长江旅行。三峡水库淹没了江岸，航行着巨鲸般的轮船。我在船头抓拍云雾缭绕的神女峰，它突然被风吹散裙摆暴露真容，仿佛扫黄行动中的应召女郎。后半夜，轮船载着几百条生命顺流而下。风景收藏在无尽的黑暗里。冷峻的星光时隐时现。船头飘着一面小小的国旗。这一夜在静默中流逝。江水裹挟上万吨泥沙。我是无数粒沙子中的一粒。

返回重庆的路上，我在涪陵下了船。这座城市弥漫刺鼻的榨菜气味。碧绿的乌江刺入浩大浑黄的长江，涂抹白昼与黑夜的界限。我买了一张长途车票，顺着乌江逆流而上。风景时而攀上山巅，时而钻入深邃谷底。长途大巴深入贵州省地界。乌江上的水电站像铜锈阻拦了激流和航船。

大巴停在乌江边的汽车站。我选择在这里下车。我看到一个男人打着赤膊，叼着燃烧的香烟，撑起竹篙渡过密布暗礁的激流。他的长相身材都像极了电工顾振华。当他在乌江上凝视危险的漩涡，就像顾振华在金光电子厂凝视出故障的流水线。也许他们是远房亲戚。此地是顾振华的家乡。

我在县城坐上一辆摩托车，深入真正的穷山恶水。两千年前的夜郎国，早已卑微地仰望山外的天空，更适合四个马蹄而不是两个车轮，颠得我半路呕吐过两回。

摩托车开到一个寂静的村子。我这一生唯一的喜酒是在这里办的。我在茅草房前找到一个老农民。他是顾振华的爸爸，头发花白，孤寂地坐在小板凳上，摆开一副中国象棋，自己跟自己下棋，好像对面坐了个鬼魂。

我以为我的公公不会认得我。他只见过我一面，还在遥远的千禧年。当我抬起两根手指，捋着散乱的发丝，老头浑浊的双眼清澈起来。他举起干枯的双手，指着我的面孔，说出一长串当地土话。我只听懂三个字——儿媳妇。

顾振华的老爹带我走进茅草屋，打开红木柜子，掏出漆黑的木盒子，正面镶嵌一张陶瓷照片。我认出了黑白照片上的男人，我的丈夫顾振华。

照片下刻着一行小字——"顾振华，1975年—2012年"

我的丈夫变成灰烬和粉末，安静地沉睡在骨灰盒里。他已经死了两年。

顾振华死于车祸。今天起，我就是未亡人，抱着漆黑的骨灰盒，就像抱着飞机的黑匣子，埋葬灾难爆发的秘密。骨灰盒很干净，没有一点灰尘，老爹每天擦拭一遍。

我退回茅草屋前，举起照相机，想给老爹拍一张照片。他抚平蓝灰色中山装的褶皱，正襟危坐在小凳子上，挤出掉了门牙的微笑。黄昏的光影像凡·高的调色盘，刚好照亮他的半边面孔。成群结队的苍蝇围绕飞舞，等候他死亡，钻入鼻孔和眼睛产卵。

按下快门，我从取景器里看到了顾振华的魂魄。

我给这张照片起名《微笑》——这是我见过最美的微笑，超过我拍过的证件照的微笑总和。但我不能让别人知道冯菲这个名字。任何公众的关注都会给我惹来麻烦。我决定用"念真"的名字去投稿。我期待念真会在某时某地看到我的作品。念真是个绝顶聪明的孩子，他能从这张照片里看到自己的往昔，期待认识名叫念真的摄影师。

当念真找到了念真，我就找到了儿子。

4

　　隔年春天，《微笑》带给我第一个摄影作品奖，有个香港老板用三万块人民币收了。中国股市仿佛吃了春药勃起，到了盛夏又像服药过度阳痿了。我看到一个男人从解放碑的高楼跳下来。虽然，我对这座魔方般的城市有许多眷恋，但我是一个没有故乡的人。我飞到了武汉。

　　我在汉口的兰陵路租了旧仓库，开了摄影工作室。我的客户不过是些小本经营的商家，许多只是淘宝店而已。但我的口袋里有了钱。我的驾驶证是穆雪的名字。我用冯菲的名字重新考出驾照。我去银行办了车贷，买下一台红色的MINI COUPE。如果我还是穆雪，那么我不能使用任何贷款和信用卡——穆雪在银行的黑名单上，冯菲的信用记录却是清清白白。

　　我时常开着这辆小车，穿梭在长江两岸，也曾渡过淮河，抵达浑浊的黄河。我去过十几次河南的矿山，站在童山濯濯的矿坑上，抓拍刚从井下出来的矿工。每次看到他们黑色的面孔，我就想起爸爸和哥哥的鬼魂。我还去过上百个据说有买儿子风俗的村庄，通常都在穷山恶水的深处。我假装是来拍风景的摄影师，其实在用镜头寻找念真。最让我痛苦的是——念真已经读了高中，身高超过了我半个头，甚至有了他喜欢的女生。如果儿子走到我面前，我还认得出他吗？

　　冯菲的身份证上刚满三十岁。但我实际上已经三十五岁。我卖过化妆品，做过美容顾问，我掌握着许多保护和挽救女人面孔的秘诀。但我没有能力打败时间。我把拍照片赚来的钱，换成脸上的美容针和热玛吉。这些东西难免会有副作用，使得脸部肌肉僵硬，最后变成行尸走肉般的面具。但这有什么关系？人的面孔本来就是一张面具。如果打针能让这张面具防腐，为什么不呢？

　　两年后，我把摄影工作室从武汉搬到了南京。我租了明城墙下一个旧工厂改造的影棚。这里的鬼魂多得不计其数，无数次战争留下大把枯骨。在这里按下照相机快门，我总觉得自己如有神助，不对，这是鬼助，每张照片里都能拍出鬼魅的神韵。

我听说所有非实名制的手机都会被停机。我的旧手机卡是与前世的唯一联系，如果这张卡不能用了，意味着我将失去与念真重逢的机会。工作室来了一个叫黄钟的小伙子。我借用他的身份证，给旧手机卡办了实名登记。

2020年的冬天，我在明城墙下度过漫长的隔离时期。开春以后，我把摄影工作室搬到上海。我住在浦东的迪士尼小镇旁边。我没再去过静安寺和久光百货，更没去过虹桥那一带。我不是害怕别人认出我，我是害怕自己会忍不住突然崩溃。

我仍然是个默默无闻的摄影师，"念真"也鲜为人知。我依靠接拍几千块一条的广告混口饭吃。秋天，我接了一条汽车城的单子。厂房里几乎没有工人，只有流水线上转动的机器人手臂，一台台汽车就从零部件和钢铁外壳变出来了。原来人类已经不再是必需品了。生理期来了。痛经纠缠了我十几年。我吃了止疼片，咬紧牙关完成拍摄。我才明白机器的好处，至少不会痛经，不会因此而烦躁，情绪低落，更不会恋爱、怀孕以及哺乳。

那天夜里，我开着红色MINI COUPE回家。导航精神错乱，竟把我引导来了南明路。雨夜的光晕让我惴惴不安。我看到三幢火炬般的高楼，子宫又被一把匕首绞碎。我忍不住踩一脚刹车。有辆车从背后凶猛地撞击了我。安全带救了我的命。撞了我的那辆黑色大众车上，有个白头发男人在流血。我把他从座位上拽下来。大众车的屁股后面，还撞上一台藏青色电动跑车。车上的男人和小姑娘眼看要被烧死。我救了他们。我的脸上全是雨水和污迹。我坐在MINI COUPE的车轮旁，就像坐在金光电子厂的流水线下，抬起两根手指捋头发。

有台手机对准了我。某种致命的危险像猎狗咬住我的脚后跟。我推开手机说，滚。

第六章

chapter six

阳面

1

活到六十岁,许大庆头一回到了贵州。飞机上看见墨绿色大海,高高低低的惊涛骇浪,觅不着一点平地,好不容易寻着跑道着陆。出了贵阳机场,气温风凉下来,邪气舒宜。许大庆不进城,直接坐上长途车。路上残阳如血,好几座大桥横跨山谷,桥下是深不见底的峡谷。渡过碧绿的乌江,许大庆到了一座县城。

夜排档上几条野狗乱窜,有个流浪的男小囡在地上玩耍。许大庆把小囡拖过来,没想着他突然咬了他的手腕。许大庆硬生生忍下来,不放开铁钳般的手指头。许大庆摸了男小囡的肩胛骨,像摸了菜市场的排骨,提溜起来。许大庆问他多久没吃过肉,流浪小囡说三天。许大庆叫了两碗牛肉粉。许大庆一点辣都没加,小囡加了半罐头辣子。许大庆问他叫啥,小囡叫皮虫。许大庆说,我们比赛谁先吃完。三分钟后,许大庆输了。

许大庆问他有地方住吧,皮虫指了指附近一座公路桥,每夜困了桥洞下头。许大庆带了小囡去住县城里的青年旅馆。单间客满,只有集体房间,好几张高低床,困了男男女女。许大庆搂着瘦骨嶙岣的皮虫,裹了被头,打起呼噜。

这一夜,旅馆像开了摇滚演唱会。大亮后人人黑了眼圈。流浪小囡不知去向。许大庆神清气爽,一早就去公安局。刑警队长亲自开车,带路去了龙海镇。风景像穆家村,也是云雾缭绕,道路三弯四绕,好像钻进孙悟空三打白骨精的地盘。

到了镇上派出所,许大庆一口茶都没吃,就要看户籍资料——1993年以前,龙海镇只有一个顾振华，家在农村，老娘早逝，有过一个妹妹，十六岁就死了。顾振华跟老爹长大，读了县城的高中。1993年高考以后，却出来两个顾振华，相同的简历，一样的身份证号码，一个考上杭州一所高校，一个高考落榜去了外地打工。

户籍警是年轻后生，擦了额角头说："大叔，1993年我才出生。"

"老天的眼乌珠瞎了吗？"许大庆的右手发抖，好像衰败的拳王阿里，寻了帕金森的药吃下去，"派出所所长在吗？"

"所长是去年才上任的。"

"还能找到1993年的派出所所长吗？"

"1998年，龙海镇特大洪灾，派出所所长因公殉职。"刑警队长说，"当天我也在现场。"

户籍警找出两份户籍资料。一份是考上大学的顾振华，1993年户口迁到杭州的高校，1997年去日本留学，户口又回到龙海镇的原籍，2005年从日本回来，2010年考出司法资格证书，现在广州做律师，至今未婚。

还有一份是高考落榜的顾振华，2000年回老家登记结婚，妻子叫穆雪，户口在四川省某县穆家村。结婚第二天，顾振华就给儿子报了户口，当时顾念真已经三岁。户口簿上只有三个人，顾振华的老爹，顾振华，还有顾念真。

"如果资料没有搞错，顾振华的老爹还活着。"小户籍警嘴唇上的绒毛金光闪闪。

刑警队长开车，户籍警带路，许大庆又被颠得七荤八素。穿过裂缝般的山口，好像钻进了桃花源。山间高高低低的田埂上，水牛带了成群结队的苍蝇散步。几排农舍修得蛮好，外墙涂得五颜六色，这两年新造的。

一行人先到村委会，问到顾振华这一家门，村支书是个年轻人，搔搔头说："我们村的顾振华？他不是早就死了吗？"

"瞎讲了，顾振华什么时候死的？"许大庆说。

"好像快十年了。"村支书说，"我是两年前才来的，顾家只有一个孤老头子，原本住茅草房，政府给他盖了砖瓦房，我问他子女在哪里，老头说全死了，拿出一个骨灰盒，还有顾振华的名字和照片，也不葬入坟墓，一直摆在柜子里，每天用湿毛巾擦一擦，年纪大了，就有点变态。"

山村最后一栋房子，明明还是新的，屋顶却长了郁郁葱葱的草。门口坐一个老头，穿了蓝灰色的中山装，仿佛从博物馆里出来，洗得落色发白，还有几个破洞，顽强包裹衰老的骨头。老头有一张深刻皱纹的面孔，头发也是雪白，面前一副中国象棋。看到几个客人到来，老头开心地擦亮眼乌珠，露出缺了门牙的微笑。

许大庆认出了这张面孔，脑子里电闪雷鸣，终归画出一个圆圈——鲁亚军书房墙上挂的照片叫《微笑》，女摄影家念真最早卖出的摄影作品，这个名字跟老头在同一张户口簿上。眼前唯一的区别，只是茅草屋变成了砖瓦房。

"我走了两千公里，终于找到了你。"许大庆坐上对面的小板凳，拿起一只当头炮将军，"谢谢你，虽然你没能救了鲁亚军，但你救了我。"

没人听懂许大庆在讲啥，但是老头眉开眼笑说："振华，来陪我下棋了？"

"振华来过了？"许大庆只听懂振华两个字。

村支书翻译一遍。老头回答："来过了，来过了。"

"老头生了老年痴呆症，好多年没跟人讲过话，每天自己跟自己下棋。"村支书在许大庆耳边说。

"他在跟儿子下棋。"许大庆说。

老头马八进七，挡住许大庆的炮。许大庆也跳一匹马说："你有多少年没见过振华了？"

"昨天刚见过嘛。"

"老年痴呆症蛮严重了。"村支书摇头说。

"不要打扰我们下棋。"许大庆警告一句。

这局棋下了半个钟头。刑警队长也拉了小板凳，坐在旁边观棋抽烟。最后一步，许大庆双炮将死了老头。

"不好意思，振华在哪里？"许大庆问。

老头收起棋子，摇摇头，不响了。

许大庆从手机里打开一张翻拍照片。八岁的念真立在西泠镇的古桥上，穆雪在儿子身旁抬起两根手指捋头发。照片等于一幅风景，看风景的人就是顾振华。

- 177 -

"这是你的孙子，顾念真。"

户籍警在旁边翻译。老头子只是看照片，嘴唇皮翻来翻去，听不清在讲啥。

"你看到过这张照片？"

翻译以后，老头点了点头。许大庆又翻出另一张照片，背景还是西泠镇，不过是这个月。原来是回上海这天，叶萧偷拍了丁丁——太阳光晒了细碎刘海上，好像戏台上的岳云小将。

"看看吧，你的孙子已经长大了。"许大庆说，"告诉我，顾振华在啥地方？我保证你可以见到孙子。"

这回不需要翻译，老头"哇"一声哭出来，两只手抱紧许大庆。滚烫的衰老的眼泪，像火锅辣油泼到肩膀上。许大庆拍了老头后背说："不要哭，念真就要回家了。"

等到眼泪水哭光，老头子才讲出来——顾振华已经回来了，这几天躲在县城的学校。

刑警队长摇头说："不可能，现在学校都有保安，顾振华躲不进去。"

许大庆假装用餐巾纸揩鼻涕，其实是揩眼泪水："县城的高中吗？我们去看看。"

刑警队长想起来，现在的学堂是十年前造的，顾振华读书时的高中，已在城外废弃了十年，过两个月就要爆破拆除。

黄昏，县城东门外的乌江边，许大庆看到大片废弃的建筑。校门口立了两棵大香樟树，鸟鸣声仿佛一支交响乐队，接二连三地抛下贝多芬。刑警队长调来人马，把旧校园围得水泄不通。许大庆径直钻进去，遍地荒烟蔓草，刺了眼乌珠发痛。

许大庆举起一只小喇叭说："顾振华，出来吧，我帮你找到顾念真了。"

搜索范围缩小到最后一幢教学楼。顶楼窗户突然冒烟，冲出一条条火舌。山风卷下来，火焰仿佛燎着月亮。

"顾振华在点火自焚。"许大庆觉着一股热流扑上面孔。

这辰光，一滴雨点落到眼睛里。第二滴落到鼻头上。许大庆张开嘴巴，舌尖舔着第三滴。夜空飘来一团团浓云。天地间落起瓢泼大雨。许大庆从头到脚淋得湿透。他并没寻地方避雨，而是像个手舞足蹈的小囡。

2

贵阳龙洞堡机场还在落雨。飞机开始滑行，腾空的一刹那，许大庆的眼角湿了说："昨日一场火，熏坏了我的眼睛。"

"老天不让我死。"顾振华躲在白纱布里说。

"手痛吗？"许大庆的钥匙打开顾振华的手铐，捏捏自己手腕说："我也痛。"

这趟航班后面一半都是空的。许大庆坐过道，顾振华坐窗边，身上缠了白纱布，面孔擦了药水，戴好口罩，好像木乃伊。空姐送来两瓶水，许大庆拧开盖子交给顾振华。

飞机钻入漆黑云层，许大庆的声音闷在口罩里说："现在没摄像头，没人笔录，前后座位也没人，你要是不怕空姐偷听的话，请你告诉我。"

顾振华吃一口水，喉结滚动着说："1993年高考以后，我没能收到录取通知书，有人劝我复读一年，但我爸爸生病住院了，班主任告诉我，高考落榜没关系，人生还有广阔天地可以去。"

"话倒是没错。"

"班主任写了一封推荐信，让我去广东一家工厂上班。"顾振华冷笑说，"我在那边工作了三年半，学会电工和机修工的手艺，挣钱治好了我爸爸的病。1997年，刚过元旦，我去浙江找工作，顺便去看一眼我报考过的大学，我在校园里看到一张通知，看到了顾振华的名字。我的名字很普通，同名同姓很常见，但我多了一个心眼，我打听到这个顾振华也是贵州人，跟我是同一个县，同一个高中。"

"而在你们高中只有一个顾振华。"

飞机平稳巡航，顾振华头靠在舷窗上说："有人篡夺了我的命运。"

"你找到了冒牌货？"

"他不在学校，去了西泠镇的一家台资企业实习，我追去了西泠镇，找到金光电子厂，保安不准我进去，我拿出在广东考出的电工证书，我成了厂里的电工,但我没能找到那个人,原来前两天,他已经离开西泠镇,坐飞机去了日本留学。"

"你晓得他的真实身份吗?"

舷窗上照出顾振华的面孔:"我在金光厂的办公室里看到了他的照片,我认出了他的脸——他是我们班主任的儿子。"

"就是推荐你去广东打工的班主任?"

"他叫高雄。他比我大一岁,也比我早一年高考。他没考上大学,他妈妈安排他复读一年,高考还是不好。班主任提前拿到我的分数,她知道我考上了杭州那所大学,高雄的爸爸是县教委的领导,接下来不用说了吧。"

"他们篡改了户籍和学籍档案,高雄占用了你的名字,你的身份证号码和所有简历,他冒充你上了大学,班主任劝你放弃复读出去打工,册那娘的。"许大庆差点一拳打穿面前的座椅。

顾振华摊开烧伤的双手说:"如果我抓住这个人,一定能回到大学再读书吗?"

"不晓得。但是班主任选了你,因为你被人欺负也不会反抗,像一头推磨的驴子,所以他们决定篡夺你的命运。"

"但是命运把小雪送到我面前。"顾振华说,"金光厂的流水线发生故障,女工们坐在墙边休息,我看到有个小姑娘很疲惫的样子,举起两只手指捋头发——那时我在看一本书《霍乱时期的爱情》,记得这样一句'也没有料到这偶然的一瞥,引起一场爱情大灾难,持续了半个世纪尚未结束',我觉得我跟这个小姑娘必定会发生一场灾难,也许要持续四分之一个世纪。"

许大庆掐指一算说:"我活了十分之六个世纪,够本了。"

"但是小雪已经怀孕了,我感觉被人刺穿了肾脏。这个小孩的亲生父亲,就是去了日本的那个人,我的两个腰子都被人刺穿了。那个人不但篡夺了我的人生,还毁了我最喜欢的女孩。"

"为啥没放弃她?"

"我有一个妹妹,她叫顾雪华,也叫小雪,年纪跟穆雪一样大。1996年,妹妹十六岁,也在县城中学读书,莫名其妙怀孕了,谁也不晓得那个男人是谁,等到肚子大出来瞒不住，妹妹才去小诊所打胎。那个医生没有执照，手术工具不消毒，很快感染发炎。我从广东打工回来，想送妹妹去贵阳的医院。当时公路太差了，走走停停半天，还没看到贵阳的影子，妹妹已经死在我的怀里。如果有个好人照顾我妹妹，娶她做媳妇，保护她和小孩，她大概也不用死了，可惜我不能为她做这件事，但我可以为穆雪做到。"

"你从没告诉过穆雪吧？"

"我不想让小雪觉得她是我妹妹的替代品，但她真的不是替代品，我像喜欢氧气一样喜欢她。我请小雪去看电影，她向我坦白肚子里有个孩子，孩子爸爸跟我同名同姓。"

"告诉她真相了吗？"

顾振华摇头说："我的人生被篡夺与她毫无关系，我怕她知晓那个秘密就不再见我了。"

"有道理，这个小囡的爸爸，毕竟是你的仇人。"许大庆说，"而你养大了仇人的儿子。"

"我把念真当作自己儿子，是我给他起的名字，他在学会叫妈妈之前，先学会了叫爸爸，顾念真就是顾振华的儿子。"

空姐送来夜宵。许大庆要一杯热茶，顾振华要一杯牛奶，摘掉口罩，舔了嘴唇皮说："念真一天天长大，小雪还想再要一个孩子，其实，她是想给我生一个孩子，但我坚持要等到念真读书以后。"

"你怕有了自己的小囡，同时面对两个小囡，你会不知不觉欢喜自己的小囡，你觉得这样对念真不公平，索性全部给念真。"

"金光厂一把大火以后，小雪丢了工作，小姊妹介绍她去上海的商场卖化妆品。小雪要我一起去上海，但金光厂让我回去做了干部，念真在西泠镇民工子弟小学读书，我必须留下照顾小孩。2005年春节，小雪说要把念真带去上海读书，后来没了声音，她也不回西泠镇了。念真很想去上海找妈妈，小雪总说再等几天，我在她发给念真的快递单子上找到了地址。我带着念真去了上海，但是小雪不在家，我蹲在门口等到半夜。"

"你事先没告诉她，你怀疑她有了别的男人？"

"不，我怀疑她是不是惹了大麻烦？她觉得这辈子欠了我，很多事情藏在心里不让我帮忙。我让念真跟妈妈多住几天，天还没亮，我就回了西泠镇，那几天厂里要赶订单。"顾振华说，"隔了一个礼拜，我收到小雪从QQ传来的照片。我认得照片上的三个人——我的高中班主任，他的儿子高雄，还有高雄的爸爸，照片背景是我的县城高中。"

许大庆的脑子里长出两棵大香樟树说："穆雪发现了你的秘密。"

"我说我不认识照片上的人。"顾振华在自己手背上掐出个血红印子，"我不想再见到那个人，我更不想再让小雪见到那个人。可是小雪说，那个人的身份证号码和地址跟我完全一样。我知道我完蛋了。我这辈子最恨的那个人回来了，他还是念真的亲生父亲。我的魂彻底丢了。我给小雪打了十几通电话，发了数不清的短信，但她都没有搭理我。"

"所以，你决定去上海找她，当面把事情说清楚。"

顾振华看一眼舷窗外的月亮说："这天夜里，刚好西泠镇的大龙要去上海，我搭了他的摩托车一道过去。"

"你还记得是哪一天？"

"清明节前一晚。"

视线越过顾振华的肩膀，许大庆望了与机翼平行的浓云说："我等了十六年，终归等到这一晚。"

"大龙的摩托车很快，最多两个钟头到了上海的虹桥，小雪住在一幢孤零零的居民楼。"

"几点钟？"

顾振华想了想说："夜里十点半，不会超过十一点，我到死都不会忘记，但我不想再说了。"

许大庆贴着他的耳朵说："如果你不说，杀人犯就是小雪。"

"我走到三楼，看到念真蹲在门口，捧着一本图画书。念真说有个叔叔来找妈妈。我的心像被刀扎了一下。念真脖子上挂了房门钥匙，我开门进去，我看到小雪脱光了躺在床上，有个男人压在她身上，还把她的双手捆绑在床头栏杆。"

"有人在强奸小雪？"

"我感觉我的右手被别的什么东西抓住了。"顾振华烧伤的面孔在发抖,"我捡起念真削铅笔的美工刀,弹出刀头戳进男人的脖子。"

"这不是致命的。"

"我拔出刀子,那个男人惨叫着回头,鲜血喷溅了我一脸,但我认出了他的面孔。"

"他就是冒充你上大学的人?"

顾振华闭了眼乌珠说:"他是高雄,我的高中班主任的儿子,我这一生最恨的人。"

"如果在1997年,你早一天赶到西冷镇,当时就会杀了他。"

"这个人抢走了我的人生,隔了八年,当我看到他在强奸我的妻子,我的每个细胞都被愤怒的病毒感染了,我成了一台杀人的机器。"

顾振华脸上的肌肉开始抽搐,好像也得了帕金森,仿佛凭空抓起一支美工刀,喉咙里蹦出一句:"我戳进了他的太阳穴。"

刚好有个空姐路过,她被这句话吓到,鞋底打滑倒在许大庆身上。闻了一鼻头香水味道,许大庆尴尬说:"不好意思,我们在谈论恐怖片剧本。"

"您是导演啊?"

"我是观众。"许大庆看一眼顾振华,"但他是演员。"

空姐善意提醒一句:"请全程佩戴口罩。"

"嗯,我和小雪都扮演过别人,"顾振华戴上口罩,"我杀了人,我救了小雪,我用我儿子的美工刀杀了他的亲生父亲,是不是一条逻辑混乱的病句?"

"我们每个人都是一条病句。"许大庆从舷窗玻璃上看到丁丁的双眼,"念真也看到你杀人了?"

"这孩子目睹了,他以为自己的爸爸杀了人,其实是我杀了他爸爸。"

许大庆的后背心起了鸡皮疙瘩说:"这小囡一定记得,永远不会忘记。"

"我们决定处理尸体,拿刀碎尸的话,我和小雪都没这本事,我们先想到抛尸,扔得越远越好。"顾振华说,"但要有一辆车。"

"穆雪想起了金毛,他有一辆金杯面包车。"

"嗯,我必须去开车。"顾振华说,"我也不能让念真留在家里陪伴血肉模糊的死尸，我骑上小雪的自行车，她坐在后座，念真坐在我前面，自行车带着全家上路了。"

许大庆双手托了后脑勺说："二十年前，我也这样骑过车，后座是老婆，前头是女儿，就像乘一条小船。"

"小雪为我指路，骑到一个地方，灯光蛮昏暗的，门口停一辆金杯面包车，小雪进去拿了车钥匙出来，我把面包车开回杀人现场，我戴上手套，擦洗干净尸体，剪掉他的十根手指头，免得你们发现指纹，或者指甲缝里的痕迹，我们把尸体装进一个大编织袋，反正他也没穿衣服。尸体搬下了楼梯，装进金杯面包车的后备厢。我让小雪回去守着念真，我一个人开车去抛尸。"顾振华说，"我开了很远的路，直到一片荒凉的南明路上。"

"直线距离八公里，实际上要绕过虹桥机场，至少要走十公里，尸体抛得足够远了。"

"我搬了大编织袋下来，拖进野草丛中，我把尸体从袋子里倒出来，捡起一块钢筋水泥，先砸烂尸体的下身，因为他强奸过小雪，我生怕尸体的卵蛋上留下痕迹，我又用钢筋水泥砸烂他的脸，这样没人看得出他是谁了。"

飞机像在浪尖上颠簸，广播提醒系紧安全带。许大庆说："你狠的，金光电子厂的电工顾振华，变成了从日本留学八年回来的顾振华，你是冒牌货的冒牌货，负负得正，又变回原本的顾振华，冒牌货成了南明路的无名男尸。"

"面包车上有上海地图，我回到了虹桥镇的房子，小雪还在清洗地上的血迹，我在考虑一件事，警察早晚会找到这里。"

"我的确找到你了，实在是有点晚。"

"如果我和小雪带着念真共同逃亡，很容易会被警察抓到——小雪欠了高利贷，她还在银行信用卡的黑名单上。小雪提出我们分头离开上海，念真必须跟着妈妈。"

"还有一个原因，金毛是个拉皮条的，穆雪问他借到了金杯面包车，因为她就是金毛手底下的小姐。"

顾振华的面孔好像被戳中一只飞镖，鼻头跟嘴巴纠缠起来说："其实，前一次我到上海就感觉到了，她的身体里有别的男人气味，她跟我说话都是迟钝的，好像灵魂已经飞走了。处理完尸体以后，小雪承认了，为了还清高利贷，为了接儿子来上海读书，她在卖淫。她知道瞒不住这个秘密，她必须离开我。"

"你媳妇还是要面孔的，做过了公共汽车，就不好再做你的私家车，否则就是欺负老实人。"许大庆拍拍自己的老面孔，"对不起，我讲话不经过大脑，伤了你的心吧？"

"我的心早就碎成粉末了。但我从没恨过我媳妇。"顾振华看了舷窗外的宇宙，"天亮前，我们最后温存一次，决定各奔西东。小雪从手机里抠出 SIM 卡，冲进抽水马桶，免得被警察追踪到。我生怕再也找不到她和念真。小雪答应换了新的号码，立刻给我打电话。"

许大庆想起几个月后，穆雪碰着车祸流产——现在算算辰光，胎死腹中的小囡，就是顾振华的小囡，不晓得是正版还是盗版的顾振华？许大庆缝起嘴巴，还是不让他晓得的好。

"我拿走了冒牌货的皮包，还有一台手机，房门钥匙。我从手机里翻出他在上海的住址。"顾振华讲下去，"清明节早上，我开着面包车，找到一个高层公寓楼。我用钥匙打开房门。我找到了他的护照，他的大学毕业证书。还有一份购房协议，写着顾振华名字的房产证，他花了 105 万全款买的二手房，上个月刚完成交易。我检查了他的手机，两个月前，他刚从日本回来，他在上海没有工作，没有单位，也没有朋友，信用卡都没有办过。"

"就算这个人突然消失，也不会有人关心，更不会有人报失踪案。"

"从冒牌货的家里出来，我把金杯面包车清洗了一遍。我开到苏州河边一个破房子，有个金头发的男人在抽烟，我把车钥匙还给了他。"

"我猜当时没有第二个人看到过你。"许大庆吃一把帕金森药片，闻了闻自己的手指，好像残留了十六年前的火药味道。

"我从上海坐火车回了贵州，偷偷摸摸见了老爹一面，他问什么时候能见到孙子？我骗他说明年就带念真回来见爷爷。我打听了冒牌货的情况，自从他顶替我的身份去上大学，他就跟亲戚朋友同学们断绝联系，从没回过老家。2000 年，高中班主任发心脏病死了。隔年，高雄的爸爸受贿被调查，他从县教委楼顶跳下去死了。"

"树倒猢狲散，原来的高雄等于从世界上消失了。"

顾振华的额头顶住前排椅背说："我在贵州老家躲了三个月，手机24小时开着，等待小雪的电话，我想听到她和念真的声音。只要响起手机铃声，或者短信提示音，我就会面红耳赤，仿佛跟她回到床上。但我永远没等到过这通电话。我丢失了我的妻子和孩子。"

"你去了广州？"

"不，我悄悄去了一趟上海，我想要找到小雪的下落。但她和念真就像肥皂泡一样消失了。"顾振华说，"我甚至去过北新泾，想要问问那个拉皮条的金头发男人。"

"你的胆子不小，恐怕要到阴间才找得到他。"

"嗯，我听说那个人被警察开枪打死了，就在我逃离上海的几天后。"

"顾振华，要是金毛没有被我打死，我会在三天内逮住你。"

许大庆低头翻动嘴唇皮，生吞一句话到自己肚皮——我老婆也不会在家里上吊了。

"我猜是那一夜开车抛尸，面包车被道路监控拍到了，警察顺着这条线找到了金毛。"顾振华说，"我知道自己成了在逃犯，我立即买火车票去了黑龙江。"

"南辕北辙。"许大庆难得想起一个成语，"穆雪去了温州。"

顾振华往舷窗上呵气，仿佛降了霜雪："我在东北流浪了两年，我听说在黑河的洗浴中心有个小雪，也是四川人，我冲进去找人，结果被十几个男人狠狠打了一顿，我把他们当中一个打成重伤，警察赶到之前，我浑身流血逃走了。我在洗浴中心对面蹲点了半个月，终于找到了小雪，可惜不是我的小雪，她也带着个孩子，却是个小姑娘。我的伤口化脓了，她把我领回家，给我吃消炎药，帮我清洗伤口。她想让我陪她过日子，让我做小姑娘的爸爸。我拒绝了，我还想找到小雪和念真，他们仿佛都被封锁在黑龙江的冰层下。"

"穆雪早就有了新的手机号码，但她不给你打电话，跟你断绝联系，就是要你死了这条心。如果你们一起逃亡，那不是人过的日子，你的余生都将是电工顾振华，更别说成为顾振华律师了。"

顾振华揩揩舷窗上的雾气说："捧上法律的饭碗，就是我从读书起的梦想。

从前我在广东打过工，我去了广州，找人做了假的大学毕业证书，只要对得上我的照片，查询名字和号码都是正确的。我成了毕业于杭州一所高校，又在日本留学八年的顾振华。然后，我学习了两样东西——第一是法律，第二是日语。"

"这两样你都学得不错。"

"我报了培训班学习日语，从五级学到一级，可以跟日本人无障碍对话，还能看原版日本推理小说。"顾振华说，"2010年，我考出了司法资格证书。"

"顾振华，我晓得你为啥当律师了——你只要出示律所的介绍信跟证件，律师就能向公安机关调取个人身份信息。"

"我想利用律师的权利找到小雪和念真。每个周末，我就从广州坐火车到苏州，或者杭州，我用了整整一年，跑遍了上海附近的许多个城市，直到浙江省最南面的一个县城。"

"你查到在2005年春天，穆雪留下过住宿登记。"

顾振华的肩膀起伏着说："是的，我找到了小旅馆的孟老师，但是念真丢了，穆雪也消失了，我差点在她面前哭出来。"

"可惜，你没找到穆雪在公安局的报案登记表，有个手机号码——十六年来，她一直保留那个号码。"

"如果再给我一次机会，我不会考律师，我会考警察。"

"你想跟我做同事？还好你没动这根脑筋。"许大庆说，"对了，我在广州见过麦律师。"

"当了律师以后，我还是住在城中村，过着一贫如洗的日子。五年前，我接过一桩工伤案，佛山一家厂里的工人，因为事故截断右手，断手再植手术失败，只好换了个假手。这家工厂类似的工伤有十几起，我找到十二个受过伤的工人，官司打了一年半才赢，总共拿到两百万赔偿。有天半夜，我在回家路上，突然出来几个男人按着我暴打一顿。我断了三根肋骨，掉了一颗牙，左腿骨折，卧床三个月。麦律师怒了，逼着公安局破案，最后抓住所有行凶者，还让幕后老大进了监狱。别看我们主任一脸衰样，其实他是一个好律师。"

"你是我见过最好的律师。"

顾振华嘴角上扬说："谢谢，但我说到底还是个杀人犯。我配不上小雪。我写了一份电工顾振华和穆雪的离婚协议书,如果我还能见到她,我会让她签字的,这样她就不再是杀人犯的妻子,她还能合法改嫁,免得犯了重婚罪。"

"你说你是个穷律师,为什么不卖掉上海的房子?"许大庆说,"房产证上是顾振华的名字,你已经是千万富翁了。"

"那是冒牌货打工挣钱买的房子,他在日本也不容易,我只是夺回了属于我的人生,但我不想偷走属于别人的财产。"

"你只是杀人犯,但你并不是贼。"

"我过得比贼还要提心吊胆。"顾振华说,"2012 年,我在广州火车站送完客人,突然有人叫了我的名字,他是我的高中同学,做过兔唇缝合手术,我们都叫他兔哥,他考上了贵州省内一所大专,他还来吃过我和小雪的喜酒。兔哥的眼睛尖,记性好,我只能说自己读了成人大学,考出了律师执照。兔哥前些年出国,拿到希腊绿卡,这次回国做生意,我陪他去了深圳。我们住在海边的小旅馆,两个人挤一个标间,刚好刮了台风,兔哥吃了两斤白酒,醉得不省人事。"

许大庆的心脏被吊起来,想起写了顾振华名字的骨灰盒——这就是兔哥的归宿吗?

"你也想到了?"顾振华说,"台风的夜里,如果我把兔哥抛入大海,就能伪装成酒醉后坠海,但我不想再杀人,兔哥是我在高中最好的朋友,他没做过错事,不应该做牺牲品,第二天,我陪兔哥到了广州白云机场,把他送上回希腊的飞机。"

"但你害怕了,过去阴魂不散,随时可能再来纠缠你。"

"我失眠了几天几夜,我买了一个骨灰盒,刻上自己的名字和照片。其实,在我杀了冒牌货的那一夜,电工顾振华就已经死了。"

许大庆摒不牢问:"装了谁的骨灰?"

"我到宠物店问人要了一把狗的骨灰,我这条贱命还不如一条太平犬。我托人把骨灰盒送到我爸爸手里。我伪造了一份死亡医学证明,死因就是车祸,地点在海南岛。我通过一家公司账户,打给老爹二十万块钱,就算是车祸的赔偿金,让他安度晚年。虽然公安局不会留下我的死亡记录,但是家乡人都以为我死了。"

"你老爹是个大山里的农民,一辈子没离开过贵州,他没有能力探究儿子的死因，只好相信了。"

"我是个不孝子。"顾振华摸着白头发说，"从前在西冷镇，我的头发是乌黑的，但跟小雪分开以后，白头发悄悄出来了。当我做了律师以后，头顶就像下雪逐年变白。现在已经跟我老爹一样多了吧。"

"我的头发比你白。"许大庆不客气地说，"隔了十六年，你是怎么找到穆雪的？"

顾振华闭上眼皮说："我在广州养成一个习惯，喜欢看各种展览，画展，艺术展，还有摄影展。今年两月份，我订阅的公众号推送了'念真摄影作品展'——当我看到这个名字，眼眶就变得潮湿了。展览是全国巡回的，最早在上海，然后是北京，刚刚到了广州。我去看了摄影展，最后看到几张西冷镇的照片。"

"运河上的石拱桥，金光电子厂，还有毛毛姐的老宅大门。这是穆雪给你们的暗号——如果念真看到了，如果你看到了，就能找到她。"

这一夜飞了两千公里，从1993年到了2021年，许大庆摸出一包香烟，想起在飞机上，摇摇头又塞回去了。

"我很想再见一眼小雪。"顾振华说，"我找了念真摄影展在广州的承办方，他们也不知道念真的真实姓名，但你知道在找人这一方面，律师总有许多便利条件。"

"你发现了摄影家念真名叫冯菲，三十六岁，女性，目前住在上海。"

"我从广州飞到上海，暂时住在空关十六年的房子里。我找到了冯菲的住址——海边的别墅，投资人鲁亚军的家，他们已经订婚了。我感觉自己被人杀死了，杀得尸骨无存。小雪是我的妻子，我们从未离婚。我在附近观察了几天。等到鲁亚军出差的时候，我敲开了别墅大门。我看到我的小雪，她还凝固在十六年前。"

许大庆看一眼顾振华的白头发说："你当场认出了她，但她未必能认出你。"

"我和她对视了一分钟。我转头就走了。等我走到小区大门口，准备买一张飞回广州的机票，小雪却开着一辆红色 MINI COUPE 追出来。她叫出了我的名字。她让我坐上她的车，开到十公里外的海岸边……"

"鲁亚军死了以后，我查过你和穆雪的开房记录——都是干干净净的，你甚至连住酒店的记录都没有。"

"红色MINI COUPE停在海堤上，我和小雪单独相处了两个小时。我问她，我们的念真在哪里？她哭了。"

"别哭，你到底是个男人。"许大庆用餐巾纸帮他揩揩眼泪水和鼻涕水，"空姐会以为我欺负你的。"

"我在上海又过了几天，像一条失魂落魄的丧家犬。每晚睡在冒牌货留下的房子里，我还会梦见那个人，梦见他被砸烂的面孔。3月20日，春分这天，我决定再见小雪一面，最后一次跟她告别，也是永别。"

"你知道这天是冯菲的生日会吗？"

顾振华摇头说："不知道。但我买好了第二天回广州的机票。我到了海边的别墅，发现正在举办生日会。那不是穆雪的生日。我刚要离开，小雪却塞给我一张小纸条，恳求我不要走，留下来陪她最后一夜，她说念真就在这幢房子里。"

"母子已经相认了？"

"如果不是为了念真，我绝对不会留下来的。我的脑子乱得像城市的下水道，我喝了各种颜色的酒要麻醉自己，多留一分钟都是在遭受酷刑。"

"丁丁。"许大庆像从嘴里喷出两颗钉子，"当晚留在别墅里的人，只有丁丁符合顾念真的条件。"

"可是你抢了我和这孩子同处一室的机会。"

"而且你没想到，我是一个警察，虽然只是个在打拐办接电话的老病鬼。你跟我睡在同一张床上，听我打呼噜也是一种酷刑。"许大庆说，"请你重新回答，子夜十二点，你离开房间，去了哪里？"

顾振华像一头快要渴死的骆驼说："我跟小雪约好了，子夜十二点，我和她在海堤上见面。她说鲁亚军是个酒鬼，早已醉得不行了。"

"你们打了野炮？"许大庆摸摸手臂膊，"半夜里，吹了海风，冷得呱呱抖，你们身体蛮好的。"

"没有，我们只是在说话。小雪也不能确定丁丁是不是念真，但我觉得这孩子很像。凌晨一点，我回到二楼客房，重新睡到你的身边。我的胃里装了太多的酒。我不是睡过去的，而是醉倒在了床上。"

"凌晨三点，海边的爆炸声把我们惊醒了。"

顾振华捂住耳朵说："我的酒醒了一半。我心里很害怕。我和你一起冲出别墅，眼睁睁看着鲁亚军烧死在自己的车里。"

"鲁亚军不是被烧死的，这是一桩谋杀案。"

"你在怀疑我？"

"我怀疑所有人。"许大庆压了压口罩的金属条，"一个礼拜后，鲁亚军的头七，你，穆雪，丁丁，还有鲁小米，你们四个嫌疑人回到别墅过夜，又发生了什么？"

"什么都没发生，我根本不想来，但是小雪提醒我：三个嫌疑人都来鲁亚军的头七祭拜，唯独你一个人不来，那么你就有最大的嫌疑。"顾振华说，"我必须回去，继续假扮冯菲的律师，装模作样给鲁亚军烧锡箔冥钞。小雪告诉我，鲁亚军死于自杀，我们四个人里没有杀人犯。我在二楼客房里一个人度过长夜。"

"就是我们两个睡过的房间。"许大庆说，"这天之前，每个人都相信鲁亚军是自杀的，但在这天之后，我认定鲁亚军死于谋杀，因为头七的夜里，住在别墅里的某一个人，又出去制造了一起谋杀案。"

"对不起，您说的另一起谋杀案，我一无所知。"

"那你为什么突然逃跑了？"

"又隔几天，我接到一通神秘的电话，小雪用了别人的手机卡打来的，她提醒我，警察已经发现了她不是冯菲。"

许大庆点头说："穆雪给你发了一个警报。"

"你迟早会发现小雪的真实身份，发现我是她的原配丈夫，我不但会成为谋杀鲁亚军的第一嫌疑人，你们还会查出十六年前的秘密。我必须逃跑了。我把手机留在家里，带上五万块现金，我爬楼梯下来，翻越小区围墙出去了。对于负责监视我的警察，我想说一声抱歉。我躲在一个空集装箱里，搭着卡车回了贵州。"

"你偷偷去看了你老爹一眼，陪他下一盘棋。"

"我还以为老年痴呆症是记不住的。"

"但会记得对他最重要的人。"许大庆闭上眼睛,好像头顶垂下一条墨绿色裙子。

顾振华不响了。两个半钟头的飞行已近尾声。舷窗外云层散开,可以看到虹桥机场的跑道,远处有三幢火炬形状的高楼,隐藏着草丛下的无名男尸。

阴面

1

"我相信命，万事万物，命中注定，我女儿从美国回来，我们命中注定出一场车祸，被一个女摄影师救了命。"

鲁亚军瞄着云里雾里的星空。上海中心楼上的西餐厅，六百米下的黄浦江，如同一条小溪从脚下绕过。金色江面上闪亮的轮船，像中元节放的一片片河灯。

我抬起两根手指头捋头发说："如果后面那个老头踩住刹车，我们今生今世都不会认识。"

"我会永远感谢他，祝他身体健康，长命百岁。"

南明路三车连环事故一个礼拜后，我接到鲁亚军的电话。他邀请我在上海中心楼顶吃饭。我说我从不跟陌生人吃饭。鲁亚军说，你就是摄影师念真。鲁亚军是个投资人，也是骨灰级的摄影爱好者，每年飞去许多国家参观摄影展。我呆坐在镜子前一整夜，目睹眼角爆出一根细纹，决定答应赴鲁亚军的夜宴。

鲁亚军跟我干杯说："照相机是历史的眼睛。"

"历史也会瞎了眼。"

"这一点我同意，但照相机不会说谎。"

"错了，任何东西都会说谎。"

"你知道安德烈亚斯·古尔斯基吗？2011年，他的作品《莱茵河 II》在纽约佳士得拍出430万美元，拍摄地在德国杜塞尔多夫的莱茵河，并不存在照片上的风景，两岸有许多工厂和建筑，摄影家用数字技术抹掉这些，照片里只剩天空，绿地还有莱茵河。"

"你亲眼看到的未必是真相。"

"冯菲,真相本身没有意义,你的作品也能达到安德烈亚斯·古尔斯基的价值。"

"谢谢,但人不能太贪心。"

"但你的作品里充满秘密。"

"你不敢想象我的秘密。"

"有人说你的镜头能抓到别人灵魂中的绝境。"鲁亚军喝干了红酒说,"我觉得,我们是同一类人。"

难道你也杀过人?自打出生那天起,我们就是两种人,甚至是两个不同的物种。你的父母是高级知识分子,你的嫡亲兄弟是刑法学专家,你有斯坦福大学的文凭,你是经济学硕士,你会说一口美式英语,你还读过莎士比亚和海明威,你甚至长得像乔治·克鲁尼。当你穿西装走在街上就像移动的衣架,我也会忍不住偷拍几张照片。鲁亚军的最大优点是拥有三亿人民币以上净资产。

"如果允许的话,我想为你举办一次个人摄影展,就在外滩十八号。"

"你知道那有多贵?如果照片卖不出天价,主办方会亏到去跳楼的。"

"我为你支付所有成本。我会请奢侈品牌赞助,全中国顶尖的评论家会为你开研讨会,这些老家伙都是我的座上宾,为了得到一张私人派对的请柬,艺术家们不惜互相撕扯领带和头发,甚至出卖灵魂。"鲁亚军舔着红酒杯说,"如果他们有的话。"

我浅浅地笑着说:"你知道我从不参加公开的活动。"

"但你需要人民币。"鲁亚军身上有股淡淡的薄荷味,"也许你还需要别的什么。"

是的,我不但需要人民币,我还需要一次大张旗鼓的"念真摄影作品展",最好让十四亿中国人都能听到——重点是"念真"两个字。

我悄悄回了一趟西冷镇。工作日的早上七点,几乎看不到游客。口罩和帽子遮盖了我的面孔。我拍了古运河上的石拱桥,金光电子厂的厂房,还有毛毛姐的古宅门口,如今变成迎来送往的民宿。但我不敢踏进那道门槛。我甚至不晓得毛毛姐是不是还活着。

深秋，我的摄影作品展在外滩十八号开启了。鲁亚军为我下了血本，恒隆广场和国金中心投放了广告，豆瓣和知乎买了开屏页。但我仍然拒绝露面，谢绝一切采访，无人知晓冯菲的名字。顾念真已经二十三岁了，只要他能看到这个摄影展，看到自己的名字，看到西冷镇的照片，他就能回到我的身边。

摄影展第三天，有个互联网大厂创始人掷出五十万，买下一组以废墟为题的照片。我的作品市场价翻了十倍。我的银行存款达到了七位数。我在滴水湖旁买了一套公寓，总价三百万，首付九十万。新家可以看到东海大桥，海蛇般蜿蜒通往地球上最繁忙的集装箱港口。另一边窗户隔着大片原野，天气晴朗时能望见陆家嘴的巅峰，如同在稻城的山谷遥望横断山脉的雪峰。

但我还要鲁亚军为我做一件事。我拖着他去听一场慈善音乐会，主题是帮助许多家庭找回丢失的孩子。我扑在鲁亚军怀里哭了很久。我的泪水和鼻涕沾湿了他的阿玛尼西装。隔天，鲁亚军向全中国最大的寻亲慈善机构捐献了一百万元。因为这笔大方的捐款，我成了这家慈善机构的理事会成员。我在寻亲系统里输入了念真的信息。我又偷偷加入自己的DNA资料——登记为冯菲的某位不具名的好友。

如果我的念真还在寻找妈妈，他会把自己的DNA信息输入系统，我的手机就会收到一条提醒。

2

西北风摘落一片片法国梧桐叶子，我搬进鲁亚军的海景别墅。我谢绝了幽灵电动敞篷轿车，这份价值三十万美元的礼物。我只开自己的红色 MINI COUPE，这辆车陪我走过很多路，看过很多风景，哪怕南明路的车祸都没能杀了它。

我参观了宫殿般的豪宅。鲁亚军为我打开每一个房间，除了地下室。他说暂时找不到钥匙。我给鲁小米带了迪士尼的公主裙，北海道的白色恋人饼干，Marvel 黑寡妇的玩偶。鲁小米对我还算礼貌，但她的眼睛里长着一把生人勿近的仙人掌。我告诉鲁亚军，除了最亲密的家人，我不希望有人打扰，因为我要在这里工作。鲁亚军当场解雇两个保姆，给了三倍的离职赔偿。

书房墙上挂着我的作品《微笑》——鲁亚军从一个收藏家手中买来的。他每晚都要面对墙上的中山装老头，吞下两杯威士忌入眠。我永远不会告诉鲁亚军，照片里的老头就是我丈夫的老爹，而我丈夫的骨灰盒正躺在照片背景的茅草屋里。

鲁亚军喝了两杯威士忌。他在为我筹备全国巡回摄影展。外滩十八号的摄影展以后，一月份去北京国贸中心，过完春节要南下广州。鲁亚军还计划把摄影展办到香港，台北，东京，纽约和巴黎。

鲁亚军把我抱上铺满天鹅绒的宫廷大床。天花板上有面大镜子，我的身体处于最后的巅峰状态——我祛除了肚皮上的妊娠纹，因为冯菲没有生育记录。我的乳房尚未下垂，腹部没有明显赘肉。我能骗过绝大多数男人，除非他有一双妇科医生的眼睛。但我不能祛除大腿上的疤痕——2004年金光电子厂的大火留下的烧伤。鲁亚军的嘴唇轻吻我的伤痕。我说这是2008年汶川地震留下的。鲁亚军从背后进入了我。我让他戴上避孕套。他的体格虽然巨大，器官却温柔得让我几乎陷入沉思。鲁亚军打了呼噜，枕上蔓延威士忌味道的口水。

我泡了一个漫长的热水澡，像泡在福尔马林溶液里，皮肤红润而充满褶皱。我披着睡袍走进隔壁房间，鲁亚军送给我的工作间，也是冲洗照片的暗房。他还送我一个私人定制的手工玻璃杯——杯底刻着冯菲的拼音缩写"FF"，念真的缩写"NZ"，最后是英文LOVE。我从冰柜里取出一颗冰球，放进这口杯子，倒进一罐可乐。我晃了晃杯子里的冰球，慢慢灌入喉咙。数不清的泡沫在舌头尖爆炸，口腔升起焰火。

突然，头顶响起凄惨的叫声，犹如三四岁的小孩号哭。我的心脏几乎被搅碎。鲁亚军赤身裸体冲出来，爬上楼顶露台，打开两盏射灯，照出一只体形硕大的双色橘猫。鲁亚军挥舞一支高尔夫球杆砸下去。那只猫轻巧地跳开了，高尔夫球杆砸碎了栏杆上的花盆。

后半夜，我陷落在乳房般柔软的大床上，看着黑漆漆的镜子说："你为什么怕猫？"

鲁亚军翻了个身，鼾声如同潮水淹没了我。我梦见了西泠镇，酱油色的古运河，家家户户灶披间里传出的咸菜烧肉味道，十六岁的穆雪来到金光电子厂，躺在顶楼女工宿舍的上铺，天花板上结网的蜘蛛坠落到脸上。我蒙着一只灰色的口罩，正在往手机里安装芯片。我的背后有个小毛头的襁褓。烈火从脚底板烧起来。我别转过头，念真长成了眉清目秀的小伙子。我牵着儿子在火海里逃窜。我想要找到电工顾振华。拨开一个个快要熏死的女工，我看到一个面目模糊的男人，严格来说他已经没有脸了，被钢筋砸成破碎的肉酱，太阳穴上有个血洞。他是另一个顾振华。

每个礼拜，鲁小米会在家里上中文课。家教老师是个年轻的大学生。他叫丁丁。第一次见到他细碎头发的刘海，我的眼睛就像被针刺穿了。我时常坐在客厅沙发上，或者在小花园里喝一杯咖啡，安静地观察他给鲁小米上课。他有时会说起《卡拉马佐夫兄弟》或者《安娜·卡列尼娜》。他的讲述不动声色，却给人一种坐在剧场里的感觉，仿佛天空降落大雪，你站在圣彼得堡的舞会中央，伏尔加河畔的原野，或者两道死亡的铁轨。有一回，丁丁让鲁小米手抄字帖，整张纸都是"李代桃僵"。我知道这个成语的意思。从此我不敢再靠近丁丁，而且会避开他的双眼。鲁亚军邀请丁丁陪他在二楼的视听室看过电影。鲁亚军说用鼻子都能闻出丁丁的绝顶聪明，好像看到二十年前的自己。我觉得鲁亚军是在给自己脸上贴金。

冬天的漫长黑夜，每到凌晨三点，准点响起野猫家族的狂欢，强奸杀人般的惨叫声。鲁亚军整夜失眠，时常搞不清是屋顶上的猫叫，还是心里的声音。鲁亚军弄来一只黑色的小罐头，标签上写着"马钱子碱"。他说这是古书上的"牵机药"，宋太宗赵光义用这种药毒死了李后主。别墅附近有三只猫被毒死了。死猫被苍蝇围绕的样子让我趴下来呕吐。

大年初一，我梦见自己被一根红色领带捆在床上，那条领带变成鲜红的蛇，蜿蜒钻入我的下身。我尖叫着睁开双眼，发现身边躺着个陌生男人。我挥起一拳砸中他的太阳穴。

鲁亚军抱着脑袋哀号。我才意识到现在是2021年，这个男人是我的未婚夫。我用冰块敷在他的太阳穴上。如果给我一支美工刀，他可能已经死了。鲁亚军问我梦到了什么,我说,在地震中逃出双蝶村。

3

最大的那只橘猫还活着。我怀疑它的鼻子具有分辨毒药的能力。野猫统治了黑夜,噩梦统治了我的睡眠,仿佛一颗定时炸弹,每天凌晨炸开我的脑子。

鲁亚军帮我请了心理医生。我连续拒绝了三次。鲁亚军已经神经衰弱,无法经受屋顶上的野猫,加上枕边人噩梦的双重折磨。我不能再拒绝第四次。我同意接受心理治疗,条件是必须在家里,不能有其他人在场。

天气刚转暖,鲁亚军带女儿去了迪士尼乐园。我独自留在别墅等待医生。二楼的视听室足够宽敞与私密,就像好几重棺椁的马王堆汉墓。房间里只留一盏灯,其余仿佛谢幕后的舞台,或者1997年春天的西泠镇电影院。

心理医生有两撇小胡子,面孔大半浸入阴影,仿佛一张黑白摄影作品。他的声音像从留声机里传出:"我姓吴,你可以叫我杰克,也可以叫我吴医生。我在美国马里兰州学过七年心理学,又在瑞士巴塞尔读出了心理学博士,研究力比多和集体无意识,我导师的导师是卡尔·古斯塔夫·荣格,你也许听过这个名字。"

"听过,吴医生。"我说,"你要听我的噩梦吗?"

我接连说了七个噩梦。吴医生有双巫师般的眼睛,竟能分辨梦境的真伪,按图索骥地找到源头。他更适合做个侦探。我说梦见自己在一艘沉没的轮船里,他判断我有过在长江客轮旅行的经验。我说我在迷宫般的房间里看见一面镜子,他判断我丢失过某个重要的人。照镜子就是增加一倍,两面镜子对照是复制无数个自己,等于生殖和繁衍后代。我差点说出我丢失了儿子的秘密。

吴医生让我平躺在沙发上。幕布放出一个逼仄的房间,有个男人在投影中抽烟,我认出了日本的七星烟。我的面孔涨得通红。环绕立体声音响流淌出电影《驱魔人》的音乐,我被温柔地浸入美索不达米亚的流沙。

"记忆是每个人的鬼魂,无论你变成什么人,此生注定将阴魂不散。你的秘密被埋在鬼魂的金字塔下。"吴医生贴着我的耳朵说,"打开每一个毛孔,调动所有的意识,回忆最重要的一刻。"

我闭着眼睛躺在沙发上。吴医生的声音性感得像一块磁石,顺着你的耳道触摸心脏,仿佛电脑指令下达,让我从沙发上漂浮起来。弗洛伊德和荣格戴着黑色礼帽,留着浓密胡须,带领许多年轻男人,如同法医解剖尸体观察着我。我看到自己小而苍白的乳房。男人们掏出几副纸牌,放在我的肚皮上洗牌,轮流出牌,算牌,对决。我的肚脐眼里流淌出岩浆。荣格的右手发抖,仿佛帕金森病患者,捏着一把白光闪烁的手术刀,轻轻切开我的额头,剥开一大片头皮。我看到自己鲜红的头皮内部。荣格拿起一把锯子打开我的头骨,切出一扇正方形的窗户。大脑像无数条蠕动的虫子。一只金属勺子伸进去,挖出一小块海马般的东西,切成碎片,放在显微镜底下。

荣格说,一切源于藏在石头房子里的祖先们。

我在穆家村的矿坑底下睁开双眼。我看到了吴医生的脸。我的右手仿佛通上了高压电,扔出一只坚硬的拳头。我听到男人的惨叫声,足以媲美凌晨三点的野猫。吴医生被打倒在地板上。我骑上他的脖子,鼻涕和口水淌到他的脸上。我的拳头不断击中他的太阳穴。如果不是有人突然闯入,他可能会死在这个房间里。

丁丁进入了视听室。投影仪的白光照亮年轻的面孔,眼眸呈现几种不同颜色。丁丁控制住我的身体,冰凉的手心让我的血管冷却下来。吴医生像只逃出野猫巢穴的老鼠不见了。

我重新变成一摊污水倒下,意识像灰尘降落,重新成为自己的一部分。丁丁关掉投影仪和音响。视听室只剩下一盏灯,重新变得像个地宫。我的右手彻底麻木,地板被踩成一团团模糊的梅花。我依偎在丁丁的肩膀上说:"谢谢你救了我。"

"错了,冯小姐,我进来救的不是你,而是那位心理医生。"丁丁说,"地板上的血迹全是男人的。"

不但地板上是吴医生的血,我衣服上也是男人的血。我只有手指关节破了几道口子,因为我用拳头砸破了他的眉骨。

"你为什么打他?"

面对丁丁的提问,我也迷惑不解,像宿醉后的断片,我不记得自己说过什么，也许是全部的秘密，也许只有一半？吴医生要挖掘我心里的坟墓，打开那口棺材，可惜我没有宝藏，只有许多具枯骨。

"你看啊，他对我使用催眠，趁机侵犯我的身体。"我举起颤抖的右手，"还好我及时醒过来了。"

"可你的衣服都很完整。"

我穿了一件厚厚的毛衣，加上一条牛仔裤，连一枚纽扣都没松开过。

"隔着衣服也是侵犯。"视听室的地板像一块海绵，我的声音牵丝攀藤渗进去，"丁丁，你能不能为我作证？"

"心理医生对你实施猥亵，而你被迫反抗？"丁丁端来一杯热水，又为我的手指粘上创可贴，"你需要我亲眼看见吗？"

"可以帮这个忙？我不想让坏人逍遥法外。"

"如果那个人真做了这件事，我们可以报警。"丁丁说，"但你真的要报警吗？"

"不必。"我吞下一大口热水，"除非他报警。"

"好，我为你做目击证人。"丁丁的面目重新清爽起来，"鲁小米约我今天来上课，我刚好在海边骑自行车，所以提早到了。我在二楼听到视听室有声音，我进来看到有人压在你身上，他的双手对你实施猥亵，而你突然醒来，勇敢地反抗。而我及时出现让那个混蛋落荒而逃。"

"完美的真相。"

"冯小姐，我保证你不会有危险。我可以走了吗？"

我凝视丁丁的侧脸。这孩子的目光闪烁不停。我的胸口好像吞进一支美工刀。

"你到底是谁？"

"我是丁丁。"

"请告诉我，你的生日。"

"1998年3月4日。"

"但你完全不像双鱼座。"我抓住他的手腕，"你更像天秤座。"

丁丁微笑着说："经常有人这么说，这说明星座并不准确。"

"我问你一个名字——念真。"

"这不是您的摄影作品署名吗?冯小姐,现在人人都知道摄影家念真。"

"顾——念——真。"

我一字一顿念出儿子的姓名。我的眼角绽出几滴泪水。我希望他的眼眶里同样泛滥成灾。但这孩子的眼神平静得像一片死海。

"很抱歉,我从没听说过这个人。"丁丁走出视听室,"我等鲁先生回来。"

这孩子把我抛弃在巨大幽暗的房间里。我像一团野草枯萎在沙发上,手指关节被文火灼烧。

半小时后,鲁亚军面色铁青闯进来。我扑倒在他怀里。丁丁讲述了刚才的故事。鲁亚军也接到吴医生的电话——这个倒霉的男人躺在医院,眼角缝了七针。

鲁亚军问我要不要报警,我说算了,家里没有摄像头,孤男寡女谁说得清?如果我不报警,吴医生也不会报警。反正真相只有一个——要么是吴医生利用催眠性侵未遂,要么是我精神失常痛打医生,似乎人们更愿意相信前者,而且涉嫌刑事犯罪。

但我有一个相当可靠的目击证人,鲁小米的家教老师,丁丁。

一个礼拜后,我听说吴医生非但没有报警,反而离开了上海,前往北京开了心理诊所,并且提高了收费标准。吴医生一定感觉到这项工作的危险性。那天开始,我做噩梦的频率明显下降了。我相信吴医生得到了荣格的真传。我应该匿名送出一面"妙手回春"的锦旗。

4

冯菲的二十六岁生日快到了。我说本命年最好别过生日。鲁亚军说生日派对能让本命年逢凶化吉。他只邀请最可靠的宾客,禁止拍照片和发朋友圈,绝不暴露我的面孔。但我知道,生日派对是一件华丽的袍子,人们需要借这件袍子寻觅更多的漂亮衣裳。

剩下最后五天,我的头顶仿佛悬着一个脚盆。这天鲁亚军不在家,我在客厅柜子里找到一把钥匙，贴着"地下室"三个字。捏着这把钥匙，仿佛捏着一个沉睡的小婴儿。我轻轻钻开锁孔，以为会见到密集的灰尘，却闯入一个整齐干净的墓穴。

地下室的墙上挂满了相框。有一面墙上全是黑白照片，光影忧郁而慵懒，总共十六个相框。我看到城市的角落，乡村的炊烟与雾霭，河流中央的神秘漩涡，荒野上的流星雨——都是一流的摄影作品。

对面的墙上挂着十二张彩色照片，拍的全是一只黄白相间的橘猫，几乎金色的猫眼。背景全是这幢房子，我认出了红色屋顶，秋天的小花园，黄昏时的海岸大堤。有个小女孩抱着这只猫，我想她就是鲁小米。

我还认得这只猫——最近盘踞在这幢房子的野猫里，体型最大的那一只橘猫，同样的双色花纹，猫眼好像一对金币。我幻想这只猫每天日落走出地下室，爬上三楼屋顶嚎叫，黎明又秘密地潜入地下，回到这排照片里重新凝固。

最后一幅是人物肖像——女人的自拍照，裹着一条黑色丝绸裙子，全然与幽暗背景融为一体，仅仅露出白色的面孔。一只握着微型单反相机的右手，像从黑暗中出生的鬼魂。

她是鲁小米的妈妈。我见过她的照片，藏在鲁亚军的手机里。六年前，她死于车祸。

这是一座坟墓。楼上有声音。鲁小米回来了。我刚要走出地下室，却迎面撞上了她。我摊开手说："对不起，我找到了钥匙。"

"你看到了她？"鲁小米远远眺望墙上的妈妈，像在观赏一幅陌生的风景，"我妈妈比我漂亮多了。"

"地下室的照片都是她拍的？"

搬进这间别墅的第一天起，我就闻出别人的味道，地下室附近最为浓烈。摄影作品是有味道的，不仅是化学处理过的照相纸，还有光影或者人物灵魂的味道。越是厉害的摄影师，照片里的味道就越发强烈，历久弥新。如果是世界级的大师，照片哪怕被复制过几万次，那种味道依然可以让观看者的鼻子闻到。

"对。"鲁小米从牙齿缝里挤出一个字，"我妈妈因为拍照片认识了我爸爸，他们参加过同一个摄影俱乐部。在我很小的时候，妈妈经常开车出门，胸口挂着很重的相机，到处拍奇奇怪怪的人和风景。我爸爸和我妈妈有过一个约定，比赛谁先举办个人摄影展。"

"你爸爸从没跟我谈起过这些事。"我说，"这个地下室里的照片，都已经达到了个人展的水平。"

"我妈妈收养了一只流浪猫。"鲁小米盯着对面墙上的照片，"就是这只橘猫，她叫丽贝卡，我妈妈说这只猫给她带来灵感，就像你看到的那些照片。六年前，她准备举办第一次个人摄影展。"

"你妈妈赢了。"

"个人摄影展一个礼拜前，我们全家去了黄山自驾游。那天早上我爸爸起床晚了，他和我留在酒店房间。我妈妈一个人开车去拍云海，半道掉下盘山路，她在悬崖下烧死了。"鲁小米关了地下室的灯，"我不喜欢这个地方。"

没有光，像一口盖上钉子的棺材。我在漆黑中伸出手，触摸相框上的有机玻璃说："我猜，原来这幢房子里挂满了你妈妈的照片，到处是她的气味。"

鲁小米贴着我的脖子说："我妈妈的自拍照在书房挂了六年，就在你搬进来前一天，爸爸把她换成了穿中山装的老头，又把家里挂着的照片都收进了地下室。"

我摸到墙上开关。头顶灯光一哆嗦，照亮相框里女子的双眼。我心脏发抖说："有的人已经拥有了金字塔，还想要拥有空中花园，如果有可能，他们想收藏所有人的灵魂。"

"我爸爸一直教我，如果满分是100分，那么你最好得到101分。"

"鲁小米，你爸爸一直以为自己有摄影天赋，他用上了全世界最贵的器材，花两百万去拍珠穆朗玛峰，请了宝莱坞明星做模特，但请允许我说一句真话——你爸爸的拍照水平不能说很差，但是毫无特点，根本找不到灵魂，随便哪个旅游景点举着单反相机的老阿姨都可能比他拍得好。虽然长着相同的眼睛，但每个人看到的世界并不相同。有的人能发现一根蒿草尖上的露水反光，而在你爸爸的眼睛里，只是一团毫无生命的废墟。"

"人类的悲欢并不相通——丁丁老师经常说这句话。"

"说这句话的人已经死了八十多年。"我的脸上沁出几滴细汗，"很遗憾，你爸爸嫉妒你妈妈的才华,他不敢承认自己是个平庸之辈,睡在枕头边上的女人却是天才。你不觉得这幢房子更像个监狱吗?除了屋顶上的那只猫是自由的。"

"我妈妈死了以后,丽贝卡逃跑了,消失了六年。但你来了以后,丽贝卡又出现了。其他几只猫大概都是它的孩子。"

"你爸爸跟这只猫有什么恩怨?他在害怕什么?为什么要毒死丽贝卡?他是害怕这只猫,还是害怕你死去的妈妈?"我回头看到照片里的女人,"我发现一个秘密,三楼书房里中山装老头的微笑,跟你妈妈藏着相同的眼神。"

"阿姨,你不该进入地下室的。"

听起来像在叫住家保姆,我不介意,总好过叫后妈。我走出地下室喘气说:"我是不是知道得太多了?"

"那我也想问你一个问题。"鲁小米锁上地下室的铁门。

"你可以问一万个问题。"

"自从你来到我家,从没见过你的亲戚朋友。"

"我的朋友都很遥远。"我笑笑说,"而我的亲戚们都死了。"

别墅外的门铃响了。鲁小米走到窗边说:"外面有个陌生男人。"

"我去开门。"

我逃出这幢房子。我在夕阳下大口呼吸,春天的花粉冲进鼻孔和肺叶。院子大门外有一个头发掺了白色的男人,披一身廉价的灰西装,没打领带,皮鞋擦得干净,两个眼球发出死鱼般的灰光,仿佛面对我的鬼魂。

我和他对视了一分钟,大概有人的两辈子这么长。风在我的眼睛里来回摩擦。当我抬起两根手指头捋着额角的头发,男人却背身而去,像一条流浪的野犬,消失在别墅区的坡道尽头。

5

我的心脏跳得像一只采蜜的蜂鸟。

我确信自己看到了活着的顾振华。躺在贵州老家的骨灰盒里的人又是谁?我回到别墅，吞下两粒治偏头痛的药，免得脑袋分裂成两半。我站在镜子前用木梳整理头发，却捋出第一根白头发，就像黄梅天里长毛的豆腐。

我告诉鲁小米，我要去东海大桥抓拍落日。我开上红色 MINI COUPE 出门，就像追回自己的昨天。别墅区外的公路上，我看到了顾振华的背影。我放下车窗说："别走。"

"你还认得我？"顾振华的面孔僵硬。

"我认出了你的气味。"我在求他，"上车啊。"

顾振华的双眼柔软下来，慢吞吞拉开车门，坐在副驾驶座上。他看着我的侧脸，好像看着一块就要融化的棒棒糖。

"先不要说话，绑好安全带，我们走。"

我重新踩下油门。顾振华保持沉默，安全带深深陷入他坚硬的锁骨。我的方向盘并不经由大脑控制，四个轮子自动径直向前，仿佛道路的尽头是 1997 年的西泠镇。挡风玻璃对面出现浑浊的大海，车子开过笔直的水杉树之间的小道，停泊在荒无人迹的石头大堤。

"小雪。"

他的嘴唇开始摩擦。我很久没听到这个名字，好像前世遇到过的陌生人。顾振华伸出像他老爹那样干枯的手，布满一根根青筋，沾着黏稠的冷汗。我在他的手背上掐出一个凹陷，等于盖上一枚图章。我帮他解开安全带，顺便解开他的衣服纽扣。我的嘴唇封住他的双眼和皱纹。我的舌头尖游走在他的耳垂和脖颈之间。胡茬刺得我很痛。但我希望自己再疼一点。我把座位放倒，解开自己的纽扣，乳房雀跃而出，相比十六年前尚未明显变化，只是乳晕变得深沉，像一杯没有加糖的咖啡。

六十分钟后，太阳沉入海岸线背后的平原。电工顾振华缓缓退出我的身体，就像退出一只电烙铁。泪水仿佛温热的亚马逊河淌到我的胸口，他用舌头一滴滴地舔去。打开 MINI COUPE 天窗，新月如一片剪掉的手指甲凌驾于海面，西北风吹得我们像两片卷上天的枯叶。

"小雪，你答应过打我电话的。"顾振华的手指骨节发抖，几乎要捏碎手机，"十六年，我一直在等你的电话。"

"顾振华，你真傻，你不知道我在说谎吗？"我用两根手指捋着他鬓边的白发说，"我们分开第二天，我就有了新的手机号码，但我在等另一通电话，我也一直等到今天。"

"听说你就要嫁给别人了。"

我蜷缩在他的胸膛上说："如果不是以为你已经死了，我不会搬进那幢房子。"

"你去过我的贵州老家？"

"我还见到了你的骨灰盒。"

"对不起，我只想制造一个假象，为了让自己更安全，但我从没想过连你也被我骗了。"

"我们都说了一个漫长的谎言。"

"谎言是弱者的武器。"顾振华一件件穿上衣服，"恭喜你，终于蜕掉了阴沟里的那层皮。"

"不，那层皮还在血管里。"

"我们的念真在哪里？"

我掸去一粒落到睫毛上的尘土。其实，我在丁丁坐过的沙发上仔细寻觅过，可惜没能找到他的头发丝，否则我会秘密地做一回亲子鉴定。我咬着顾振华的耳朵说："答应我，这几天不要走。"

6

冯菲的三十六岁生日。镜子里是个陌生的女人。我代替冯菲穿上鲜红的礼服，绾起头发，仿佛捏着一支画笔，细细勾描面孔的颜色。想起十六年前在久光百货一楼，我拿着眉笔和粉饼给顾客们化妆，只为了多卖几盒套装。

我在三楼窗户后面看到了顾振华。他的眼里写满错愕。他不知道今天是冯菲的生日派对，仿佛接受某种古老的刑罚。他掉头就要逃离别墅，我跑下来抓住他的胳膊。

"顾律师,谢谢你来参加我的生日派对。"我故意大声说出来,"您给我做了五年律师,我要好好感谢您。"

顾振华的双眼又变成灰烬。我往他的手心里塞进一张小纸条。没人发现这个小动作。他的手心干枯而冰凉。我的手指头几乎被冻僵了。我披着晚礼服回到别墅里,避免我和顾振华同时出现在鲁亚军面前。

小纸条上写了几行字——

"顾振华,你问我念真在哪里,我告诉你,今晚,念真就在这幢房子里。午夜十二点,我在海岸大堤上等你,从篱笆墙上的小门出去就到了。你可要记住。如果你逃跑了,我会恨你一辈子。"

六个钟头后,别墅重新变成一座坟墓。每天此时,鲁亚军都会躲入书房,目睹顾振华老爹的微笑,用一瓶威士忌把自己送入烂醉的地狱。我把钻石婚戒留在卧室抽屉里。我的左手无名指像一支削尖的铅笔。没有戒痕。

穿过小花园的篱笆墙,我爬上石头大堤。月光亮得吓人,仿佛金光电子厂的一把大火。我第一次看到月亮上的环形山脉。顾振华准时来到我的背后。他像一匹孤独的老马说:"你在等什么?"

"我在等你。"

"等了多久?"

"一生一世。"

涨潮的大海是卡拉扬指挥的交响乐团。我必须敞开嗓子说话。顾振华抓起一把泥土,扬到海风里吹散说:"我是来向你告别的,明天一早,我要飞回广州。"

"念真睡在二楼客房,你的隔壁房间,他是为了你才留下过夜的。"

"丁丁?"顾振华抽出布满青筋的右手,"就是那个孩子?"

"你不觉得他很像吗?"

"念真在我的脑子里只有八岁,眼神像一只流浪的小猫。刚才我不停地给自己灌酒,感觉有双眼睛秘密地瞄着我。"

我的眼泪砸中顾振华的手背,仿佛蜡烛油滴穿桌板:"你能通过念真摄影展找到我,念真也能找到我。"

"小雪,谢谢你。"顾振华把手背放到嘴唇上,"但我有一点担心——跟我睡在同一间客房里的人，他是个警察。"

"快要退休的打拐办公室的老头？我没想到他今天会来。我救过他的命，不然他已经在坟墓里了。老实说，看到他那副衰老等死的样子，我都有点可怜他。"

"希望他只是个混吃等死的无能之辈。"顾振华说，"小雪，这是我们的最后一夜。"

"明天一早，你离开这幢房子。"我望着别墅屋顶的黑影，"一个月后，我会飞到广州找你，第二次嫁给你，顾振华。"

"小雪，二十年前，你已经嫁给了我啊。"

"不对，那是穆雪嫁给了电工顾振华，穆雪早就死了，电工顾振华也死了。现在这里是两个死而复生的鬼魂。等了十六年，摄影师冯菲终于有资格嫁给顾振华律师了。"

"我只是个朝不保夕的穷律师。"顾振华说，"你已经有了未婚夫。"

"还没领结婚证，我会向他提出分手，离开这幢大房子。我不想变成他收藏的照片，永远挂在墙上或者地下室。"

顾振华用手指封住我的嘴说："你不必为我这么做。"

"我是为了我自己。"我亲吻了他的嘴唇，我的舌头在他的舌头里说，"我这一生错误地相信过很多人，你是唯一对的人。"

持续了六十秒。电工顾振华的嘴唇，我记得这个滋味，像西冷镇的秋天。唾液在口腔中传递。阴影恰到好处地隐藏我们。月光继续坠落。海风秘密地掀起裙摆，露出一截象牙白的小腿。

第七章

Chapter SEVEN

阳面

1

早上九点，许大庆到了闵行校区，脚底下不太稳，好像还在飞机上晃荡。许大庆捧了一块大饼，勉强吃饱肚皮，像个退休保安坐在男生宿舍楼下。白头发晒了太阳，许大庆望望路过的小姑娘，越看越觉得胸闷，每一个都比自己女儿好看。

等了蛮长辰光，丁丁抱了篮球下楼，长头发跟刘海都剪掉了，头一趟露出光滑的额头。丁丁看到许大庆说："叔叔，你来找我打篮球吗？"

"打个卵。"许大庆立起来，"顾念真，最近见过我女儿吗？"

"我不知道顾念真是谁？"

"好吧，丁丁，我女儿在哪里？"

"自从西冷镇回来，我没见过露露。"

"我这个月都在出差，除了广州跟西冷镇，还去过温州，四川，前两天刚从贵州回来，一直没空管我女儿。"许大庆心想自己平常也没管过女儿，"露露的电话一直打不通，我问了她的大学老师，一个礼拜没去过学堂了，同学们都没看到过她。现在小姑娘在外头出事体蛮多的，我最担心老早捉过的畜生们，多数从监牢里放出来了。"

丁丁沉默蛮长时间说："叔叔，我在西冷镇陪露露吃过一次酒，她借了蛮多网络贷款，但我答应过她不告诉你的。"

"啥的贷款？"许大庆头顶心发闷，"丁丁，跟我讲讲吧，我这辈子没向人放过软档,更没求过犯罪嫌疑人。"

"原来我还是嫌疑人啊?"

许大庆一拳头夯上丁丁的胸口。丁丁只后退半步,胸膛竟没瘪下去,额头流出几滴冷汗。许大庆捏了自己拳头说:"痛吧?对不起。"

"没关系,肋骨还没断掉。但你比我更痛。"丁丁咳嗽两声,抱了篮球走起来,"露露缺钞票。"

许大庆跟在丁丁背后说:"我是一个穷警察,一不收黑钱,二不炒股票,每个月工资掏空了给女儿,还是填不饱她的胃口。"

"你女儿想去云南跟西藏旅游,她也出去打过工,可是挣的不够花的,永远攒不到路费,反而越借越多,借呗已经欠了好几万。"

"原来我是个瞎子。"许大庆蒙住自己的眼乌珠。

"我劝她不要再借网贷,我可以帮她还钱。"

"你也借给过她钞票?"

"不多,也就五万块。"丁丁到了图书馆门口说,"我给鲁小米做家教赚的零花钱。"

"等我拿到退休工资,连本带利还给你。"

"不必了,我不缺钱。"丁丁说,"叔叔,露露在西冷镇跟我讲过,她妈妈是上吊自杀的,这桩事体是真的吧?"

许大庆慢慢捏起拳头,看到丁丁海绵似的眼神,便又一点点松开来说:"对的,这年露露只有七岁。"

"露露还讲过,她妈妈生前是摄影杂志的编辑,小辰光家里有蛮多照相机。"

"这个小姑娘哪能样样事体都跟你讲?"许大庆拍拍丁丁的衣裳领头说,"小鬼,她是不是欢喜你啊?"

"那天夜里,露露吃了很多酒,她想要睡到我的房间。"丁丁拍了拍篮球说,"但她是你的女儿,叔叔,我不会动她的,否则你会打死我的。"

"谢谢你,小鬼,你要是收了露露这个讨债鬼,将来做了我的女婿,你就等于是我的救命恩人。"许大庆低头看了自己的鞋子,"太可惜了,你是个犯罪嫌疑人。"

- 212 -

"恐怕有点难。"丁丁笑笑说,"我想起一桩事,鲁亚军的书架有很多摄影杂志,从二十年前到现在没有断过,你说鲁亚军会不会认识露露的妈妈?"

许大庆觉着耳朵被老鼠咬了一记,马上敞开喉咙:"你想讲啥?"

"叔叔,我只是想到一种可能性——你和鲁亚军的死亡并非没有关系。"丁丁一边讲一边后退,防范许大庆一拳夯到面孔上去。

"你不要跑。"许大庆的膝盖又痛了,他是笃定追不上小伙子的,"我保证不打你。"

"叔叔,我也保证不把这件事告诉任何人,包括叶萧警官。"

许大庆没声音了。乌云飘到大学上空,太阳褪了色。刚好叶萧打来电话,许大庆坐上图书馆的台阶,慢悠悠接通手机。

"师父,刚刚接到贵州公安的消息。"叶萧在电话里说,"寻到了高雄在老家县城的堂兄弟,采集DNA信息比对,十六年前的南明路无名男尸,就是班主任的儿子高雄。"

许大庆看了丁丁的面孔,好像看到墨绿色蒿草下,一张被彻底砸烂的面孔。

"顾振华还好吧?"许大庆在电话里问。

"我刚从审讯室出来,他统统招供了。"叶萧说,"这桩案子里,躲在丁丁外壳里的顾念真藏得最深,要不是Y染色体暴露了身份,没人能发现他的秘密。"

"也许这小子晓得一切。"

许大庆挂了电话,眼乌珠从丁丁的面孔上移开,觉着太阳穴上多了一只深深的洞眼。

丁丁抱了篮球坐下说:"叔叔,是不是快要破案了?"

"再问一遍,顾念真,这是你的名字吧。"

"我忘了七岁以前的事,我是丁鼎,这是法律承认的身份。"

"只有你的爸爸妈妈才能决定你的身份。"

"我的爸爸是丁世杰,我的妈妈是章文红,所以,我是丁鼎。"

"他们未必这么想。"

丁丁的双眼蒙上一层雾说:"如果觉得我冒名顶替了丁丁,可以现在就抓我走。"

"顾念真，我要是抓你的话，只有一个罪名——谋杀。"

"我杀了什么人？"

许大庆用力按太阳穴，好让大脑恢复供血，便从手机上翻出"念真摄影作品展"上西泠镇的几张照片。

"还记得这个老宅子吗？"

"上个月，我们刚去住过。"

"去年秋天，念真摄影作品展做了蛮多宣传，鲁亚军还买了地铁广告。当你听到这个消息，就跑到外滩十八号看了展览。你记得自己叫念真，当你看到这点西泠镇的照片，你就懂了——有人秘密地召唤你，不是顾振华，就是穆雪。像你这样聪明的小鬼，总有办法寻到摄影家念真，也有办法成为她身边的人。"

"叔叔，请你告诉我，我的亲生母亲是谁？"

"明知故问。"许大庆受伤的右手拍了台阶说，"为虎作伥，我没用错吧？"

"并不完全准确，因为伥也是被老虎吃掉才变成鬼的，我还没变成伥鬼呢。"

"小鬼，我看你已经被老虎吃掉过好几趟了。"许大庆说，"狼狈为奸可以吧？"

"也不对，狼和狈是平等的，这世上的平等可是奢侈品，或者只存在于书本上。"

"啥的成语比较好呢？"许大庆抽了丁丁一记耳光，"这种关头，你还跟我捣糨糊，我也差点被你绕进去了。"

丁丁摇头说："叔叔，虽然你是警察，但你无权对我使用暴力。"

"小鬼，你讲这句的腔调像个法官。"

"很可惜，你就要退休了。"丁丁的眼里藏着许多根针，"人们总是被最显而易见的表象所欺骗。"

"顾念真。"许大庆倒在台阶上说，"谁输谁赢，不到裁判吹响哨子，啥人晓得？"

"烦死了，请不要叫我顾念真，我不知道这个人是谁。"

许大庆戴上口罩，贴着少年的额头说："顾念真，有个警察为了把你寻回来，葬送了自己性命，当时他的女儿刚出生，现在已经十四岁了。"

丁丁站在图书馆的台阶上说："叔叔，浦泽直树的一部漫画说过，有个没有名字的怪物，分裂成两半去找自己的名字，一只怪物钻进铁匠的肚子，有了他的名字。有一天，怪物饿得吃掉铁匠，怪物失去了名字。怪物发现一座城堡，进入小男孩的身体又有了名字，但它太饿了，小男孩把城堡里的人全部吃光了，小男孩走啊走，遇到另一个自己分裂出来的怪物，他说我有名字了，另一个自己说，不需要名字也很幸福，我们本来就是没有名字的怪物，小男孩把另一个自己也吃了，这时他才发现，世上再没有一个可以叫他名字的人了。"

2

打了新冠疫苗第二针，许大庆回到家里，眼皮瞌睡，钻进卫生间刷牙齿揩面，电动剃须刀枪毙杀人犯似的刮去胡须，留下一脸盆黑白两色尸体。下巴刮破几道小口子，胡根依旧坚硬，天黑又会破土而出。许大庆换上一身清爽衣裳，不像是去抓捕犯罪嫌疑人，倒像是去相亲谈朋友。

开车一个钟头，许大庆到了临港新城，此地到鲁亚军的别墅并不远。太阳晒了滴溜溜圆的滴水湖，周围一圈蛮多公寓楼，许大庆走进最高的一幢。电梯往顶楼升上去，双脚却往下沉，好像被抽掉凳子，上吊悬在半空中。按落门铃前，许大庆没忘记抚平衣角，压了压翘起来的白头发。

门自动开了，冯菲立在玄关说："许警官，我听到你的脚步声了。"

"你在等我？"

"等了你好多天。"

许大庆进门换了拖鞋，坐上沙发，刚拿出一包香烟，便又塞回口袋。

冯菲给客人泡了普洱茶。她又打开冰箱，给自己倒一杯可乐加冰块，泡沫像黑色潮水泛起又落下。许大庆好像蟋蟀伸出触须问："你有过小孩吗？"

"你看过我所有的档案，你知道答案的。"

"是的，我知道了答案。"

冯菲看看手里的杯子，好像晃了一颗透明的心脏说："许警官，你的孩子多大了?"

"今年大学毕业,是个女孩。"

"能看看照片吗?"

许大庆打开手机,先翻女儿的朋友圈,发觉她早就屏蔽了老爹。再看手机相册,连续翻了十几页,终归寻着一张旧照片。女儿还是七岁小丫头,梳一对羊角辫,坐在她妈妈身上。妻子穿了绿裙子,嘴角好像弯弯新月。这是妻子自杀前的最后一张照片,其他统统烧了,唯独留下这一张翻拍下来,为了不忘记她的容颜。

"许警官,您上回跟我说过,你太太跟我也算是半个同行。"冯菲抬起两只手指捋头发说,"她很漂亮,我跟她都喜欢同一种颜色。"

"但我女儿长得不像她妈妈。"

"女儿应该像爸爸。"冯菲笑笑说,"她一定很缠你。"

"她恨死我了。"

"等她到我这个年纪就好了。"

"你还恨你的妈妈吧?"

"在我七岁那年,我妈妈就死了。"冯菲说,"我一直想念她呢。"

"你妈妈还活着。"

冯菲走到窗台边上,俯瞰圆规画出来似的滴水湖,水面反光刺了眼乌珠:"许警官,你不好这样恶作剧的。"

进门第一秒起,许大庆就想讲出"穆家村"。他从工作笔记上撕下一张纸,拿出圆珠笔说:"请你写几个字。"

"什么?"

"浙江省西冷镇金光电子厂。"

冯菲的双眼绽出两道细纹。圆珠笔小钢珠在白纸上滚动,依次写出 11 个蓝颜色的汉字。

许大庆翻出在穆家村拍的照片,2000 年,穆雪的老娘收到女儿寄来的信——"浙江省西冷镇金光电子厂"的笔迹,正好跟现在白纸上的笔迹一式似样。

然后，许大庆翻了翻手机，拨出一个电话号码。冯菲的手机响了。她按掉电话说："许警官，打我电话干吗？"

"这是你现在常用的手机号，实名登记为冯菲，但你还有第二个手机号。"

许大庆又拨出一个电话号码。这记辰光有点长，铃声还是响了。许大庆手机里的铃声在响，冯菲房间里的铃声也在响。

"接电话。"许大庆的舌头里藏着一把锋利的锥子。

冯菲不动，双目如同冰块，铃声继续响。许大庆敞开嗓门吼起来："接电话啊。"

房间里的沙发、茶几、地板、天花板，统统共鸣起来。冯菲回到卧室，捧了一台手机出来接听。

许大庆的锥子钻下去："2005年4月6日，浙江省最南边的公安局，警察小孟送给你的手机号，登记在一桩失踪案里，失踪儿童叫顾念真，生于1997年9月30日，报案人是顾念真的妈妈，生于1980年，她的名字叫穆雪。"

"穆雪"两个字，通过空气和电波同时传入耳朵，她的面孔变成焦黑的灰烬，背后的墙上挂着一幅照片，废墟上的蒿草像喷过凝胶的头发。

许大庆的手机贴着耳朵说："告诉你一个秘密，我最怕这种墨绿色，无论是女人的裙子，还是荒地上的野草，我宁愿放眼望去一片黄沙，但我现在不怕了，我可以直视这种颜色，因为我寻到了藏在草底下的人。我向你的妇科医生打听过了，你有过一次生育史，虽然是你的个人隐私，但涉及刑事案件，医生必须向警方坦白。"

"是，我有过一次生育史，还有过一次流产史。"

"现在我们正在通话的手机，实名登记的机主叫黄钟，你还记得这个人吗？"

"四年前，我在南京开了摄影工作室，黄钟是我的助理。"

"2017年6月30日，全国电话用户实名制登记期限到了，非实名制手机卡会被停机，你拖到最后一天，只好拜托黄钟代替你去实名登记，免得号码被注销，因为你在等一个电话，万一找到了失踪的念真，就能从这个号码寻到你。穆雪，看着我的眼睛。"

许大庆吐出一口气，就像吹开墙上照片的废墟蒿草，露出一个赤身裸体的女人。

穆雪一格格抬起头颈，嘴唇重新变得鲜艳说："十六年来，每时每刻我都提醒自己，只要保留这个电话号码，无论逃到地球上哪个角落，无论我变成冯菲还是王菲，警察都有可能抓住我，但如果放弃这个号码，我就再也找不到念真。没有这个号码，我活不到今天。"

通话至此中断，这台手机刚好没电了。穆雪重新充电说："虽然我从不用这个号码，但我给这张卡换过好多台手机，每天至少充一次电，保持24小时开机，无论去哪里都放在身边，哪怕骚扰电话也会接听。"

"一个礼拜前，你接到过一通电话，就是我在温州打来的。"

"我一直等着你来抓我。"

茶几上"浙江省西冷镇金光电子厂"的纸条沾上几滴茶水，许大庆用纸巾揩揩说："我去过西冷镇，去过温州，也去过穆家村，还有汶川，我跟了你的前半生走了几千里路。2008年5月12日，双碟村被埋进地震废墟，唯独冯菲死里逃生——不对，冯菲已经死了，死里逃生的是穆雪，年龄，身高，体型，容貌，甚至口音都跟冯菲接近，混乱时期必须尽快掩埋遗体，免得暴发瘟疫，派出所会为幸存者制作新的户口本和身份证。"

"您的推理完全正确。"

许大庆看了茶杯里的影子说："既然你戴上了冯菲的面具，最怕过去的熟人认出你，最稳妥就是整容，为什么没有做？"

"整容并不难，但我如果换了一张脸，等到念真回来，儿子就认不得妈妈了。"

"儿子长大了，娘是不一定认得了，但是儿子不会不认得你。"许大庆说，"你是国内最大的寻亲慈善机构的理事会成员，因为去年十二月，鲁亚军一次性捐助了一百万。公安局查了这个机构的数据库，寻到了你的DNA信息——你委托工作人员上传的，但登记的名字既不是冯菲，也不是穆雪。"

"我说是我的一位好朋友，不想留下她的名字，我从没放弃过念真。"

"有句讲句，鲁亚军这个男人对你是真好。"

"因为这件事，我才决定住进他的别墅。"

掀开幕布的时机到了，许大庆立起来说："穆雪，我现在叫你穆雪，你的儿子，顾念真，他还活着，他还认得你。"

"许警官，这种玩笑开不得。"

"你儿子蛮有出息，他在师范大学读历史系，下个月就要大学毕业。"

"丁丁——老师？"

"你和丁丁的亲子鉴定报告出来了，你们是生物学意义上的母子关系。"

所有的声音坠入断崖。头顶有蛮多天使飞来飞去。房间寂静了一分钟。穆雪的眼泪水落到手背上说："我懂了。"

"别装了，今年二月，鲁亚军请了心理医生来给你治疗，人家差点挖出了你心里的秘密，但你把那个医生打进了医院，还说他要对你实施性侵——丁丁给你做了伪证。"

"虽然，我和吴医生都没有报警，但你并没有证据说明到底是谁在说谎。"

"但你开始怀疑丁丁就是顾念真。"许大庆说，"去年十一月，你在外滩十八号办了个人摄影展——念真摄影作品展。听讲每天门口都有人排队，蛮多网红小姑娘进来拍视频。你拍的照片不是建筑工地，就是拆迁废墟，或者是农民工，但有几张拍了江南古镇。"

"西冷镇，你看出来了。"

"你留给顾念真的暗号——只要看到念真的摄影展，看到西冷镇，就能寻到妈妈。"许大庆看一眼窗外，"五一劳动节，你儿子又去了一趟西冷镇，他晓得自己可能要进监牢，生怕以后再没机会回去，他想再住一趟跟爸爸妈妈住过的房子。但我想他会失望的，除了木头雕花的窗门，其他统统调换了，坐在日本全自动马桶上冲冲屁股再烘烘干，往事也就被烘干消失了。抱歉，我是不是讲话太粗俗了？"

穆雪的眉毛一挑说："念真为什么会进监狱？"

"因为你，还有顾振华律师，他是你的原配丈夫，却不是你儿子的亲爹。"许大庆盯着穆雪的双眼，"承认吧，十六年前，清明节前一夜，虹桥镇的房子。"

"你也知道了那个人？"穆雪的眼睛一点点变灰下去。

"那个人也叫顾振华，但他跟你们一样，都是冒牌货。"许大庆强迫自己看一眼墙上的照片,"十六年前,南明路的工地上,他躺在野草丛中,脑壳和面孔都被砸烂了,负责这桩案子的刑警,就是我。"

穆雪看看许大庆的白头发,再低头笑笑说:"哦,许警官,早点告诉我啊,我以为你只是个等着退休的老干部,每天坐在打拐办公室里接电话……"

"混吃等死的废物。"许大庆说,"从2005年的清明节,直到今天,我就是一个等着躺进骨灰盒的废物,连包裹国旗或者党旗的资格都没有。"

穆雪抓牢许大庆的袖子管说:"顾振华现在哪里?"

"公安局,我从贵州把他抓回上海的,他有一点烧伤。"

"严重吗?"

"不严重,你放心,顾振华交代了所有真相,但我不能告诉你。"

"喜欢一个人就像日霜,爱一个人就像晚霜。"穆雪捂住自己的脸,"我希望我丈夫平安无事。"

许大庆用手指头蘸了茶水,在台子上画了个钟表盘说:"好像一天24个钟头没断过,顾振华是日霜还是晚霜?或者是砒霜?"

"三种都是,但又不是全部。"

"你还有一个未婚夫躺在公安局的冰柜里。"许大庆的舌尖生出酒精的味道,"金牌投资人跟天才摄影家,听起来是才子佳人,可惜啊,鲁亚军并不完全相信你编造的人生,哪怕是个酒鬼,每年能赚几千万的人终归是有点手段的。他雇用了一家调查公司,对你做了婚前背景调查,这张调查报告,就在生日会当天,送到了鲁亚军的手上。"

"您想说什么?因为鲁亚军发现了我的秘密,为了保护自己和顾振华,我只能在酒里下毒,制造鲁亚军先服毒自杀,然后撞车身亡的假象?"

许大庆举起普洱茶杯:"如果这杯茶里有毒,比如马钱子碱,我现在已经死了。"

"没有毒。"穆雪自己喝下一杯茶,"你想多了,许警官,你说的没有一样是确定的证据,除了我和顾振华的关系,我对警方说的都是真相,到底是谁杀了鲁亚军?还是自杀?请你们继续调查。"

"说真话有那么难吗?"

"有时候，说真话比谎言难多了。"

"我同意。"许大庆的声音低沉喑哑下来。

穆雪重新泡茶，手指像两根细长白葱，托了温热的白瓷杯底。杯口的金黄水面一圈圈涟漪，氤氲热气遮了双眼。穆雪细声说："你一辈子见过的人，就像你喝过的水，一杯又一杯倒进肚子里，谁又能分得清，哪一杯是你，哪一杯是她呢？"

"但水还是水，永远不会变成酒。"

"再烈的酒也会掺水，不然就是毒药了。"

许大庆吃下一把帕金森的药："我在穆家村看到了你妈妈，她还活着。"

穆雪起来立到窗边，满头黑发融入白云。许大庆打开手机，翻出刘丽珠现在的照片。穆雪辨认这张过分衰老的面孔，挖出几根记忆的皱纹说："她为什么还不死？"

"我采集了你妈妈的DNA信息，亲子鉴定结果出来了，这个老太太跟你是生物学上的母女关系。"

"辛苦你了，许警官，我可以支付亲子鉴定的费用。"

"不必了，人民政府买单。"许大庆说，"还要告诉你一桩事体，你在十六岁那年并没有杀过人，柴刀虽然砍在村支书的脖子上，他不但没有死，甚至没去报案，如果你不逃跑，本来有机会在县城读高中，甚至考上大学，端起照相机，成为现在的你。"

穆雪捂住自己的嘴，像一株野草枯萎下去。

"许警官，谢谢你告诉我这件事，但我从不后悔逃出穆家村，更不后悔到西冷镇，不然的话，这世上就不会有顾念真，我也不会认得我的丈夫顾振华，假如现在坐上辰光飞船，回到十六岁的夏天，我还是会砍下那一刀。"

许大庆的右手虚弱地荡下来，仿佛这一刀斩断了自己的舌头。他瞄一眼墙上照片说："问你个问题，这片野草下头，到底有啥东西？"

"什么都没有。"

"不，拨开一层野草，你看到的还是谎言。"

穆雪笑笑说："许警官，我给你拍张照片好吧？"

"你是有名的摄影师,我可请不起你给我拍照片。"

"免费送你。"

许大庆搔搔白头发说:"会拍走我的灵魂吗?"

"许多人还活着的时候就已经丢了灵魂。"

穆雪撑开三脚架,装上照相机。她又搬出两台灯,拉上窗帘,好像公安局拍证件照的小房间。许大庆坐上小凳子,面孔有点僵硬,帕金森的缘故。穆雪抬起手,关照许大庆看了镜头微笑。许大庆笑得比哭还难看。穆雪按下快门,活像在刑场上处决犯人。

收好摄影器材,稍微整理房间,穆雪在镜子前化了一个淡妆。她特别画了眉毛,不像是去公安局接受审问,更像去迎接自己的新郎官,或者小别胜新婚的爱人。穆雪没忘记带上一盒偏头痛的药。

穆雪跟了许大庆下楼。叶萧已经等候多时,抱了两杯咖喱牛油果味奶茶,拉开车门,请君入瓮。穆雪摇头说:"我不是投案自首,我是来协助你们调查十六年前的案子。"

许大庆揉了揉叶萧的头发说:"师父的案子,就交给徒弟来破了。"

"师父,你不跟我一道回局里?"

"不去了,你办事,我放心。"许大庆拍拍车顶。

叶萧一脚油门带走穆雪。许大庆形影相吊地立在滴水湖畔。穆雪从车里回头看,隔了后挡风玻璃,面孔渐次模糊下去。下趟看到这张面孔,不晓得是在法庭上,还是女子监狱,或者其他啥的角落?

3

天蒙蒙亮。许大庆困了女儿的眠床,吞下一把帕金森的药。许大庆的眼乌珠盯了手机,不晓得小姑娘会得饿肚皮吧,有没有被坏种欺负,今夜困在世界上啥个角落?许大庆稍微一翻身,人已经掼到地板上。

床底下有几叠黑魆魆的东西。许大庆手伸进去,掏出几捆《摄影》杂志,蒙了厚厚的灰。妻子还没死的辰光，每年家里都订阅十二期。许大庆摸了每一期的书脊，停在2005年第四期——最后一篇文章，同时出现文雅跟鲁亚军的名字。现在这两个人都在阴间。

许大庆在阳台上翻出铁皮铅桶，拿了1997年的《摄影》杂志丢进去，点上打火机。火头像一只饕餮的舌头，舔了许大庆跟文雅结婚这年的杂志，黑颜色灰烬像一条撕碎的裙子，吹了阳台上的小风，旋转，翩跹，风情万种。鲜红的火苗里头，仿佛立了两只雪白的脚踝，勾了鲜红的高跟鞋，撑起女人光滑的双腿起舞。女儿六岁的热天，许大庆难板回到家里，看到露露困在床上，冰箱里摆好了饭菜。许大庆饿了肚皮，冲到国际摄影展的招待会上，看到文雅端了红酒杯，蹬了红颜色高跟鞋，头发里挑了几绺金黄色，陪了几个老外摄影家。老外留了波浪卷的长头发，高挺的鼻梁好像老早译制片里的阿兰德龙。文雅英文蛮好，看了墙上的照片窃窃私语，面孔鲜艳红润，眼乌珠里的光洒到天花板上。文雅的红裙子收腰，背后看像一把琵琶，勾出臀形，好像一只南汇水蜜桃，随了音乐左右摆动，小腿肌肉像两块呼吸的河蚌。许大庆的眼乌珠里有火。文雅回头看到他，笑靥僵硬成木乃伊。老外一只手轻轻搭上文雅的后腰。许大庆的拳头夯上老外的鼻梁骨。

滚滚翻腾的黑烟里，手机在放越剧《黛玉葬花》。听了王文娟的哭腔，许大庆缓缓松开拳头，心想年轻辰光随便一出手，就可以打断别人鼻梁骨，现在打人前要热身，不然可能对方没事体，自己倒进了医院。门铃响起来。想是楼上邻居来投诉，许大庆黑了面孔开门，却看到徒弟叶萧。

"师父，我在楼下看到阳台冒烟了，啥情况？"

"我想起你师娘的忌日就快到了，给她烧点东西去阴间。"

许大庆又烧了几叠杂志。叶萧被熏得咳嗽说："师父，我刚进公安局做你的徒弟，你就带我到家里吃饭，师娘烧了一台子小菜酒水，对我关心照顾，到现在都忘不掉，当时我就有一种感觉，不晓得当讲不当讲。"

"讲啊。"许大庆避开熊熊的火苗说。

"你的脑子里只有嫌疑人，被害人，法医的解剖台，还有凶器。师娘最欢喜拍照片，而你唯一关心的摄影作品，就是刑警队在杀人现场拍的照片，模特统统是被害人。"

"这倒是没错，我连女儿一双袜子都不会洗，连续好几年错过女儿的生日，我关心杀人犯远远超过关心老婆。"

"十六年前，师娘过世以后，我们刑警队私底下在传说……"

"啥的传说？"许大庆一根根白头发都竖起来。

"不讲了。"

许大庆烧掉最后一叠《摄影》杂志，就是2005年的六本，其中藏了鲁亚军的名字，烧成一团骨灰似的碎片。许大庆回到房间，突然打出一拳头，击中徒弟的肋骨。

叶萧毫无防备地挨一拳，跪倒在地板上，还好胃里空空荡荡，否则要呕吐了。

"师父，你下手真狠。"叶萧喘了两口气，"传说你在外头有了女人，师娘才会上吊自杀的。"

"我在外头有了女人？"

许大庆刚要讲一句，明明是她在外头有了男人，但话被咬碎了吞回去。手机里的越剧伴奏有点吵。许大庆狠狠心关掉了王文娟跟林黛玉，抬头看吊灯下的影子，好像还缠了尼龙绳，脚底下一条污水奔腾的河流。

收作清爽阳台上的火盆，许大庆摸了胃说："现在我的肚皮饿得像一张印度飞饼。"

"师父，我陪你去吃早饭吧？"

"我想吃公安局的食堂。"许大庆抓起车钥匙说，"开我的车。"

早上没啥车子，叶萧开得飞快，天窗打开，吹了风凉。许大庆瞪了两只眼乌珠，捏了右手拳头，一派金刚韦陀的腔调，好像有潮潮翻翻的言语，闷在喉咙里不响，仿佛装着一车子海水疾行。

师徒俩到了公安局食堂，要了两碗葱油拌面，浇头是咸菜肉丝。许大庆哧溜哧溜吞入腹中。叶萧吸了一盒酸奶，劝师父少吃太咸的菜。许大庆放下筷子说："我都不怕死，你怕了？"

叶萧翻翻白眼说："吃吧，我不拦你。"

"听徒弟的话。"许大庆吃一把帕金森的药,又拿一堆水果,一盒酸奶,手指头算了日子,"现在好讲了吧?一清早来寻我,啥事体?"

叶萧剥了一根香蕉说:"师父,顾振华在十六年前杀了冒牌货顾振华,涉嫌故意杀人罪,已经批捕了。"

"穆雪啥情况?"

"她承认了,从十六岁逃出四川,讲到 2005 年的案子,她的每一句口供都跟顾振华对上了。"

"鲁亚军的案子呢?还有失踪的调查员方铜?"

"师父,穆雪的确有杀人动机,但是没证据说明她杀了鲁亚军。也没人晓得案发当天,鲁亚军收到的调查报告的内容。更不要讲方铜了,到现在还是失踪,不好确定是不是他杀。"

"一只大闸蟹不如一只大闸蟹,我是个戆卵,我的徒弟也是戆卵。"

"根据现在的证据链,不足以向检察院提请批捕穆雪,勉强送进去也会被退回来,不能以故意杀人罪起诉她。"

许大庆往酸奶盒子里吐出一口浓痰说:"我们老早可不是这样办案子的。"

"现在讲究疑罪从无,证据不足,不能认定被告人有罪的,应当作出证据不足、指控的犯罪不能成立的无罪判决。"

"我这个徒弟本事大了,还会背诵法律条文。"

"师父,不要骂我了。"

许大庆点上一支软壳中华说:"十六年前,穆雪是不是顾振华的同案犯?"

"根据目前的证据,穆雪在被高雄强奸的过程中,顾振华为制止强奸行为杀了高雄,顾振华属于正当防卫。穆雪只是受害者,因为不懂法律而逃跑了。"

许大庆的烟灰飘落。"冒充冯菲算是犯罪吗?"

"过去十三年了,穆雪没侵占过冯菲的遗产,除了一台单反相机。"

"穆雪不是为了钞票才变成冯菲的,只是借尸还魂。"许大庆还是不肯松开绞索,"她现在啥地方?"

"师父,你打我吧,我受得了。"

许大庆抬起右手又放下来说:"你受得了个屁。"

- 225 -

"今天早上，穆雪已经被释放，已经回了临港新城。"

"册那，我现在去寻她。"

叶萧捉牢许大庆的手臂膊说："师父，你再惹出事体，可能没机会退休了。"

"那么枪毙我吧。"

许大庆一把推开徒弟，急匆匆跑下楼梯。到了车子旁边，许大庆发觉车钥匙没拿，一拳头打了车窗上。玻璃纹丝不动，他的拳峰裂开了。许大庆再要回楼上拿钥匙，右手开始发抖，接着左手也发抖，两只脚慢慢软下来，眼门前墨擦乌黑，人已经横下来了。

4

医生开了病危通知单，帕金森、高血压、糖尿病、血管栓塞、前列腺炎、痔疮……

第七天，许大庆终归脱离危险，好像过了自己的头七。出院当天，叶萧陪师父回到公安局，办好退休手续，终归脱掉警服。许大庆觉着脱掉自己一层皮。

天气一日日热起来。河南发了大水，台风又跟上海擦肩而过，东京奥运会终归开了，美国人逃出了阿富汗就像三十多年前的苏联人。七月半往后，许大庆每日打扫女儿房间，整理小姑娘衣裳，眠床还是冷的。一个人过好中秋节，许大庆四肢越发僵硬，做啥事体都像慢动作，刷牙齿揩面要半个钟头。医生讲他的帕金森开始恶化。到了吃大闸蟹的时节，仿佛幼儿园跷跷板，天气又是一日日冷下去了。

早上八点，门外头有动静，许大庆从眠床上滚下来，赤了脚冲出去开门。女儿并没回来，还是徒弟叶萧立在门口。许大庆沉下面孔，没好气说："你来做啥？"

"师父，我来陪你吃早饭。"叶萧提了油条跟豆浆。

"来吧。"许大庆先去刷牙齿揩面。

师徒俩坐定下来，叶萧望见墙上挂了新的相框——许大庆在照片里正襟危坐。

"师父,这是穆雪给你拍的照片吧。"

"拍得好吧?"

"毕竟是有名的摄影师拍的,但这样挂在墙上,有点怪。"

许大庆吃一口豆浆说:"这张照片做我的遗像最嗲了。"

"呸,呸,呸,师父,不作兴的。"

"我是党员,百无禁忌,徒弟,你可记得了,等到我的追悼会上,就用这张照片。"许大庆摆摆手问,"顾振华的案子啥辰光开庭?"

"2005年,南明路无名男尸案,现在要重新侦查了。"叶萧的眉心像挂上一把防盗锁说,"师父,这是你心里的一根刺。"

"我是千里迢迢从贵州捉回了顾振华,重建了当年的真相。"许大庆放下一根油条,"你在怀疑这个真相?"

"这个故事从一开始,就由三只谎言构成——第一是穆雪冒充冯菲,第二是顾振华冒充盗版顾振华,第三是顾念真冒充丁丁。"叶萧说,"哪一个是最容易戳穿的?"

"顾振华,因为他没改换名字,他也不会说谎,他是一个诚实的人。"

"最近两个月,我反复看了所有卷宗,顾振华的笔录,穆雪的笔录,唯独缺了一个人的笔录,就是顾念真,杀人案发生辰光,这个八岁小囡就在现场,他目睹了冒牌货顾振华之死。但是他讲八岁以前事体统统忘记了,所以证据链条并不完整。"

许大庆摇头说:"八岁的目击证人也未必有效。"

"顾振华的所有口供,都是夜里10点30分到11点30分之间,赶到虹桥镇的杀人现场,这也符合法医对被害人死亡时间的推定。"叶萧也吃一口油条说,"顾振华看到自己的妻子被人强奸,这个强奸犯是当年冒名顶替他读大学的人,顾振华用孩子削铅笔的小刀戳死了冒牌货,他要一台车才能完成抛尸,顾振华骑着自行车,带了穆雪和顾念真一道去北新泾,借到了金毛的面包车。"

"当年有人记得,半夜里有个女人来寻过金毛。"

"师父,当时南明路唯一的监控探头,拍到了这台金杯面包车,时间在子夜

12点20分,可以肯定是去抛尸的,因为是去建筑工地方向,而不是抛尸完成以后返回。"

叶萧在台子上铺开一张地图,2005年出版的上海交通地图。叶萧在地图上画出一条路线图说:"师父,第一杀人现场在虹桥镇的居民楼,当时附近都是荒地,最近只有加油站,顾振华在这栋楼里杀了人,然后,他骑自行车到北新泾借到面包车,开车回到虹桥镇,他们擦洗尸体的血迹,装进一只大编织袋,搬上金杯面包车,再开到南明路抛尸。"

地图上画出的路线图,像只锐角三角形,但是南明路到虹桥镇这条边最远,而且要绕过虹桥机场。

叶萧继续说:"师父,你还记得大龙叔叔讲过,他从西冷镇骑了摩托车送顾振华到上海,顾振华下车以后,大龙叔叔去了最近的加油站,记不清具体几点钟,只晓得半夜里到虹桥机场接了女儿。"

"大龙的女儿是从啥地方飞回来的?"

"上个月,我又去了一趟西冷镇,走访了小毛,还有大龙叔叔,他的女儿刚好在家里坐月子,已经养好第二个小囡了。2005年,大龙的女儿只有十五岁,她是从小练舞蹈的,跟了学校去天津表演,坐了红眼航班飞回来。我查到了这只航班,2005年4月4日,半夜十二点整,降落虹桥机场。"

"从飞机降落,到接到人出来,至少二十分钟吧。"

"这是估算的时间,还是有点距离的,但是加油站到案发地只有五百米,只要确定摩托车的加油时间,就可以倒推出顾振华到达案发现场的时间,也可以推出杀人时间。"

许大庆看一眼地图上的加油站标记,手指头插进自己的白头发说:"徒弟,你讲下去。"

"这只加油站属于中石油,他们提供了十六年前的原始记录——2005年4月4日,夜里十点到凌晨一点,摩托车加油只有一次,具体时间在12点05分,而从杀人案发地到加油站,开摩托车只要两分钟,大半夜也不会有人排队。"

许大庆的老面孔要落下来了,嘴巴里碎碎念:"案发当晚,顾振华大约十二点钟才到了杀人现场。"

"专案组倒推了时间——半夜12点20分，金杯面包车经过南明路，从虹桥镇的杀人现场，到达监控所在路口，按照当年道路条件，最快也要15分钟，从虹桥镇的案发现场，骑脚踏车到北新泾最快20分钟，开车返回大概10分钟，搬运尸体下楼估计5分钟——总耗时50分钟，这已经是最快了，实际上很可能更多时间。"

许大庆点上一支中华烟说："按照顾振华的口供，他到达案发现场的时间，不可能晚于11点30分。"

"顾振华先要搏斗杀人，然后清洗尸体，剪掉十根手指，还要再提前几十分钟。"

"我是想不通了，如果顾振华在12点钟到达杀人现场，那么是啥人去北新泾借到金杯面包车，再开回到虹桥镇的呢？"

叶萧摊开一张驾驶证复印件说："我们忽略了一点，穆雪早就会开车了，我查到了她领取驾照的记录，2004年夏天，穆雪和顾振华同时考出来的。"

"真相就是半夜11点半左右，穆雪骑了脚踏车，从虹桥镇到了北新泾？"

"此刻，盗版顾振华已经是一具尸体，正版顾振华还在大龙的摩托车后座上，也许在沪青平公路。"叶萧说，"穆雪向金毛借到了面包车，她自己开车回到虹桥镇，这是子夜12点整，顾振华刚下摩托车，到达案发现场。"

凶手只可能是穆雪。

"但是一个女人的力道，可以用小朋友的美工刀刺破太阳穴吗？"

许大庆的烟灰像头皮屑飞扬。叶萧从包里摸出一支薄薄的美工刀，弹出一厘米宽的倾斜刀头。许大庆眯起两只眼睛，仿佛看到一把折断尖头的匕首，突然抓起来反手刺向自己的太阳穴。

"师父。"叶萧的反应算是快的，一把捏牢师父的手腕放下来，只差三个厘米就要刺破许大庆的太阳穴，"你寻死啊？太阳穴是颅顶骨、额骨、蝶骨、颞骨的交汇点，又叫翼点，或者翼缝，这地方颅骨最薄，骨质最脆，厚度只有一到两毫米，太阳穴深层组织里有脑膜中动脉，颞骨鳞部内面骨板上，有一条颞骨动脉沟，等于薄上加薄，如果打击太阳穴，这条骨沟很容易骨折，导致脑膜中动脉破裂，足以致命。"

"嗯，老祖宗讲太阳穴是死穴。"

叶萧吃光了油条跟豆浆，他帮师父拍去身上烟灰，再让他吃一把帕金森的药。

"师父，我审问了顾振华无数遍，他的牙齿比三峡大坝还要牢。"

"徒弟啊，你是想请师父出山，帮你一道审问顾振华？"

许大庆头顶的雪山融化了。

5

如果监狱是洗脸盆，看守所就等于水龙头，流水沉淀一段辰光，再倒入下水道，要么变成阴沟里的淤泥，要么回归江河湖海。许大庆老早无数趟送人进来，再一个个送到法院宣判进了监牢，甚至上了刑场。不变是啥人呢？就是许大庆自己。

到了审讯室，许大庆跟叶萧坐上讯问台，一人抱一杯浓茶。顾振华穿了囚衣出来，头发已经全白了。这间密室里顶了两座喜马拉雅山。

"许警官，我们又见面了。"顾振华坐下说，"我在等着上法庭。"

叶萧从包里掏出一本书，看上去擦刮拉新，塑封纸还没拆，封面上印了一只旋转的草帽，还有"森村诚一 著"和"顾振华 译"。

"恭喜你，顾律师，你翻译的日本推理小说终于出版了。"

许大庆伸长了头颈看到书名《人性的证明》说："名字好像有点熟。"

顾振华张开青白色的大手，慢慢拆开塑封，散出一层油墨香味，翻到扉页说："看过电影《人证》吗？"

"《人证》啊，最起码看过八遍，老早我还会唱《草帽歌》，现在是五音不全了。"许大庆眼乌珠又暗淡下去，"我是一直搞不懂，为啥儿子来寻妈妈，妈妈却不要儿子。"

"在这个世界上，不是每个人的心肠都像你这样柔软。"

"瞎讲了，我许大庆的心肠比东风导弹还要硬。"许大庆摆摆手说，"顾振华，你是一个律师，按照故意杀人罪，你觉着法官会怎么判？"

"《中华人民共和国刑法》第二十条，对正在进行行凶、杀人、抢劫、强奸、绑架以及其他严重危及人身安全的暴力犯罪，采取防卫行为，造成不法侵害人伤亡的，不属于防卫过当，不负刑事责任。"顾振华讲得一字不差，"当时高雄正在强奸我的妻子，我为了制止强奸行为而杀人，属于正当防卫，结论是无罪。"

"无罪？"许大庆立起来，"但你做啥去南明路抛尸？改换身份，远走高飞十几年？"

"当时我只是个电工，没念过大学，我对法律一无所知，我只知道杀人偿命。"

"如果不算杀人罪，那你砸烂被害人面孔，制造一具无名男尸，对抗警方侦查，这又算什么罪？"

"故意毁坏尸体罪，处三年以下有期徒刑、拘役或者管制。"顾振华说，"虽然过去十六年，但当时公安局已经立案，而我在潜逃状态，属于故意逃避侦查，不受追诉期限制。"

"顾振华，你的脑子里装了一整本《刑法》。"许大庆吃一口浓茶，"最坏的情况呢？"

顾振华皱眉头说："法官认为我防卫过当，根据刑法第二十条，正当防卫明显超过必要限度造成重大损害的，应当负刑事责任，但是应当减轻或者免除处罚。"

"被害人有严重过错在先，当年篡夺过你的命运，你为了保护妻子在盛怒之下杀死强奸犯，情有可原，考虑到社会影响，法官极有可能轻判。"叶萧说，"我的刑法学硕士毕业论文，就是关于防卫过当的。"

顾振华代替法官给自己宣判："加上故意毁坏尸体罪，两罪并罚，估计有期徒刑五年。"

"如果你在监狱表现好，再有点立功表现，就有减刑的机会，大概三年就能出来。"叶萧说，"相当于攻读博士学位的时间。"

"三年……"许大庆掰掰手指头，点上一支烟，"你就可以跟穆雪还有念真团聚了。"

顾振华双眼平静说："对了，穆雪最新的摄影展要开幕了吧？"

叶萧点头说："今天开幕，你怎么知道？"

"看守所能看到电视新闻。"

"法律上来讲，你们还是夫妻关系。"

"法律上来说，顾念真也是我的儿子，这孩子还好吗？"

"三个月前，顾念真大学毕业了，现在准备出国留学。幸好他没去搞互联网家教平台，否则现在赔惨了。"叶萧说，"他从丁校长家里搬出来了，在虹桥镇租了一室一厅，距离十六年前的案发地不到两百米。"

"这小鬼记得清清爽爽。"许大庆猛吸两口香烟，仿佛生命缩短的腔调："顾振华，你是一个好爸爸，一个好男人，但你不是一个好儿子。"

许大庆打开手机，点开一段刚收到的视频，摆到顾振华眼门前。屏幕里出现一副中国象棋，七十多岁的老头子，穿了皱巴巴的中山装走棋子，好像对面坐了个鬼魂。顾振华的老爹抬起头，面对镜头回答问题，虽然口齿不清，但是中气十足，唾沫星子好像能喷上屏幕。讲到最后两句，老头流出浑浊的眼泪水。

"顾振华，我托了你老家的村支书，给你爸爸拍了这段视频，你爸爸想要再见你一面，要你陪他下一盘象棋。"

顾振华紫色嘴唇紧闭，太阳穴上的青筋却暴出来了。

"你爸爸晓得你绝对不会杀人的。"许大庆说，"他问你为啥要承担杀人的罪名？他还在等你回家，否则死不瞑目。"

"许警官，这是你的猜测，你根本听不懂我的家乡话，我爸爸可不是这么说的，他说让我放心吧，他知道我有自己的理由，他确实在等我回家，不管十年还是二十年，他会努力活得长命百岁，等我回来陪他下棋。"

许大庆的五官僵硬了，帕金森病发作，左右手同时发抖，腾身起立说："顾振华，我们只能再去抓捕穆雪了。"

"不要去找她。"

许大庆倒了半杯温开水给顾振华说："十六年前，到底是谁杀了盗版顾振华？"

"为什么不是一杯毒药？"顾振华捏碎手里的纸杯，温热的白水像鲜血渗出手指缝。

顾振华恢复了沉默。世上没人再能撬开他的牙齿。他不只是一座沉默的雪山，还是冰封的青藏高原。

师徒俩离开审讯室。许大庆穿过看守所的甬道说："对不起，师父没能撬开顾振华的嘴巴。"

"到底是老法师，最后顾振华的表现等于承认了，只差讲出来。"叶萧说，"现在可以去抓捕穆雪了。"

"她现在啥地方？"

"临港新城展览中心——穆雪摄影双年展。"叶萧看了手机上的摄影展海报，"今日在现场揭幕。"

"穆雪。"许大庆眯起双眼，"她终于变回穆雪了。"

叶萧开了警车，直奔海岸线而去。下午四点钟，秋天的黄昏味道蛮浓了。高速公路上的云端好像打翻了油漆桶。夕阳从屁股追过来，点燃平原上的每一棵树。许大庆眼乌珠一闭，沉没到火海里了。

临港新城的展览中心，像只巨大的甲鱼壳匍匐在东海边。大屏幕亮了"穆雪摄影双年展"字样的海报。保安拦下来要门票，叶萧亮出警官证。刚好有个白头发外国老太太，从大理石台阶爬下来蛮吃力的，许大庆搀了老太太几步路，可惜讲话是一句都不懂。

叶萧的手机响起来。铃声是甲壳虫乐队的《Yesterday》。叶萧爬到台阶最高点接电话，面孔沉浸在强烈的逆光下，像一块刚挖出来的顶级无烟煤，夕阳下的头发凶猛燃烧。

许大庆从大理石台阶最底下一格格爬上来，膝盖像遭受酷刑，胸口喘得像个过了保质期的电吹风问："穆雪呢？"

"她死了。"

阴面

1

2005年,清明前夜,我的下身一滴滴流血。我刚被一个男人强奸。他虚弱地坐在我的床上,暴露苍白松弛的皮囊,解开捆住我双手的红色领带。

他是我儿子的亲生父亲。他的身份证名字叫顾振华。但我不知道他到底是谁?他揉着我的手腕说:"没有弄疼你吧?"

我像一条砧板上的白水鱼,蜷缩的大腿挡住胸口,这画面让他极度着迷。看到床单上沁出的鲜血梅花,他笑笑说:"很抱歉。"

那是我一个礼拜前受的伤,没有人告诉过你吗?你的器官和能力也是垃圾。

"小雪,念真是我的亲生儿子,我理所应当帮助你的。"他打开黑色皮包,光着身子掏出一沓钞票,"这里有三千块,你拿去吧。"

三千块人民币在他手里晃荡,等于我连番十次出卖肉身分到手的嫖资。我的目光落到床头柜上,念真留下一把削铅笔的美工刀。

"谢谢老板,你可真大方。"

我一巴掌打翻他手里的钱。三十张红色钞票坠落在地上。他的嘴角往上撇了撇,吐出两个字却没有声音。他蹲在地上一张张捡钱。我抓起他的钱包,抽出里面的身份证,紧紧捏着不放,像捏着一把锋利的小刀。

"把我的身份证还给我。"

"你怕了?这是你的身份证,但这是你偷来的身份,顾振华也是你偷来的名字。"

"你有什么证据？"裸体男人坐在床沿上，点上一支七星烟。

"这是证据。"我抓起从他家拿出来的相框。

"那是我的爸爸妈妈，在我的高中校门口拍的，我妈妈是高中班主任。"

"县城东门外的乌江边，学校门口有两棵巨大的香樟树。"我在想象中触摸数不清的树叶，"我从没见过那么大的树。"

"你怎么会去那里？"

"因为我嫁给了真正的顾振华。"我的目光在他的脸上戳出两个洞眼。

他的右手开始发抖，烟灰如同雪片飞落到我的床单上说："不可能，你不会遇到他的。"

"我也是傻瓜啊，八年了，我才明白，为什么一个顾振华前脚刚去日本，另一个顾振华就来到了西冷镇？这不是同名同姓的巧合，而是正版顾振华来向盗版顾振华复仇，可惜他没能追上你。"

"小雪，顾振华跟你说过吧？"

"顾振华从没说过。他心甘情愿养大你的儿子。我很好奇你的真名叫什么？"

"高雄。"他把头埋在床单里说。

"十多年前，我老家也发生过这种事，有个学生跳下县城门口的那条江，后来才知道他被人冒名顶替上了大学。对了，那条江水最后也是流到长江。"我终归吐出那口气，"当我看到你的身份证，突然想到这个可能，但我还是不敢相信，这种事竟会落到我老公头上。原来这件事是真的，原来你是假的，这世上还有什么是真的？"

高雄的鼻翼和嘴角在抽搐，他捂住自己的嘴，恨不得拔光每一颗牙齿。我用毛巾擦干净身体，换上出门的衣服。

我用脚尖踢了踢高雄的屁股说："高雄，穿衣服出门，我送你去公安局，让你恢复原来的身份，让电工顾振华变回大学生顾振华。"

"小雪，你在报复我？我向你道歉，但我还是顾念真的爸爸，我们可以重新开始。我还记得西冷镇的古桥上，你那么漂亮，让我忍不住拍了照片。"

"照片早就烧了，你在桥上说的那两句诗也是偷来的，这年头的贼都挺高级的。"

高雄的嘴唇贴着我的裤子说:"你跟顾振华离婚吧,我会做我们儿子的爸爸,我刚在上海买了房子,也是你的房子,你要什么我都给你,我陪你去久光百货……"

"久光百货一楼化妆品专柜,我最熟了。"

"我们的儿子会在上海读书,落户,过上体面人的日子。"

"体面人?"我一脚踢开他,"做一个体面的小偷吗?"

高雄的门牙被我的膝盖撞到了。他站起来甩动毛豆般萎缩的生殖器,翻开流血的嘴唇说:"婊子!你要我们一起去公安局?好啊,你举报我是假冒的顾振华,我也举报你卖淫,劳动教养三年逃不了,你会有三年见不到儿子,嗯,他也是我儿子。"

"哪怕全上海都知道我是个婊子。"我握着盗版顾振华的身份证,"我也要把顾振华的人生还给他,这是我唯一能为我老公做的事。"

高雄的喉咙里憋出无数个"婊子"。他像被火钳烫伤了卵蛋的野狗扑上来。我死死攥紧这张身份证不放手。他打了我两个耳光,掐住我的脖子收紧。

我的气管变成一条被垃圾堵塞的污水道。如果这个男人杀了我,再把尸体扔到某个秘密的角落,或者砸烂我的面孔,不让警察发现我的身份,他再把念真带去另一个城市……

我的右手摸到一根细细的棍子,好像锋利的锥子,敲图章一样敲到他的脖子上。

高雄的头颈上多了一支美工刀,刺入颈动脉与气管之间,刚开始没有一滴血,好像扎进一个泡沫塑料。高雄放开双手。我的咽喉重新打开,一团湿气涌进来。

他还活着。他从脖子上拔出刀子,沾着鲜血和肌肉组织,像一把手术刀坠落在床单上。他飞起一脚踹到我的胸口。我像一棵被砍断的树,后脑勺撞上地板嗡嗡巨响。他的脚底板像春天的冰雹落到我的胸口。他跪下来用膝盖顶住我的咽喉。他的右侧脖子喷出鲜血,像一盆烧开的火锅掀翻到我脸上。

只要六十秒,我就会被男人的膝盖杀死。

第三十秒,高雄张大了嘴巴,两只眼珠子暴突出眼眶。我的耳朵被鲜血阻塞。但我知道他在惨叫。

一支削铅笔的美工刀插入他的太阳穴，好像某种奢侈品牌的首饰，产自巴黎或者米兰。

有个小男孩站在高雄的背后。念真的头颈挂着房门钥匙，雪白面孔擦了几道鲜艳的血迹，像舞台上化妆表演的小学生。他从高雄的太阳穴里拔出了小刀。

高雄的膝盖松开，脸上青筋纵横，太阳穴涌出大团鲜血，好像红油漆泼出来。他的身体抽搐倒下，双眼仍然睁着，生殖器里流出腥臭的液体。

"这个叔叔死了吗？"

一个细细的声音飘出念真的口中。我还趴在地板上咳嗽，仿佛被鬼魂拍了一下。我摸了摸高雄的颈动脉和呼吸。虽然我不是医生，但他已经死了。他终于死了。

我抱紧念真小小的身体。我掰开他的一根根手指头，取出杀人的小刀。这孩子的右手依然颤抖抽筋，坚硬得像一只自行车打气筒。

"妈妈，这个叔叔死了吗？"念真又问一遍，"我在楼下听到有人在喊，我自己拿钥匙开门进来了。"

我用力揉着儿子的手臂，让他的肌肉渐渐恢复柔软。我的嘴唇全是血，我胡乱擦了擦，亲吻儿子说："妈妈没事了，好孩子，谢谢你。"

"这个叔叔想要杀了你？"

我捂住念真的眼睛说："没有，我们在拍电影。"

"爸爸说过电影里的死人都是真的。"

念真的眼角滚出大团泪水。我牵着他的手退出卧室，我无法向他解释这一切，尤其无法解释他杀死的这个"叔叔"究竟是什么人？为什么没有穿衣服？我的脑子像一团混乱的树根。我已不能正常站在地板上。

必须把尸体扔到某个遥远的地方，就像十六岁的夏天，我妈妈处理掉了村文书的尸体。这栋楼只有三个房间有人居住。顶楼的老夫妻早已睡着。五楼还有一户人家，但是傍晚，我看到他们回老家扫墓去了。不会有人听到刚才的动静。

我从卧室里拖出尸体。还好他是赤身裸体被杀的，否则给死人脱衣服太麻烦了。右脖子和右边太阳穴，各有一个深深的血口，他的双眼依然睁着，最后看到的人是我。

算他走运,他并不知道自己是被亲儿子杀死的。

我先给自己洗一把脸,再擦掉儿子脸上的血迹。我戴上清洁马桶的橡胶手套,把死人拖到卫生间。我找到一把锋利的铁钳子,先是剪断死人的右手食指,鲜血和碎骨头飞溅。然后是大拇指,中指,无名指,直到小拇指,盗版顾振华的右手变得光秃秃。他的指甲抓伤了我,我无法清理干净指甲缝,只能全都剪了。这样也不会留下他的指纹。死人是不会疼的。我的手势熟练起来,像在流水线上装配手机。我又剪掉了冒牌货的左手五根手指。我从地板上收集齐了十根手指,好像吃剩下的泡椒凤爪。

我把死人放进马赛克浴缸,热水开到最大浸泡尸体,像给刚杀的猪燂毛。从头顶心到脚底板都不能放过。我把他洗得干干净净,每一根头发都用了洗发水,每一寸皮肤都打过肥皂,特别是生殖器,因为沾染过我的体液。念真也戴上一副小手套,帮我一道擦洗尸体。这孩子并不知道正在触摸自己的亲爹。我把念真赶出卫生间。血水在淋浴间下水口形成无数个漩涡,直到变成一池清水。我感觉这具尸体干净到可以被送上餐桌了。我在地板上垫了一大块塑料布,再把尸体拖上去,确保他不会沾上家里的东西。

然后,我脱光念真的衣服,我也把自己脱得精光,露出全身的淤青和血痕。这个畜生把我打得真狠,几乎要了我的命。念真看到我的乳房和私处说:"妈妈,你疼吗?"

"妈妈不疼了。"

我让念真闭上眼睛。他的小手还在触摸我的伤口。我疼得哭出几公升的眼泪。

清洗完自己和儿子,下一步是搬运尸体。我从厨房翻出个大编织袋,拉了拉异常结实。我让念真帮忙打开编织袋口。我先把死人的脑袋塞进去,再豁出力道推他的屁股。尸体落进编织袋,就像落进出殡的棺材。

我用力拉了拉编织袋,发觉自己犯了一个错——我根本拖不动男人的尸体,搬到楼下已是我的极限。

如果想把尸体扔到更远的地方,必须要有一辆车。

我想起金毛的面包车。那辆车的后备厢足够宽敞，半夜上路也不引人注意。金光电子厂停产的三个月，我和顾振华考出了驾照。其实我开车很稳，驾校教练夸我是好学员。有几回金毛喝过酒，他就让我自己开这辆面包车去卖身。

我决定去北新泾找金毛。念真要跟我一起走。我也不能让他一个人面对尸体。我换上黑衣黑裤，棒球帽裹住头发。我带着念真下楼。念真坐上自行车后座，细细的胳膊环抱我的腰。我抬头看一眼虹桥镇的月亮，像半个漂亮的乳房。

经过最近的加油站，自行车沿着中环线工地向北走。念真贴着我后背的小脸像个汤婆子，让我重新生出力道踩着脚踏板。链条带动两个车轮，稳稳穿过地球的黑夜，留下两条漫长而交错的轨迹。

北新泾的破房子到了。金杯面包车就在门口，像一台白色灵车。我把金毛叫出来说："金毛哥，我能借你的面包车吗？我有急事要回老家，明天保证把车送回来。"

"小雪，你没骗我吧？"金毛笑笑说，"现在陪我打一炮，这辆车可以借给你两天。"

我冷笑说："好啊。"

金毛的右手摸到我的胸口，一把水果刀顶在他的咽喉上。金毛说："你也会玩刀了？"

"车钥匙给我。"

金毛掏出车钥匙，放到我的手心里说："你可别出事。"

"回去看你的吕克·贝松吧。"

金毛回去了，我打开金杯面包车。念真坐上后排，自行车放进后备厢。我转动钥匙点火，发动机像个呻吟的婊子，四个轮子离开北新泾的子夜。

十二点以前，金杯面包车回到虹桥镇。我放下自行车，牵着念真爬上三楼。

有个人影蹲在家门口，他站起来说："小雪。"

我几乎以为死人复活了。但是一只粗糙温暖的大手抓住了我。电工的手等于带电作业，给我的脉搏通上电，从手心到脚底板酥麻一遍。电工顾振华来了。

念真扑到他身上说："爸爸，快帮帮妈妈。"

"你怎么会来这里？"我的牙齿在发抖。

"小雪,你为什么不接我的电话?你见到那个人了?"顾振华的声音里有几分哭腔,"我太害怕你出事了,我搭了摩托车连夜从西泠镇过来找你。"

他说的那个人就在房门里。我无法向我的丈夫隐瞒。我转动钥匙开门说:"你自己看吧。"

看到地板上的大编织袋,顾振华捏着我的手说:"这是什么?"

"冒牌货。"

我们一起打开编织袋口,顾振华看到了尸体,顺便认出了这张脸——双眼还没闭上。

"是谁杀了他?"

"我杀了他,盗版顾振华。"我瞄了一眼念真,最大的秘密必须烂在我的肚子里。

"小雪,我该怎么做?"顾振华的面孔苍白得像一瓶变质的牛奶。

两分钟后,一家三口都戴着手套,抬着大编织袋下楼。死人比我想象中还要沉。我打开金杯面包车的后备厢。顾振华问我哪里来的车,没有时间解释了,收紧编织袋口,一起用力塞进后备厢。

顾振华捏着方向盘上路了。我在副驾驶座上指路。念真在背后不断呼出热气。车上有一张最新的上海道路交通图,我选择了最荒凉的方向——虹桥机场的背面。

清明节前夜,后备厢锁着一具尸体,金杯面包车打出两道远光灯,笔直的街道上落满灰尘,好像上帝的头皮屑。顾振华开到一片荒无人烟的建筑工地,路牌上写着"南明路"。

我的背后响起一个声音,就是这里吧。顾振华没有说话,念真也没有说话。编织袋里的鬼魂在说话。我让念真坐在车上不要动。我和顾振华下来打开后备厢,搬下沉甸甸的编织袋,拖入建筑工地的草丛中。穿过蒿草与瓦砾堆的废墟,我们进入上海的盲肠。

顾振华解开编织袋口。他抓住死人的一只脚,我抓住另一只脚。拽出这具赤裸的尸体,像从子宫里拽出一个巨大的死胎。

"顾振华,我现在把你的人生还给你。"我看着我老公的眼睛说,"不能让别人看到他的脸，如果他被登记为死亡人口，你就失去了重新成为自己的机会。"

"小雪，你想做什么？"

我在蒿草丛中摸到一大块水泥板。抬起来大概有二十斤重。顾振华还没反应过来，我已经松开手指，钢筋水泥自由落体下去。

盗版顾振华的面孔破碎了。听说死人不怎么流血。我的脸上只溅到了几滴。

我闻到屠宰场般的恶臭。我重新举起钢筋水泥板，像两万年前猎杀野兽的原始人，对准死人的脑壳砸了第二下，第三下……

顾振华仿佛自己被砸烂了脸，他跌倒在蒿草丛中，打开手机照亮尸体——已经不存在脸了，脑壳模糊碎裂，只剩太阳穴上的创口，哪怕亲娘都认不出他。

我看到了盗版顾振华的生殖器——为了避免残留任何痕迹，我必须消灭这个毛豆般的器官。

第二次举起沾满鲜血和脑浆的钢筋水泥板，我砸烂了尸体的下身器官。

月光像一条长长的裹尸布。我躺在一个活人和一个死人之间，好像自己也介于活着与死亡之间。春风吹拂高高的蒿草，我的头发像野杜鹃四处绽开。鲜红的黑夜里，两个鬼魂从泥土中生长出来，站在一具新鲜的尸体前。我爸爸拽起盗版顾振华的右手，我哥哥捉住他的左手。我儿子的亲生父亲的鬼魂离开残破的躯壳。三个鬼魂手挽着手，蹒跚着离开荒芜的工地。

忽然，我的头顶响起巨大的轰鸣。一架空中客车冲向虹桥机场的跑道。红眼航班放下起落架，闪烁的灯光像一万颗流星飞过。

"大龙的女儿就在这架飞机上。"顾振华吃力地仰头说，"也能带我们飞走吗？"

顾振华开着金杯车离开南明路。我没忘记带上编织袋。念真在后排注视挡风玻璃外的黑夜。

路上没有遇到一辆车，没有一个人。回到虹桥镇的住处，我换了所有衣服，洗一把脸，热毛巾擦干头发。我让念真睡在客厅沙发上。

"妈妈，我怕我会做噩梦。"这孩子抓着我的胳膊说。

我打开图画版《小王子》念出一句："好像所有的星星一下子全都熄灭了一样！"

于是，念真像头羊羔睡着了。

我和顾振华卷起卧室里的床单、被套、枕头，杀人的美工刀，沾血的衣服裤子，十根血淋淋的手指头，全部塞进编织袋。来到楼背后的空地，我捡来枯枝败叶，点上打火机烧了。杀人的罪证变成一对对黑色蝴蝶。我的眼泪被熏出来，滋滋融化在火团中。

我只想回到儿子身边。念真还在沙发上熟睡。我打了一桶水清洗地板和墙壁。我又洗了一把澡，热水对准下身冲洗，强迫自己喝下大量自来水，连续撒了好几泡尿。我不想再怀上那个人的小孩。我的皮肤泡得充满褶皱，乳房像两朵七月的荷花，擦着鲜艳的血痕和淤青。

顾振华轻轻抚摸我说："小雪，那个人打了你？"

"没关系，我杀了他，两不相欠。"

"我宁愿再杀死他一百遍。"

顾振华已是一座坚硬的活火山。我让他徐徐进入我的身体。他没有再寻找避孕套。我们第一次不再有橡胶和油脂的阻隔。最近一个半月，有三十个男人进入过我的身体，但总有个地方是别人触摸不到的，像一片泥泞幽暗的沼泽，只有一个人才能抵达。他熟悉我的每一道褶皱，每一个弯曲，每一处温柔和湿润。顾振华的子弹击中了我的靶心。

我们从汗水和黏液的深渊中复活。我用毛巾擦干顾振华的身体说："听好了，我帮你杀了那个人，从今天起，你不再是穆雪的丈夫，也不是顾念真的爸爸，更不是西泠镇的电工顾振华，你是从日本留学回来的顾振华，你只要换一个城市，就能太太平平活下去。"

"小雪，我们一起走。"

"我已经没有机会了，但你的明天近在眼前。我是电工顾振华的媳妇穆雪，我不是大学生顾振华的妻子，我们不能再回到过去的阴沟，被人查到简历和档案就完了。"

顾振华摊开自己的双手说："除非……"

"除非再杀一个人，我要杀一个女人，把她埋葬到谁都找不到的地方，她跟我的年纪和长相接近，还要有一张大学文凭，但没有亲人，我就能夺取她的身份，然后重新嫁给你，嫁给日本留学回来的顾振华，你要我这么做吗？"

"不要。"顾振华捂住我的嘴，"永远不要杀人。"

窗外响起投胎似的风雨声，我点头说："我答应你，不会再杀人，所以，我要带着念真离开你，我是一个杀人犯，而你必须出人头地，你读书时候想做法官对吧？这个有点难，但可以做律师啊，只要你的妻子不是杀人犯。"

顾振华垂下头来，凝视沙发上熟睡的念真说："他怎么办？"

"念真是我的儿子。穆家村是一条阴沟，你的老家也是，甚至西冷镇也是，哪怕在上海也有阴沟。顾振华，你要爬出这条阴沟，否则，我就白白杀了一个人。"

清明节的黎明，天地间下起幽冥般的大雨。另一个顾振华的尸体已被黑色的泥沼淹没。

雨点催得很急，顾振华亲吻了还没睡醒的念真。我想起一件事，拆开自己的手机后盖，取出一张 SIM 卡——这是我唯一的手机号码。我把这张卡扔进马桶，冲入下水道。

顾振华抓住我的手问："这样我就找不到你了。"

"警察会顺着手机通话记录找到我的。"我触摸他的嘴唇，"别担心，我会再买一张新的手机卡，办完了就给你打电话。"

"小雪，请不要骗我，我会一直等你的电话，直到死。"

顾振华打开房门，我抱住他最后一次接吻。

念真醒了。

儿子从沙发上爬起来，抓着顾振华的手说："爸爸，你要去哪里？"

我贴着顾振华的耳朵说："别告诉他。"

"念真已经八岁了，他比所有孩子都聪明，我们不能再骗他了。"

"别说。"我又一次警告他。

顾振华抱着孩子说："听我说，杀人的不是妈妈，而是我。"

"不，是我杀了那个叔叔。"念真说。

我捂住念真的嘴巴说："你在做噩梦，明明是妈妈杀了那个人。"

念真触摸顾振华的太阳穴说："妈妈戳了第一下，我戳了第二下，我用削铅

-243-

笔的小刀杀了他，这不是拍电影。"

"小雪，你没有告诉我真相。"顾振华回头盯着我的眼睛。

"小孩的话你不要信。"

顾振华捏着念真的小手说："念真，你记住，爸爸杀了那个人，因为爸爸看到他在欺负妈妈，现在开始，爸爸必须躲到很远很远的地方，都可能不在地球上。"

"你会去小王子的星球吗？"

"说不定。"顾振华笑笑说，"你必须在爸爸和妈妈之间选一个。"

念真先看我，再看顾振华说："爸爸，我想跟你走。"

顾振华叹气说："听清楚了，顾念真，我不是你爸爸，你爸爸已经死了。"

"你为什么告诉他？"我用拳头砸着顾振华的后背。

"早晚要知道的。"顾振华伸出两根手指，捋了捋我的头发，他对念真说，"跟你妈妈走吧。"

顾振华走了。他不让我送他。脚步声消逝在清晨的楼道。我靠在门板后，目光像冰块看着念真。

如果警察抓到我，我会说，南明路上被砸烂的男尸就是电工顾振华。他发现了妻子卖淫的秘密，我为了保护自己而杀了他，然后剥光他的衣服，用金杯面包车运到工地上，砸烂了他的脑壳和卵蛋。至于日本留学归来的顾振华，我是不会告诉任何人的。这样真正的顾振华就安全了，因为他已经变成了他本该成为的那个人。

我给儿子做了早饭，最后收拾一遍房间。我发短信给远在香港的房东，说我有急事要回老家，押金不用退还。念真就是我的所有行李。我牵着他的手走出房间。

清明节的早上，雨一直下。我们去了上海西郊长途汽车站。

我看到无数个中国地图上的地名。我找到了四川省和重庆市，却找不到穆家村。我挤在售票窗口前说，我要去浙江省的最南面。售票员撕了两张车票给我。

乌云像许多顶不开心的帽子。沪杭高速公路两边的田野上，偶尔可见一两个孤坟，天地间升起黑色烟雾。这辆大巴的乘客基本都去扫墓，马甲袋装满锡箔冥钞，荤素供品，还有青团。有人怀抱骨灰盒准备入葬，装裱过的黑白遗像，一路欢声笑语，打打闹闹。

坐在这一车人当中，念真也不害怕，他头靠着车窗玻璃，热气呵出一团团怪物形状问："我还能见到爸爸吗？"

我抱紧儿子不响。

"其实，他不是我爸爸。"

"念真，要是有下辈子，你可千万不要做我的孩子，不要做阴沟里的孩子。"

念真的眼睫毛湿润得像条小狗，望向车窗外的乌云说："知道了，我是从小王子的星球上来的，没有爸爸，也没有妈妈，只有我自己一个人。"

穿过钱塘江上的大桥，雨点一滴滴落在车窗上，仿佛无数透明的流星扫过，疯狂地向着南方飞奔。

夜里，浙江省最南部的县城到了。吃了两碗米线，我牵着儿子走进小旅馆。老板娘问我要身份证。我说身份证丢了。老板娘多收二十块钱，让我自己填写住宿登记。

我和儿子挤在一张发霉的床上。念真沉默地翻着《小王子》。隔壁电视声音很吵，凤凰卫视的阮次山分析海峡两岸关系。窗玻璃上的雨点像催眠大师。天花板的污渍是半朵月亮，我的喉咙像生锈的录音机唱出一首歌——

  月亮在白莲花般的云朵里穿行
  晚风吹来一阵阵快乐的歌声
  我们坐在高高的谷堆旁边
  听妈妈讲那过去的事情

2

仿佛逃出庄园的黑奴，主人从背后开了一枪，飞奔了十六年，子弹终究追上后背心。鲁亚军死后第七天。我开着红色 MINI COUPE 回到别墅。我打电话让顾振华和丁丁回来，加上鲁小米，四个嫌疑人都要参加鲁亚军的头七仪式，这样才显得我们是无辜的。海岸大堤上残留大团黑色痕迹，好像集体火化了上百人。两台奔驰和宝马开上大堤，拉来五位黄袍加身的高僧，点燃一排香烛，敲打法器，诵经超度亡魂。海面上漂满黄色和白色菊花，活像一条圣洁的恒河。我从衣柜里整理出鲁亚军的衣服，阿玛尼西装就有四套，塞进五个拉杆箱，拖到海堤上一把火烧了。我穿着漆黑的套装，露出丝袜包裹的小腿，站在第一排默哀。所有人都把我当作鲁亚军的未亡人。

天黑下来，回魂夜到了，宾客们纷纷散去，窗外仍然飘散香火焚烧的气味。我决定留在别墅里过夜。鲁小米端着一杯伏特加问我："冯阿姨，这是你最后一次住在我家吗？"

"我保证。"我说，"小米，你可以永远留在这里了。"

我让顾振华也留下来。我有太多的话要跟他说。我知道警察在盯着我们。其他任何地方，我们在一起都会引起怀疑——除了今晚。

"鲁亚军是怎么死的？"漆黑的小花园里，顾振华向我提问。

"自杀。"

我抬头看三楼的书房窗口，公安局的封条禁止任何人进入。鲁小米的窗户也暗了。她喝了一整瓶伏特加。她的酒量不会超过她爸爸。我和顾振华都把手机放在房间里，免得被遥远的耳朵偷听。

顾振华贴在墙根上说："我担心总有一天，警察会发现十六年前的那桩事。"

"一个人的经历就像文身，不管你怎么清洗磨皮，都会留下印子揭开来。"我说，"揭开这层结痂，你会看到很多龌龊的东西。"

顾振华的头发好像一层黑夜里的白霜，声音低到了泥土下："如果，我落到警察手里，你永远不要自首，永远不要承认真相。"

"你想怎么说？"

"正版顾振华杀了盗版顾振华，清明节前一夜，我搭了摩托车来上海找你，深夜11点以前，我亲眼看到那个人在强奸你……"

顾振华的声音像被锯齿切成了好几段，一点点沙哑下去。

"我在听，虽然这不是事实，你并没有亲眼看到那一幕，你最好不要看到。"

"为了制止强奸行为，我用一把美工刀杀了他。我策划了接下来的所有事，我们和念真一起骑自行车去借了金杯面包车，然后，我们回来把尸体搬到车上，我一个人开车去南明路，也是我一个人砸烂了那个人的脑壳。"

"你是想要让别人相信——我只是一个受害者？"

"嗯，你本来就是一个受害者。"顾振华微笑着说，"从现在开始，我是杀人犯。"

"顾振华，你没必要为我顶罪。"

"小雪，这是我的决定，与你无关，你只要记住刚才我说的话，保持统一口径，绝对不要让警察抓到破绽。"

我轻轻推开他说："不行……如果你承认在十六年前杀了那个人，你会被判死刑的。"

"小雪，你知道我去了广州以后，为什么会考司法资格证书，为什么变成律师？"

"因为你从小就想做个法官。"

"错了，最近这十几年，我每天夜里都在钻研刑法，《中华人民共和国刑法》总共15章，452条，56681字全部记在我的脑子里。"顾振华摸了摸自己的白头发，"虽然，我只是个打劳动纠纷和离婚官司的穷律师，但我相信有一天，我会为自己辩护。"

"你就算不会被判死刑，也会在监狱里关一辈子。"

顾振华摇头说："不会，我是正当防卫——如果当时我们没有去埋尸体，而是直接去公安局自首，因为我是在保护自己的妻子，采取制止行为，杀死了正在实施强奸犯罪的不法侵害人，那么我就是正当防卫，可以无罪释放。"

"你说什么？我们是无罪的？"我的喉咙里好像吞了一把手枪，"这是我这一生听过的最可悲的笑话。"

"对，我们是无罪的。"

"我从小听大人说'杀人偿命'，只要杀了人就是有罪的，押上刑场吃一颗子弹。"我的胸口像戳了一根木桩子，"如果有机会读大学，多读点书，我也不用东躲西藏冒充别人，我们更不用分开十六年，我还丢失了孩子……"

顾振华替我擦去眼泪。三楼屋顶上有一只乌鸦，扑扇翅膀飞向月亮，把我们抛在这幢大房子的阴影下。

"我们把尸体砸烂了算什么罪？"

"故意毁坏尸体罪。"顾振华的心跳像乐队的鼓手，"就算是防卫过当，法官也会给我轻判的——最多五年。"

"我还要等你五年？"

"不用那么久，我知道很多减刑的方法。"顾振华望着天上的月亮，"小雪，你只要再给我三年时间。"

"三年。"我在心中默算，"36个月，那时我刚满44岁，我还有机会给你生个孩子，属于我们两个的孩子。"

"小雪，我会在监狱里锻炼好身体的。如果允许的话，我想在里面学习摄影，出来后我就能欣赏你的作品。"

"有一种说法，女人一生只当一次少女。"我的手指尖触摸他的嘴唇，"我的少女给了一个王八蛋，但我很快遇到了你，这是我一生最好的一次运气。"

"现在唯一的遗憾，就是念真。"

海风吹干泪水，我笑着说："对了，还要告诉你一件事，我找到念真了。"

燃烧的月光下，我拉着顾振华转回头，一大簇蔷薇花背后，顾念真的脸上沾着黑色淤泥，依然是八岁男孩的双眼。

3

鲁亚军下地狱超过半年了。

展览中心的大屏幕上打出"穆雪摄影双年展"。踩着红色高跟鞋，我爬上巍峨的大理石台阶，心里默数有三十九级。我抬起两根手指捋着鬓边头发。许多照相机对准我的脸。我再也不用推开手机说"滚"了。几个评论家要加我的微信，就像抢着为妓女点烟的嫖客们。我礼貌地谢绝了。

展厅依次挂着八十幅照片——沿着长江顺流而下，从高高低低的重庆开始，再到闷热的武汉,然后是南京的明城墙,最后到了上海。

唯独有一组照片是我的家乡。穆家村的矿山像个黑色的陨石坑,那时我的爸爸和哥哥还年轻。照片里有穆家村的月亮,穿梭在白莲花般的云朵里。最后一张照片,有个粗壮矿工的肩膀上骑着一个小姑娘——照片上的她像个永生不朽的少女,隔着一层相框玻璃,照出四十一岁的穆雪。泪水模糊了我的面孔,像撒哈拉沙漠的绵绵细雨。

这层玻璃还照出第三个人——头发雪白的老太太。我以为看到三十年后的自己。她站在我的背后,面孔布满皱纹,脖子松弛如布袋,眼角下泪沟深沉,双眼浑浊,凝滞,像两口干枯的老井。她只认得照片上的我,却不认得站在照片前的我。

她是爱娃。

两个月前,我找到了远在德国的爱娃。我邀请她来参加我的摄影展,如果她还保存着三十年前在穆家村的那组照片的话。一个月前,爱娃从柏林飞到上海。她在酒店隔离二十一天,带来了三十年前的我。走了三十年的路,我终于走到爱娃的面前。我亲吻她充满褶皱的脸颊。她的身体里有死亡的气味。

告别爱娃以后,我去了趟卫生间。这里有一股薄荷味。我在镜子前擦去黑色的眼泪。

"祝贺你,穆雪,你终于可以用自己的名字了。"

鲁小米出现在同一面镜子里。小姑娘染过头发,化了蛮浓的妆。她用力吸着鼻子。那是鲁亚军最喜欢的味道。

我对着镜子说:"小米,你还好吗?"

"凑合。"

"如果没有你爸爸的帮助,我不会有机会举办摄影双年展。"

"谢谢你还记得我爸爸。"鲁小米说,"我把别墅卖了,还有很多你的摄影器材和照片,我想还给你。"

"我还有事,改天吧。"

"不行,明天房子就归别人了。"

我回头直接看着她的双眼说:"改天,谢谢。"

鲁小米贴着我的耳朵说:"如果你不去,我就去公安局举报你谋杀了我爸爸。"

"为什么现在才说?"我微笑着说,"你找到什么证据了吗?"

"有。"

二十分钟后,我开着红色 MINI COUPE 回到海边的别墅。穿过秋天的花园,脚底下踩过一片枯枝败叶,我疑惑地问:"怎么枯萎了好多?还没到落叶的时候呢。"

鲁小米耸耸肩说:"我请园丁来看过,好像花园里闹了病虫害。"

"可惜,你要买杀虫剂了。"

"没关系,反正房子也卖了,我宁愿让这里烂成废墟。"鲁小米走进积满灰尘的客厅,爬上旋转楼梯,"我们喝两杯可乐吧。"

楼顶露台的阳光不错,鲁小米摆开一张台子,两张椅子,两只玻璃杯里加了冰球。

"按照你的习惯,你喜欢可乐加冰。"小姑娘打开可乐罐头,倒进玻璃杯说,"别怕,没有马钱子碱,毒药早就被公安局搜走了。"

我的舌头很馋可乐,但我没有触摸杯子,我说:"我猜,今天是一场谈判。"

"差不多吧。"鲁小米吞下半杯可乐,泡沫在嘴唇上跳舞,"说说你知道的。"

"杀死你爸爸的人,其实就是你,鲁小米。"

鲁小米摇晃着手里的玻璃杯,头发一根根被风吹到眼睛前方:"我在洛杉矶读高中的时候,房东家里有个墨西哥保姆,黑头发,黑眼睛,胸部比我们两个加起来还大。她是穿过亚利桑那沙漠偷渡到美国的,结婚拿了身份。她还不到三十岁,就有三个小孩要养。她的脸上经常粘着创可贴。原来她老公每天一瓶龙舌兰酒,烂醉如泥以后只有两种娱乐,一是做爱,二是打老婆。有时她会偷房东的首饰出去卖,但我没有告发她。我们就成了秘密的朋友。她爱吃一种止痛药,但是处方药,医生很少给她开,但有了原材料就能自己做。"

"我猜她是药物依赖,就像毒品。"

"对,我跟化学老师睡了一觉,轻轻松松拿到了材料。我和保姆就在厨房里合成出了这种药粉。几天后,保姆的丈夫在吸大麻烟以后死了,据说死因是吸毒过量。我知道这是一起谋杀——我在不知不觉中参与了谋杀。"鲁小米笑笑说，"凶手在大麻烟里下毒，通过燃烧吸入呼吸道，她老公很快就毒死了。唯一的罪证大麻烟也烧掉了。因为死者用过许多不同的毒品，医生也没有认真检查，就以吸毒过量定论了。"

"只要她不说，你不说，不会有人知道这桩谋杀案的存在。"我说，"鲁小米，我们做个交易，互相保守秘密，好吗？"

"我们拉钩吧。"

我伸出小拇指与鲁小米拉钩。我抓起小包说："祝你学业顺利，我走了。"

海上刮起一股西北风，屋顶发出飕飕的啸叫声，鲁小米走到露台边说，"哎呀，丁丁老师来了？"

我走到露台栏杆边，抬起两根手指捋着鬓边，只看到萧瑟的小花园。

"对不起，我必须再杀你一次。"

鲁小米贴在我耳边说。一只手推上我的后背，我像一截被锯断的树枝飞出去。

海风贴着屋顶坠落，犹如一床蚕丝被，温柔地把我卷起来。我看到急速旋转的云彩，浊浪翻滚的黑色大海，泥沙俱下的长江，最后是冰冷的大理石地板。

头朝下。我的颈椎咔嗒一声断裂了。

死亡的瞬间，我以奇怪的姿势凝视一株秋天的蔷薇。

第八章

Chapter Eight

阳面

1

秋风四起的一夜,抬头看不到星星。许大庆抱了一杯酽茶,受伤的左腿跷起来,眼乌珠半睁半闭,想起年轻辰光彻夜蹲点守候犯罪分子。许大庆打开插图版《小王子》,包了一层塑料书皮,书页翻起毛边,插图上有彩色铅笔涂涂画画,抹布一般暗淡,只有小王子的头发金灿灿,立了一颗孤零零的星球上招手。

有人敲门,许大庆开门看到丁校长——提了十八年陈绍兴花雕,四只刚蒸熟的阳澄湖大闸蟹。许大庆板了面孔说:"你这是向人民警察行贿。"

"许警官,我听说你退休了。"

"对啊,我都退休了,这也不算腐化堕落。"

许大庆收清台子,垫上餐布,准备了米醋,打开酒瓶,倒了两个玻璃杯说:"你晓得我欢喜吃黄酒?"

"叶警官讲的。"

"我这个徒弟啊,哪能就出卖了师父。"许大庆咪一口酒,"要是有茴香豆、炒螺蛳,这么就更嗲了。"

丁校长细细剔出蟹肉,蘸了米醋说:"现在丁丁不回家了。"

"他不是丁丁,他叫顾念真。"

"叶警官跟我讲过来龙去脉。"丁校长吞下一口酒,"没想到这个小囡,竟有这样惊心动魄的故事,但我还是叫他丁丁,改不过来了。"

看到窗台上的《小王子》,丁校长说:"哎呀,这是丁丁小辰光最爱看的书,不晓得看过多少遍，2005年热天，我们接他回家的辰光，他就抱了这本书。"

"这不是丁丁的书，是顾念真的书，我特地问他要来的。"

丁校长只好掰蟹脚，剔蟹肉说："老实讲，我是不想来的，但我老婆要我来寻你。我们还是拿丁丁当儿子，从没让他吃过一点苦，穿的用的吃的都是最好的，小鬼读书也争气，门门功课挺刮，作文写得漂亮，三好学生，优秀少先队员，优秀共青团员，新概念作文大奖赛……家里一面墙贴满奖状，帮我挣足了面子，大学读了师范专业，将来当个优秀的人民教师，甚至一校之长。"

"这不是他的志向。"

"是啊，丁丁的本事比我大。我在想丁丁有没有存心骗我们？假设他并没坏心，七岁的小囡，就像一团橡皮泥，随便就可以捏成新的样子，他以为自己就是丁丁，以为家在上海，看到我们就扑上来叫爸爸妈妈，因为他太想要爸爸妈妈了。"

"我从没讲过丁丁是个坏小囡，但他一直在说谎，他的心里藏了亲生父母，他也把你们当作爸爸妈妈，他会给你们养老送终的。"许大庆没掰蟹腿，直接撬开蟹盖头，掏了浓油般的蟹黄，"嗲的，正宗的阳澄湖大闸蟹，这趟你来寻我，是为了另一个丁丁吧？"

"老实讲，自从晓得丁丁不是我们的亲生儿子，我跟老婆就没困好过。"丁校长说，"只要他肯开口，告诉我们真正的丁丁的下落，我的所有财产都可以给他，这不就是这小囡当初来我们家里的缘由吗？"

"放你娘的狗屁。"许大庆猛拍台子，震倒了玻璃杯，黄酒在餐布上横流，"你们在寻走失的儿子，顾念真的爸爸妈妈也寻了儿子十六年，你有现在的丁丁，也不亏了。"

丁校长再给许大庆倒满酒杯说："这十六年不亏了，可是接下来的十六年，我跟老婆该哪能过呢？"

"不要哭哭啼啼，我保证过帮你们寻到儿子的。虽然我不是打拐专家，但也在打拐办公室接了三年电话，晓得一点门道。我在全国联网的数据库上传了你们夫妇的DNA信息，如果真正的丁丁要寻找亲生父母，就能通过数据库寻到你们。"许大庆一口闷光杯中酒，"十六年前，你们就应该去做一趟鉴定了。"

"老许啊，讲到亲子鉴定，我想起一桩事体。丁丁刚回来辰光，全家人开开心心，只有丁丁的叔叔提醒去做亲子鉴定。我这阿弟在德国留学十年回来，没结过婚也没小囡，我跟他关系蛮僵的，觉着他不怀好意。后来丁丁读了小学五年级，快要小升初期末考试，他叔叔来给丁丁辅导英文，这天我跟丁丁妈妈出门，回来却看到丁丁在泡浴缸，身上青一块，紫一块，我问啥情况，丁丁讲叔叔要看他的小鸡鸡。"

"这逼样子。"许大庆几乎要拿台子拍碎了。

"我也是火冒三丈，我是个校长，天天关照学生要保护自己，不管男生女生，不好随便给人家看身体，就算亲眷也不能看的，我一拳头打出去，我阿弟的鼻头血喷出来了。"

"丁校长，你怀疑你阿弟是个恋童癖的变态，为啥没报警？"

"家丑不可外扬，毕竟是我的亲兄弟，要是传扬出去，人家想中学校长的亲兄弟是个恋童癖，这校长恐怕也不是啥好料，蛇鼠一窝罢了，我们是享誉全国的名校，不能有这样的丑闻，我跟阿弟从此断绝关系，至今没再往来。"

许大庆指了他的鼻头说："丁校长，当时要是报警，就可以搞清爽你阿弟是不是变态，如果你阿弟是清白的，丁丁就是个绝顶聪明的小囡，自编自导了这一出戏，讲好听是挑拨离间，讲难听是诬陷好人。"

丁校长揩揩额头的汗滴说："现在蛮后悔的，我错怪了我兄弟。"

"未必是错怪，第二种可能，你阿弟就是一个恋童癖，他对丁丁做了最龌龊的事，无论丁丁是不是你的亲儿子，你老早应该拿你阿弟敫掉，你是姑息养奸，放跑一个畜生，还会坑害多少别人的小囡？丁校长，你只担心自己的名声跟乌纱，等于是恋童癖的同案犯。"

许大庆当场给叶萧打了一通电话："徒弟啊，拜托你一桩事体，丁世杰校长的阿弟，他叫啥名字？"

"丁英杰。"丁校长拉拉许大庆的手臂膊，"算了，不要查了。"

叶萧在电话对面说："师父，你跟丁校长在一道？"

"这你不要管，必定要帮我查清爽，这个丁英杰，到底是人是鬼？再会。"

许大庆挂了电话，眼乌珠通红瞪了丁校长。两个人都熄角了。

房间里是黄酒跟米醋气味。大闸蟹已经冷下去。许大庆说："丁校长，你是高级知识分子，我再问你一个成语：李代桃僵。"

"这句成语出处是《乐府诗集》当中一篇《鸡鸣》。"丁校长皱眉头说，"我年轻辰光是倒背如流，现在记性不如往昔了。"

丁校长打开手机，搜索出这篇的全文朗诵一遍——

鸡鸣高树巅，狗吠深宫中。荡子何所之？天下方太平。
刑法非有贷，柔协正乱名。黄金为君门，璧玉为轩堂。
上有双樽酒，作使邯郸倡。刘玉碧青甓，后出郭门王。
舍后有方池，池中双鸳鸯。鸳鸯七十二，罗列自成行。
鸣声何啾啾，闻我殿东厢。兄弟四五人，皆为侍中郎。
五日一时来，观者满路傍。黄金络马头，颎颎何煌煌！
桃生露井上，李树生桃傍。虫来啮桃根，李树代桃僵。
树木身相代，兄弟还相忘。

许大庆完全听不懂："啥意思？你帮我讲讲。"

"汉朝辰光，出了蛮多寒门贵子，比方讲为了汗血宝马出征大宛国的李广利，又比如霍去病的阿弟霍光，攀龙附凤，权倾朝野，鸡犬升天，眼看他起高楼，眼看他楼塌了，不是身败名裂，就是株连九族。"

"这种人我见得多了。"

"桃生露井上，李树生桃傍。"丁校长的腔调像在报告会上，"桃树跟李树养在一道，害虫来吃桃树的根，李树代替桃树僵死，桃李还能相互代替牺牲，兄弟道里却是大难临头各自飞，树倒猢狲散，老早忘了手足情，只好同富贵，不好共患难，总结下来，就是人不如树。"

"现在这个丁丁，到底是李树还是桃树？"

丁校长的眼泪鼻涕出来，餐巾纸揩揩说，"我想啊，必有一棵树是死了，所以一棵代替另一棵活下去，你觉着我儿子还活着吗？"

许大庆又倒一杯酒，晃了晃琥珀色黄酒说："花雕又叫女儿红，老里八早，绍兴人养了小姑娘，就拿三亩田糯谷酿成三坛子女儿红，待到女儿十八岁出嫁，再打开坛子来吃酒，我要是在乡下有地，必要埋三坛子黄酒。"

"你有个女儿对吧？"

"失踪几个月了。"许大庆说，"你的儿子落掉了，我的女儿也落掉了。"

这顿老酒吃到凌晨两点，十八年花雕后劲足，丁校长抱了马桶呕吐两趟，当夜困了许大庆的眠床。许大庆困了女儿的眠床，蛮想请法医剖开自己的胃，吊了天花板上晒晒干。

2

2022年，清明节，非但没有落雨，而且热得反常。

鲁小米从法院后门出来，剪了齐耳短发，戴一顶遮阳帽，墨镜跟口罩遮牢面孔。一台黑色奔驰S400轿车停在街边。鲁小米刚要上车，背后响起男人的声音："红豆沙香菜牛排味，榴梿抹茶三文鱼味，你喜欢哪一种？"

叶萧披着一年前的灰色风衣，抱了两杯奶茶立在面前。鲁小米笑笑说："还有阳间的口味吗？我要第二种。"

奔驰S400后面停着一辆白色上汽荣威，叶萧拉开车门说："可以聊聊吗？几分钟就好。"

"男人在床上的正常水平。"小姑娘坐进副驾驶座，"我又犯了什么罪？"

叶萧上车说："鲁小米，法院判你犯有过失致人死亡罪，有期徒刑三年，缓刑四年，当庭释放。"

"今天运气不错，我在法官面前哭红了眼睛。"鲁小米摘下口罩和墨镜。

"但你杀了一个人。"

鲁小米放下奶茶说："我刚到公安局自首就说了，我没想杀了穆雪，我只想把她的摄影作品还给她，顺便请她在露台上喝两杯可乐。穆雪指责我不该擅自卖掉我爸爸的别墅。她打了我一记耳光。我随手推了她一把，没想到露台栏杆太矮，她竟然掉下去了，运气不太好，脖子着地。"

两杯奶茶味道太重,叶萧扇了扇风说:"你没想过杀人,更没想到三层楼高就会让人摔死,与其说是过失致人死亡,不如说是意外事故,对不对?"

"我伯父就是这么说的。"鲁小米说,"我叫了120救护车,我还有投案自首的情节。"

"案发当天,距离你的十八周岁生日还有三天。我上过你伯父的刑法课,他说过第七十二条——如果你不满十八周岁,被判三年以下有期徒刑,犯罪情节较轻,还有悔罪表现,没有再犯罪的危险,对于所住社区没有重大不良影响,就可以缓刑。"

"嗯,以上条件我全部符合,我不用蹲监狱。"

"虽然只有三层楼高,但冯菲是在坚硬的大理石地板上摔断脖子的。"叶萧打开一段手机视频,"我在露台上做过实验,只有站在这个不到一米宽的位置,掉下去才会砸中大理石致死,其他任何位置摔下去,要么被屋檐拦住,掉在二楼平台,或者摔到小花园的树丛上,都不会直接撞击地面,这个位置是你故意选定的。"

鲁小米翻翻白眼说:"律师在法庭上解释过这个问题,穆雪是自己站上去的,我不可能强迫她。"

叶萧慢慢捏碎奶茶杯子,红豆沙香菜牛排味道流淌在手指间。叶萧看一眼挡风玻璃外,一个白头发男人藏在阴影里。

"鲁小米,案发前一天,你是不是去找过你伯父?你问过故意杀人罪和过失致人死亡罪的区别。他告诉你刑法第七十二条,什么情况可以轻判,可以缓刑,他劝你不要走极端,没错吧?"

"对。"鲁小米戴好口罩和墨镜下车,"谢谢你,叶萧。"

鲁小米坐上黑色奔驰S400轿车。叶萧把两杯捏碎的奶茶扔进法院后门的垃圾桶。奔驰车轰鸣着远去,藏在阴影下的老头子走出来。

许大庆上了徒弟的车,短袖衬衫湿得淌淌的,捏了鼻头说:"啥的死人味道?"

"师父,检察院以包庇罪起诉了顾振华,下个月开庭。"叶萧拉上天窗遮光板,"听说穆雪死了,顾振华的天塌了。"

"顾振华从没杀过人。"

"破解一个人藏在心里的想法，要比破解一桩杀人案难得多。"叶萧看了法院门口的天平标志说，"估计法官会给顾振华判三年。"

"三年出来，顾振华还能跟顾念真父子团聚。至于穆雪，他只能去看墓穴了。"

"今日是清明节，师父又在吓徒弟了。"

"2005年，清明节早上，我们在南明路看到一具无名男尸。"

"哎呀，师父，整整十七年了啊。"

许大庆放下车窗说："清明节，也是穆雪落葬的日子。"

3

碧绿的滴水湖上风平浪静。许大庆从公寓楼里出来，手里捧一只白颜色骨灰盒，看上去是象牙雕。穆雪困在这个白盒子里。叶萧心想自己变成灵车司机了。

"师父啊，你是越俎代庖了。"叶萧转动方向盘，"应该是顾念真捧了骨灰给亲娘入葬。"

"这样等于他在法庭上做了伪证——他讲忘记了八岁以前所有事体，忘记了自己的亲娘，他跟穆雪之间也没母子之情，你相信吗？"

"顾念真来做鲁小米的家教老师就是个巧合？我不信。"叶萧放慢车速，"丁校长每个礼拜都来公安局，问问有没有寻到他的儿子，我们跟浙江、福建两省公安厅都联系过了，现在还没消息。"

"只要顾念真不开口，恐怕换了啥人都寻不着丁丁。"

到了背山面海的风水宝地，叶萧在公墓门口买了两束菊花。许大庆捧了骨灰盒看一眼，望风景，到处是苍松翠柏，就差捧了单反相机按快门了。今日是个大日子，扫墓的人摩肩接踵，落葬的也排了长队。师徒俩戴上口罩，免得被烟熏火燎呛了鼻头。

许大庆按图索骥，寻到穆雪的墓碑。天上飘来一朵乌云。墓地凉风习习，海浪声在头顶盘旋碰撞。许大庆戴上老花眼镜，注意墓碑上的遗像，竟是个小姑娘骑在男人肩膀上微笑——据说是穆雪这辈子的头一张照片。

等了蛮长辰光，叶萧叫来公墓管理员，出示家属授权书，委托许大庆代为入葬——所谓的家属，就是牢房里的顾振华。管理员打开覆盖墓穴的一层大理石，露出两个穴位，男左女右，都是虚席以待，左面预留给顾振华，右面自然是穆雪。

许大庆挺了一张帕金森面孔说："人跟人啊，就像一片树叶子落到另一片树叶子上，有的叶子会继续落下去，有的会粘在一道腐烂。"

墓碑前点上三支香烟，权代三炷香。许大庆轻轻放入穆雪的骨灰盒，盖上大理石墓板，等于盖上棺材板。墓碑上十二岁的穆雪骑在爸爸的肩膀上微笑不语。许大庆搔搔白头发，落下纷纷扬扬的头皮屑。

"穆雪终于躺在墓穴里了。"

"躺在此地的是骨灰，她的魂灵头，大概去了西冷镇，或者穆家村。"

海上又一阵风卷来，叶萧拉拉师父衣角说："可以走了吧，不要在墓地等到天黑。"

出了墓园，师徒俩回到车上，叶萧说："师父，我请你喝一杯奶茶吧，火龙果味还是北极贝味的？"

许大庆的舌头尖发抖说："谢谢你一家门，不必了，送我回家吧。"

车子刚上高速，叶萧就觉着车速不对，明明没踏油门，还是往上加速。许大庆急了叫刹车，但只要松开刹车踏板，车子还是往前头冲。叶萧面色煞煞白，打了双闪，按了喇叭，警告人家车子不要靠近。许大庆不敢在高速上拉手刹，生怕清明节车子太多，再来一趟连环追尾事故，更不好指望穆雪从墓穴里爬出来救他命了。

许大庆弯腰低头往下一看，才发现脚垫卷起来，刚好顶了油门踏板。许大庆马上挂空挡，切断动力输出。叶萧连续刹车，打方向灯靠上紧急停车带，悬崖勒马。

叶萧一拳头打了方向盘，拉好手刹下车，拿起致命的脚垫，直接扔出公路护栏，好像扔出一把凶器。许大庆放落车窗说："徒弟，火气这样大做啥？高速上乱扔垃圾，不文明。"

"师父，我叫你不要去墓地，你看看，是不是沾了不干净的东西？"叶萧气呼呼回到车上，解开衬衫纽扣，吃一口水压压惊。

"徒弟，我是老共产党员，唯物主义者，不相信这套迷信讲法。"

"不讲了。"

叶萧稍微缓过来，重新开车上路。车速稳在一百公里以内，犹如一只滑行的钢铁摇篮。许大庆的眼乌珠一闭，又在副驾驶座上困着，鼾声像台永远发动不起来的摩托车。

4

许大庆梦到一条绿裙子，好像蟒蛇从天花板吊下来，冰冷地缠绕收紧脖子，整个人吊上去，脚底板腾空，剩下影子在地板上晃来荡去。

睁开眼乌珠，心脏跳得凶，许大庆看到别墅的坡道，鼻头里闻着海风的气味，好像还在穆雪的墓地。

"师父，到了。"叶萧为他拉开车门。

许大庆跌跌撞撞下来，手搭凉篷。堡垒般的三层别墅，屋顶上立一只黑颜色野猫。鲁亚军用马钱子碱毒杀野猫的辰光，它可能还没出世呢。

"徒弟，我不是让你送我回家吗？"许大庆莫知莫觉，"做啥来此地？因为清明节？"

"穆雪虽然死了，但是案子还没了结。"

叶萧闪了阴鸷的目光，搀了师父走进小花园。师徒俩的影子丈量满园的枯枝败叶。病虫害凶狠地屠杀了这片花园，野草朝天疯长，仿佛海上吹来一阵风，便能露出雪白的尸体。走进别墅一楼，辰光被粘鼠胶搭牢，客厅寂阒无声，墙上挂满照片，活像外面的废墟风景。穆雪死后的作品市场价翻倍了，如今这一屋子照片的价值，可以换一幢附近的房子。有时死亡才是艺术家的存折，前提是别人记得住你的名字。

"房子不是卖掉了吗?"许大庆问,"统统没变啊。"

"新的主人是鲁亚军的基金合伙人,因为是凶宅,鲁亚军跟穆雪都死在此地,转手有点难,索性原封不动保存下来。"

"这些照片都是穆雪的遗产,应该由顾念真继承吧?"

叶萧爬上旋转楼梯说:"顾念真还在用丁丁的身份,他没办过母子关系公证,暂时继承不了穆雪的遗产。"

到了三楼,师徒俩先进主卧室。当中一张欧洲宫廷大床,好像主人还窝在被头筒内缠绵。打开穆雪的工作间,摄影器材还在,冰柜已经断电。

许大庆跟徒弟走进书房,踏上缅甸柚木地板。墙上挂一幅相框——蓝灰色中山装的老头子,坐在一栋茅草房前,面前摆开中国象棋,缺了门牙的微笑。

"顾振华的老爹还活着吗?"许大庆不敢看这张照片。

"老头子在贵州大山里等了儿子出狱,我猜他能活到九十岁。"

书架也没变化,好像一只蜂巢,每本书都是沉默的蜂窝。书桌上积了一层薄灰。叶萧从包里取出一瓶威士忌,却是日本"山崎",还有两只玻璃杯。

"师父,我没买到苏格兰高地的,只好买一瓶日本威士忌,意思意思。"叶萧拧开瓶盖头,倒了两只酒杯里,"要是加冰就赞了。"

"啥的意思意思?"许大庆说,"不要猜谜语,讲清爽。"

叶萧慢慢抿一口酒说:"师父,你跟被害人在这个房间吃过两杯威士忌。"

"没错,我还打碎了一个杯子,大概是帕金森前兆。"

叶萧不声不响,抽出书架上的几本《摄影》杂志,寻到2005年第4期。叶萧翻开最后一篇文章,鲁亚军的人物专访——开头有他年轻辰光的彩色照片,铜版纸上戳穿一个洞眼,恰好在鲁亚军的面孔上。

"师父,这篇文章的采访人,就是师娘。"叶萧的手指头摆到文雅的名字上,"这期杂志出来三个月后,师娘就在家里自杀了。"

"鲁亚军是个欢喜摄影的疯子,文雅是《摄影》杂志的编辑,负责人物专访版面,有过接触也是正常的吧。"许大庆吞下半杯威士忌,"徒弟,你怀疑我跟鲁亚军的关系,不只是南明路三车连环事故?"

"当时我丝毫没怀疑过师父,实在是没杀人动机,直到去年秋天,还记得吧,你在家里阳台焚烧旧杂志，我刚好给你送来早饭，你烧掉的就是这些《摄影》杂志。"叶萧看看窗外的小花园，"就在同一日，穆雪死于这幢楼下。"

"那些杂志在床底下多少年了，我也从来不看，烧了清爽。"

叶萧拍拍书桌上的杂志说："不对，你最想烧掉的是这一本——2005 年第 4 期的杂志，这是师娘跟鲁亚军有过直接接触的证据。"

"碰巧而已。"

"我也这样想过，但是鲁亚军死亡的夜里——半夜十二点到凌晨一点之间，师父，你也没有不在犯罪现场的证明。"

"我在二楼客房，顾振华出去了大约一个钟头，我一个人困在床上。"

"无人可以证明。"叶萧跟许大庆干杯，"师父，十七年前，刑警队传说你有了外遇，师娘上吊自杀。但我想到一种可能性，会不会外遇确实存在，并不是师父你在外头有了女人，而是师娘在外头有了男人？"

"放你的狗……"许大庆的舌头突然僵硬，手指头虚弱下来，酒杯落到地板上砸碎了。

"对不起，师父。"

叶萧蹲下来收拾碎玻璃。威士忌味道冲了鼻头，手指划开几道口子。许大庆像一株被病虫害侵袭的盆栽，耷拉叶子缩在书房角落，瞪了墙上的顾振华老爹。

叶萧指了杂志上被戳穿的鲁亚军照片说："好像是手指头洞穿的，想必这只手指头的主人，对鲁亚军恨之入骨。"

"他的仇家恐怕不少。"

"师父，我在这几页上采集到了你的指纹。"

"这也不能成为杀人证据。"

"我问了《摄影》杂志当时的主编，他不确定师娘跟鲁亚军有没有关系，但他还记得，2004 年秋天的桂林摄影活动，当时去了两个女编辑，一个是师娘文雅，另一个叫蓉蓉。"

"师父脑子糊涂，记不清了。"

"最近我去寻过蓉蓉了，她现在开了一家儿童摄影店。我问起鲁亚军。但她讲不认得此人。我告诉她，鲁亚军已经烧成了灰，可能死于谋杀。蓉蓉等了蛮长辰光,终于承认——她就是鲁亚军的情人。"

"啥情况?"

"2004年去桂林拍照片,每天夜里,蓉蓉都会溜进鲁亚军的房间。他们保持了一年的秘密关系,蓉蓉为他怀孕,打胎,还为他离婚,最后发现鲁亚军有老婆有女儿,到了2005年秋天,两个人断绝了关系。"叶萧叹气说,"至于师娘,除了跟大家一道桂林旅游,她只跟鲁亚军见过一面,就是杂志的人物专访,还是蓉蓉安排的。"

"给我戴绿帽子的男人,并不是鲁亚军?"

书房一点点暗下来,好像蛮多鬼魂飞来飞去。叶萧无声地绕到许大庆背后,帮师父按摩发抖的右手说:"南明路三车连环事故,到底是不是意外?师父,对不起,我查了你的手机行动轨迹——事故发生以前,你跟踪过鲁亚军。"

"我的徒弟本事真大,居然在师父的手机上动手脚。"

叶萧举起酒杯说:"你以为鲁亚军就是十七年前师娘的外遇对象,你跟踪了鲁亚军,发生了南明路三车连环事故,你没想到又引发了更大的事故——冯菲也就是穆雪,在车祸中救了你,还救了鲁亚军跟鲁小米,恰好鲁亚军是个摄影爱好者,穆雪做了他的女朋友,还搬进这幢房子,半年后,这桩事故冲上高潮——冯菲的生日派对,顾振华以律师的身份出现,顾念真变成鲁小米的家教老师丁丁,师父你是不请自来。"

"表面上我来送生日礼物,其实想搞清一个问题——鲁亚军到底给我戴过绿帽子没有?"

"夜里十一点,就在这个房间,你和鲁亚军一道吃威士忌,你注意到书架上的《摄影》杂志,这篇人物专访是鲁亚军跟文雅接触过的证据。你起了杀心。半夜十二点,顾振华离开二楼客房,你趁机上了三楼书房,发现藏在书架里的黑颜色罐头,标签上写了马钱子碱。师父,你办过马钱子碱下毒杀人案,晓得这种毒药的威力。你在空玻璃杯里下毒,加上少量威士忌溶解,戴了手套,没有留下指纹,只要鲁亚军倒一杯酒,就能制造自杀假象。"

许大庆拧开威士忌酒瓶说:"你错了,徒弟,案发的夜里,我只进入过书房一趟,我承认我对鲁亚军动手了,但是远远没到杀人这一步。我的一生破过很多恶性案件,被我送上刑场的枪毙鬼从国际饭店排队到大光明电影院,蛮多人都有一个共同点——愤怒。"

"师父,你对师娘有愤怒吗?"

"我恨她给我戴绿帽子,我恨她抛下女儿自杀了,我恨她让露露没了妈妈,但是他提醒了我。"许大庆指了墙上相框里的微笑老头,"我没有杀人的权力。"

"除非你是法官。"

"对,我只是个快要退休的三流警察。我老早该讲出来了,虽然全世界会晓得我戴了绿帽子,我会变成公安局的笑柄,我会像文雅一样在家里上吊自杀。"许大庆吐出梗了喉咙十七年的鱼骨头,"徒弟,你师娘的外遇对象不是鲁亚军,那么这个男人到底是谁?"

"师父,你还要找到那个人?"叶萧伸出两根手指头,戳了戳许大庆的心口,"这个男人啊,一直住在此地。蓉蓉告诉我,她跟师娘是小姊妹关系,蓉蓉打了包票——师娘是清白的,她从没做过对不起师父的事体。"

"我从没被戴过绿帽子?"

"无论师父还是师娘,你们都没有出轨,但是师娘一门心思要跟你离婚,她连一个钟头一分钟都不想跟你过下去。可她晓得你不会同意,她想了个绝招——她说自己有了外遇对象,按照师父的脾气性格,绝不会容忍这种事落到自己头上,你会立即同意离婚的。"

"但我丢下一句话——我不会离婚的,我要寻到那个男人,亲手杀掉他。"

许大庆抬头看了书房天花板上吊灯,只有两张蜘蛛网。

"医生已经证明了,师娘有严重的抑郁症,她把女儿送到外婆家里,她一个人关在家里也不去上班,停了抑郁症的药片,只想各种轻生的方法,而你日夜都在专案组,连续几十天不回家,师父,如果你可以回家陪她哪怕一次,也许师娘现在还活着。"

"我开枪打死了金毛,破案线索断了,我就憋了一口气,我的心里只有凶手,但已经没有了老婆,我是连续三个月没回过家里,错过了女儿的六一儿童节,文雅心里实在怨恨,一时钻了牛角尖,自己套上绞索,踢翻脚底下的椅子。我的错不是我不回家,而是我不肯同意离婚,我应该放她一条生路的。"

"师娘选择杀死自己,她也杀死了你——接下来的十七年,你一直以为老婆出轨,你的心里有了一顶绿帽子,你像每日早上爬起来寻找拖鞋一样寻找这个不存在的男人,你变成了行尸走肉,而你最大的恐惧就是被人发现这个秘密。"

许大庆的面色像涂了一层酱油说:"这是文雅对我的最后一次报复。"

"师父,你是一个自私的人,相比师娘的自杀,你更关心她有没有出轨,关心自己头上帽子的颜色。"

"徒弟,你让我去死吧。"

"你根本没有勇气去死。"叶萧放低声音,"师父,我是不是讲话太重了?"

"一点没错,今日是清明节,谢谢你带我来此地。我已经没力道再走路了。"

"师父,谢谢你带我进了警察这一行。"叶萧勾住师父的干枯的手臂,"我背你下楼。"

许大庆看一眼窗门外,双眼浑浊起来:"我是不是眼乌珠坏掉了?"

"师父,你的眼睛没坏,他们也来了。"

夕阳晒了衰败的花园,清明节里晒出海岸墓园的腔调。顾念真捧一束白颜色玫瑰,鲁小米抱一杯奶茶,抬头仰望三楼窗门里的许大庆和叶萧。

5

"今天是清明节,我来给爸爸烧点他喜欢的东西。"鲁小米面色浆白,海风吹开一蓬短发,"刚好在门口碰到丁丁老师。"

顾念真并不理睬鲁小米。他抱了一束白玫瑰,头发没了细碎刘海,露出光滑的额头,白T恤,白跑鞋,全身黑白素净,好像一局围棋。

"小鬼,长远不见。"许大庆勉强捏起拳头敲了顾念真的胸膛。

"叔叔,以后我们不容易见到了,我申请到剑桥大学历史学硕士的奖学金,下个礼拜就要飞去英国。"顾念真望了枯萎的花园,"今日是清明节,我妈妈的入葬日,我不能去公墓,只能来这里放一束花。"

四个人绕到别墅另一面,穆雪的殒命之所,出人意料地盛开大团繁花。每簇花瓣都像泥土里流出的血。这是整个花园里唯一活着的花。

"好像小王子的星球。"顾念真说,"只有一株花。"

太阳要沉下去了。荒芜的花园涂一层橘色油光,仿佛考古遗址。蔷薇旁边有块大理石地板,裂开一道缝隙。顾念真放下手里白玫瑰,当作妈妈的墓碑。

"周围所有花都死了,为什么这一株还活着?简直漂亮得不像话。"叶萧蹲下来观察泥土,"就像专门洒过杀虫剂。"

鲁小米摇头说:"至少一年没人打理过这园子了。"

"我要一把铲子。"许大庆的脑子里亮起一盏探照灯。

叶萧寻到一把生锈的园艺铲。挖下去三十公分,没有挖出陈年的遗骨,只有一个手提袋,装着两个沾满泥土的玻璃杯。许大庆认得这种方形杯子,鲁亚军死亡当夜吃威士忌的酒杯。其中一个玻璃杯更厚,杯底还刻了字。叶萧用小刷子清除泥土,露出三排英文——第一排"FF",第二排"NZ",第三排"LOVE"。

"鲁亚军送给我妈妈的杯子,FF就是冯菲,NZ就是我。"顾念真说,"平常这个玻璃杯在工作间,我妈妈每次用它喝饮料,都要加进一颗冰球。"

"我怀疑泥土里含有马钱子碱。"叶萧警告说,"这是一种杀虫剂,对人类和动物是毒药,对植物却是一剂良药,时间久了会自然降解,花园遭受严重的病虫害,唯独这株蔷薇枝繁叶茂,因为泥土中的马钱子碱含量巨大,就像孙悟空用金箍棒给唐僧画出的圈。"

许大庆莫知莫觉问:"为啥穆雪的玻璃杯埋在此地?"

"威士忌酒瓶里没有发现毒药,我原以为毒药下在酒杯里,现在我觉得是冰球。"叶萧的眼乌珠瞪得几乎跟冰球一样大了。

"三楼工作室的冰柜里,有个做冰球的模具。"顾念真说,"我妈妈经常自己做个冰球,晚上放进玻璃杯,喝一杯冰可乐。"

"水还是水,永远不会变成酒,但是穆雪讲过,再烈的酒也会掺水,不然就是毒药了。"许大庆想起来,"酒里掺水,不就是加冰吗?"

"鲁亚军只喝烈酒,从不碰冰块。"顾念真说,"如果凶手在冰球里下毒,那么杀人对象就不是鲁亚军——而是我妈妈。"

"他代替未婚妻喝下了毒酒。"许大庆看一眼徒弟,"当晚在别墅里的五个人,有谁最想杀了穆雪?"

"鲁小米同学,你杀过穆雪两次。"叶萧的声音像闷在毒药罐头里,"第一次,你在穆雪的冰球里下毒,结果却是你爸爸死了,你恨死了穆雪。第二次,当穆雪用自己的名字举办摄影展的开幕日,你把她骗到这里从楼顶推下去,实现了你的夙愿。你认为这是在给你爸爸复仇,但杀死你爸爸的不就是你自己吗?"

夕阳沉没在荒芜的花园。许大庆脸颊上一根胡茬爆起。风沿着退潮的海面而来,像只水鬼爬上大堤,侵入花园,拂动鲁小米的细头发……

"不是我。"鲁小米坐倒在杀死穆雪的大理石地板上,"叶萧叔叔,有件事我没告诉你。"

"不准叫我叔叔,叫我哥哥。"叶萧瞪了小姑娘一眼。

"叶萧哥哥,我为什么把穆雪从楼顶推下来?"鲁小米抬头看天,"因为她承认了——她杀了我爸爸。"

许大庆刚抽出一支香烟,又塞回了香烟盒。顾念真抬头问:"我妈妈怎么说的?"

"生日派对的白天,你妈妈在自己的冰球里下毒。她的冰柜里有个冰球模具,马钱子碱的毒药罐头藏在书架里,倒进矿泉水,就能做出剧毒的冰球。"鲁小米说,"后半夜,穆雪拿出冰球,放进她的玻璃杯,书房有一瓶威士忌,剩下最后一点酒,统统倒进她的杯子。"

"这颗冰球融化很少的水就能把人毒死。"叶萧说,"也足够把当晚在别墅里的所有人毒死好几遍。"

"穆雪把我爸爸叫到书房。酒瓶子空了,书桌上还有一只空杯子。穆雪的酒杯泡着冰球,我爸爸是个纯正的酒鬼,他不想让酒精被水稀释。"

"鲁亚军从穆雪的酒杯里,匀出半杯威士忌到自己酒杯,然后一口闷。"叶萧也往玻璃杯里倒了半杯威士忌,围绕小花园一圈浇入泥土,"这杯酒,敬所有死者。"

"不出意外的话,我爸爸会中毒身亡,穆雪会成为第一嫌疑人,虽然冰球会融化成水,但是她的玻璃杯里会残留毒酒,制作冰球的模具里,会留下更多马钱子碱成分——警察就会发现冰球下毒的秘密。"

"如果毒药下在冰球里，那么谋杀对象就是穆雪。"

叶萧喝过威士忌，面色渐渐通红说："穆雪用了一个诡计，她在自己的冰球里下毒，制造最后一杯酒的诱饵，酒鬼鲁亚军上钩了，威士忌等于他的毒品，他会把这杯酒倒入自己的杯子。第二天早上，书房里将出现一具悲惨的尸体，马钱子碱中毒的典型特征——身体变成石拱桥形状，后脑勺和脚后跟着地，身体后背腾空。"

"当冰球下毒的诡计被看破，穆雪嫁祸于人的诡计就成功了——只要穆雪成为谋杀对象，那么她就洗清了杀人嫌疑。"鲁小米说，"而在这里最恨穆雪的人，恐怕就是我了。警察会认为我在穆雪的冰球里下毒，阴差阳错，我爸爸喝下了含有冰球剧毒的威士忌。"

"但马钱子碱不是氰化钾，喝下不会立刻致死，从中毒发作到死亡，最快五六分钟，最慢二十分钟，要看中毒剂量。任何人中毒后的第一本能是求生，至少要大声呼救，还要打120电话。"

"调查员方铜的调查报告，当天送到了鲁亚军的手上。"许大庆说，"夜里十一点钟，鲁亚军请我一道吃酒，他讲过几句奇怪的话，现在想就是因为这份报告，但他不敢直接讲出来，毕竟不大光彩。"

"鲁亚军发现自己中毒，必然怀疑下毒者是穆雪。"

"只有一种可能——穆雪阻止鲁亚军的求救，不让他冲出书房。"许大庆声音放低下来，"当时我就睡在楼下，顾振华跟我挤同一张床，要是我听到动静，绝对冲上去救人。尽管我恨他，但我不会让他这样翘辫子。他会说出下毒者是穆雪，我还会发现调查报告。不但穆雪会曝光，顾振华也会曝光，十六年前的南明路无名男尸案也就破了。"

鲁小米斜睨了顾念真一眼说："这就是穆雪的杀人动机。"

"穆雪哪能拦了鲁亚军？一个女人能控制住身材高大的鲁亚军吗？"许大庆像一堵砖墙拦在鲁小米和顾念真之间。

"马钱子碱会破坏人的神经系统和运动能力。"叶萧摊开双手，"简单说就是没力气了。"

"如果不让人发出声音，一是捂嘴巴，二是掐脖子。"许大庆说，"我选第二种，捂嘴巴会被人咬掉手指头——人快死的时候等于野兽。"

"穆雪掐住鲁亚军的脖子，直到他断气，马钱子碱还没来得及成为死神。"叶萧说，"法医报告里写清楚了——杀死鲁亚军的不是毒药，而是机械性窒息。"

鲁小米的双眼泛出绿光："你们两个真残忍。"

"小姑娘，杀人案的真相往往比事后推演残忍得多。"许大庆的眼乌珠沉下来，"你也不是没杀过人。"

"凶手为什么不把我爸爸伪装成上吊自杀？先吃毒药，然后悬梁自尽。"

"你觉得我们的法医是学牙医的吗？"许大庆说，"自缢身亡和外力掐死是有明显区别的，有经验的法医都能看出区别。"

"穆雪想出了Ｂ计划——伪造一起自杀式撞车事故。"叶萧说，"如果鲁亚军一心求死，趁着马钱子碱毒性没来得及发作，他有足够的时间和力气下楼，开出幽灵电动敞篷轿车，高速冲刺两百米撞上海岸大堤——机械性窒息正是交通事故的常见死因。"

"一种死法掩盖了另一种死法。"许大庆说，"穆雪经历过南明路的车祸，她也救过我和鲁亚军还有小米的命，她晓得电动车撞了以后很容易起火爆炸，等到被害人身上所有证据烧掉，包括脖子上的痕迹，手指甲里的凶手皮肤组织，就只剩下胃里的马钱子碱。"

"那份调查报告也一道给鲁亚军陪葬烧成灰了。"叶萧凝视黄昏的海堤，"七天后，调查员方铜消失了，从此无人知晓冯菲的秘密，穆雪给自己打上了最后一块补丁。"

许大庆盯牢泥里挖出的玻璃杯说："徒弟，为啥两只杯子埋在此地？"

"我猜两个杯子都有穆雪的指纹，一个杯底刻有冯菲的名字，而且残留毒药，那么鲁亚军无疑死于谋杀。至于第二个杯子，说明第二个人在现场，那也是谋杀的证据。"叶萧看了荒地上的蔷薇，"凶手把冰球和玻璃杯埋进小花园，马钱子碱随着冰球融化入泥土，无意中拯救了这株蔷薇。"

"最后一道题——凶手是怎么做到让鲁亚军在死后开车撞死自己的？"许大庆说，"严格来说，他死了两遍。"

"穆雪没有回答这个问题。"鲁小米眯起双眼，"你只有到坟墓里去问她了。"

"鲁小米,我审问过穆雪很多遍,她没露过破绽。"叶萧问,"为什么对你松口了?"

"我发现三楼冰柜里的冰球模具被调包了。"鲁小米望了三楼窗户,"原来的模具是白色的,现在变成了蓝色。不可能是保姆换的,摄影工作间一直上着锁。我爸爸头七那天,穆雪回过别墅,为了防止检测出毒药成分,她有足够时间换一个新模具。刻有冯菲名字缩写的玻璃杯也不见了。面对我发现的秘密,穆雪承认了一切。"

"为什么不报警?"

"我恨死她了。"鲁小米把手指甲刺入大理石地板的裂缝,"不是我把她推下去的,而是我身体里的某种东西。你知道每个人都有过,一道白光刺破你的脑子,把你扔到一口沸腾的油锅里,你什么都忘了,你知道你要复仇,你要杀了她,杀了她……"

许大庆按住顾念真说:"这道白光也来到过我的脑子里,念真啊,你是乖小囡,你要避开这道白光,不要落到油锅里去。"

鲁小米掏出一支电子烟含在嘴里说:"警察叔叔,我可以跟你们去一趟公安局。至于我杀了穆雪这件事,法院已经判决了,我也没有提起上诉,没必要再判第二遍了。"

"如果我不是警察,我会撕烂你的嘴。"叶萧从鲁小米手上抢走电子烟。

"随便。"鲁小米拎着包走到别墅门口,"你们谁开车带我走?"

"别急嘛,小姑娘,公安局过夜是逃不掉的。"许大庆舌头底下生出味道,"除了凶手,最后一个陪你爸爸吃老酒的人,就是我。我们吃了很多威士忌,酒瓶子都空了——我敢肯定,一滴酒都不剩了。"

"穆雪跟我说,她端着含有剧毒冰球的玻璃杯到书房,只看到一个空酒瓶,她从楼下换了一瓶同样的威士忌上来,打开窗户倒酒——丁丁老师,你教过我一个成语怎么说的?"

"暴殄天物。"顾念真的声音低得像蜜蜂飞过。

"价值十二万人民币的苏格兰威士忌,基本上浇灌了花园,剩下最后一点酒,倒进她的玻璃杯,冰球慢慢融化。"鲁小米说,"留给我爸爸的最后一杯毒酒。"

"乖乖隆地咚，我吃了两杯，还打碎一杯，几万块钱就没了？最后还不是变成一泡尿，黄哈哈冲到马桶里？不瞒你讲，这是我退休以来听过最有劲的故事。"

许大庆笑得比哭还难看。叶萧拉扯许大庆的衣角说："师父，你没事吧？要吃帕金森的药吧？"

"对啊，帕金森影响到我的面部肌肉。"许大庆吞下一把药片，就当吃夜饭了。

"先送你去医院。"鲁小米说，"再送我去公安局。"

"小姑娘，我骗了你。"许大庆的笑容刹车，耷拉的眼角都支棱起来，"我离开书房的辰光，记得清清爽爽——那瓶威士忌并没吃光，酒瓶里还留有一杯酒的分量。虽然我老了，脑子糊涂，还有帕金森病，但我并没老年痴呆症。书桌上的威士忌瓶子，后来验出了我的指纹。如果有人换过一瓶酒，这个人只有可能是我，不可能是穆雪。"

鲁小米的眼里烧出一团灰烬："老头，你是故意的？"

"小姑娘，我是在教育你，不要欺负老头子，更不要欺负死人。你以为死人不会反抗，不会为自己辩护吗？"

叶萧在背后跷起大拇指，暗戳戳地赞一句："师父，老卵。"

"徒弟，我们老早管这个叫啥？"

"倒钩。"

"不好意思了，小姑娘，老头子给你放了只倒钩，你上钩了。"许大庆真的笑了，刚才是装的，所以难看相，现在笑得像个肯德基爷爷，山德士上校，"只要你编过一句谎言，等于你讲过的每一句，全部是谎言。"

"老头，我成了你钩子上的鱼。"

"你杀了你爸爸，或者说，你参与了对你爸爸的谋杀，尽管你的谋杀对象是穆雪。"许大庆说，"小姑娘，在冰球里下毒的人就是你。"

"绝杀。"

叶萧在心里盖了个戳。师徒俩同时举手击掌，好像乒乓球男子双打赢了金牌。

"你们都是白痴，到今天才发现。"鲁小米背靠在别墅外墙上，一边的嘴角慢慢翘起来,"原本这幢房子到处都能看到我妈妈,她的衣服,她的化妆品,她身上的薄荷味。我爸爸每晚在书房看着我妈妈的照片,喝两杯威士忌入睡。不管他有多少女人,妈妈的灵魂一直在这里。但是穆雪来了,一切都变了。我妈妈的照片被锁进地下室。书房挂上中山装老头的微笑。出事前一个礼拜,穆雪发现了地下室的照片。她的眼睛就像毒药,她看穿了我们家的秘密——我爸爸为什么要弄来马钱子碱毒死猫?因为那只橘猫是我妈妈养过的。"

许大庆抬头看看屋顶,好像还盘踞了一只体形硕大、黄白双色的野猫。

"你爸爸觉得自己导致了你妈妈的死亡?"叶萧说,"所以这只橘猫变成了一种危险。"

"我不知道。那年我只有十一岁。我就是爸爸用来囚禁妈妈的镣铐。这是只属于我和我爸爸还有妈妈的秘密,绝不能被第四个人看见。就在地下室里,我觉得穆雪不但代替了我妈妈,她还侵入了我妈妈的坟墓,发现了只属于我们三个人的秘密。我的心脏像被小刀切成两半。我想杀了她。"

"少女版的丹弗斯太太。"顾念真说,"还记得我教你读的《蝴蝶梦》吗?"

"如果有可能,我也想把自己烧死。"鲁小米望了屋顶,"连同这个房子。"

"房子已经卖了。"叶萧说,"你无权处置他人财产。"

"我在冰球里下了毒。我早就发现毒药藏在书架里。但我太紧张了,整罐毒药几乎都撒进去了。"鲁小米爽快起来,"女摄影家在三十六岁生日自杀,听起来挺荒诞的。但世上有的是自杀的艺术家,本命年用马钱子碱自杀,就是她的最后一件作品。"

许大庆搂住顾念真说:"小囡,这桩事体并没发生。"

"晚上十点,我在B站直播睡觉。"鲁小米说,"上千个人在直播间盯着我,其实我没睡着,我很害怕。但只要我躺在床上,就有了完美的不在犯罪现场证明。"

"凌晨三点,幽灵电动轿车撞上大堤,我们都被惊醒,你跟我们一道冲出别墅,亲眼看到你爸爸被烧死。"许大庆说,"你还看到了活生生的穆雪,她就站在你身边。你快要疯了。"

"下毒的人是我,凶手却是穆雪。"

"可你不敢告诉警察,更不敢说出冰球的秘密,像闷一桌子腐烂的饭菜,必须一口口吃到自己胃里,我都为你觉着恶心。"许大庆捂了肚皮,"你伯父是刑法学专家,你知道自己的罪名。"

"故意杀人罪。"鲁小米说,"在冰球里下毒的犯罪性质,要比在吵架中把人推下楼去严重多了,后者可能缓刑释放,前者最高死刑。"

"冰球模具也是你自己换的吧。"许大庆把泥土里的玻璃杯收入证物袋,回头盯了鲁小米,"穆雪躲过了有毒的冰球,躲过了调查员方铜,躲过了无数次审讯,但没能躲过你的第二次谋杀。"

"我到现在都不知道,穆雪究竟用了什么诡计,让我爸爸在死后开车撞向海堤的?"

"可能是招魂,或者赶尸,总归是个谜。"

许大庆打开手机,寻着越剧《红楼梦》里一段《黛玉葬花》,外放音量到最高一档,王文娟咿咿呀呀。放给穆雪葬身的蔷薇花听听,也好在地下解解厌气。鲁小米想起最后一桩事,从包里取出一只徕卡相机,这是鲁亚军生前遗物,洒上一瓶70度的伏特加,点上火一把烧了。

后背心有点冷,叶萧咳嗽两记,活像刚跑完一场马拉松说:"师父啊,意思意思够了,不要真的拿魂灵招来。"

"扫兴。"许大庆收起手机,林黛玉回了大观园。

"叶萧哥哥,老实说,你穿风衣的腔调很帅,我早该把你睡了。"鲁小米回头看一眼花园,仿佛一盆被虫子蛀空的绿植。

"走吧。"叶萧抓住鲁小米的手臂膊,"就算睡了我,我还是会抓你的。"

许大庆提醒一句:"徒弟,你吃过酒,不好开车。"

"我叫了一辆警车过来,原本是给你准备的,师父。"

警车停在门口。鲁小米坐上后排座位,头发遮了面孔,一点点沉没下去。

叶萧带上证物袋,拉开另一边车门说:"师父一道走吧。"

"徒弟,我是退休的人不好再坐警车了。"许大庆勾住叶萧肩胛,"除非我是嫌疑犯。"

别墅门口停了一部红色 MINI COUPE,顾念真拿出车钥匙说:"叔叔,今天我去了我妈妈的房子,拿到了这部车的钥匙和行驶证。"

"焐心的。"许大庆摸了 MINI COUPE 的引擎盖,"好小囡,我跟你走。"

叶萧坐上警车说:"师父,老早你的心脏比五四式手枪还要硬,现在却变软了,当心身体啊。"

"徒弟,你这讲了就像永别。"

警车尾灯浸没在坡道尽头。清明节的夜里比较阴凉。海风吹得孟浪。几只蝙蝠反复折叠,仿佛夜空里写出五线谱。白玫瑰刚好嵌进大理石地板的缝隙。蔷薇玩命地盛开,即将沦陷在春夜的废墟。天上的月盘清爽透彻起来。

许大庆的左手搭上 MINI COUPE 的门框说:"两年前,我撞过这部车,可以让我开吗?"

顾念真让出座位。许大庆上了驾驶座,鼻头尖好像闻着穆雪的味道。稍许调整座位,检查仪表盘,踏下刹车板,点火,发动机声音蛮好。许大庆慢悠悠起了步,左转开上紧靠围墙的草地,再右转到别墅区的尽头。

"幽灵电动轿车就是从此地出发冲向大堤的。"许大庆打方向原地掉头,弯腰往脚底下摸了摸,"小鬼,我的手太抖了,还是你来开吧。"

两个人又调换了座位。顾念真上了驾驶座,绑好安全带,挂了前进挡,刚抬起刹车,便像只逃命的兔子冲了出去。

"车有问题。"顾念真说。

"方向盘不要动,不要踩刹车,不要碰排挡。"许大庆在副驾驶座上说,"我的口袋里有一把枪,如果不听话,现在就打死你。"

MINI COUPE 笔直冲向海岸大堤。发动机演奏特别宏大的叙事。四个轮盘在草地上跑成一匹红色野马。仪表盘升到四十公里。

许大庆敞开喉咙:"保持方向不要动,不要踩刹车,不要碰拍挡杆。"

时速六十公里。许大庆的后背抛上座椅,又被推向挡风玻璃。安全带不但深入肌肉和韧带,还压碎了骨头和灵魂。红色野马变成闪电。顾念真的眼泪在飞。车轮碾上石头,起先看到深紫色夜空,每颗星星都在恐惧地颤抖,然后是一堵坚硬的石墙。

"欢迎你,老哥,你还欠我一杯酒。"鲁亚军的鬼魂贴了许大庆的白头发吹气。

- 277 -

阴面

1

刹车！

清明节，哪怕没有光，隔着废墟般的花园和围墙，我依然能看到念真。我从墨绿色蒿草里看到他。我从暗红色的蔷薇花里看到他。他开着红色 MINI COUPE 就像驾驶我的身体。这辆车笔直冲向海岸大堤。白头发的退休警察在副驾驶座。我最后悔的是低估了他。当这个数着手指头等退休的打拐办老头不请自来时，我被他废物般的伪装欺骗了。但我并不后悔在南明路的三车连环事故上出手救他的一条老命，否则我就不会遇到顾振华和念真了。

我从未离开过这里。尽管这栋巨大而华丽的房子时常让我恶心。当我从三楼顶上坠落，头朝下撞击大理石地板，瞬间颈椎断裂，心跳停止，脑干死亡，灵魂一点点渗入泥土。有人说我会被风吹走，还有人说死后会长出翅膀，但都轮不到我。我在顾振华身上耗尽了所有幸运。我是从阴沟里来的，必将回到阴沟里去。这是不得不遵守的规则。我不抱怨。

我以为我会下地狱。但我被泥土里的某种东西困住了。我降落在我亲手埋葬的玻璃杯上，完整的杯底刻着"FF""NZ"还有"LOVE"。不计其数的害虫们像这幢房子的主人一样肆无忌惮地吞噬一切。如果没有冰球里的马钱子碱，深扎的蔷薇根须也会被吃个干净，要么被蒿草取而代之，不，这才是鸠占鹊巢。

死后六个月，我的骨灰才被埋葬入墓穴。我的灵魂依然被困在这座绿色的坟墓中。我看到了老头和他的徒弟，我的儿子念真，还有鲁小米——被我赋予生命之人，以及剥夺了我的生命之人。我有点小小的激动。他们发现了我的藏身之处，掘出了玻璃杯，还有残留马钱子碱的泥土。但没有人能看见我。

还有谁能掘出所有的秘密？

2

春分之夜，凌晨一点，冯菲的三十六岁生日像海水一样退潮。月亮从云层中探出头来。别墅暗淡得像个郁郁葱葱的墓园。我穿着鲜红的晚礼服与我的丈夫顾振华吻别。我的嘴唇残留他的唾液，身体里满是他的气味，掌纹里滚动他的汗滴。

顾振华回到二楼与老头共度长夜。我枯坐在客厅谋杀时间。凌晨一点半，我踏上旋转楼梯，老头的鼾声像海浪顺着台阶蔓延。我穿过三楼的走廊，不知鲁亚军是清醒还是长醉？通常是第二种情况。

今晚是个例外，鲁亚军站在走廊尽头，像一张黑白电影海报："能陪我喝一杯吗？"

"好。"我知道妆容已经融化，脸上淌下黑色的泪水，"你知道我的习惯。"

我走进隔壁的工作间，这幢房子里唯一属于我的角落。冰柜压缩机的运行声像一锅煮沸的火锅。我取出一颗冰球，放进我的私人玻璃杯，像放进一颗头盖骨。我端着玻璃杯走进书房。我没让鲁亚军的手揽住我的腰。

顾振华老爹穿着中山装挂在墙上，双手指着棋盘，微笑的目光注视着我。书桌上有一口干涸的玻璃杯，一瓶苏格兰高地威士忌。鲁亚军随手关上房门，举起方形的酒瓶子——只剩最后一杯酒的分量。

鲁亚军是威士忌的奴隶，就像我曾是信用卡的奴隶。鲁亚军给我倒了半杯酒，琥珀色液体包裹坚硬的冰球。他又给自己倒了半杯。威士忌酒瓶刚好干涸。

当我摇晃手中的冰球，鲁亚军问我："你的戒指呢？"

我收起左手无名指说："有点硌手。"

"明天再去买个趁手的。"鲁亚军拉开书桌抽屉，拿出一个快递袋，"问你个问题——阴沟里的老鼠会长出翅膀,变成天上的小鸟吗?"

"不会。"

我的面孔平静得像冰面,心脏却已经烧开了。鲁亚军从快递袋里拿出一叠文件,标题是《关于冯菲的婚姻背景调查报告》,印着黑夜里一盏探照灯的图案。

"两个钟头前,我拉着那个老警察一起喝酒,我差点把这份报告交到他手里。但他对我有一种奇怪的误会。他的脑子不正常,我猜他有阿尔茨海默病,或者帕金森病。"鲁亚军揉着脖子说,"我也不想把你交给警察,这对我毫无意义,对你却可能是世界末日。"

"我很好奇自己犯过什么罪孽。"

"你不是冯菲。"鲁亚军打开第一页,"你的老家也不是四川省汶川县,你没在成都念过大学,你的第一台单反相机更不是用暑期打工的钱买的。"

"我是谁?"

"穆雪。"

"墓穴?"

我好像看到自己的墓穴缓缓打开。我只能明知故问拖时间。我需要在脑子里编织至少二十种方案,为自己创作新的人生故事。

"穆雪。"鲁亚军掌握了这个发音,"你的名字真糟糕,还是冯菲比较好听。"

"这一点我承认。"

"你生于1980年5月——你将在两个月后度过四十一岁生日。"鲁亚军读出我的婚前背景调查报告,"你的老家在四川省穆家村,距离汶川好几百公里。你父亲是个矿工,他在1992年死于矿难。没有你母亲的死亡记录。你在县城读过初中。你在考上高中以后失踪了。1996年秋天,你出现在浙江省西泠镇——为什么你的摄影展上,会挂出几幅江南古镇的照片,现在我明白了,这是记忆。"

"可惜现在的风景跟我的记忆并不相同。"

"你在西泠镇住了八年,你在金光电子厂的流水线打工,先做BP机,然后是手机,挺有意思的工作。"

我摊开自己的手掌心说:"组装过BP机和手机的双手,可以把照相机镜头端得更稳吧。"

"1997年9月，你只有十七岁，你做了妈妈。你的儿子名叫顾念真。"

"对于穆雪来说，这大概是个悲惨的故事。"我编不出任何新鲜的故事了，"但我从不后悔做顾念真的母亲。"

"顾念真——所以你用'念真'作为摄影署名，顾念真才是你最重要的作品。"

"谢谢你的理解。"

鲁亚军的声音像一把小小的锉刀："2000年，你和金光电子厂的电工顾振华结婚。今天来参加生日派对的客人当中，就有一位顾振华律师，虽然可能是同名同姓，但他今晚就睡在这幢别墅，在我们的脚底下……"

调查报告深深插入我的大脑，勾出保存记忆的海马体。我抱着左半边头皮，蜷缩在靠背椅上，暂时失去了语言功能。

"偏头痛又来了？"鲁亚军的声音像个标准的大众情人，"我去给你拿药。"

鲁亚军退出了书房。我迷糊地注视挂在墙上的顾振华老爹，他的微笑勉强让我保持呼吸。鲁亚军拿回来一盒药。我拆开，直接吞下两粒白色药丸。

"虽然调查报告上没写，但我记得2004年，金光电子厂烧过一场大火。"鲁亚军用力按摩我的太阳穴，"停工三个月，金光集团的资金链断裂了。那个台湾老板爱玩女明星，标准的败家子。我帮他做了三千万美元的融资，西泠镇的工厂火速重建开工，而我赚了5％的佣金，这是我回国以后的第一单大生意。"

我的左脑里烧起一团火："金光厂解雇了我，只因为我带着孩子。"

"所以，你去了上海，你在久光百货一楼专柜卖化妆品。那年我还陪妻子去买过眼霜，也许你的手触摸过她的面孔。"鲁亚军说，"穆雪，你还在银行的黑名单上，你有信用卡非法套现的记录。"

"我不能再用穆雪的名字了。"

"2005年，你出现在温州，你的儿子丢了，我真为你感到不幸。"

我抹掉一滴眼泪说："请你不要那么残忍。"

"你让我捐助了全国最大的寻亲数据库，输入DNA就有机会找到失散的亲人。"鲁亚军摇头说，"其实不需要隐瞒，就算你直接说出来，我也会毫不吝啬地从兜里掏出钱来，从青藏高原到曾母暗沙，全中国都会贴满帮你寻找儿子的广告，甚至可以打到莫斯科或者布宜诺斯艾利斯。"

"谢谢你。"

"2008年春天，512汶川大地震。我猜从那时起，真正的冯菲已经死了，而你变成了冯菲——鸠占鹊巢。"

"严格来说，李代桃僵。"

"你没读大学真是可惜了。"鲁亚军翻了翻调查报告，"我以为找到了最佳结婚对象，却遇见了最天才的骗子。"

脑袋不怎么疼了。两粒药丸立竿见影地救了我。但是喉咙太渴了，像被绑在火刑柱上。我必须喝一杯。

当我把酒杯送到唇边，鲁亚军抓住我的手腕说："等一等，这杯酒，我来喝。"

"我的酒里有冰球。"

"今晚可以例外。"鲁亚军把那杯没有冰的威士忌推过来，"我想和你交换。"

"你不信任我？"我冷笑说，"因为刚才你出去拿药，我一个人留在书房。你真是想多了。我没在酒里下毒。我也不知道你把毒药藏在什么鬼地方。"

我一口吞下鲁亚军的半杯威士忌，没掺过冰水的浓烈味道，赛过一剂穿肠毒药。

"谢谢，这只是一个小测试。"鲁亚军举起我的私人玻璃杯，浸泡在冰球中的威士忌，仿佛藏着苏格兰高地的尼斯湖水怪。

鲁亚军张开紫色的嘴唇，吞下琥珀色液体，就像吞下自己的生命。

"我讨厌加过冰球的威士忌。"鲁亚军捂着喉咙说，"味道就像男人的小便。"

玻璃杯底留下渐渐融化的冰球。我像凝视深渊一样凝视空空的杯子，鲁亚军却凝视着我的晚礼服说："你就像你的秘密一样好看。"

"你是什么时候开始怀疑我的？"

"在你搬入这幢房子以后，野猫就跟着出现了。"鲁亚军抬头看天花板，仿佛能透视到屋顶，"我讨厌猫，但我更讨厌某种能吸引野猫的味道。"

"你讨厌的不是猫，是你死去的妻子养过的那只橘猫。"

鲁亚军的眼珠子也像猫眼发出暗光："你进过地下室了？"

"我感谢你没有嫉妒我的摄影才华,可惜你对自己的结发妻子并没有那么宽宏大量。"

"六年过去了,我终于看清楚了自己。有的人画一千个鸡蛋会变成达·芬奇,因为他本来就是达·芬奇,而我就算拍一万张照片也不会变成荒木经惟。我已经认命了。但我可以做天才女摄影家背后的男人。"

"谢谢你的抬举。"

"我现在只关心你的秘密,简直比马里亚纳海沟还要深。"鲁亚军指了指我的心口,"还有你的噩梦——每次你都说梦见汶川地震,一开始我同情你,后来我觉得不那么简单。我给你请了心理医生,但你拒绝了三次。第四次你同意了,吴医生却被你打进医院,缝了七针。你说他利用催眠治疗进行性侵。虽然我们都没报警,但你要知道,这座城市有一条定律——没人敢动鲁亚军的女人。"

我想象自己还躺在二楼的视听室里说:"他确实没有这个胆量。"

"吴医生会不会挖出了你的秘密?但被你掩盖过去了,而丁丁给你做了伪证。"鲁亚军拍了拍调查报告,"我是一个投资人。我投出的每个项目都要做背景调查。结婚可是一笔最大的投资。我悄悄聘请了调查公司。如果从内部打不开秘密,那就从外部打开。"

"是的,我骗了你。我顶替了别人的身份,我还有一个合法丈夫,我和他从未办理过离婚,我不能嫁给你,对不起。"我伸出手指头抚平他的衣领,"哪怕没有这份调查报告,我也会向你提出分手。"

"确定想好了吗?"

"明天早上,我会搬出这幢房子,不需要搬家公司,属于我的东西不多,我自己的车足够装得下。至于对面房间里的摄影器材,原封不动还给你。如果你喜欢我的作品,楼上楼下的照片,统统送给你好了。"

鲁亚军吞一眼墙上的相框说:"按照目前你的摄影作品价值,别人会以为我占了你的便宜。"

"谢谢你,原本我只是个寂寂无名的摄影师,偶尔有几张照片能卖个几千块,挂在无人问津的小画廊,或者旅游区的度假酒店。我欠你太多。你可以从我的每一幅作品中抽取一半的代理费。"

"你在骂我吗？"

"鲁亚军，你像挖坟似的挖掘我的秘密，不是为了避免错误的婚姻吗？如果你娶了一个骗子为妻，你的几个亿的资产，确有可能被鸠占鹊巢，至少会被分走一半。"

"我会做财产公证，我不会让人分走我的婚前财产，睡在楼下的顾律师比我更懂这个。但你知道，每一笔投资都要计算回报率，虽然风险不可避免，有时等于俄罗斯轮盘赌，你有六分之五的机会挖出一座金山，还有六分之一的机会打爆自己脑袋。"鲁亚军一只手打到空气中，慢慢落到另一只手上，"啪的一声，化为乌有。"

我回报给他一个阴惨的微笑："我就是你的一次失败投资？"

"我损失了什么？不是我为摄影展付出的几百万宣传费，也不是我为你找来的艺术家和评论家——他们只是些漂亮的公鸡，每天撒些鸡饲料就能听到清晨的打鸣，此起彼伏，从不中断，它们吃饱了就彼此打架，弄得满天鸡毛和鸡屎。"

"明白了，鲁先生，您损失的是时间。您用了三分之一的时间陪伴我，如果算上夜里同床共枕，那就超过三分之二。您的每分每秒都可以折算成现金，我让您损失惨重，恐怕终身无法偿还。您这种人什么都懂，唯独不懂人这种东西。"

鲁亚军的面色在一格格发黑暗淡："我为什么要在你身上投资时间？如果只是找个女人，有的是漂亮小姑娘岔开双腿让我进入。而我每次跟你上床，就像跟一张黑白照片做爱。你只是敷衍我完成性生活，好像在遭受酷刑。你是一个性冷淡。"

"我才不是性冷淡。我晓得高潮是什么，但我不能给你，因为它属于另一个男人。我现在就离开这幢房子，我只请你做一件事——为我保守秘密，不要向任何人泄露我的身份。"

"不要离开我。"鲁亚军抓住我的袖子管，"虽然我只是个蹩脚的摄影爱好者，但你要相信投资人的眼光。我能看到二十年后的趋势，我从没看错过任何一个人。你会达到美国最贵的女摄影家安妮·莱博维茨的地位。"

"有多贵？每一张照片比你的幽灵轿车还贵？我知道，你要的不是钱，但你是个贪心的男人。我已经变成了冯菲，我不想再变成第二个别人，变成被你囚禁在地下室的照片，你还想收藏我的灵魂？对不起，我没兴趣像只公鸡每天为你打鸣，更不想变成母鸡为你下蛋。"

"听着，我们做一笔买卖好吗？只要你安心做我的妻子，我就把这份报告烧成灰。每个人只关心自己亲眼所见，没人在意背后的真相。只要剥开身上这层皮，这世上没人能经得起推敲。如果我错过了你，哪怕再找一个完美结婚对象，再出一份婚前背景调查报告，还会揭开更不堪的秘密，甚至可能是个杀人犯。"

我听到自己的回答："你怎么知道我不是呢？"

"留下来，你依然是三十六岁的冯菲，你从未结过婚也没生过孩子。你的人生像油画的鸡蛋清颜料那样清清白白，而你的前程会像窗外的大海。"

我看一眼黑漆漆的大海，浓云正在遮蔽月光。我擦掉挂在脸上的一滴泪说："谢谢你的祝福。你要的只是一扇门面，而不是一个女人。命运是一张蜘蛛网，如果你不是蜘蛛，就只能做飞蛾。"

"蜘蛛在楼下睡觉。"鲁亚军像在基金公司的投决会上说，"只要你离开，我就毁掉你。我现在去敲响楼下客房的门，叫醒那个老警察——虽然只是个等退休的老废物，但他以前做过刑警，他会对你感兴趣的。穆雪，他会挖出这份报告没写出来的秘密。"

"你在威胁我？"

"不，我在拯救你。"鲁亚军的呼吸急促起来，好像气管里装了个生锈的阀门。

鲁亚军意识到——现在最该拯救的是自己。他看一眼书桌上的酒杯，危险来自他的体内，喉咙里发出干枯的声音："马……马钱子碱……你竟然……在酒杯里下毒……毒……"

有人在威士忌里下了毒药？那么我也应该中毒了。但我的身体没有任何变化。鲁亚军的右手如同鸡爪将我推开，左手抓起调查报告冲出去。他要找到二楼的老警察，可能是他唯一活命的机会。

"我没有下毒。"

我堵在书房门口，大脑拨动算盘珠子——如果现在打急救电话，最近的医院在十公里外，哪怕救护车司机是舒马赫，赶到这里的时候，人已经没了。

鲁亚军一巴掌打到我的脸上。他抢到书房的门把手，就像转开生命的阀门。

门外站着一个人。

3

丁丁。

他像一尊沉默的雕像站在走廊里，细碎头发掩盖的双眼阴沉下来。鲁亚军尚未发出声音，丁丁已捂住他的嘴巴，重新推回到书房内，就像塞回到屠宰场。

鲁亚军身高一米八五，体重一百公斤，除了迈克·泰森，没人能轻易打倒他。鲁亚军要冲出死亡的书房，但我拖住他的双腿。他像一堵高墙崩塌在地板上——隔着半尺厚的楼板，刚好是二楼的视听室，只有柴可夫斯基的鬼魂能听见这场生死搏斗。

丁丁的右膝盖顶住鲁亚军的后背心。我扣住鲁亚军的两条胳膊，等于反手捆绑在背后。我用全身的重量控制他的双手不去伤害丁丁——我知道丁丁并不是丁丁。

我们三个人像叠罗汉纠缠成一团。鲁亚军滚烫得像一炉子炭火，脸颊贴着柚木地板，倒映两颗暴突的眼球。丁丁死死扼住他的咽喉，让他难以发出嘶哑的叫喊声，只能流出浑浊的口水。马钱子碱毒药在慢慢杀死鲁亚军。

我的大脑变成混沌的油锅。时间变成薛定谔的猫。丁丁突然开始干呕，松开手跪在地板上，仿佛吞下某种恶心的东西。

鲁亚军像一大块新鲜牛排，嘴里吐出紫色的舌头。我感觉不到他的呼吸。我像关上密闭的盒子般关上书房的门。我强迫自己凝视鲁亚军的双眼，瞳孔扩散成一团模糊。他亲眼看见了地狱。屋顶上响起野猫的叫声。淫荡的小家伙们得到了拯救，顺便带走鲁亚军的灵魂。

我抬起两根手指头捋着头发，看到挂在墙上的照片——蓝灰色中山装的顾振华老爹，贵州深山里的老农民，他是这桩谋杀案的目击证人。

丁丁审视自己的双手，摊开血红的掌纹，暴出一根根毒蛇般的青筋。我贴着他的耳朵说："你为什么这样做？"

"为了你。"他的喉咙里挤压出小孩子的声音，"从你们走进这间书房开始，我就躲在门口偷听。我听到了所有的秘密，妈妈……"

"念真。"

我的泪水扑簌下来。我紧紧抱住念真，抓住他的每一根手指亲吻，哪怕残留死人的唾液。

"嗯，念真代替了丁丁。"

"我们都不能再回到那条阴沟里去。"我看着脚下的缅甸柚木地板，"今天，你爸爸来到这幢房子，他原本要掉头就走的，但我让他必须留下过夜，因为念真就在这里。"

"我认出了爸爸。虽然他的头发白了，但我不会忘记那只布满青筋的手。刚好山地车撞坏了，我有了留下过夜的借口。可惜那个老头抢走了我和爸爸同睡一间房的机会。所以我在半夜溜出来，偷看到你们在海边私会。我想今晚还会发生什么……"

"念真，是你下毒的吗？"

"不是我。"

我的脑子仿佛被灌了一公斤水泥："如果你没下毒，我也没下毒，那么是谁干的？"

"已经不重要了。"念真蹲下观察鲁亚军的脖子，缠着一条毒蛇般的紫色印痕，"告诉你个坏消息，他不是被毒死的——他是被我掐死的。他太强壮了，我必须用尽一生的力道……"

"不对。"我封住儿子的嘴唇，捡起地上的调查报告，仿佛自己的死刑通知书，"念真，他是被我弄死的。你只是目击证人，你不是杀人犯，你从来都不是。"

"法医检验这具尸体，会发现胃里有马钱子碱成分，死因却是机械性窒息，指甲里有我们的皮肤碎屑——我们两个都是凶手。"念真眼球里的浑浊沉淀下去，重新清澈起来，"妈妈，你不会坐牢的。因为鲁亚军死于自杀。"

"念真，你想做什么？"

"现在桌上有一瓶空的威士忌，还有两个空酒杯，哪一个是鲁亚军喝过的？"

"两个都喝过。"我捂住自己的喉咙，"他跟我交换了酒杯，大概是怀疑我在酒里下毒。"

顾念真凝视我的酒杯里的冰球："你确定他喝的是你的杯子？有冰球的这个？"

"对，我也喝了鲁亚军的酒杯。但我没有中毒。鲁亚军喝了我的酒杯，结果他却中毒了——鲁亚军不相信任何人，是被自己的疑心病杀死的。"

"妈妈，有人要毒死你。"念真说，"同一个瓶子倒出的酒，一杯有毒，一杯没有毒，说明有毒的不是酒，而是冰球。"

念真让我再拿一个新的玻璃杯。我用两张餐巾纸裹住杯子，免得留下自己的指纹。念真抓住死人的右手：一枚食指，一枚中指，还有大拇指，每一根指头都按三次，在干净的玻璃杯上留下他的指纹。

"还有嘴。"念真说，"我需要他的唾液。"

我把玻璃杯蹭到鲁亚军的嘴上——死人能流出很多口水，但我只需要一两滴。

"还缺最后一样。"念真找来铁夹子从我的玻璃杯里夹起冰球，仿佛一大颗挖出的眼球，轻轻放入新的玻璃杯，"这样就能残留毒药成分，加上鲁亚军的指纹和唾液，这是服毒自杀的关键证据。"

冰球在新杯子里停留半分钟，念真再用铁夹子取出来，杯底留下光环般的水渍。

"妈妈，你和鲁亚军喝过的两个玻璃杯，加上这颗冰球，统统要埋掉。"

"这份调查报告怎么办？"

"烧成灰。"顾念真翻了一遍《关于冯菲的婚前背景调查报告》，直到最后落款——探照灯调查公司和调查员方铜，"鲁亚军的手机在哪里？"

我在卧室里找到这台手机。念真抓住鲁亚军的手指，解开手机的指纹锁。念真先检查了鲁亚军的微信，再用手机短信找回电子邮箱的密码。

"运气不错，无论微信还是邮箱，都没有这份报告的痕迹。"念真说，"妈妈，除了你，我，还有爸爸，世界上不会再有第四个人知道我们的秘密了。"

"老天保佑，睡在楼下的老头是个真正的废物。"我凝视地板的缝隙，仿佛看到两座沉睡的雪山。

念真去楼顶露台上焚烧我们的秘密。我在小花园埋葬了冰球和两个玻璃杯。我换上外套，牛仔裤，运动鞋。我没有伤害蔷薇的根须，枝叶掩盖了挖掘的痕迹。鲁小米从不关心花园，没人会发现这个秘密。

我回到书房。鲁亚军的尸体尚未僵硬，仍然以怪异的姿势注视顾振华的老爹。念真最后检查一遍书房，擦掉地板上的搏斗痕迹，只留下书桌上的空酒瓶和玻璃杯。

念真抬起鲁亚军的上半身，我托起下半身，仿佛鲁亚军又沉重了好几公斤。如果没有睁着灰色的眼睛，你会以为鲁亚军只是一场宿醉。我和念真不是第一次搬运尸体。穿过漫长的走廊，我在后面抓紧鲁亚军的双腿，一步步走下楼梯，仿佛向着地狱坠落。

我们走出这幢尚在梦中的房子。花园里停着鲁亚军的幽灵电动敞篷轿车，我的红色MINI COUPE。我问念真："还要去埋尸体吗？"

"不，鲁亚军先喝下了毒酒，抢在毒发身亡前，自己驾车撞向海岸大堤。"

"死人怎么开车？"

"妈妈，我能让你看到奇迹。"

我们一起把鲁亚军的尸体放进后排座位。念真把车开出别墅，我在副驾驶座上。门口监控早就被拆了。轿车左转开到小区最深处掉头。正前方两百米外，黑色大堤仿佛巨人倒下的遗骸。

月亮消失了。挡风玻璃落下雨点。念真打开顶篷。我们又把尸体转移到了驾驶座，鲁亚军仿佛还像平常那样驾着这台车。念真上了副驾驶位，他关照我留在草地上。

"你要跟他同归于尽？"我在车门外抓紧儿子不松手。

"脚垫。"念真贴着我的额头说，"上个月，我和鲁小米开这辆车去了车友俱乐部，我们换了一套全新的脚垫。"

"你用脚垫代替自己的脚？"

"妈妈，你还记得南明路的那场车祸吗？最先起火的是鲁亚军的电动跑车，他是那么喜欢低碳环保的生活方式，就应该知道电动车最容易在碰撞中起火燃烧。"

"这把大火会把他烧成灰，也会烧掉我们留下的痕迹。"我看一眼驾驶座上的鲁亚军，这具庞大的尸体尚未僵硬。我的每一根手指头嵌入儿子的指缝，"念真，你能活下来吗？"

"妈妈，我们都要活着看到明天的太阳。"

念真送给我一个微笑。我和儿子的手指一节节分开。我站在春夜的草地上，湿漉漉的野草摩擦着脚踝，痒到了血管里。我看到幽灵轿车起步了，车速一点点加快，好像死人不断踩着油门，笔直冲向黑色的大海。念真像只猿猴爬出副驾驶座，再从敞篷车背后轻轻滑下来。我的心跟念真一起坠落在松软的草地上。

至于鲁亚军，他和自己最心爱的幽灵结伴撞上了石头大堤。海上升起灿烂的火焰。我不敢用眼睛直视，好像看一眼就会双目失明。如果手上有一台相机，我就能抓拍到摄影史上的经典作品，这也是鲁亚军毕生的心愿。我和他开始于一场撞车，终结于一场撞车，命中如此。

"好像在拍电影啊。"

幻影般的火光照亮念真的双眼，他眼中涌出滚烫的泪水，像一只睫毛湿润的羊羔。空气中散逸开焦煳的气味，像一场海滩烧烤晚会。我用力抱住念真，仿佛嵌入自己的生命。我知道他们就要来了。我和念真躲进了小树林。

那个老头出现了。顾振华也来了，白头发被火光映得鲜红。鲁小米倔强地冲向燃烧的敞篷轿车。念真斜刺里出来抱住她，两个人在地上翻滚，沾上黑色污迹，刚好掩饰了跳车的痕迹。老头打了两通电话，我猜是119和110。

最后一个是我。我也故意在草地上摔一跤，就像黑夜藏匿了乌鸦的踪迹。鲁亚军已在幽灵的怀抱中化作焦炭。我抬起两根手指捋头发，假装未亡人的腔调。

公安局打拐办接电话的老头站起来，面对顾振华，鲁小米，伪装成丁丁的顾念真，还有伪装成冯菲的我。

"如果被烧死的是鲁亚军，我打赌这是一桩谋杀案，凶手就在我们之中。"

最终章

final chapter

1

"刹车。"

一个声音像削铅笔的小刀钻透太阳穴，直接对大脑下达命令。

顾念真的右脚踩下刹车踏板，像踩爆儿童节的气球。刹车片和轮胎同时尖叫。车速减缓零点几秒继续往前冲去。

许大庆的脑门几乎在窗玻璃上撞碎，换到空挡说："再踩刹车。"

空挡切断了动力。红颜色 MINI COUPE 在草地上滑行，肉眼可见地降速。抢在帕金森病发作前，许大庆拉起手刹。

最后一厘米，车头停在大堤前——去年春天的一夜，有一辆幽灵电动敞篷轿车在此粉身碎骨，顺便把车主鲁先生烧成焦炭。

许大庆脑袋斜靠在右车窗上，掏出一包擦刮拉新的中华烟，慢慢剥开塑料纸，抽出一支塞进嘴巴。

顾念真熄了火，好像戳破了气的假人，解开安全带下车，半蹲下来一看——脚垫卡住了油门踏板，等于在踩油门加速。

"这东西差点杀了我们。"顾念真把脚垫扔进后备厢，回到驾驶座说，"叔叔，你是存心的，你用脚垫卡住了油门踏板，差点制造了一场车祸。"

"凶手是怎么做到让死人开车，制造一起自杀式撞车事故的？"许大庆按下打火机，夜里烟头火星明灭，"我是想破了脑筋，想了整整一年，原来答案这样

- 293 -

简单。"

顾念真放下车窗吹风,声音干枯下去:"第一个晚上开始,我和妈妈就严重低估了你。"

"瞎话三千。"许大庆说,"我是等了困棺材的老头子,我女儿都讲我是个垃圾处理品,寻根上吊绳的胆子都没。"

"叔叔,你赢了。"顾念真吐出一口湿气,"谢谢你,陪我一直走到这里。"

"我会陪你一直走下去的,小鬼。"许大庆面朝焚尸炉般的石头大堤,"刚刚在分析鲁亚军到底哪能死的,你却变成了哑子,因为你知道真相。还有第二条理由——鲁亚军几乎有两百斤重,你觉得一个女人能把尸体背下三楼,却不惊动二楼的人吗?"

"除非是斯嘉丽·约翰逊——黑寡妇才能办到这件事。"

许大庆揉了揉顾念真的头发说:"真相是有个男人跟她一道搬运尸体,别墅里还有三个活着的男人——顾振华跟我睡在一张床上,如果他溜出去我会晓得,剩下只可能是你了。"

"叔叔,在你面前说谎太难了。"

"还要听第三条吗?"

"不必了。"顾念真笑笑说,"我妈妈不具备单独杀人的能力,更不可能自己处理尸体。"

"你也晓得鲁小米往冰球里下毒。但你不敢告发她,你甚至要保护鲁小米,因为如果被我发现了的话,那么鲁亚军就不可能是自杀。"

"我和鲁小米等于是同案犯。"顾念真把头埋入膝盖,"这是我最痛苦的事。"

"小鬼,抬起头来看我。"许大庆抬起念真的下巴,"调查员方铜也是你杀的。"

顾念真打开车顶天窗,海上月亮淅淅沥沥落上面孔说:"我不妨再多承认一项故意杀人罪。"

"未必能起诉你。你做得太干净了。我连尸体都没找到。凶手要么是你,要么是你妈妈,但不会是顾振华,他不会再说谎,至少不会把杀人的罪责推给别人，他只会自己揽下来。如果他知道调查员方铜被杀的细节，他多半会为你们母子顶罪，可惜他一无所知。"

"叔叔，我烧了那份调查报告，但记住了调查员的电话号码。鲁亚军头七那天，我用黑市上买的手机卡给方铜打电话。我自称鲁亚军的秘书，鲁先生想重金酬谢调查员，还要委托他调查另一个重要人物。鲁先生为了绝对保密，必须在没有监控的野外见面，还准备了五十万现金酬劳，不留银行记录。"

"这倒是鲁亚军的风格，疑心病太重。"许大庆说，"方铜开车到了海岸大堤，你从背后袭击他，杀了他。"

"杀人以后，我检查了方铜的笔记本电脑和手机，确定没有上传过云端，也没发送过任何邮箱，我把它们砸烂后扔进大海。我抓着方铜的尸体在光滑的滩涂上拖行，潮水会洗刷所有痕迹。五公里外有片荒地，围海造田的土质地松软，我挖了个深坑把方铜扔进去，再用泥土填埋。我有足够的时间顺着原路跑回别墅。"

许大庆看透天窗说："小鬼，你可以不承认的，我们刚才讲的所有真相，并没有任何证据，除非现在去拿方铜的尸体挖出来。"

"妈妈不在了，我也不过是个鬼魂。我已经厌倦谎言了。叔叔，我跟你去公安局。"

"你想清爽了吗？"许大庆点上一根烟说，"下个礼拜，你就要飞去英国读书了。"

"想好了，我不后悔。"顾念真笑得也像一只秋天的橘子。

"蛮好，小鬼，但去公安局以前，我们先去一个地方，掉头。"

红色MINI COUPE在海岸大堤前掉头。许大庆从后视镜里张望，海上浓雾正在统治这幢房子。马钱子碱难逃自然降解，唯一幸存的蔷薇会被小虫子们杀死，早晚变成墨绿色的废墟。夜半无人辰光，橘猫竖着尾巴钻出地下室，顾振华老爹走出书房相框，抚平蓝灰色中山装，坐到书桌前头，摊开木头棋盘，陪了穆雪的鬼魂，炮二平五，马八进七，小卒也能过河，落子无悔。

2

"Mama, do you remember the old straw hat you gave to me?"

《草帽歌》单曲循环一遍又一遍,许大庆一句英文都听不懂,除掉开头一声"MAMA"。

"我是头一趟坐你妈妈的车子,原来她每趟开车都在听这首歌,念真。"

春夜,许大庆瞄一眼开车的小囡,眼角一点点发亮。红色 MINI COUPE 上了高速公路,穿过黄浦江南岸的原野。眼看要到枫泾收费站,顾念真提醒一声:"再往前就要出上海了。"

"走啊。"

"叔叔,我想打一个电话。"

顾念真刚摸出手机,便被许大庆抢过去,直接掼出车窗,隔离带上粉身碎骨。

"这是危险动作。"

"开过收费站,继续走。"许大庆也关掉自己手机,"不然我宰了你。"

顾念真不响了。眼乌珠一眨出了上海,穿过 G60 高速,经过嘉兴地界,看到西泠镇的匝道牌子,许大庆说,不去西泠镇。

快到零点,清明节终于过去。从嘉绍大桥过钱塘江,再从上虞经过嵊州,已经到了台州城外,顾念真打了个哈欠。许大庆让他停在高速公路服务区。

老少两个上厕所,并排立了撒尿。顾念真一泡尿撒得蛮高。许大庆前列腺不大好,滴滴答答。许大庆出来买了几瓶水,两只鸡腿堡套餐。许大庆让顾念真快点吃,小伙子饿不起。两个人吃好夜宵,MINI COUPE 加满油,顾念真放倒驾驶座,闭上眼睛困着了。许大庆坐在副驾驶座,白头发靠了窗玻璃,像一头衰老的北极熊。

天亮,挡风玻璃上沾满露水。顾念真揉揉眼睛说:"叔叔,你睡过了吗?"

"你没有被呼噜声吵醒,就说明我没困着过,上路。"

顾念真开上高速公路，顺了崎岖的海岸线南下，经过温岭跟乐清，渡过瓯江大桥便是温州。下半天，从瑞安过飞云江，再过平阳跟龙港，终归到了浙江最南面的县城。

此地有一座万达广场，清明小长假，门口有女团表演，一群小姑娘穿了动漫衣裳跳舞。附近是公寓楼，银行，4S店，好像跟上海隔壁也没啥两样。

顾念真靠边停车说："风景全变了。"

"请你告诉我，十七年前，你去了啥地方？"

顾念真垂下头来，选择封住自己的嘴。

许大庆又吃一把帕金森的药片，语速像蜗牛说："顾振华已经承认，十七年前，清明节前一夜，虹桥镇的那栋房子里，你妈妈杀了盗版顾振华。"

"不对，是我杀了那个人。"顾念真异常安静地注视许大庆的白头发。

"你讲啥？"

"我杀了那个人，十七年前，八岁的我，用一支削铅笔的美工刀，戳进他的太阳穴。"顾念真摊开自己的右手，"就用这只手。"

"瞎讲八讲。"

"那天夜里，我爸爸从西冷镇赶到杀人现场，我和妈妈已经借到一辆面包车回来了，爸爸根本没有看到杀人的过程，他怎么能确定是我妈妈杀了人？"

"封上你的嘴巴！"许大庆身上没有一块肌肉不在颤抖，伸手捂住顾念真的嘴巴，"不准告诉任何人。"

"叔叔，这不就是你找了十七年的真相吗？"

许大庆的手指头几乎戳进顾念真的牙齿里说："小鬼，这不是真相。"

"叶公好龙。"顾念真推开许大庆的手，嘴唇黏膜已经流血，"明明真相告诉你了，你却不愿意相信，人们果然只能相信自己愿意相信的真相。"

"我不听。"

"鸵鸟。"顾念真冷笑说，"我听说，那个人才是我的亲生父亲。"

"你……你……最好不要晓得……"又是帕金森症状，许大庆讲了足足半分钟。

"叔叔，现在你还想知道真相吗？"

"至少我不想再听到谎言。"许大庆恢复了元气,"你妈妈是个谎言,你爸爸是个谎言,你也是谎言的儿子。"

"清明节的夜里,我妈妈被警察叔叔抓走了。我以为警察发现了我杀人的秘密,等到天亮,警察叔叔还会来抓我的。我真的很害怕。"顾念真像个小囡摩擦自己双手,"我留下一张小纸条,悄悄逃出了小旅馆。"

"好小囡,告诉我,你去了啥地方?我查过方圆一百公里内所有乡镇,一半在浙江,一半在福建,大约两百万人口,都没查到丁丁的下落。"

"我是往那里走的。"

顾念真慢慢抬起右手,食指伸向正前方一座翠绿的山峰。

车子开出县城,到了几乎笔直的山脚下,前方分出两条岔路。红色MINI COUPE沿着一条小河逆流而上。河谷两边皆是山峦悬崖,参天古木。太阳晒了雾气氤氲,一粒粒树叶子都像金币闪光。

经过几个村庄,山路越开越险。眼前跳出一个隧道口,好像黑洞洞的枪口,打出一发子弹,许大庆感觉自己的眉心被洞穿了。远光灯下的隧道邪气漫长。无边无际的盲肠,又像藏冰的地窖,放下车窗冻得人刮刮抖。这条隧道就像许大庆已经退休,当初为战备修的。

"念真,当初你走这条隧道用了多少辰光?"

"没有车,也没有灯,我一个人贴了墙壁走啊走,还在洞里睡了一夜。"

"小囡,你怕不怕?"

"进了这条隧道,我就回不去了,妈妈也回不去了。"

"我也回不去了。"许大庆摸摸自己雪白的头发,前头终归亮起一道光,耳朵边听到"哇"一声哭。

穿过隧道,就是福建地界。路上皆是烟云缭绕的森林,黑色群鸟从路边惊起盘旋。MINI COUPE经过一座小水库,顾念真说,到了。

山坡上种满翠绿的茶园。广告牌上宣传本地的正山小种,还有淘宝店,京东店,拼多多链接。此地村民在网上卖茶叶发了财,家家户户造起三四层的楼房,贴了五颜六色瓷砖,楼顶竖了避雷针,像中世纪城堡。

顾念真放下车窗说:"以前都是砖瓦房,现在全变了,我找不到我住过的人家了。"

"世上本就没有一成不变的风景。"

"人变得比风景快。"

"丁丁也在这里。"许大庆探头出去说,"对吗?"

"我来到这个村子快饿死了,有户人家收养了我,他们对我很好,村里还有一户人家,有个男孩是买来的,跟我差不多大,五官长相都有点像,有时大家会分不清我们两个。他的大腿上有块烫伤的疤痕,脚踝上有一只金铃铛。他说自己叫丁丁,家在上海,来这里三年了,他想要逃回家,但不知道怎么走。"

"你带着丁丁一起逃跑了?"

顾念真抬头说:"上山。"

老少两人绕到山后。小伙子走路快,老头子走路慢,摇摇晃晃,迈不开双脚,有时又停不下来,左脚绊倒右脚。许大庆在后面警告:"不要想逃,我的眼睛还没退化,一百米内,我的手枪是百发百中。"

顾念真却像小鸟出笼,跳起来摸高树梢。山上到处是马尾松,许大庆走得气喘,膝盖像被电钻打进去。顾念真掉头回来,弯腰扶起许大庆,帮他拍拍身上尘土。南明路车祸受伤以后,医生劝许大庆配一支拐杖。叶萧送给师父一根日本登山杖,但被许大庆塞进床底下了。女儿五岁辰光,许大庆出过一道谜语,什么东西小时候四条腿,后来两条腿,最后变成三条腿?许大庆寻了一根树枝做拐杖说:"人终归要变成三条腿的。"

两个人一道爬上山顶,竟然有座古庙。门口插了几束香火,不见比丘和善男信女,唯有缠满荒烟蔓草的残垣断壁,好像大型考古遗迹,隐约可见几百年前的丛林盛景。

"山下一切都变了,只有山上古庙不动。"顾念真说。

许大庆靠了一面摇摇欲坠的石墙说:"你妈妈的镜头最欢喜这种废墟风景了。"

顾念真狠狠折断一根坚韧的枯枝。许大庆抽自己一耳光说:"死老头子又瞎三话四。"

夕阳晒到许大庆靠过的石墙上,好像金黄颜色涂料,刷出一尊姿态雍容的佛像。许大庆揉揉眼乌珠说:"我没看错吧?"

顾念真走上前说:"没看错,这是一幅壁画。"

此地原是一间大殿,百年前屋顶坍塌,只剩这一面残壁,风吹雨淋日晒,早已暗淡剥落,要是没这道夕阳,随便哪能都看不出来。许大庆定睛再看,似乎不是佛像,分明是个女人,体态丰腴妖娆,头缠光环,手里抱了个小毛头,脚底下还围一圈小囡。

顾念真的面孔也被抹得金光流溢,手指触摸壁画说:"这是鬼子母天。"

"小鬼,你哪能晓得?"

"我是学历史的啊,鬼子母有一千个儿子,她还要吃别家小囡,佛祖藏起她的一个小囡,鬼子母哭哭啼啼来求饶,佛祖讲,你有这样多小囡,少一个就急煞了,人家只有一两个小囡,被你吃了岂不是要哭死?从此鬼子母不再害人,专门保护妇女跟小囡。"

许大庆伸手到夕阳里说:"念真,告诉我吧,丁丁在哪里?"

"他消失了。"顾念真盯了墙上壁画说。

夕阳也在一点点消失,等到许大庆打开手电筒,石墙上的壁画已无影无踪。

天黑了,山风习习,古庙幽深,邪气阴凉舒宜。许大庆肚皮又饿了,干脆坐在台阶上,从包里翻出两只面包,牛肉干,还有榨菜,咸蛋,两个人享用了这顿晚餐。

许大庆再吃一把帕金森的药,困下来摸了一撮苔藓说:"没想着要在山上过夜了。"

荒草里小虫子唧唧咕咕叫个不停。顾念真拾来一堆枯枝落叶,打火机烧起一蓬篝火,照亮老少两人的眼乌珠。

"叔叔,我想跟你讲一桩事。"

"不准讲。"许大庆的右手发抖捂住顾念真的嘴巴,声音一点点低下去,"小鬼,你还杀过人啊?"

"前两天,我接到了你女儿的电话。"

"啥……"许大庆两只手都发抖了,"露露给你打电话?"

"嗯,露露现在南美洲的智利,准备骑脚踏车去秘鲁的安第斯高原。"

"秘鲁又在啥地方?"

顾念真指了屁股下的泥土说:"在此地钻个洞,从地球另一面出来,大概就是秘鲁。"

许大庆听了篝火里噼里啪啦的声音说:"飞一趟要几天?"

"中国到南美洲没直飞的,转机大概要两天。"顾念真说,"叔叔,你不要担心,露露一切都好,她给我发了蛮多照片,可惜我的手机被你掼掉了。"

"对不起。"许大庆抽了自己一耳光,"露露是一个人吧?"

顾念真摇头笑笑说:"露露谈了一个男朋友,陪她一道在南美洲骑脚踏车。"

"啥地方人?多大了?工作了吧?"

"我讲了你要生气的,这个男的比露露大二十岁,老早在东北做过刑警,离过婚,但没小囡,去年辞职开始骑行环游世界。"

"这小姑娘不是最嫌贬刑警吗?"

"露露是嫌贬你,不是嫌贬警察。"

许大庆不响了。他拍拍顾念真的后背,手掌好像砂皮纸揉了揉。许大庆以为自己会哭,可惜帕金森病让人面孔僵硬,强行删除所有表情,好像也清空了泪腺,变成一张面具脸。

"叔叔,露露答应我了,过几天,等她到了秘鲁,她会给你打电话的。"

"小囡大了嘛。你这个小鬼也有二十五岁了吧。"许大庆从口袋里掏出一本翻烂了的书,原来是插图本《小王子》,"这本书还给你。"

顾念真随手翻了翻,却把《小王子》掼进了篝火。

"你做啥?"许大庆想去救这本书,手指头被火苗燎着了。

"我已经长大了。"

"这本书就是给大人看的。"许大庆怏怏看了飞上天的火星子,"五十年前,我爸爸是个石油工人,我的名字就跟他的工作有关,他在东北钻探油井出了事故。他是被活活烧死的。我还在读小学,等我看到他,就是一个黑漆漆的骨灰盒。"

"叔叔,你想讲啥?"

"几年后,你爸爸顾振华就从监牢里出来了。"许大庆看了满天星斗,后背心汗毛凛凛起来,"可惜啊,你身上背了鲁亚军跟方铜的两条人命。"

"我会死吗?"

许大庆掏出一副手铐,一边圈了自己左手,一边圈了念真的右手说:"等到天亮,我送你回上海,到了公安局门口,你一个人走进去,就是你的主动投案自首情节,可能帮你逃掉死刑。"

萤火虫似的火星飞上夜空。山顶飘过一团团祥云。顾念真仰天倒在石头台阶上,手铐锁住他的右手,同样锁住许大庆的左手,两个人蹭着潮湿的青苔,并排看了云朵里的月亮,好像半个冷酷的馒头。顾念真像个八岁小囡唱起一首歌——

月亮在白莲花般的云朵里穿行
晚风吹来一阵阵快乐的歌声
我们坐在高高的谷堆旁边
听妈妈讲那过去的事情

3

黎明一格格变亮。石墙上的壁画还没出来。许大庆在湿漉漉的台阶上惊醒,好像梦里有人唱了一首歌。下巴又冒出一层胡茬,沾了自己的馋吐水,衣裳已被露水打湿。篝火变成一堆灰烬。左手腕火辣辣地痛,手铐已经嵌到了肉里。顾念真的右手还被铐在地上,人半蹲了往山下看。许大庆拼了老命爬起来,隔手又掼一跤。拳头又开始发抖。

"他们来了。"顾念真扶他起来说,"山下全是警车。"

"闯祸了。"喉咙里涌出一口浓痰,许大庆生吞回去,"我徒弟本事蛮大的,他也发觉你是杀人嫌疑犯了。我只掼掉你的手机,忘了道路监控会拍下我们的车,现在做贼就像讲真话一样难啊。是我对不起你,应该直接送你去投案自首的,但我想先寻到丁丁——我在打拐办公室的最后一桩案子,这样你就多了一桩立功表现。"

- 302 -

"费心了，叔叔。"

"小鬼啊，为了你妈妈，你一定要活下来。"许大庆的眼眶红得像一只风烛残年的兔子，"我们下山吧。"

顾念真搀着许大庆说："叔叔，我带你去寻丁丁。"

两个人的左右手铐在一道，绕过古庙废墟后的山坡，许大庆腿脚已经废了，帕金森的药没了用。顾念真从许大庆口袋里摸出一把小钥匙，解开手铐，浸了两层干涸的黑血。顾念真右手肿了一圈，抓牢许大庆手臂膊背在自己肩上。

"不来噻，我太沉了，小鬼你背不动的。"

顾念真不声不响，咬了牙背起老头子。许大庆伏在念真背上说："你为啥不逃跑？"

"丢下你才是逃跑。"

"好小囡。"

山风吹乱一蓬白头发，迷你型的雪崩，顺便卷来扩音器的警告声。草木兴旺的山崖上，生出枯枝败叶，顾念真的脸颊拉出伤口，沁出黏稠的碧血。顾念真闷声不响，背了许大庆到悬崖边。往下是一口深渊，恐怕有七八层楼高，深切出一条峡谷。碧绿的河流对岸，便是通往浙江的盘山公路。

"丁丁在啥地方？"许大庆不敢看悬崖下的激流。

"丁丁就在下面。"顾念真放下许大庆，望了对岸的公路，"只要渡过这条河，我们就能自由。"

"只有你一个人渡过了这条河。"

"我答应过丁丁，代替他活在这世上，叔叔，开枪吧。"

许大庆伸手到口袋里，摸出几张皱巴巴的餐巾纸说："这是我的最后一个谎言。"

"哈哈哈……"顾念真调皮地笑说，"我老早晓得了。"

"谢谢你这个小鬼，陪了我这老鬼一路演戏到此地。"

顾念真靠近许大庆的耳朵说："叔叔，谢谢你带我回来，再告诉你一个秘密，我会飞。"

一朵金色云彩飘到头顶。顾念真抬起两根手指，捋不到细碎刘海，只触摸到青色的额头。少年的肩胛骨像两把锋利的匕首，生出一对羽毛翅膀，飞向悬崖上的青天。

回来……

许大庆的魂魄在嘶吼，右手颤抖着伸向那个小囡，却只摸到一片干枯的落叶。

2021年6月30日星期三初稿于上海

2021年7月29日星期四二稿于上海

2021年8月8日星期日三稿于上海

2021年9月21日中秋节四稿于上海

2021年12月23日星期四五稿于上海

2022年2月12日星期六六稿于上海

2022年3月24日星期四七稿于上海

2022年12月20日星期二定稿于上海